María Montesinos es licenciada en Periodismo por la Universidad Complutense de Madrid y ha trabajado tanto en medios como en comunicación social. Su novela *Un destino propio* ha sido aclamada por la crítica y los lectores, y se ha convertido ya en un best seller. Con *Una pasión escrita* la autora continúa su trilogía sobre las primeras mujeres que lucharon para ser periodistas a finales del siglo XIX.

@mariamontesinos.escritora
@mriamontesinos
@Mriamontesinos

Papel certificado por el Forest Stewardship Council®

MIXTO
Papel procedente de fuentes responsables
FSC® C117695
FSC www.fsc.org

Penguin Random House Grupo Editorial

Primera edición en B de Bolsillo: enero de 2022

Travessera de Gràcia, 47-49. 08021 Barcelona
Diseño de la cubierta: Penguin Random House Grupo Editorial / Carme Alcoverro
Fotografías de la cubierta: Composición digital a partir de las imágenes de © Richard Jenkins

Printed in Spain – Impreso en España

ISBN: 978-84-1314-368-2
Depósito legal: B-15.250-2021

Impreso en Liberdúplex
Sant Llorenç d'Hortons (Barcelona)

BB 4 3 6 8 2

Una pasión escrita

MARÍA MONTESINOS

Para Martín, mi amor, porque sin su apoyo
no habría llegado al final

¿En qué consiste mi fe? ¿Cuáles son mis creencias? Una mujer que siente y piensa, que medita y habla, que busca y pregunta, que vive y cree, que duda y ama, que lucha y espera... he aquí lo que soy.

Rosario de Acuña, periodista, literata
Madrid, 1850- Gijón, 1923

PRIMERA PARTE

1879

1

Madrid, 8 de marzo de 1879

«Vete acostumbrando, Victoria.» Ella apartó la vista de la página del libro un instante, distraída por el súbito recuerdo. Las palabras de su hermano retumbaban en su cabeza como un eco que, lejos de difuminarse, crecía en su interior hasta convertirse en un desafío al que debía responder, aún no sabía cómo. «Esto no es Viena, Victoria, vete acostumbrando», fue lo que le dijo Álvaro en el tren de camino a Madrid, con ese tono condescendiente de hermano mayor que empleaba en ausencia de su padre.

—¿A qué te refieres?

—A que aquí no puedes hacer lo que se te antoje. Aquí no tienes a la buena de frau Bromm para defenderte cuando te comportas como una niña caprichosa, hermanita —replicó Jorge, el menor de sus dos hermanos, que había decidido ponerse del lado de Álvaro en la discusión sobre lo ocurrido con Gayarre.

Qué tontería. No entendía a santo de qué tanto reproche cuando parte de la culpa fue suya, de Jorge, que se había empeñado en ir al casino la única noche que pasaron en San Sebastián. Si no hubiera sido tan egoísta, podrían haber disfrutado los tres juntos de una agradable velada en el salón de té del hotel después de la cena. Pero no. Jorge quería conocer el casino y Álvaro no tuvo más remedio que seguirle, por lo que pudiera pasar, no fuera a dejar alguna deuda de juego allí también, como sucedía a menudo en Viena. A ella ni siquiera la dejaron acompañarlos. El casino no era lugar para señoritas. «Tú te quedas aquí, en la habitación, que mañana nos espera otro largo viaje hasta Madrid, así que acuéstate y descansa», le ordenó Álvaro. Pero era muy temprano para acostarse, no tenía sueño y la habitación se le caía encima bajo el peso del silencio más absoluto. Necesitaba airearse un poco de la somnolencia provocada por el traqueteo del ferrocarril, el cansancio de las horas encerrada en el vagón, el aturdimiento por los cuatro días sucesivos de viaje a contar desde que partieron de Viena, con sus correspondientes pernoctaciones en Múnich, Estrasburgo y París —la última parada, en la que se separaron de padre—. Bajó con intención de cruzar la calle y asomarse a la playa de la Concha, pero al llegar a la recepción, oyó los acordes de un piano seguidos de una voz vibrante. Se asomó con curiosidad a la sala cercana y lo vio allí, de pie, llenando con su vozarrón el salón de té del hotel: el mismísimo Julián Gayarre, el gran tenor aclamado en todos los escenarios de Europa, cantando un trocito improvisado del «Spirito Gentile» de *La Favorita* para sorpresa y deleite de los presentes. Victoria lo escuchó extasiada y, al terminar, se acercó a él para expresarle su admiración, ni siquiera en la Ópera de Viena había escuchado una voz así de timbrada, acariciante, poderosa, ¡qué maravilla! Él le agradeció el cumplido, le dijo que había sido solo un entretenimiento, un pequeño detalle para los amigos que le acompañaban. ¿Está usted sola?, le preguntó, buscando con la mirada algún acompañante cercano. Ella se inventó una respuesta convincente, estaban hospedados en el hotel, pero su hermano había tenido que ausentarse un momento y le había dicho que lo esperase allí, aunque..., y entonces el gran Gayarre la invitó a sentarse con ellos, tres caballeros y dos damas de aspecto muy respetable que le aguardaban en la mesa. Aceptó sin pensárselo dos veces. Bebió una copita del champán que le sirvió, solo una, pero el caldo le burbujeó en las pupilas. Notó su mirada risueña, pendiente de ella, y le gustó la sensación de sentirse admirada por alguien como él, tan apuesto, tan varonil, tan encantador.

—¿Lleva mucho tiempo en San Sebastián? —le preguntó una de las señoras.

—No, hemos llegado esta tarde en el tren procedente de París y partimos hacia Madrid en el primero que sale mañana por la mañana.

—¡Qué prisas! Imagino que ya conocería San Sebastián.

—No, no hemos tenido ocasión. Y como al llegar diluviaba, ni siquiera hemos podido salir del hotel a pasear.

—¿Cómo? ¿Ni siquiera por el paseo marítimo?

Ella negó con la cabeza.

—¿Ni acercarse hasta la playa de la Concha? —insistió Gayarre, atónito—. Pero si es de lo más bonito de la ciudad. ¡No puede irse sin verlo! ¿Quiere que salgamos ahora? Yo la acompaño.

Le habría encantado, pero entonces apareció Álvaro y todo se estropeó. No la dejó ni hablar; murmuró una disculpa ante los caballeros —educación ante todo—, la agarró del brazo y la llevó casi en volandas de vuelta a la habitación, como si fuera una niña. Qué humillación, todavía se avergonzaba solo de recordarlo. ¿Qué tenía de malo que la hubiera invitado a su mesa un artista de la talla de Julián Gayarre? ¡Sabía cuidar de sí misma! En Viena entraba y salía, visitaba a amigas, iba sola a la modista o a los comercios de la calle Graben, frecuentaba los salones artísticos y literarios más animados de la ciudad, estaba acostumbrada a alternar con todo tipo de personas, desde artesanos y artistas de vida bohemia que pululaban por cafés y salones, hasta altos funcionarios y diplomáticos de las distintas naciones que asistían a las veladas organizadas por su padre en la embajada. ¿O no era cierto? Pero esto no es Viena, Victoria, vete acostumbrando.

Por supuesto que sabía que aquello no era Viena, al igual que sabía —en realidad, era una intuición más que una certeza— que su vida a partir de ahora sería muy distinta a la que disfrutaba en la capital austríaca. En cierto modo, ya había empezado a comprobarlo: llevaba dos semanas recluida con su tía, la condesa de Moaña, en ese pequeño palacete que se alzaba sobre una loma en las afueras de Madrid. Desde el balcón de su alcoba podía divisar el paisaje de campo y huertos que se extendía hasta los límites de la ciudad, allí donde comenzaban los primeros edificios de lo que su tía llamaba «el ensanche de Castro», los terrenos donde crecía un nuevo barrio para gente pudiente. Ni un solo día había podido salir a dar un paseo en coche ni tampoco habían recibido visita alguna, ni siquiera la que le prometieron sus hermanos. «Es por culpa del temporal de nieve —se justificaba su tía—, hace las calles impracticables para los carruajes. Además, nadie quiere arriesgarse a coger una neumonía con este frío endemoniado que se te mete hasta el tuétano. ¿Por qué te crees que me solía marchar de aquí a mediados de otoño a lugares de climas más cálidos?» Victoria pensó que los inviernos en Viena eran aún más gélidos que en Madrid y, sin embargo, allí nunca dejaban de asistir al teatro, organizar veladas musicales o visitar a sus amistades.

¡Y pensar que hacía poco más de un mes se hallaban todavía en el corazón de la cultura europea! Celebraron el día de Reyes con una fiesta inolvidable en la embajada —tres empleados aparecieron disfrazados de Melchor, Gaspar y Baltasar para la ocasión, y ella misma se encargó de organizar el reparto de un pequeño detalle entre los más de doscientos invitados que asistieron, una idea por la que la felicitó hasta la joven señora Rothschild—, a modo de despedida. No hacía tanto de eso, y en cambio tenía la sensación de que hiciera años, una eternidad, ¡otra vida! Como si, de pronto, hubiera atravesado un túnel misterioso por el cual el refinado mundo vienés, culto y cosmopolita, que conocía hasta entonces se difuminara en su memoria con la inconsistencia de un sueño. Por más que intentaba retenerlo, no podía: ese mundo contenido dentro del majestuoso Ringstrasse, que se recreaba en los arpegios y armonías de los conciertos del Teatro de la Ópera, vivía pendiente de los estrenos teatrales en el Burgtheater o se citaba en los cultos salones de la condesa Von Ebsner; el mismo en el que ella acudía cada tarde a merendar con sus amigas a la sala rococó del café Demel, se paseaba en calesa por el Prater o se escabullía de la vigilancia de frau Bromm para acompañar a Klara al estudio de ese joven aprendiz de pintor de la Escuela de Artes y Oficios, Gustav Klimt, donde posaba para él... Todo ese mundo se había volatilizado como una estela de humo al cruzar los Pirineos y adentrarse en España. Y una vez que dejaron atrás la estación de ferrocarril de San Sebastián y sus montes, ¡qué impresión! Le sobrecogió la interminable meseta castellana enterrada bajo un manto de nieve inhóspito, terrible. Pensó en lo extraño que resultaba que la nieve embelleciera las calles de Viena o las cumbres de sus montañas, mientras que aquí cubría el paisaje de pueblos y aldeas de una desolación infinita. Quizá fuera por la miseria que veía a través de la ventanilla, las casas de adobe, las mujeres enlutadas de pies a cabeza conduciendo a los animales por las calles embarradas, los niños harapientos agarrados a sus faldas.

Con un suspiro, dejó a un lado el libro y extrajo del cajetín del secreter un par de cuartillas con el membrete de su nombre completo, Victoria Velarde de Sanahuja, estampado en una esquina, justo encima del escudo paterno del ducado de Quintanar. Mojó con cuidado la pluma en el tintero y comenzó a escribir «Madrid, jueves, ocho de marzo» y a continuación «Querida Klara, ¡cuánto te echo de menos! Sé que prometí que te escribiría nada más llegar con mis primeras impresiones de Madrid, pero...». Se detuvo. ¿Qué podía contarle, aparte del encuentro con Gayarre? Las únicas impresiones que guardaba eran las de ese Madrid vulgar y sombrío que atravesaron la tarde de su llegada en el carruaje de la condesa. En esas dos semanas no había ocurrido nada emocionante ni divertido. Ni paseos por lugares que le recordaran a su infancia ni reuniones literarias ni visitas interesantes. Nada que provocara la envidia o la admiración en Klara y el resto de los amigos —Marie, Else, Hans, Wilfred— que se reunían cada jueves en el salón de la señora Bernthal para hablar de lecturas y, sobre todo, para compartir sus poemas y escritos. Se sometían a un juicio condescendiente entre ellos mismos guiados por los comentarios siempre acertados de la señora Bernthal, la mujer más inteligente, tolerante y generosa que había conocido, la persona que más la había alentado a leer cuantos libros cayeran en sus manos y a no dejar nunca de escribir, pasara lo que pasara. Si no hubiera sido por ella, jamás habría enviado su relato navideño al *Wiener Tagblatt* para que lo publicaran, como luego ocurrió. Queridísima Klara, querida señora Bernthal, ¿qué haré sin vosotras? Abrió el cajón del secreter: ahí seguía. El manuscrito ya terminado de su primera novela corta, una pequeña historia de amor y música, con la que no sabía qué hacer.

Oyó un leve toque y la puerta se abrió despacio para dejar paso a Juana, el ama de llaves —mujer de ojillos pequeños, nariz respingona, bajita y rechoncha que cuidaba con dedicación casi maternal de la condesa—, que entró con la correspondencia en la mano.

—Ha llegado carta de su señor padre, señorita. —Victoria se levantó de la butaca de un salto y cogió emocionada el sobre que le tendía la mujer, quien añadió—: No se entretenga mucho; ya ha llegado el invitado de su tía y en veinte minutos estará listo el almuerzo.

Victoria rasgó el sobre con dedos impacientes. La leyó de un tirón, la sonrisa marchitándose en su boca. Su padre se hallaba todavía en París y tenía visos de que seguiría allí más tiempo del inicialmente previsto: el delicado asunto diplomático que le había retenido en la capital francesa se había complicado y el ministro de Gobernación le había pedido que utilizara toda su influencia para intentar resolverlo de la forma más digna y discreta posible. «Tus hermanos me han avisado de que las obras en nuestra casa de Madrid están paradas debido al mal tiempo y no saben cuándo se reanudarán, así que deberás quedarte con tu tía Clotilde unas semanas más. Entiendo que estés deseosa de instalarte en el que será nuestro hogar, pero te pido un poco de paciencia y comprensión, Vicky, hija mía. Haz caso a tu tía, estoy seguro de que con un poco de interés por tu parte, congeniaréis. Clotilde no solo te ayudará a introducirte en los círculos aristocráticos de Madrid, también te vendrá bien tener una figura femenina en la que apoyarte. Creo que será una buena influencia para ti.»

¿Una buena influencia? ¿Desde cuándo no veía su padre a la tía Clotilde? Probablemente, años. Porque de otra forma, dudaba que tuviera esa opinión de una señora que nunca se levantaba antes de mediodía con el pretexto de que la luz de la mañana le dañaba los ojos, que almorzaba después de las dos de la tarde, que no salía jamás si atisbaba el menor frío en el exterior —ni siquiera para acudir a la iglesia, pues tenía un capellán que venía a oficiarle misa en su capillita privada, dentro de la casa— y que recibía a visitantes clandestinos a horas intempestivas —tres noches atrás, alertada por un ruido extraño en el pasillo, ella misma había visto la sombra de un hombre a quien se le abrió la puerta de la alcoba de la condesa para dejarlo entrar—. Eso sin contar con que la buena señora apenas le prestaba atención; a veces tenía la sensación de que se olvidaba de que residía con ella, bajo su mismo techo, y se sobresaltaba como si hubiera visto un fantasma cuando se adentraba en alguna estancia de la casa y se topaba con ella allí.

Cuando quiso darse cuenta, el tiempo había volado. Se alzó los bajos de la falda y recorrió con pies ligeros el pasillo alfombrado hasta llegar al comedor de confianza, una salita coqueta de paredes rosadas y muebles envejecidos, elegidos con criterio más práctico que elegante, en la que hacían las comidas de diario. En el centro, la mesa rectangular para seis comensales, a cuya cabecera encontró sentada a la condesa, y a su izquierda, un señor de cara oronda y gesto apacible, tan enfrascados en la conversación que no se percataron de su presencia.

—... ya sabes cómo es Vicente Redondo, le tiene inquina a cualquiera que amenace su propio orden moral, y eso incluye a las mujeres que se dedican a escribir. Dice que deshonran a su sexo al desatender sus deberes en el hogar y para con la familia —oyó que decía el hombre.

Doña Clotilde soltó algo parecido a una carcajada despectiva.

—Ese caballerete ha sido siempre un necio. Si su razonamiento tuviera un mínimo de lógica, el señor Redondo debería excluir a las solteras y viudas sin hijos, como es mi caso, puesto que no tenemos familia a la que atender. Dígaselo de mi parte la próxima vez que se lo encuentre en una de esas tertulias literarias suyas del Fornos. —La condesa la vio cuando estaba casi a su lado—. Ah, Victoria. Siéntate, querida.

—Lo siento, se me ha ido el santo al cielo —se disculpó.

—No pasa nada. Cecilio y yo teníamos muchas cosas de que hablar, ¿no es cierto? —El señor asintió, complacido—. El señor Olmedo es un viejo amigo mío. Cecilio, esta es mi sobrina Victoria, la hija de mi difunta prima, Eugenia de Sanahuja. —Victoria inclinó la cabeza en señal de saludo y tomó asiento junto a su tía, que continuó diciendo—: Acaba de regresar de Viena y va a pasar una temporada conmigo mientras su padre está en el extranjero.

Se sintió escrutada por los ojillos penetrantes del caballero.

—Si me permite decirlo, ha heredado usted la belleza helenística tan singular de su madre, que en paz descanse.

—Perdón, señora. ¿Quiere que empiece a servir ya la sopa? —preguntó Juana desde su posición casi invisible.

—Sí, por favor. Cuando quieras. —Luego, mientras aguardaba muy quieta a que la mujer cogiera la sopera para servir el consomé, se volvió hacia Victoria y dijo—: Cecilio me ayuda con la edición de mis libros, querida.

La atención de Victoria saltó del caballero a la condesa.

—No sabía que usted se dedicara a escribir, tía. Mi padre nunca lo mencionó.

—No me extraña; dudo de que tu padre esté al tanto

de las distracciones de una dama aburrida como yo. Es solo una pequeña afición que tengo, de la que disfruto inmensamente.

—¡Pequeña afición! —El señor Olmedo se rio—. Es un término demasiado modesto, querida. Tu tía —se dirigió a Victoria— ha publicado diez ediciones de su *Álbum ilustrado de mujeres célebres*. ¡Diez, ni más ni menos! Creo que no me equivocaría mucho si dijera que ha sido, con toda probabilidad, el mejor libro en su género del último lustro.

—No le hagas caso, sobrina —dijo doña Clotilde, restándole importancia—. Cecilio me tiene mucho aprecio y tiende a exagerar. —Cuando el señor quiso replicar, ella le detuvo con una señal de la mano—. No digo que no haya obtenido un buen éxito de ventas y comentarios, pero de ahí a considerarla la mejor obra... En cualquier caso, estábamos hablando, precisamente, de las críticas y menciones de mi última novela, *Flor de un día*, ¿verdad, Cecilio? —dijo, dirigiéndose a él, que asintió—. Por cierto, ¿sabes si Pedro Soler piensa reseñarla para *Los Lunes de El Imparcial*?

—Estoy seguro. Me dijo que había comenzado a leerla y le estaba sorprendiendo favorablemente, que es una novela con alma, plagada de sentimientos elevados y puros.

—A ver si es verdad —replicó su tía, escéptica—. Pedro tiene la extraña habilidad de redactar críticas con expresiones muy altisonantes que, sin embargo, no dicen nada. Sirven igual para un libro de historia que para otro de poesía. A veces dudo de que lea alguno de los libros que reseña.

Victoria disimuló una sonrisa y observó de reojo a su tía. La condesa era una mujer compacta, rotunda tanto en sus opiniones como en los rasgos más prominentes de su rostro: la nariz aguileña, el mentón cuadrado, los labios finos y curvados en una sonrisa perpetua difícil de interpretar sin la expresión de sus ojos, que mantenía ocultos tras unos quevedos pequeños y ahumados que pocas veces se quitaba.

—¡Qué cosas dices, Clotilde! —le reprochó con suavidad el señor Olmedo—. En cualquier caso, no creo que sea intencionado: me temo que tiene tantas colaboraciones en diarios, que no da abasto con tanta lectura.

—Al menos, algo debo reconocerle: no es de los que se escudan en mi presunta soledad de viuda, o en la altura de mis sentimientos, para escamotearme una crítica seria y rigurosa de mi obra, como hace tu amigo Juan Carvajal en *La Ilustración Española y Americana*.

—Te puedo asegurar que Juan tiene un alto concepto de ti como autora respetable que conoce su sitio —replicó don Cecilio.

La condesa detuvo la cuchara en el aire, a medio camino hacia su boca.

—¿Mi sitio? ¿Y cuál es ese?

—Venga, querida, no te enfades. Ya sabes a qué me refiero. Hay algunas damas que pretenden aprovechar su actividad literaria para inmiscuirse en asuntos de la vida pública que no le corresponden.

—¿Quiénes? ¿Se refiere a doña Concepción Arenal? —preguntó doña Clotilde en tono cortante.

—No, ¡por Dios! El compromiso moral y cristiano de doña Concha con la causa de los pobres, presidiarios y desahuciados de la sociedad está libre de cualquier sospecha. Nadie puede criticarla por defender en voz alta y donde sea las enseñanzas de la Iglesia. No, no. Me refiero a ciertas señoras que enarbolan públicamente banderas políticas, ya sea del progresismo o del conservadurismo.

—¿Quién es Concepción Arenal? —los interrumpió Victoria, picada por la curiosidad.

—Es la única mujer en este país que ha conseguido el respeto de los hombres con sus opiniones filosóficas —replicó la condesa, adelantándose a su invitado—. Y la única a la que se le permite denunciar las injusticias sociales y defender la educación de las mujeres en cualquier foro, ya sea en tribuna pública o por escrito, querida. Un privilegio que a las demás no se nos concede, salvo que queramos exponernos al escarnio público —apostilló la condesa.

—Si te digo la verdad, no sé si a doña Concha la respetan o... la temen —añadió don Cecilio—. Posee tanta severidad en su forma de ser y pensar, que nadie se atreve a rechistarla. Y te digo aún más: las señoras admiran sus ideas y acciones caritativas, pero no leen sus libros. Algo que sí hacen con las obras de Pilar Sinués de Marco, Faustina Sáez de Melgar o las tuyas, por mencionar algunas de las más afamadas.

—Volviendo a la publicidad, he mandado un ejemplar dedicado a doña Ana Hidalgo, que escribe para *La Guirnalda*, y también a mi amiga Benita Tormo, que tiene mano en *La Moda elegante*.

—Con eso y con el anuncio que hemos contratado durante este mes en *La Correspondencia*, será suficiente.

—Pues asunto zanjado. Y ahora, el otro tema que nos ocupa... —La condesa hizo una pausa para masticar un trozo de la carne en salsa de su plato y luego se dirigió a ella—: Victoria, le he pedido a Cecilio que me recomiende una señorita que venga a hacerte compañía durante el día.

—¿Por qué? —protestó Victoria. No soportaría tener una presencia constante a su lado, pendiente de cuanto dijera o hiciera, sin dejarla en paz, como hacía la pobre miss Sullivan, su vieja institutriz irlandesa, que solía importunarla con un interminable listado de tareas ridículas siempre por hacer—. No necesito ninguna compañía.

—Tu padre cree que sí. —Antes de que Victoria le preguntara, ella respondió a su mirada inquisitiva—: Sí, yo también he recibido carta suya. Y ahora que sabemos que te vas a quedar varias semanas más aquí, te vendrá bien alguien con quien puedas hablar y entretenerte. Yo paso mucho tiempo sumida en mis ocupaciones.

—Pero puedo entretenerme yo sola, no soy una niña. Tengo mis lecturas, mi correspondencia, la práctica diaria de piano...

—Una jovencita de tu edad no debe estar tanto tiempo a solas, no es bueno. —La condesa se quitó las lentes oscuras, se pinzó con gesto cansado el puente de la nariz y luego clavó en ella su mirada desvaída—. Da pie a enfermedades de los nervios y melancolía.

—Yo no soy como mi madre. —Se enfrentó a la visión de esos ojos espectrales cubiertos por una veladura blanquecina redonda como una luna, que eclipsaba sus pupilas. «¿Es que nunca has visto unos ojos con cataratas, niña?», le preguntó la misma noche de su llegada, cuando desnudó su mirada por primera vez y vio la cara de pavor con que la observaba. No, nunca los había visto. Le explicó que era como ver el mundo a través de una tenue cortina de tul que distorsionaba los objetos. «El tul será cada vez más tupido hasta convertirse en un manto oscuro, y ese día me resignaré a ser una mujer mayor, ciega, inútil e insoportable», concluyó. Ahora que la iba conociendo un poco, Victoria dudaba de que la condesa se resignara a nada que ella no quisiera.

—Claro que no, querida. Yo no he dicho eso. —Se quedó callada unos segundos, ensimismada en algún pensamiento. Un carraspeo de don Cecilio la trajo de vuelta, y de pronto preguntó—: ¿Sabías que tu madre y yo nos criamos prácticamente juntas? Cada vez que su madre, tu abuela, recaía de su enfermedad, nos traían a Eugenia una temporada a nuestra casa para alejarla de aquel ambiente recargado. Éramos de la misma edad, así que durante mucho tiempo fuimos uña y carne: amigas, confidentes..., casi como dos hermanas. Los mejores recuerdos de mi infancia y mi juventud son con ella. ¡Lo pasábamos tan bien!

—No lo sabía, mi padre ya no habla demasiado de ella.

—Ya me imagino. La vida sigue. —La condesa suspiró.

Don Cecilio carraspeó incómodo, se limpió la boca con la servilleta y dijo:

—Tal vez quiera venir mi sobrina Inés. Tú la conoces, Clotilde; es una señorita adorable.

—¿Inés? —La condesa torció el gesto—. No, por Dios, Cecilio. Inés habla tanto que aburre a las piedras, y lo peor de todo es que su conversación es de lo más insulsa.

Debía de estar acostumbrado a esas salidas de tono de la condesa, porque no se inmutó.

—Pues déjame pensar...

—Por favor, tía. Se lo suplico, no es necesario. Haré lo que usted quiera.

Doña Clotilde la miró largamente con sus ojos blanquecinos y al fin dijo:

—Está bien. Pero no quiero ni una sola queja por tu parte. —Bebió un largo trago de vino, tras el cual agregó—: Es más, se me acaba de ocurrir algo en lo que me vas a ser de gran ayuda.

2

—Empieza por *El Imparcial* —le ordenó doña Clotilde, acomodándose en una de las butacas gemelas, frente a la chimenea de la biblioteca—. Y antes de nada, mira a ver qué folletín publica hoy.

Victoria rebuscó entre el lote de publicaciones que descansaban sobre el escritorio —*La Época*, *El Globo, La Ilustración de la Mujer*, *La Moda elegante*... *El Imparcial*— y extrajo este último. Hojeó la primera página y, a continuación, desplegó las siguientes.

—«Alma engañada» —leyó en el faldón inferior de la segunda página—, de Alfredo Corazón. Primera entrega. ¿Quiere que se lo lea?

Porque esa era la tarea que le había encomendado su tía cuando se presentó en la biblioteca al día siguiente, ataviada con uno de sus coloridos vestidos-bata de gasa, libre de corsé y estrecheces, que decía haberse traído de un viaje a Egipto: quería que le leyera la prensa a diario, una afición que cada vez le costaba más. Era tal el esfuerzo que debía hacer para distinguir esas letrillas pequeñas y apretadas de los diarios y revistas, que terminaba el día con unas jaquecas terribles. Porque sabrás leer en castellano como Dios manda ¿no?, le preguntó en un momento dado. La duda la ofendió. Por supuesto que sabía leer y escribir correctamente, no solo en castellano, también en alemán y en francés. Incluso hablaba inglés con fluidez, después de la temporada que residieron en Londres, nada más abandonar Madrid tras la muerte de su madre.

—Lo tendré en cuenta, querida. No siempre es fácil encontrar traducciones al castellano de algunos autores europeos interesantes. —Recostó la cabeza contra el respaldo, cerró los ojos y agregó—: No, el folletín no me lo leas. Era mera curiosidad: me dijo Cecilio que una conocida suya iba a publicar el folletín de *El Imparcial* bajo seudónimo, por supuesto. Empieza por el artículo de la primera página y te iré indicando.

Comenzó a leer con voz clara y modulada el texto que informaba de la inminente llegada del general Martínez Campos a Madrid en su regreso triunfal de Cuba como pacificador de la isla después de diez años de guerra contra los rebeldes cubanos. En plena crisis de gobierno y ante la posibilidad de que el presidente Cánovas del Castillo pusiera su cargo y su gobierno entero a disposición del rey para dejar paso a una nueva legislatura, el diario se hacía eco de las voces en la bancada conservadora que reclamaban uno o más ministerios importantes para el exitoso general.

—¿Cómo que un ministerio? ¡Debería ser presidente! —La voz de su tía se alzó sobre la suya propia y la obligó a interrumpir la lectura. Había abierto los ojos y la miraba como si ella tuviera la culpa del desastre—. Un hombre con la altura de miras suficiente como para lograr un acuerdo de paz digno con los cubanos insurrectos se merece algo más que un ministerio, digo yo, ¿o no?

Victoria permaneció callada. No sabía quién era ese general, ni estaba al tanto de que hubieran firmado la paz en Cuba, ni de que hubiera en España una crisis de gobierno. Tenía, eso sí, una cierta idea de la política europea en aquel momento, supeditada a los designios del poderoso canciller alemán Bismarck y sus enredos diplomáticos, pero apenas conocía la política de su país natal; simplemente, no le interesaba. De vez en cuando, escuchaba a su padre quejarse de la débil posición de España, descabalgada por decisión propia del juego de fuerzas y alianzas entre los estados europeos, ocupada como estaba con los numerosos problemas internos que arrastraba desde hacía años: el clima de revueltas e inestabilidad política constante a costa del enfrentamiento entre progresistas y conservadores, las corruptelas del carácter patrio, el atraso técnico y económico, el campo hambriento, la pobreza enquistada o la bancarrota del Estado. Y aun así, eso no impidió que su padre desplegara una actividad frenética en la embajada con el objetivo de mantener vivas las relaciones diplomáticas y, sobre todo, las financieras, porque las arcas del tesoro español estaban vacías y tan endeudadas, que a este paso «pronto tendremos que vender hasta el aire que respiramos», decía.

—Mi padre tiene una gran admiración por el presidente Cánovas, dice que es un gran político, muy hábil e inteligente, y que España seguiría sumida en el caos de la república si no fuera por él.

—Eso no lo voy a negar, es justo reconocerle a cada cual lo suyo. Pero don Antonio no es, precisamente, santo de mi devoción. Es un hombre arrogante que se cree en posesión de la verdad absoluta: no acepta críticas a su manera de gobernar ni opiniones contrarias a las suyas, que interpreta como un ataque personal a su régimen reinstaurado —replicó, despectiva—. En fin. Mira a ver si encuentras un artículo firmado por Caballero Salvatierra.

Victoria revisó el diario de principio a fin.

—No hay ninguno con ese nombre, tía.

—¿Estás segura? Mira bien. Tendrían que haberlo publicado hoy. También puede aparecer con sus iniciales: C.S.

Victoria repasó esa página y la siguiente.

—No lo veo —insistió. Al notar la expresión contrariada de su tía, preguntó—: ¿Quién es?

—Nadie, realmente. En fin, ya me enteraré de por qué no ha publicado hoy su colaboración habitual —respondió ella al cabo de un instante. Señaló de nuevo el lote de publicaciones y le pidió—: Coge *La Época* y léeme los

«Ecos de Madrid», por favor. De todo cuanto publican los papeles, es lo único que me hace reír.

No le fue difícil encontrarlos: era la columna con la que el diario abría su edición de ese día. Arrancaba con la crónica social del primer concierto de primavera que había inaugurado la temporada musical con un programa dedicado a Beethoven y Wagner. El auditorio del paseo de Recoletos había congregado, según el redactor, a «damas hermosas, artistas distinguidos, literatos insignes y políticos eminentes que van tanto a ver como a ser vistos. ¿Y les gustaría saber de qué discutían con tanto secretismo el jefe del partido de la oposición, don Práxedes Sagasta, con el ministro de Ultramar? A mí también. Espero que no estén decidiendo *sottovoce* y entre bambalinas el próximo gobierno de España. —Victoria oyó de fondo la risilla divertida de su tía, y sonrió sin dejar de leer—: No duden de que, si lo averiguo, serán los primeros en saberlo. Lo que sí puedo contarles es que, al término del concierto, la señora de don Francisco Silvela, acompañada de su seductora hija, prometió formalmente para Pascua el baile que no ha podido celebrar en Carnaval, no por su culpa, por Dios, sino por la de los desconsiderados tapiceros y pintores que no respetan ni los bailes de sociedad».

—No sé cómo a los propietarios de los periódicos no se les ha ocurrido mandar a un articulista de sociedad a las sesiones del Congreso. Estoy segura de que se enterarían de asuntos más jugosos y productivos que las soporíferas broncas a las que nos tienen acostumbrados los señores diputados. —Sonrió, sarcástica.

Y Victoria pensó que ese era el momento de lanzar la petición que le rondaba la cabeza desde la comida con don Cecilio.

—Tía, me gustaría pedirle un favor. —Arrastró la frase hasta que comprobó que doña Clotilde le prestaba atención—. Tengo una novelita que he terminado de escribir y me gustaría que la leyera usted para darme su opinión. No es muy larga, no le quitará mucho tiempo.

La observó, expectante. Cuando llevaba las lentes puestas, la expresión de su tía era casi indescifrable.

—Claro que sí. Dámela y la leeré con gusto —respondió al fin—. Pero te advierto que soy una lectora exigente.

—Por supuesto, tía. No espero que me trate distinto que a otros. —Victoria se estiró hacia la mesita auxiliar cercana y cogió un montoncito de cuartillas atadas con un balduque, que puso en las manos de su tía. Siguió hablando, incapaz de contener el nerviosismo—: No es mi primer escrito, no se crea. Publiqué un relato breve las Navidades pasadas en uno de los diarios más importantes de Viena. Y tengo otros dos relatos a medias. Y también un cuaderno de poemas que algún día publicaré yo misma. Y...

—¡No me digas que tenemos otra literata en la familia! —Pareció divertirle mucho la idea—. ¿Lo sabe tu padre?

Claro que sí, presumía de hija amante de las letras entre sus amistades. Incluso consentía en que asistiera a las reuniones y salones literarios de Viena sin más compañía que la de Klara, quizá influido por el dinámico ambiente cultural de la ciudad. Claro que esa tolerancia suya se circunscribía al ámbito familiar y a los círculos de amigos más íntimos. Así que no le permitió firmar con su nombre el relato que le publicaron en el *Wiener*: una cosa era cultivar esa afición suya por la escritura en privado y otra muy distinta que la reconocieran en los papeles como hija del embajador de España en Viena. Por ahí no pasaría, ni hablar.

Victoria se conformó, había conseguido lo más difícil; ya lo convencería para que accediera a lo demás, a base de mimos, carantoñas y alguna que otra lagrimita ante las cuales a Federico Velarde le costaba dios y ayuda resistirse.

—Tengo la letra clara y de buen tamaño. Podrá leerlo bien, espero —le dijo a doña Clotilde al ver que se quitaba las lentes y se acercaba las cuartillas a los ojos.

—*Retrato en gris y negro* —leyó la condesa, y a continuación murmuró—: Me gusta el título. Intentaré empezarlo esta misma noche si no se me hace muy tarde escribiendo.

—¿Quiere que le siga leyendo alguna revista?

—No, vamos a dejarlo por hoy, estoy cansada —dijo, incorporándose con gran esfuerzo—. Por cierto, me ha llegado invitación a la reunión de señoras que organiza mañana en su casa Carolina Coronado, gran poeta de nuestras letras y mejor persona. ¿Quieres acompañarme?

No sé si te interesará lo que hablen un grupo de señoras cotorras. En cualquier caso, Carolina tiene una hija más o menos de tu edad, con quien podrás hablar de vuestras cosas.

Victoria asintió ilusionada. Por fin, el mundo exterior.

Descorrió la cortinilla al notar que el carruaje aminoraba la marcha hasta detenerse. Ya hemos llegado, oyó que decía a su lado la condesa, sin necesidad de ver el palacete estilo neoclásico de fachada en color vainilla donde residía doña Carolina Coronado. Había pertenecido a la reina Isabel, que se la vendió por una cantidad irrisoria, casi un regalo, en reconocimiento de su amistad, le explicó su tía. Una casita de muñecas comparada con los palacetes vieneses, pensó Victoria, contemplándolo. Por lo que había visto, Madrid distaba mucho, muchísimo, de parecerse a Viena, ni siquiera en esa zona del ensanche que se pretendía elegante y europea. Las primeras edificaciones eran manzanas enteras de edificios en construcción, rodeadas por montoneras de ladrillos, piedras, troncos y vigas de madera, de baldosas que se acumulaban en las calles perpendiculares a la avenida por la que circulaban. Su tía dijo que estaban en «los confines de la calle Serrano», porque hasta allí se prolongaba esa arteria del nuevo barrio señorial impulsado por el marqués de Salamanca con un diseño en cuadrícula «al estilo del Faubourg Saint Honoré de París», donde aristócratas, rentistas, militares, políticos o profesionales liberales de pro aspiraban a hacerse con uno de los hotelitos de arquitectura afrancesada o con el piso principal de los nuevos inmuebles de cuatro plantas cuyas viviendas incorporaban una sala de baño en su interior y otras comodidades que solo los más pudientes podían permitirse. A Victoria no le pareció que eso fuera un lujo. ¿Quién podía vivir sin una sala de baño dentro de la casa?, se preguntó. En Viena, nadie que ella conociera.

—Fidel, venga a recogernos dentro de dos horas, por favor —ordenó doña Clotilde al bajar del coche. Victoria repasó con disimulo el bonito vestido de tafetán de motivos florales escogido exprofeso para su primera salida social. Luego se fijó en que también su tía se había arreglado con esmero: llevaba el pelo cobrizo recogido en un tenso rodete bajo la nuca y lucía un elegante vestido granate bajo el dolmán de terciopelo, abotonado hasta el cuello. Se apoyó en su fino bastón de carey con una mano y con la otra la enganchó por el brazo—. Aprisa, niña; hace demasiado frío como para quedarnos aquí en la acera como dos pasmarotes.

La puerta se abrió al primer aldabonazo. Una criada les franqueó el paso al amplio vestíbulo y enseguida las ayudó a desembarazarse de los abrigos y sombreros, mientras otra doncella aguardaba para conducirlas hasta el salón donde tenía lugar la reunión.

—¡Clotilde, querida! —La dueña de la casa, una anciana de facciones delicadas y voz con una suave entonación cantarina, les salió al encuentro con los brazos extendidos—. No sabes cuánto me alegro de que hayas hecho el esfuerzo de venir.

—¡Qué cosas dices! ¿Cómo me lo iba a perder? Te pusiste tan misteriosa en tu invitación, que era imposible resistirse —replicó su tía. Se saludaron con dos besos apenas rozados en las mejillas, al cabo de los cuales su tía la presentó—: Como tenemos confianza, espero que no te moleste que me haya traído a mi sobrina, Victoria Velarde. Acaba de llegar de Viena como quien dice y todavía no ha tenido ocasión de asistir a ninguna reunión social. He pensado que podría distraerse un rato con tu hija.

—Por supuesto que no me molesta, querida. —La señora Coronado le dedicó una cálida sonrisa a Victoria, recorrida por una corriente de simpatía instantánea hacia la señora de rostro dulce y maneras suaves—. Eres muy bienvenida. Mi hija Matilde está por aquí, enseguida te la presento.

—No me digas que somos las últimas en llegar —murmuró la condesa, que se volvió hacia el lugar donde se hallaban reunidas las invitadas. Tal vez no distinguía sus rostros, pero a Victoria le dio la sensación de que reconocía algunas voces entre el bullicio de las conversaciones cruzadas.

—Habéis llegado justo a tiempo. —Doña Carolina enlazó a la condesa por el brazo y la condujo hacia el grupo, seguida de Victoria—. Todavía no habíamos empezado.

Nadie lo diría, se dijo Victoria. A juzgar por la familiaridad con que se trataban, daba la impresión de que las señoras llevaban allí varias horas apoltronadas en los sofás y las butacas isabelinas dispuestas en torno a la chimenea encendida. Formaban un conjunto extraño, unas más mayores, otras más jóvenes; a algunas se les notaban maneras aristócratas, en otras su apariencia era más pomposa que elegante. Buscó con la mirada a Matilde, a quien distinguió fácilmente por el parecido que tenía con su madre. Charlaba dentro del corrillo de señoras más jóvenes, como si fuera una más, y no parecía tener la menor intención de perderse la reunión. Así que, cuando doña Carolina las presentó, no tuvo más remedio que tomar asiento a su lado y resignarse a pasar una tarde tediosa con las amistades de su tía.

—Señoras, señoritas —doña Carolina se situó de espaldas a la chimenea y paseó la vista por sus invitadas, con expresión emocionada—, ya estamos todas. Para las que no tengáis el gusto de conocerla, os presento a doña Clotilde de Sanahuja, la autora de la exitosa *Flor de un día*, y su sobrina, Victoria Velarde, que la acompaña esta noche. —Su tía hizo una leve inclinación de cabeza, ella forzó una sonrisa a modo de saludo—. Y respecto a las demás, haré una breve ronda de presentación para ubicarnos antes de comenzar: en el sofá, a mi izquierda, están sentadas doña Ángela Grassi, que casi no necesita presentación: además de autora de excelentes novelas, doña Ángela dirige desde hace muchos años *El Correo de la Moda*; a su lado, doña Pilar Sinués, otra de nuestras novelistas más populares y prolíficas, honor que comparte con doña Faustina Sáez, escritora incansable y directora de la revista *La Violeta*. A continuación, doña Concha Gimeno, fundadora y directora de *La ilustración de la mujer*, autora de la notable *La mujer española*, un ensayo valiente que nos hace justicia, y que les recomiendo leer a todas, si no lo han hecho ya; a su lado se encuentra su compañera de fatigas en la revista, además de amiga y autora de novelas, doña Matilde Cherner. La jovencita encantadora de la butaca es mi querida hija Mati, que si bien no escribe, me ayuda con la corrección y transcripción de mis poemas. Y a su izquierda está la señorita Blanca de los Ríos, a quien mandé invitación en cuanto supe que se hallaría estos días de visita en Madrid. Ahí donde la ven tan joven, veintiún añitos, publicó una novela a los dieciséis y colabora con varios diarios de Andalucía, desde su Sevilla natal. —Victoria la observó, admirada. Era apenas tres años mayor que ella y ya era toda una literata—. Y por último, a mi izquierda, doña Rosario de Acuña, nuestra única representante dramaturga femenina, autora de la exitosa *Rienzi el tribuno* y de *Amor a la patria*, poeta y colaboradora de *La Ilustración Española y Americana*. Debo decir que nuestra querida amiga doña Sofía Tartilán ha disculpado su asistencia por un compromiso previo ineludible, pero me ha dicho que se une a lo que decidamos entre todas, al igual que doña Josefa Puyol, que está muy atareada preparando la publicación de su nueva revista *El Parthenón*, de literatura, arte y ciencias. Y hechas las presentaciones, vamos directamente al asunto que nos ocupa.

—Disculpe, doña Carolina —interrumpió la voz gruesa de doña Ángela—, también doña Joaquina de Balmaseda les envía sus excusas. Tiene a su hijo enfermo y no podía desatender sus obligaciones maternales.

—Por supuesto. Si tiene ocasión de visitarla, transmítale nuestro afecto en estos momentos difíciles para ella —respondió doña Carolina, que juntó sus manos, tomó aire y continuó hablando sin perder la dulzura—: Como les adelanté en mi invitación, el principal objetivo de esta reunión es el de conocernos todas en persona y estrechar lazos de colaboración entre nosotras, que compartimos la pasión por la palabra y la escritura. Sé que tal vez les parezca innecesario formalizar algo que todas hacemos de una u otra manera en esta hermandad literaria que nos une, pero desde hace un tiempo llevo dándole vueltas a la necesidad de aunar fuerzas para apoyarnos entre nosotras no solo en privado, sino también públicamente ante los prejuicios y los desprecios que nos infligen desde los círculos culturales y literarios masculinos por nuestra condición de literatas. Por eso, después de debatirlo con algunas de ustedes, hemos acordado crear el Círculo de Escritoras Calíope, a la que están todas invitadas a sumarse. —Un murmullo de aprobación acompañado de algunos aplausos interrumpió a doña Carolina, que las observó con ojos brillantes antes de retomar la palabra—: Sus fines no serán otros que los de ayudarnos entre nosotras a la hora de editar y promocionar nuestras obras; apoyarnos y defendernos como una sola voz ante acusaciones infundadas de inmoralidad o de omisión de nuestras obligaciones en el hogar y, por último, dignificar nuestra humilde labor de autoras, así como nuestras obras, sean cuales sean, poesía, novela, teatro, ensayo, artículos... Mati será quien se encargue de manejar la administración y las cuentas, que yo soy un desastre para eso. ¿Les explicas tú esa parte, hija?

Victoria no cabía en sí de asombro. Lo que pensaba que sería una aburrida reunión de damas, se había convertido de pronto en algo así como un cónclave secreto de literatas, del que ella también formaba parte. Miraba a unas y a otras, contagiada de la emoción que se respiraba en el ambiente.

—La cuota de socia será muy pequeña, la imprescindible para organizar la reunión anual y pagar el importe de papel y los sellos de las comunicaciones que realicemos —informó Mati mientras rebuscaba entre un montón de papeles que sujetaba en su regazo. Cuando encontró los dos que buscaba, los revisó de un vistazo y luego se los tendió a doña Matilde, la señora que tenía más cerca—: Aquí pueden examinar el presupuesto anual estimado y también los estatutos, que son muy simples, como pueden observar. Las que se decidan a unirse deberán apuntar su nombre completo al final de la hoja y su dirección.

Los papeles circularon de mano en mano entre las señoras. Casi todas revisaban con mayor atención la hoja de cuotas y presupuesto, el asunto más delicado. Todavía no habían acabado cuando doña Rosario de Acuña, una señora de ojos saltones y boca grande que no debía de llegar a la treintena, se puso en pie para hablar.

—Amigas, compañeras, me gustaría lanzar aquí hoy la que sería la primera iniciativa de nuestra recién nacida asociación. Como algunas saben, he intentado varias veces obtener una invitación del Ateneo de Madrid para organizar allí un recital de mis poemas. Por desgracia, no ha sido posible. Alega la Junta Directiva que las damas no pueden acceder al Ateneo salvo que sean socias, pero, mire usted por dónde, impiden la admisión de socias del género femenino. ¿Y por qué, pregunto yo, si el reglamento de la institución no dice nada al respecto? —Hizo una breve pausa en la que paseó sus ojos saltones por los rostros de las señoras, como si la pregunta fuera para ellas—. No se sabe. Solo recibo la callada por respuesta. Así las cosas, creo que como asociación de autoras deberíamos reclamar el acceso al Ateneo para las damas con inquietudes literarias que aspiren a formar parte de él, ya sea como socias o como miembros invitados, lo cual nos permitiría presentar allí nuestras obras, impartir charlas o participar en las actividades programadas.

La propuesta provocó un silencio demoledor.

—¿Y no sería más conveniente resucitar el Ateneo Artístico y Literario de Señoras que fundamos algunas de nosotras hace una década? —inquirió doña Faustina, alzando un dedo regordete y enjoyado—. Aquel era un espacio a la medida de nuestros modestos intereses femeninos, en el que nosotras mismas decidíamos el programa de actividades más oportuno para la educación de señoras y señoritas.

—Pero recuerda que aquella fue una empresa descomunal que casi te cuesta un disgusto familiar, querida Faustina —dijo doña Carolina—. Sabes que admiro tu tesón y tu iniciativa, pero todavía no sé cómo pudiste mantenerlo abierto casi dos años sin más apoyo que el de la duquesa de Torres y el de don Fernando de Castro, y sin apenas medios. ¿Crees que ahora estaríamos en mejores condiciones para reabrirlo nosotras?

Doña Faustina le sostuvo la mirada unos segundos, tras los cuales claudicó. No, no podrían. Al menos, en su caso. Sus prioridades ahora eran distintas.

—Si no recuerdo mal, el Ateneo de Señoras estaba abierto a los hombres. ¿Por qué el Ateneo de Madrid no puede abrirse a las señoras? —irrumpió doña Concha Gimeno con brusquedad, como si se hubiera contenido hasta ese momento—. La educación de las mujeres no debería estar limitada a unas ciertas materias ni a un espacio acotado, al igual que el conocimiento no debería tener ni género ni fronteras. Ya es hora de que combatamos esa falsedad, asentada en ciertos ambientes, de la inferioridad intelectual de la mujer respecto al hombre.

—Pero ¿qué pintamos nosotras en las conferencias

de leyes o de ciencias naturales o de política que se celebran en el Ateneo de Madrid? —insistió la señora Grassi—. En mi opinión, nada. No son asuntos que nos conciernan a nosotras y es normal que los señores no deseen que desperdiciemos un asiento en salas que tienen un aforo limitado.

—Es posible que a usted en particular no le interesen esas materias, doña Ángela, pero como dice nuestra admirada George Sand, no existe una mujer en singular; hay infinitos tipos de mujeres distintos, tantos como féminas hay en el mundo. De hecho, a mí me encantaría asistir a las conferencias políticas del Ateneo, por poner un ejemplo, o a las tertulias literarias del café de Fornos, que también nos está vedada, aunque sea sutilmente —afirmó su tía, insondable tras sus anteojos oscuros.

—En mi experiencia yo aconsejo que dejemos a los hombres en sus tribunas del Ateneo y nos refugiemos nosotras en nuestros salones, que son nuestro reino de paz y amor, donde nadie podrá reprocharnos nada. Les aseguro que las mujeres de este país no tienen ningún interés por llamar a las puertas de esa institución —sentenció con gravedad doña Pilar Sinués.

—¿Por boca de quién habla usted, doña Pilar? —le espetó doña Concha.

—Lo harán. Llamarán a sus puertas si conseguimos abrírselas nosotras. En cualquier causa que persiga cambiar el orden establecido, hay quienes asumen el riesgo de dar el primer paso para que los demás los sigan —replicó con contundencia doña Rosario—. Reclamar el acceso libre de las mujeres al Ateneo es una de esas causas. ¿No presumen sus socios de que es un lugar de libertad de ideas y pensamientos? «Una institución de pasatiempo o recreo, pero también de progreso y civilización», declaró don Antonio Cánovas hace años. Si es así, que lo demuestren. Propongo enviar un escrito firmado por todas, como miembros de la Asociación de Escritoras Calíope, donde se argumente el derecho de las mujeres a que se nos reconozca y valore nuestro pensamiento artístico y literario y, en base a eso, se solicite la aceptación de las mujeres en el Ateneo. Se lo haremos llegar a su presidente, don José Moreno Nieto.

—¿Por qué debemos firmarlo? Yo creo que no nos conviene significarnos públicamente de una forma tan radical —protestó doña Pilar—. Suficiente tenemos con que nos acusen desde tribunas y papeles de dárnoslas de letradas, de *bachilleras*, de mujeres superiores, de literatas descastadas que reniegan de sus obligaciones familiares. ¿Para qué queremos más?

—¿Y cómo vamos a defender nuestras ideas y nuestras obras si no tenemos la valentía de mostrarnos ante la sociedad? Si no hay nadie detrás del escrito, ¿por qué deberían darle respuesta? —replicó doña Matilde Cherner, y Victoria supo qué era lo que hacía diferentes a esas dos mujeres de apariencia austera, doña Concha y doña Matilde. Era la vehemencia con la que defendían sus ideas, la convicción con la que hablaban, como si estuvieran dispuestas a ir a la hoguera por aquello en lo que creían. En eso eran muy parecidas a doña Rosario de Acuña, pese a la elegancia aristocrática de su aspecto.

—Deberíamos firmarlo todas. Cuantas más seamos, más en serio nos tomarán —dijo la joven Blanca, con firmeza.

—No vamos a obligar a nadie a hacer lo que no desee —afirmó, conciliadora, doña Carolina, dirigiéndose a doña Pilar—. Doña Rosario ha expuesto su petición y ahora nos toca decidir a cada una de nosotras qué hacemos al respecto.

No había acabado de hablar cuando dos criadas entraron en el salón empujando un carrito de camarera con la vajilla de la merienda, unos zumos y unas bandejas de dulces que depositaron en las dos mesitas del centro.

Muy discretamente, doña Rosario depositó el escrito sobre el pequeño secreter cercano, junto a la escribanía, antes de regresar a su asiento. Con la llegada del refrigerio, el ambiente se había distendido de nuevo entre las señoras y ninguna volvió a mencionar el tema. Sin embargo, Victoria se fijó en que doña Concha y doña Matilde se levantaron de pronto con sus tacitas de café en la mano para ir hasta el secreter y firmar el papel, una detrás de otra. Al poco rato las siguieron Blanca y Mati, y doña Faustina, que también firmó, para sorpresa de alguna. La última fue su tía, a quien acompañó hasta allí. Después de garabatear su nombre bajo el de las demás, le tendió a Victoria la pluma.

—¿Quieres firmar tú también? Si vas a ser una literata, tendrás que serlo con todas las consecuencias, querida.

Miró la pluma y luego a su tía, con el asombro desbordando sus pupilas y un temblor en los labios. Por supuesto que quería. Humedeció la punta en el tintero y estampó su nombre completo junto al de su tía: Victoria Velarde de Sanahúja.

3

19 de mayo de 1879

Un tímido haz de luz atravesó los nubarrones amenazantes que se cernían sobre Madrid, anguló el patio interior del edificio de la imprenta de Pascual Torres con precisión geométrica y dibujó en la penumbra del cuartucho un triángulo escaleno luminoso que dividía el espacio en dos mitades desiguales, observó Diego, pensativo; la una tenue, la otra sombría. Un claroscuro de contornos difusos en medio del cual se hallaba él, sentado ante una cuartilla a medio escribir. «Basta con que reflejes la idea más importante del discurso, salpicada con tus impresiones y alguna que otra pincelada del orador», le había dicho don Gonzalo como única indicación antes de encomendarle el trabajo. Tras releer lo que llevaba escrito, agarró el lápiz y se puso a afilar la punta a cuchilladas mientras ponía orden en sus pensamientos. Con la mina ya biselada, retomó el hilo y continuó: «Don Juan Aparicio, con verbo firme y llano, se lamentó de que aquellos valores que consignaron todos los demócratas en la Constitución de 1869 hubieran sido tan rápidamente olvidados y que el sufragio universal fuera ahora una batalla perdida entre la clase política: unos lo rechazan por subversivo y otros lo condicionan a que el pueblo reciba la formación necesaria para que pueda elegir con razón y conocimiento a sus gobernantes». Diego Lebrija redactó el párrafo entero de una tacada, como si de pronto las palabras del orador confluyeran como un torrente, revueltas e imparables, con las suyas propias, porque subversivo es subir el pan nuestro de cada día, eso sí que es subversivo, se dijo al terminar, y los críos mendigando por la calle también, y gobernar de espaldas al pueblo, eso también es subversivo, señores, una subversión de la igualdad y la libertad que rigen los derechos de la ciudadanía por poco instruida que esté, que tal vez no sepan leer ni escribir, pero razonar, razonan mejor que muchos de ustedes, señores diputados, rumió para sí Diego en su laberinto.

Acercó el quinqué al papel y releyó el texto de nuevo. Vaya letraja le había salido, pero eso era lo de menos entre los periodistas, y si no, que se lo dijeran a don Gonzalo: sus correcciones al margen no había cristiano que las entendiera.

No oyó el chirrido de la puerta al abrirse una cuarta, lo justo para que Santiago, pelo castaño crespo, nariz de desproporciones juveniles y bozo oscuro sobre el labio, asomara medio cuerpo desgarbado dentro del cuarto en penumbra.

—Diego, padre ya ha llegado. Ha preguntado por ti.

Ya estamos. ¿Es que no le pueden dejar a uno en paz ni un rato?

—Diego —insistió su hermano, por si no le había oído.

—Dile que enseguida salgo —murmuró sin levantar la vista de la cuartilla.

Pero el chico no se movió un ápice. Permaneció allí, en silencio, observando la silueta a contraluz de su hermano. Diego sentía en la nuca su presencia apremiante mientras su mano se deslizaba frenética sobre el papel.

—No está muy contento —le oyó decir al fin, cansado de esperar su atención—. Ya te imaginas por qué.

Él no respondió. Lo único en lo que pensaba en ese instante era en seguir el hilo de su razonamiento hasta terminar el texto. Una frase más —«... como él bien dijo, un pueblo como el nuestro, con nuestra larga y accidentada historia, no se merece nada menos que lo que ya disfrutan otros países cercanos: democracia, ley y libertad»— y punto. Punto final. Resoplido de gusto.

—No te preocupes —se volvió hacia su hermano soltando el lápiz, con el aplomo de hermano mayor—; ahora salgo y hablo con él.

Si el mismo recado le hubiera llegado de su madre, otro gallo cantaría. Que a madre no era fácil darle largas ni engatusarla, buena era ella. Parecía sabérselas todas.

Santiago se adentró en la estancia con la vista puesta en los papeles garabateados dispersos sobre el tablero.

—¿Qué escribes?

—Nada, un artículo para un diario. —A Diego no le dio tiempo a ocultarlos antes de que su hermano llegara a su lado.

—¿Para cuál? ¿*El Imparcial*? —inquirió, agachándose a coger del suelo un viejo ejemplar del periódico. Palpó entre sus dedos el papel tieso y áspero, como si lo calibrara a ojo.

Ahora sí se sonrió ante la ingenuidad de su hermano. *El Imparcial* era uno de los diarios más leídos de España, cómo iba a escribir para él.

—Qué va. Uno que se publica desde hace poco, *La Democracia*.

—¿Otro periódico nuevo? —Santiago se quedó pensativo un rato y luego agregó—: ¿Y dónde lo imprimen? —La pregunta le pilló desprevenido. Ni lo sabía, ni se le había pasado por la cabeza preguntarlo. A fin de cuentas, qué más daba, si ellos no imprimían diarios; aunque, al parecer, su hermano tenía otra idea—. Deberíamos convencer a padre y a madre de que hay más negocio en la prensa que en los libros. Cada vez tocamos a menos entre tantas imprentas como somos en Madrid. Lo único que nos ha salvado estos últimos años ha sido esto —posó su mano en unas resmas atadas con cuerda de cáñamo que amarilleaban sobre los estantes polvorientos de un anaquel—, los pliegos de cordel con historias de romances, aleluyas y vidas de santos que la gente sigue comprando, como si los alimentaran tanto o más que un plato de lentejas. Sin esto ya habríamos cerrado.

—No te quejes tanto, Santiago. En estos cinco primeros meses hemos imprimido casi tantas publicaciones como todo el pasado año. Parece que las cosas mejoran.

—¿De verdad lo crees? ¿Tú ves que la imprenta crezca, que se necesiten más operarios? —replicó Santiago alzando un poco la voz, con una seguridad que no admitía dudas—. Si queremos que vuelva a ser lo que era en tiempos del abuelo, necesitamos ingresos diarios y constantes como los que da la prensa. —Se acercó a su hermano y añadió, ya más calmado—: Habla con ellos, a ti siempre te hacen caso.

Diego guardó silencio. Estaba cansado de ejercer esa presunta autoridad que le habían asignado en su familia por el mero hecho de estudiar leyes en la universidad, como si eso le facultara para opinar casi sobre cualquier cosa. Por otra parte, no podía entretenerse ahora en discutir el futuro de la imprenta, no tenía tiempo. Ni tampoco demasiado interés.

—A mí me hacen caso cuando quieren. Además, de los dos, tú eres el que mejor conoce el oficio. —El silencio obcecado de su hermano y sus ganas de quedarse a solas lo hicieron claudicar—: Está bien, lo haré. Pero ahora vete y dile a padre cualquier cosa..., que estoy mezclando tinta, por ejemplo, que no tardo.

Esperó a que Santiago se hubiera marchado para releer

las dos cuartillas con un sentimiento de orgullo ante lo que consideraba —esta vez sí— un buen artículo. Creía haber reflejado fielmente los argumentos que el orador, un catedrático de Filosofía y Letras, había esgrimido a favor de la soberanía popular y el sufragio universal frente al retroceso que había supuesto, en cuanto a derechos y libertades, la restauración de la monarquía y el gobierno de don Antonio Cánovas del Castillo durante esos primeros cuatro años. El discurso había arrancado constantes murmullos entre el auditorio del Ateneo —de aprobación entre las bancadas de los progresistas, de rechazo entre el puñado de moderados y conservadores asistentes—. Esto también lo mencionó; le pareció relevante y pensó que a don Gonzalo, el director, le gustaría.

Lo que no mencionó fue el fogoso debate posterior que se trasladó al café de Fornos, ya sin los comedidos modales del Ateneo. Siguió los pasos de un grupo de señores, progresistas todos, como después comprobó —tres o cuatro pertenecientes al ala más moderada de Práxedes Sagasta; otros tantos defensores de las tesis republicanas de Emilio Castelar, y un par aferrados a los postulados más radicales de Ruiz Zorrilla, exiliado en París—, y se unió discretamente a la tertulia que formaron en torno a un velador arrinconado en la sala del fondo, la más pequeña y apartada. Entre gritos, brindis espontáneos y golpeteos en la mesa, se enzarzaron en acusaciones y reproches mutuos por la oportunidad perdida, tras la revolución del 68 y el Sexenio Democrático, de llevar a España a una verdadera democracia liberal como la inglesa, abierta, moderna, justa y, sobre todo, ¡pragmática!, eso que tan cuesta arriba se nos hace al espíritu español. «Parece mentira que fuéramos capaces de hacer lo más difícil, sacar al pueblo a la calle contra el régimen corrupto e inmoral de la reina Isabel y su camarilla, derrocarla y mandarla derechita al exilio, para luego... ¿qué? —se lamentaba uno, el de más edad, un caballero de rostro macilento y derrotado—, ¿para mendigar un monarca demócrata por toda Europa?» A lo que otro a su lado replicó que hombre, mendigar, mendigar..., no digas eso, que no fue para tanto. «¡Pues ya me dirás tú qué fue lo de ir a Italia a convencer a Amadeo de Saboya para que viniera a reinar si él no quería!», insistió el macilento. «Por eso cogió a su mujer y se largó por donde había venido en cuanto vio el percal —añadió con sorna otro, más joven—. Y conste que habría sido un buen rey para España, liberal, cercano, sin tanta ínfula... Habría aguantado más si vuestro Ruiz Zorrilla no le hubiera dado la espalda; él y los republicanos de Emilio Castelar.» Cuando las quejas se acallaron, una voz lacónica formuló la pregunta que se hacían todos: «¿Quién se iba a imaginar que Cánovas llevaba tiempo preparando a don Alfonso para traerlo de vuelta a España desde Inglaterra y restaurar la monarquía en cuanto tuviera ocasión?» «Pues a vuestro Sagasta ni se le oyó ni se le oye protestar demasiado, algo querrá ganar», replicó un tercero. «¡Hay que volver al espíritu de la Gloriosa, darle la voz y las armas al pueblo, volver a restaurar la república!», gritó un zorrillista declarado. Y así volvían a la carga, a recelar los unos de los otros ante cualquier signo de concesión al gobierno autoritario de Cánovas, al que no había que darle ni agua. Antes de medianoche, Diego se escabulló de la tertulia, cansado de escucharlos volver una y otra vez sobre lo mismo, como ruedas de molino.

Dobló los papeles por la mitad y se los guardó en el bolsillo de su guardapolvo, muy al fondo. Colocó el libro de Derecho Romano junto al resto de sus manuales jurídicos, recogió los papeles amontonados sobre la colcha del viejo catre en el que más de una noche se había quedado dormido, y con la frasca de tinta en la mano, echó un último vistazo al oscuro cuartucho convertido en su rincón de estudio durante los dos últimos años de carrera. Había convencido a su madre de que solo allí gozaba del silencio y la soledad que precisaba para estudiar, aunque el verdadero motivo había sido sus ganas de mayor intimidad e independencia, algo impensable en su casa, donde compartía cuarto con su hermano menor.

Diego cerró la puerta. No podían ser más de las once de la mañana porque, como cada lunes, su padre hacía la ronda de visitas por los despachos del Ministerio de Gobernación, para hacer relaciones, decía, y por si se enteraba de algún encargo en ciernes al que pudieran concurrir con la imprenta.

En el pasillo le vino el olor a tinta y papel, el murmullo del ajetreo propio del taller, que tan bien conocía: oyó el traqueteo de las dos máquinas impresoras, a las que habían bautizado como «la Fina» y «la Petra»; vio al aprendiz pegado al pedal de la pequeña prensa modelo Minerva que imprimía los tarjetones y folletos; los movimientos precisos de los tipógrafos, el golpe seco de la guillotina. Cada cual se afanaba en lo suyo, sin levantar cabeza. En el último año, la plantilla del próspero establecimiento tipográfico fundado por su abuelo materno, Pascual Torres, había quedado reducida a tres tipógrafos, dos operarios de máquinas y dos aprendices, incluidos su hermano Santiago y Quino Pontes, el regente y oficial de imprenta, que se tomó a mal el despido de los compañeros y pasó una temporada a cara de perro, refunfuñando por todo. Pero qué quieres que hagamos, Quino, se justificó su madre, en quien su padre delegaba el trago de dar las malas noticias en la imprenta, porque a él se le hacía un mundo enfrentarse a nadie. Que donde no hay, no hay. Que llevamos años aguantando a duras penas, tú lo sabes mejor que nadie, y no levantamos cabeza. Ya me gustaría a mí que nos llovieran los pedidos, que los libros se vendieran como rosquillas, que las escuelas y los institutos y las academias nos encargaran los manuales para sus alumnos y no diéramos abasto, como ocurría en tiempos de mi padre, pero ya ves. Así estamos.

Así estaban, con el taller reducido a dos máquinas y la mitad de los empleados que tenía el abuelo Pascual en sus buenos tiempos. Cuando Diego regresaba tarde de la facultad y le tocaba echar el cierre, Quino lo cogía por banda y se desahogaba con él. Que tu hermano y tú sois listos, Diego, hacedme caso, decía. Que para arreglar esto, no hay ni república ni Restauración ni Cánovas que valgan. Hay que mirar más allá. Y otro día le decía: poco podemos hacer con un pueblo analfabeto; asómate y echa un vistazo aquí, en Lavapiés; no en la calle Alcalá, en la Carrera de los Jerónimos o en los elegantes edificios de Serrano, sino aquí; asómate y dime cuántos vecinos crees que saben leer y mucho menos escribir; por qué se van los ciegos a vender los pliegos de cordel fuera del barrio, al norte de la plaza Mayor. ¿Y quién los compra? Las beatas y la clientela de tabernas y cafés, a los que dan temas de conversación con los que pasar el rato. No interesa que aprendan, que con la excusa de que el país está en bancarrota, el ministro se escuda en que no hay dinero para construir escuelas ni para pupitres ni para los sueldos de maestros. Así que... con este panorama, ya me dirás tú qué miseria de libros vamos a imprimir, ni ahora ni en el futuro. O cambia algo, o pronto aquí no quedaremos nadie, ni siquiera tú y yo.

Él no se contaba entre los empleados porque, a punto de licenciarse en Derecho y liberado de obligaciones fijas, su padre le encomendaba pequeñas tareas de oficina, «como corresponden a un señor licenciado», decía. A Diego esa parte de gerencia le aburría soberanamente.

Atravesó la sala hasta llegar al chibalete sobre el que se inclinaba Félix, otro tipógrafo, zamorano él, callado y tenaz. Durante unos minutos, observó la pericia con la que componía suerte a suerte, letra a letra, los renglones de texto en el componedor. Y de ahí los trasladaba a los galerines. Iba ya por la página siete, se fijó. Buen ritmo. Se giró hacia el buró donde se sentaba Quino y le preguntó por las pruebas impresas.

—En buena me has metido con el dichoso libro de don Miguel, rapaz —le respondió este al tiempo que le mostraba las páginas—. Debías de haberme dicho que era cosa tuya, que tu padre no sabía nada, y yo te habría encubierto, pero así no... Ha venido a preguntarme y no he tenido más remedio que decirle lo que hacíamos.

—Ahora se lo iba a contar —dijo Diego, como si no tuviera importancia. Porque no la tenía, se trataba de un manuscrito breve en texto corrido, sin adornos ni ilustraciones, que entre Quino y Félix podrían tenerlo listo en menos que canta un gallo.

—Pues ya puedes prepararte para el rapapolvo. Hoy no ha debido de rascar nada en el ministerio, así que no está de humor. Y ya sabes que no le gusta que se hagan cosas a sus espaldas. —Se puso en pie y echó una mirada fugaz hacia el despacho cercano.

—¿Para cuándo lo tendréis impreso? Será rápido, ¿verdad?

Los ojillos vivaces del hombre lo miraron con sorna tras sus pequeños anteojos de hipermétrope. De entre todos los artesanos o empleados de Madrid que había conocido Diego a lo largo de sus veintiún años de vida, ninguno mostraba tal devoción ni orgullo de pertenencia a su oficio como Quino. Por eso, y por su paciencia inquebrantable, se encargaba él mismo de instruir en los secretos del oficio a los aprendices que entraban nuevos, para que no cogieran malos vicios. Diego podía dar fe de ello; Santiago y él fueron sus aprendices cuando su madre decidió que era hora de que se iniciaran en las tareas de la imprenta al salir de la escuela, con apenas nueve y once años, respectivamente. Quino les colocó a cada uno un guardapolvo gris hecho a medida, los subió a sendos escalones de madera, les mostró los distintos tipos de los cajetines y luego los puso a memorizarlos y a componer líneas ante el chibalete. Más adelante le enseñaría a atar galeras, a revisar las *capillas* o primeras pruebas, a corregir los tipos ya montados sobre las planas. Todo lo que sabían su hermano y él lo habían aprendido de Quino.

—En tres días estará terminado —respondió el regente con su habitual aplomo.

Diego se agachó a recoger un papel que vio tirado en el suelo, junto al buró. Apenas le dio tiempo a leer «Compañeros, ¡uníos al partido de los obreros!» cuando Quino se lo arrancó de entre los dedos y se lo guardó rápidamente en el bolsillo del pantalón.

—¿Qué era eso? —le preguntó, bajando la voz—. Ten cuidado, Quino. No están las cosas para andar organizando reuniones sindicales clandestinas.

—Esto no es ninguna reunión sindical. Es un nuevo partido, el de los obreros, que también tenemos derecho a la acción política.

—Yo solo digo que tengas cuidado. Las reuniones sindicales están prohibidas por ley; si alguien se entera, podríais ir a prisión, y a la imprenta la meterías en un lío.

A Quino se le endureció la expresión.

—Tú tranquilo. Llevo ya unos cuantos años de asambleas a mis espaldas para saber lo que me hago, rapaz.

Diego lo miró fijamente, y al fin dijo:

—Eso espero. —Confiaba en Quino, él no haría nada que pusiera en riesgo la imprenta, pero le preocupaba que la convocatoria llegara a las manos equivocadas. El tabernero le había contado que habían aparecido por su local dos hombres con aspecto de matones haciendo preguntas extrañas sobre la actividad de las imprentas del barrio y sus empleados—. Entonces ¿quedamos en que tendréis el libro listo en tres días?

Porque así le resultaría más fácil aplacar el enfado momentáneo de su padre, Esteban Lebrija, propietario del establecimiento tipográfico Lebrija y Torres situado en la calle Miguel Servet número nueve, que necesitaba reafirmarse de vez en cuando en su jerarquía de patrón con esas demostraciones altisonantes de autoridad que no engañaban a casi nadie, porque allí dentro todos sabían que quien de verdad dirigía la imprenta en la sombra era su mujer, Carmina.

—Ah, ya estás aquí —dijo el padre al verlo entrar en la oficina amueblada sin más pretensión que la funcionalidad. Dejó lo que estaba haciendo, soltó la pluma en el tintero y le espetó, de buenas a primeras—: ¿Me puedes explicar a santo de qué han empezado a componer el libro del señor Moya? ¿Cómo se te ocurre? ¡Hay encargos más urgentes!

—Pero este lleva un mes de retraso, padre. Y como he visto un hueco, he pensado que si empezaban a componerlo esta mañana temprano, lo podrían terminar rápido. Quino calcula que en tres días lo tienen listo.

Diego se vio a sí mismo reflejado en el verde aceituna de los ojos paternos, sevillano de buena planta pese a sus orígenes humildes en una aldea perdida cercana a la frontera con Huelva. Pelo claro entrecano, tez rosada, mentón cuadrado. Rasgos germánicos que él mismo atribuía a unos antepasados remotos, colonos alemanes establecidos en el sur de España siglos atrás, bajo el auspicio del rey Carlos III. Y tal vez fuera cierto, tan cierto como que la apariencia externa era lo único heredado de esos ancestros. Nada de la disciplina metódica del pueblo alemán; nada de su determinación ni del carácter frío, racional, que les atribuían. Esteban Lebrija era un hombre tibio, con mejores intenciones que voluntad y dueño de un genio efervescente: se enfadaba tan rápido como se aplacaba su ánimo de naturaleza blanda, poco dado a soportar la tensión de los conflictos prolongados.

Su padre respiró hondo y pareció apaciguarse un tanto.

—El siguiente debía ser el libro de don Pío, que ese sí paga religiosamente, no como ese tal Moya —gruñó en voz baja, al tiempo que se ponía las lentes—. ¿Y qué pasa con el cuadernillo escolar de los insectos? Ha venido el ordenanza del instituto de San Isidro a preguntar por él. Quería saber si estaba ya listo y no sabía ni qué decirle.

Respondió por él Santiago, que apareció en ese momento con unas pruebas en la mano:

—El cuadernillo está ya en galeras, padre, y va rápido. Tenemos impresos los primeros cinco pliegos; los tres restantes los terminaremos a media tarde —dijo el chico, con la misma seguridad con la que elegía papel, tipografías y formatos—. Después, Juan y yo podremos empezar con el de don Pío en la Fina.

Don Esteban los contempló a los dos, alternativamente, por encima del filo de sus gafas. Parecía convencido, al fin.

—Dejadme mirar una cosa... —dijo, rebuscando entre las pilas de papeles y libros que tenía sobre su escritorio, hasta dar con el de cuentas. Se recolocó los anteojos en la nariz y se puso a buscar un apunte en el libro abierto sobre la mesa.

—¿Se lo has dicho ya? —le susurró Santiago, de medio lado, mientras el padre revisaba hoja tras hoja. Diego lo miró sin entender y su hermano, en voz más baja todavía, le recordó—: Lo de la prensa.

Ah, eso. Negó con la cabeza. Santiago frunció el ceño interrogante en un pues a qué esperas, y le instó con un silencioso gesto a hablarlo ya, allí, en ese instante que se habían quedado los tres solos. A lo que Diego volvió a negarse.

—¡Aquí está! Don Miguel Moya. —El dedo paterno señaló el nombre en el listado y alzó la vista, triunfante—. Tiene pendiente... cincuenta pesetas, el último pago de su anterior libro, el de *Puntos de vista*. Y eso sin contar con que todavía tenemos en depósito treinta ejemplares. —Con un suspiro, se volvió a quitar las lentes y las dejó caer, cansino, sobre el libro—. Hijo, no estamos para fiar a nadie, tampoco al señor Moya. Ya sabes lo que dice tu madre, y con razón: esto es un establecimiento comercial, un negocio, modesto, pero negocio, a fin de cuentas; no la beneficencia.

Diego confiaba en don Miguel; era un hombre serio, honesto, de principios, y por lo que supo poco después de conocerle, director de *El Comercio Español* —¡tan joven!— y colaborador en numerosas publicaciones como la prestigiosa *Revista Contemporánea*, nada menos, tribuna desde la cual las mentes más lúcidas del panorama filosófico, cultural y científico español contraponían sus ideas evolucionistas, positivistas, kantianas, hegelianas y más, con las de otros colegas europeos. Además de todo esto, Diego se sentía en deuda con él.

Un año antes Miguel Moya había acudido al establecimiento tipográfico y lo escudriñó con ojos curiosos, como si no supiera dónde se había metido. Todas las miradas del taller se fijaron en ese hombretón alto y corpulento, de ojillos hundidos bajo unas cejas muy pobladas, que se quedó parado junto a la puerta, a la espera de que alguien lo atendiera. Le tocó acercarse a Diego, que estaba en la imprenta de casualidad; Santiago llevaba dos días postrado en cama con una gripe endemoniada y su madre le había pedido que se colocase el guardapolvo y le sustituyera en su puesto unos días, mientras se curaba.

Semanas después, ya en confianza, Miguel le contaría que él había vivido hasta hacía poco en la calle Salitre, aunque nunca antes se había fijado en la imprenta. Llegó por recomendación de un amigo —dice que trabajáis bien y a buen precio— y como andaba esa tarde por su antiguo barrio, había pensado en entrar para saber cuánto le podría costar publicar su libro, una recopilación de los retratos de políticos que había publicado en el semanario *La Linterna* —aquí traigo el manuscrito, espera que te lo enseño—, que extrajo de un ajado maletín de piel. Diego deshizo el lazo del balduque, hojeó el fajo de cuartillas y al toparse con el nombre de don José Moreno Nieto, no pudo resistirse a decir que lo conocía, que era uno de sus profesores de Derecho en la Universidad Central, uno de los más respetados. Miguel asintió. También había sido alumno suyo unos años atrás. «Lee el texto y dime qué te parece, a ver si estás de acuerdo con el retrato que le hago», le dijo a Diego, en un gesto de complicidad.

Desde entonces, Miguel (no me trates de don, Diego, que soy poco mayor que tú) había regresado a la imprenta dos veces más. En la segunda ocasión, lo invitó a acompañarlo a una conferencia impartida por uno de los catedráticos más admirados en sus años universitarios y a quien insistió en que debería conocer: don Gumersindo de Azcárate, una de las cabezas pensantes más íntegras, coherentes y preclaras del Derecho Político del país, fundador, junto a don Francisco Giner de los Ríos, de la Institución Libre de Enseñanza.

—¿Los krausistas a los que echaron de la universidad?

—A Giner de los Ríos lo apartaron de su cátedra, pero otros como Azcárate se retiraron de *motu proprio*, en solidaridad con sus compañeros. Lo hicieron por una cuestión de principios, de conciencia: se negaron a renunciar a su libertad de cátedra y a aceptar que sus enseñanzas debían ceñirse al dogma católico, como les exigía el ministro Orovio. Por eso la universidad perdió a algunos de sus catedráticos más valiosos, y en cambio el país ha ganado un centro como la Institución Libre de Enseñanza, ¿la conoces? —Diego negó con la cabeza—. Pues tienes que conocerla. Allí se van a educar las nuevas generaciones de hombres que necesita España para avanzar y abrirse a Europa.

Algo había oído hablar de Giner de los Ríos y los demás profesores rebeldes en los pasillos de la universidad, y no siempre para bien. Había catedráticos muy críticos con el pensamiento laico y racionalista de los krausistas, a quienes también acusaban de inculcar ideas demasiado liberales, ateas y positivistas en los jóvenes universitarios. Sin embargo, en poco menos de dos horas de conferencia, don Gumersindo le abrió los ojos a una visión científica y moderna del Derecho, como no había hallado en ninguno de sus profesores a lo largo de los cuatro años de carrera.

Casi al mismo tiempo, Miguel lo introdujo en la tertulia del Bilis Club, formada por un grupo de jóvenes periodistas y literatos, asturianos muchos de ellos, como su amigo Armando Palacio Valdés, Adolfo Posada o Leopoldo Alas (puedes llamarlo Clarín, si lo prefieres; es así como firma sus críticas literarias, y casi le gusta más). Lo de «bilis» no fue cosa de ellos, pero lo decían hasta con orgullo, porque algo de acidez sí destilaban en sus tertulias hiperbólicas. Se contagiaban unos de otros, instalados todos en un tono mordaz, descarado e irreverente, con el que no dejaban títere con cabeza: igual debatían sobre literatura o política que criticaban los últimos estrenos de teatro repartiendo halagos y maldades a partes iguales entre el elenco de actores y actrices, para después congraciarse con la suerte de los toros o enrocarse en apasionadas disquisiciones a propósito del último folletín de moda en el diario de turno. Diego escuchaba mucho y hablaba poco. Disfrutaba de las invectivas del grupo —aunque a veces le incomodaban las mofas a propósito de la tartamudez de cierto político o de la exagerada afectación de una conocida actriz en declive—, y de esto o aquello tomaba él apuntes a vuela pluma; apuntes con los que luego redactaba un breve resumen comentado, a modo de notas para sí mismo. «No vas por mal camino si quisieras dedicarte a escribir en prensa», le dijo Miguel Moya un día en que le pidió leer una de sus crónicas. ¿En periódicos? La idea comenzó a germinar en sus tripas, alimentada por el efervescente ambiente político y cultural de ese Madrid por el que se movía con dos amigos de la universidad, Nicolás de Torrehita y Mateo Maldonado: las sesiones en el Congreso, las conferencias del Ateneo, las obras de teatro, las tertulias del café de Fornos, de la Cervecería Inglesa o del café La Iberia.

Unas semanas más tarde, Miguel le presentó a don Gonzalo Calvo Asensio, director de *La Democracia*, un nuevo diario político afín al progresismo republicano de don Emilio Castelar en el que colaboraba y para el que andaban buscando colaboradores y meritorios. Miguel dio una palmada en el hombro de Diego, le hizo un guiño cómplice y le dijo al director: «Aquí tiene a un compañero que podría hacer carrera en el diario, Asensio, hágame caso». Don Gonzalo, hombre menudo de rasgos finos y solemnes que avejentaban sus treinta años de edad, lo examinó con ojos penetrantes antes de extraer una tarjeta de su chaqueta donde le apuntó una dirección, y se la entregó a modo de invitación.

—Si lo dice Miguel Moya, para mí es suficiente.

Así que, al día siguiente, nada más salir de la universidad, Diego llamó a la puerta de la pequeña redacción instalada en un modesto piso de la calle del Barco y al entreabrirse, sus ojos se sumergieron de lleno en el ambiente ahumado que rodeaba al puñado de hombres reunidos en lo que debía de ser el salón de su casa, despojado de cualquier ornamento hogareño que restara seriedad a la empresa. Por lo que pudo ver, discutían en torno a una mesa rectangular de roble, encabezada por el propio don Gonzalo, sobre la posibilidad de que el Fiscal de Imprenta les suspendiera el periódico si publicaban un artículo crítico con el ministro de Gobernación, amparado en la ley promulgada unos meses antes.

—¿Y sobre qué debemos escribir, si no? ¡Me niego a malgastar tinta en festividades religiosas, paseítos del rey o bailes de salón! —clamaba el director con más voz de la que le cabía en el cuerpo—. Somos un diario político, no una revista de variedades ni un panfleto con ecos de la alta sociedad a mayor gloria de este gobierno de cafres. Para eso, el presidente Cánovas ya tiene a *La Época*.

—Hoy han suspendido veinte días al periódico *La Igualdad* por criticar al ministro de Ultramar —apuntó uno de los redactores.

—Pues si nos quiere suspender el señor Fiscal de Imprenta, ¡que nos suspenda, coño! No seremos ni los primeros ni los últimos. ¿No es eso lo que pretende este gobierno con esa infame ley de prensa que se ha sacado de la manga? ¿Para qué creamos este diario sino para defender nuestros ideales democráticos y vigilar la acción de un presidente que quiere hacernos comulgar con ruedas de molino? —Manotazo en la mesa. Silencio clamoroso. El director se giró y al verle de pie en el umbral, indeciso, le hizo entrar con una seña, al tiempo que le interpelaba—: ¿O no, Lebrija? —Y sin esperar su respuesta, añadió con empaque altisonante—: Amigos, hacedle hueco en la mesa a don Diego, nuestro joven y flamante compañero meritorio. Toda ayuda es poca en esta empresa titánica que es la de unir a todos los demócratas cuya bandera fue la revolución del 68, sean cuales sean sus familias y lealtades políticas, en torno a lo que de verdad importa: devolverle la soberanía al pueblo. —Esta vez sí se oyó un murmullo de aprobación en torno a la mesa. Don Gonzalo alzó una mano reclamando silencio y prosiguió su improvisado discurso de bienvenida—: Sabemos que la ganancia económica será ínfima, pero nuestra contribución a la causa de la ley y la libertad será impagable. Y la historia nos dará la razón, ya lo verán.

Diego salió de allí exultante y con el encargo de una reseña de ocho líneas, no más, sobre un cuento que el director le entregó en mano, para ver cómo redactas, le dijo. Y debió de quedar satisfecho, porque al cabo de unos días le asignó un suelto sobre el incendio ocurrido en la fábrica de jabones del paseo de las Acacias (sin víctimas, gracias a Dios, pese a que aquello ardía como el mismísimo infierno), que le devolvió con un «bien, bien; eres muy observador, Lebrija, eso es bueno». Esa misma tarde le pidió una nota sobre una obra de teatro representada en el teatro Apolo. Esta vez, el director llenó su texto de tantos tachones y correcciones que pensó que no le daría nada más. Para su alivio, le encomendó la tarea de recabar las obras en cartelera de todos los teatros de la capital, y al cabo de una semana, don Gonzalo lo mandó a esa conferencia del Ateneo sobre la que redactar un suelto «opinativo», no más de quince líneas, unas setecientas cincuenta matrices, el mismo que ahora acariciaba en el bolsillo de su guardapolvo, enfrentado a la mirada resignada de su padre.

—No entiendo qué se te ha perdido a ti con el señor Moya —le dijo este al cabo del rato, ya olvidado el enfado, qué se le va a hacer—. Ahora lo importante es que te licencies y después ya veremos dónde te podemos colocar. Mientras tanto, puedes echarnos aquí una mano con los manuales de texto del instituto de San Isidro para el próximo curso, que ya los tenemos apalabrados, y buena falta nos hará.

Desde que don Celestino, su profesor de bachillerato en el instituto, le había insistido a su padre en que su primogénito valía para el estudio, que le sobraba inteligencia para dedicarse a lo que deseara, el sueño de don Esteban era ese: que se licenciara en Derecho para así acceder a un puesto de funcionario en la Administración General del Estado. Estaba convencido de que un abogado tendría las habilidades que a él le faltaban para moverse por negocios, ministerios y comisiones municipales a fin de conseguir un buen contrato que proporcionara a la familia y al negocio un poco de tranquilidad. «No pido tanto, creo yo, —decía cada vez que se enteraba de que alguna otra imprenta conocida había conseguido lo que él tanto perseguía—. ¡Un contrato! Ni siquiera necesitaríamos uno grande, nos basta con uno mediano, de una dirección general o de un negociado menor; uno que nos diera un respiro, ¿verdad Carmina?»

Y Carmina otorgaba porque hacía tiempo que no contaba con ello. Las dotes comerciales no iban con el carácter del esposo. Era un buen hombre, sí, pero le faltaba labia para convencer, reflejos para coger al vuelo las oportunidades y picardía para decir a cada cual lo que deseaba oír. Sin su ayuda, bregada en las cuestiones de la imprenta desde la infancia, no habría sido capaz de mantener lo que el abuelo Pascual les había dejado atado y bien atado: el edificio de tres plantas —el local, un piso principal para ellos y un segundo dividido en tres cuartos donde alojaban a empleados como parte del sueldo—, los clientes fieles, los acuerdos con buenos proveedores de papel, tinta y letrerías de la fundición, y lo más importante casi: los contratos de edición suscritos con media docena de autores de novelas por entregas y de pliegos de cordel que los ciegos vendían en la calle.

Una risa femenina y juvenil traspasó las cristaleras del despacho e interrumpió la perorata del padre. Los dos hermanos se giraron al mismo tiempo hacia la sala de la imprenta de donde procedía la voz.

—Yo me vuelvo a la faena, padre —murmuró Santiago, nervioso solo de atisbar a Rosalía, la hija de Quino, a través del cristal—. Le dejo aquí los tres carteles de precios que nos pidió Martínez, el tabernero.

—¿Los ha revisado Quino?

—No, padre. Los he revisado yo.

—Que les eche un ojo también Quino, anda. Así me quedo más tranquilo —le dijo, devolviéndole las cartulinas.

Santiago apretó los dientes, pero los cogió en silencio y se dio media vuelta. Diego lo siguió con la mirada, hasta que se hubo marchado.

—Debería confiar más en el criterio de Santiago, padre. Ya no es ningún aprendiz.

—¿Quién ha dicho que no confíe en él? Ya tendrá tiempo de decidir, pero, mientras tanto, prefiero que Quino haga su trabajo, que para eso le pago.

La manecilla del reloj de pared marcó la media con el sonido de dos vibrantes campanadas. Diego comprobó la hora y, levantándose de la silla mientras se desabotonaba el guardapolvo, puso como excusa una cita con el catedrático en la facultad para marcharse corriendo. Prefería contar una pequeña mentira sin importancia que enredarse en explicaciones sobre su colaboración en *La Democracia*. Sacó con disimulo las cuartillas del bolsillo y las guardó en el de su levita de paño marrón, antes de descolgarla del perchero y enfundársela según atravesaba a paso rápido el taller.

—¡Diego, espera! —La voz aguda de Rosalía le detuvo a medio camino.

Él se giró para verla acercarse con un trotecillo gracioso, el mismo con el que recorría la imprenta con sus juegos y martirizaba a ambos hermanos con sus travesuras no mucho tiempo atrás. De la noche a la mañana, como quien dice, la niña inquieta y escurrida que conocía ya no era ni tan niña ni tan escurrida, saltaba a la vista: las caderas se le habían redondeado y los pechos despuntaban bajo su camisola como cazoletas redondas y turgentes. ¿Qué años tendría? ¿Dieciséis? ¿Diecisiete? Se había puesto muy guapa, aunque él prefería las mujeres más hechas, como Luisa Espina, cuya pasión asaltaba sus pensamientos ya fuera de día o de noche.

—Tengo un poco de prisa.

—He traído buñuelos. ¿Quieres uno? —La muchacha le tendió el cucurucho de papel estraza manchado de aceite.

Diego echó un vistazo a las tentadoras bolas recubiertas de azúcar y escogió una que engulló de un bocado.

—Está riquísimo —dijo en cuanto pudo articular palabra—. Ten cuidado con mi hermano, son sus dulces preferidos.

—Los he hecho para ti.

Le dio las gracias con una sonrisa a medias, presintiendo problemas.

—Me llevo otro para el camino.

—Toma el cucurucho entero, que solo quedan dos —repuso ella, y le entregó el envoltorio cerrado como un paquete.

Diego alzó la mano e hizo una seña de despedida a Santiago, que fingía limpiar una barra de la Fina a unos metros de distancia. Como si Diego no supiera que no les había quitado ojo de encima.

4

A Rosalía se le meció la sonrisa en el leve balanceo de la espalda de Diego, alejándose de ella. Se le llenaron los ojos de su figura espigada, del verdor aceituna de su mirada, de sus labios golosos besando el buñuelo, y el pecho inflamado de ardor juvenil se le vació en un suspirito tembloroso, como una llama ante un soplo de viento. Esta vez sí se había fijado en ella de verdad, no como otras veces en que, al encontrarse frente a él, la había hecho sentir como si todavía fuera la niña escuchimizada que se escondía detrás de Santiago y a él, a Diego, no se atrevía ni a mirarlo de tan guapo que le parecía, no fuera a reírse de los rubores que le subían hasta las pestañas. Ahora no solo se atrevía a mirarlo, sino que le buscaba los ojos con un poco de picardía, la que le daba el sentirse de pronto bonita, rebosante de una excitación, un nervio, un no-sé–qué–qué–sé–yo que no sabía de dónde le venía, Dios mío, pero la tenía en un ay. Era una sensación extraña, desconocida; una sensación que había comenzado esa misma mañana de camino a la imprenta, cuando al pasar por delante de Jesús, el hijo del zapatero apostado en la plaza de Lavapiés, le había oído entre dientes una sarta de piropos deslenguados que la había hecho bajar la vista y esconder una sonrisa avergonzada y halagada al mismo tiempo, porque no estaba ella acostumbrada a lisonjas ni cariños, ni fuera ni dentro de casa. De padre no recibía más que miradas de disgusto y muchos silencios. De madre, malas palabras, pellizcos y golpes que le caían cuando menos lo esperaba, sin comerlo ni beberlo, porque sí, porque era hija de su padre y en alguien tenía que volcar madre el resentimiento que sentía contra la maldita imprenta y la «doña», la mujer que le había robado el marido antes incluso de casarse con él, que ahora ya lo sabía, no como entonces, que había sido una ingenua, una pobre costurera boba cegada por la estampa de un novio bien plantado, listo como un lince, sin más vicios que su trabajo de tipógrafo y, hay que ver, cómo la había engañado.

—¿Le has dado a Diego todos los buñuelos? —oyó que le preguntaba Santiago, a su espalda.

—¿Qué todos? ¡Pero si solo me quedaban dos! —Se volvió hacia él risueña, pero al darse de bruces con el rostro enfurruñado de Santiago, la sonrisa se le distrajo en el pensamiento repentino de lo distintos que eran los dos hermanos, madre de Dios. El uno tan serio y calmado, que a veces se preguntaba si no tendría vocación de cura, y el otro, un polvorilla imprevisible con el que no sabía a qué atenerse, porque tan pronto estaba contento y parlanchín, como pasaba a estar callado y de mal humor, en un abrir y cerrar de ojos—. No te enfades. La próxima vez traeré dos docenas.

—Una solo para mí —exigió él, más conforme—. La otra que se la repartan los demás. Y si quieres, podemos ir a comernos los buñuelos juntos, tú y yo, al cerro de Las Vistillas, como hacíamos antes.

De eso hacía mucho, cuando dejó de asistir a la escuela y padre se empeñó en que aprendiera a componer páginas, ella también, como un aprendiz más. Aguantaba largas horas delante del chibalete, colocando en sus cajetines, uno a uno, los tipos utilizados en los trabajos. Si terminaban pronto, padre les daba un descanso y ellos dos se escabullían a corretear las calles a su aire, el colmo de la felicidad.

—¡A Las Vistillas! A ver si van a pensar que somos novios. —Y se rio.

—¿Quién lo va a pensar? —se molestó él—. Y si lo piensan, ¿qué? Que digan lo que quieran.

—¡Rosalía! —la llamó una voz aguda. Al girarse hacia la puerta del taller, vio a su tía Manuela asomada con el crío en brazos y la niña de la mano. Le hacía señas para que se acercara—: Anda, chiquilla, vente conmigo a la fábrica y me cuidas a tus primos, que Juanín ha amanecido con fiebre y está muy tontorrón, no sé qué le pasa.

Rosalía corrió hacia ella con un trotecillo alegre.

—¿Otra vez estás malito, chiquitín? —Le hizo una carantoña al bebé de ojitos legañosos, que se recostó contra el hombro de su madre. Pobre. Había salido debilucho y enfermizo. Desde que nació, su tía Manuela la mandaba llamar cada vez que se le ponía malo alguno de los críos —Juan, de poco más de un año, y Nela, de cuatro—, lo cual ocurría a menudo, y ella no podía prescindir del jornal que ganaba trabajando a destajo en la fábrica de tabacos. Y con el padre no podía contar nunca; aparecía y desaparecía de repente, llevándose el jornal que Manuela ganaba en la fábrica. La semana anterior, que llegó borracho y sin un real, la tía le dijo que no volviera más, que estaba harta y ya se las apañaría ella sola con su paga de cigarrera.

—Espero que no caiga también Nela, que ya lo que me faltaba.

—¡Qué va! Pero si Nela es muy fuerte, ¿a que sí? —La niña asintió y la agarró de la mano. Rosalía le atusó el pelo cortito. El médico de la fábrica insistía en que eso y el lavarlos a menudo era la mejor manera de evitar piojos y enfermedades—. ¿Y no es mejor que me los lleve a la casa? Con el día que hace, en la fábrica hoy hará mucho calor.

—No, que quiero que los vea el doctor cuando pase por allí. Además, en la sala infantil les darán un plato de comida caliente, que esta mañana solo les he podido dar un mendrugo de pan *empapaíto* en agua y un huevo duro.

—¡Padre, marcho con la tía! —gritó, después de despedirse de Santiago.

Quino terminó de revisar las últimas pruebas impresas y las soltó sobre el resto de las páginas ya corregidas. Hasta que Rosalía no se hubo marchado de la imprenta, no se había sentado en su sitio, todavía malhumorado. Cuántas veces le había dicho a su hija que no le gustaba que viniera al taller, que no era lugar ni para pasearse ni para escabullirse de las tareas de la casa que le encomendaba su madre, *carallo*. Los chicos se distraían, las máquinas se ralentizaban, hasta Félix parecía más pendiente de los chascarrillos de su hija que de terminar de componer la página completa en la galera. Dos pescozones tuvo que propinar a los aprendices para que volvieran su atención a los cajetines y los tipos de plomo, y se dejaran de bisbisear entre ellos como zánganos. Echó un ojo al viejo reloj colgado en la pared, era casi la hora de almorzar. La visita había durado demasiado, no veía el momento de que Rosalía se marchara por donde había venido y los dejara volver al trabajo en paz. Condenada niña... La miraba y no sabía si sentirse orgulloso o molesto ante el desparpajo con el que su hija se movía y conversaba con los muchachos. Veía cómo la miraba Santiago y le molestaron todavía más esas risitas coquetas, ese contoneo exagerado de mujer. Esa no era su *filla* tranquila y callada, era otra Rosalía desconocida para él. A ver si iba a tener razón Araceli cuando decía que había que vigilarla y atarla bien corto, no fuera a perderse como una cualquiera. Hablaría con el chico, porque con ella no podría: ya no sabía qué decir ni cómo dirigirse a esa hija que se le había hecho mujer de repente, a sus espaldas, mientras andaba él en sus cosas, absorbido por los líos del sindicato. Llegaba tan tarde a la casa, que solo encontraba un plato solitario de caldo sobre la mesa de la cocina, esperándole. Cenaba solo, se lavaba el plato en la tina y luego se acostaba a oscuras, de espaldas a su mujer dormida (o eso le parecía a él), tan frío como el deseo de tocarla. De pronto pensó que también Araceli se había convertido en una extraña para él, si hasta el gesto se le había cambiado, la dulzura de su boca se había tornado en amargura, y más que hablar, escupía palabras como aguijones, y las pocas veces que le esperaba levantada era para quejarse o reprocharle o reclamarle una parte de la paga, porque otra cosa no tenía para darle. Tal vez de ahí la desazón que se le había quedado metida en el cuerpo.

Se quitó las lentes y se frotó despacio los ojos, resecos de tanto forzarlos a la tenue luz del quinqué. Como sigas leyendo con tan poca luz te vas a quedar ciego antes de llegar a los cincuenta, le dijo el optometrista que visitó unas semanas atrás, cuando fue a graduarse la vista por segunda vez ese año. Y qué se le va a hacer: ese era el tributo que debían pagar los tipógrafos por su amor a las letras. Un amor que en Quino se elevaba casi a la categoría de religión, la única que profesaba. De entre todos los oficios que pudo haber aprendido, ninguno como el de tipógrafo, ahora lo sabía. Eran obreros, sí, pero obreros instruidos, letrados. Obreros capaces de leer, componer y corregir textos de todo tipo, de historia, de biología, de filosofía, de política, aunque las largas jornadas laborales y la concentración embrutecieran su trabajo y apenas les dejaran con ganas de leer ni un triste párrafo más.

Después de comprobar que no había nadie cerca, sacó

del primer cajón de su buró varios pasquines que guardó en el bolsillo del guardapolvo. Se dirigió hacia el puesto de Félix y, con disimulo, le introdujo uno en el bolsillo.

—Es la convocatoria de nuestra próxima reunión —dijo en voz baja.

—No sé, Quino. Yo no quiero jaleos, que tengo siete bocas que alimentar —murmuró su compañero sin dejar de trabajar.

—Precisamente por eso debes venir, Félix —insistió él con énfasis—. Si queremos mejorar nuestros salarios, nuestras condiciones laborales, debemos organizarnos como lo están haciendo en otros sitios. ¡La unión hace la fuerza!

Esa frase se le había quedado grabada desde que se la oyera decir a Emilio Cortés la semana pasada, cuando se encontraron a la salida del taller y se dirigieron a una de las tabernas cercanas a la plaza Mayor con olor a tocino rancio y vino viejo. Emilio se lo llevó a una mesa apartada y coja que calzaron como pudieron, y entre trago y trago de vino le contó a media voz que habían fundado un partido político de obreros y para obreros, un partido socialista, Quino. Él y otros veinticuatro compañeros más, la mayoría tipógrafos, y, entre ellos, Pablo Iglesias —y al ver su cara de extrañeza, Cortés añadió—: sí, hombre, si tú lo conoces: el presidente de nuestra asociación del Arte de Imprimir, ese joven que militaba en la Internacional de Trabajadores, que sabe tan bien de lo que habla. Fue hace quince días, aquí al ladito, en un reservado de Casa Labra. Y allí reunidos, lo acordaron entre todos y lo pusieron por escrito en el acta de fundación: que si queremos acabar con esta vida miserable y desgraciada, los trabajadores debemos unirnos y organizarnos para la acción política. Nadie va a defender nuestros intereses mejor que nosotros mismos, ¿o no? —Quino asintió con la cabeza, en silencio—. Porque vamos a ver: ¿a santo de qué la burguesía propietaria prospera mientras nosotros, los obreros, nos hundimos en el fango trabajando de sol a sol por cuatro perras? ¡Pues porque el poder político se encarga de protegerlos! ¿O no? —Y esta vez Quino le dio la razón con la mirada encendida porque así era, ni los liberales ni tan siquiera los republicanos los defendieron cuando llegaron al poder después de la revolución de septiembre, se aburguesaron, se dedicaron a pelearse entre ellos por ocupar sus sillones de diputados y se olvidaron del pueblo hambriento—. Así que, como bien dice el compañero Iglesias, debemos luchar en su mismo terreno, la política, y con sus mismas herramientas, un partido nuestro, de los trabajadores. Se acabó el que la burguesía propietaria sea la dueña de los instrumentos de producción, de las imprentas, de las fábricas, de las minas... Lucharemos para que pasen a ser propiedad colectiva de la sociedad en su conjunto. No habrá ni patrones ni obreros ni clases sociales que valga; seremos una única sociedad de trabajadores libres e iguales, todos dueños de nuestro trabajo, un trabajo con una paga decente para vivir sin penurias ni hambre ni escasez. ¿Cuento contigo, Quino? Habrá que difundirlo entre los compañeros, de hombre a hombre, y conseguir que se afilien; cuantos más seamos, mejor. ¡La unión hace la fuerza!

No iba a ser tarea fácil. En Madrid no había apenas industria ni fábricas rebosantes de obreros a los que convencer. Estaban las cigarreras, pero ellas hacían la lucha por su cuenta y riesgo dentro de la fábrica. Lo que había en Madrid era numerosos artesanos en sus pequeños talleres dedicados a cubrir las necesidades de vestimenta, calzado, marroquinería o cualquier otro complemento que tuvieran las clases más pudientes de una ciudad cuya vida giraba en torno a la capitalidad y a la actividad del gobierno y de las Cortes. Y en la capital, cada cual se buscaba las habichuelas como buena o malamente podía y desconfiaba de lo que hiciera o dejara de hacer el vecino, si no era fácil, rápido y en provecho propio.

—Quino, ¿cómo es que hay todavía un montón de pliegos de cordel detrás de la puerta de entrada? —La voz de Carmina resonó impaciente por toda la sala.

Sus ojos volaron a ella, a su burguesa propietaria, dueña de la imprenta, del sudor de su frente y de los latidos desengañados de su corazón. Se le agriaba la sangre de verla plantada en medio del taller, tan señora y tan hermosa —por qué no la afeaban los años, *cagüen*, por qué no se le hinchaba el vientre y se le descolgaban las carnes blandas, como a las mujeres normales— y tan distante, recriminándole qué, *carallo*, qué me vas a recriminar tú de lo que ocurre en la imprenta, con esa altanería de mujer acostumbrada a tomar las riendas cuando no se hace lo que ella quiere.

—Son de Pedro, que no ha aparecido en toda la mañana —repuso él de mala gana.

—Pues manda llamar a algún chiquillo y que los reparta por sus puestos, que deben de estar esperándolos desde primera hora. Es que si no vengo yo y lo digo, ¿a nadie se le ocurre hacerlo? —se lo preguntó a él, pero volvió el rostro hacia la oficina donde su marido leía el periódico, ajeno a lo que ocurría fuera.

Por la forma en que la vio apretar los dientes y cruzar los brazos, Quino supo que a Esteban no le reprocharía nada allí, delante de todos; era demasiado orgullosa para eso. Carmina Torres callaría como venía haciendo desde hacía mucho tiempo y se encerraría en su despacho y en su silencio a resolver los asuntos cotidianos de la imprenta.

—Le he dado a otro repartidor la mitad de los pliegos de Pedro para que se los llevara. —Lo dijo con toda la calma que pudo reunir, porque allí, quien de verdad estaba pendiente de cuanto ocurría dentro del taller era él. Ni Esteban ni nadie más. Él, Quino Pontes, a ver si te enteras de una vez, Carmiña, *riquiña*.

—¿Y Diego? ¿Se ha marchado ya? —Esta vez se dirigió a Santiago, aunque en un tono muy distinto al empleado con él, pensó.

A Carmina se le suavizaban la voz y la mirada —que no la exigencia, esa nunca— ante sus dos hijos. Bien que se había encargado ella de dirigirlos con mano dura, sin ñoñerías ni caprichos que pudieran ablandarles el carácter, como al padre. Quizá por eso se los confió a Quino cuando no habían cumplido ni los diez años con el encargo de que les enseñara el oficio con la misma exigencia y disciplina que utilizaría con dos aprendices cualesquiera. Y así lo hizo, ¡vaya par de rapaces! Les había tomado cariño a los dos, a Diego y al pequeño Santiago, con lo diferentes que eran. Santiago era tan ágil con las manos como cabezón con lo que no le entraba en la mollera. Se obcecaba en algo y no había forma de sacarlo de ahí, pero aprendía rápido, el galopín. Desde el principio se manejó bien con los tipos, como si fueran un juego para él, un juego en el que siempre quería ser más rápido que su hermano mayor. Mientras que Diego... Ah, Diego. Pensaba demasiado y eso no era bueno en ese oficio. Le gustaba entretenerse en leer los libros más que en componerlos, aunque a la hora de componer el texto de una página, era más fiable que su hermano, lo hacía con tanto cuidado que no cometía ni un solo error.

—Ha salido camino de la universidad —respondió Santiago, excusando a su hermano. Siempre lo hacía. Y su madre lo sabía.

Por un instante, Quino imaginó que su Rosalía y Santiago... Sería un acto de justicia divina: que la imprenta que ese membrillo de Esteban le arrebató veinte años atrás terminara en manos de su hija al cabo del tiempo. Casi era mejor que aquellas ideas descabelladas que se le ocurrieron después de que Carmina llegara un día con el panoli del brazo y se lo presentara a don Pascual como su novio. «Esteban Lebrija *pa' servi'le*, ayudante de *encuadernasión* en un *tallé* de Sevilla», dijo con soniquete andaluz. Mentira.

Ni sabía de encuadernación ni había trabajado en ningún taller de Sevilla, pero a quién le importaba. Carmina Torres se había encaprichado de él. Al parecer, Quino nunca fue suficiente para ella, aunque lo fuera para don Pascual, que lo apreciaba casi como a un hijo. Todavía hoy se preguntaba Quino qué había visto ella en aquel melifluo que tan pronto se derretía con cada palabra que salía de la boca de su novia como se encogía ante la presencia del viejo Pascual, que lo observaba ceñudo, sin dar crédito. «No solo es que no le vea madera de impresor, ni ambición o afán por aprender, hija; es que no tiene sangre en las venas, no es ni medio hombre para ti», le llegó a decir una tarde en su oficina, que lo oyó él. Y aun así, el viejo tragó. Tragó porque su mujer había muerto y estaba solo; tragó porque Carmina era su única hija y nunca supo bien cómo tratarla ni contentarla y, sobre todo —se dijo Quino con la perspectiva que le daban los años transcurridos—, sobre todo, tragó porque el viejo Pascual pensaba que viviría muchos años, los suficientes como para velar por el futuro de su negocio, conocer a sus nietos y preparar con tiempo su sucesión al frente de la imprenta. ¿Quién le iba a decir a él que se lo llevaría por delante una neumonía al poco de nacer Diego? ¡Pobre viejo! Si hubiera sabido lo que Esteban haría con su imprenta, la ruina a la que la llevaría en apenas unos años, no habría dudado en pactar con el diablo su regreso de la tumba con tal de impedir que su hija se casara con ese hombre.

5

Al final tendría que darle la razón a padre, pensó Victoria, asomada a la ventanilla del carruaje al girar la esquina a la calle Barquillo; puede que Madrid no tuviera la monumentalidad aristocrática ni la enjundia cultural de Viena, pero poseía su propio encanto capitalino. Sus calles desbordaban vida, bullicio, un desparpajo desenfadado, como ninguna otra ciudad europea que ella conociera y, al contrario de lo que pensó al principio de su llegada, tenía poco que envidiarle a Viena en lo que a vida social se refería. Tal vez esa actividad social fuera menos elevada y sofisticada que la vienesa, pero no por eso era menos intensa. De eso podía dar fe el aluvión de invitaciones a todo tipo de eventos que comenzaron a llegar al palacete de Moaña con la entrada de la primavera, y que la condesa cribó con ojo exigente. «Ya aprenderás que aquí tenemos tres tipos de eventos: aquellos a los que debes acudir por no hacerles un feo a los anfitriones; aquellos a los que no deberías acudir por no hacerte un feo a ti misma o a tu familia, y aquellos a los que acudes por gusto y porque te da la real gana, al margen de quién los organice y a quién invite. El equilibrio de la elección de unos y otros, querida, es la esencia de tu prestigio social», le explicó, una vez que hubo terminado.

Durante esos dos meses, presentó a Victoria en las reuniones de mayor relumbrón, se dejaron ver de vez en cuando en los paseos vespertinos que congregaban a jóvenes y señoritas de edad casadera en las arboledas del Salón del Prado (¿Por qué lo llaman salón si no deja de ser una agradable avenida, tía?, le preguntó ella al recorrerlo por primera vez. Ah, pero la función es la misma: reunirse, conversar, ver y ser vista, aunque sea al aire libre, querida) y asistieron a las numerosas veladas musicales y conciertos privados organizados por ciertas damas distinguidas que compartían con su tía la devoción por la música. Y aunque doña Clotilde nunca asistía al teatro —era casi el único acto social al que había renunciado debido a su progresiva ceguera—, Victoria sabía que el público madrileño llenaba cada noche las funciones de la extensa cartelera de obras representadas en los escenarios. Se lo había contado su hermano Jorge, fascinado con la vida nocturna de la capital, mil veces más variada, animada y libertina que en Viena, dónde iba a parar. Él también había terminado seducido por el extraño encanto callejero de esa ciudad.

Pensó que debía de ser por el carácter expansivo y

vocinglero de la gente, o quizá por ese sol, o por la luz límpida que sacaba brillo a balcones y fachadas, como la del edificio familiar que atisbó al doblar la esquina a la calle San Lucas. Le había pedido a Fidel que, de camino al centro, pasara por delante de la casa–palacio de los duques de Quintanar, el que fuera su hogar en la infancia. Una cálida emoción se extendió en su interior al reconocer la fachada amarilla un tanto deslucida por el abandono de tantos años. Estaba tal y como la recordaba. Según Álvaro, de las obras encargadas por su padre solo quedaban por realizar algunos remates, además de pintar la casa entera, trabajos que tenían previsto empezar dentro de dos semanas, a principios de junio. Por eso se alarmó al descubrir el portón de entrada entreabierto.

—Fidel, ¡pare, por favor! —le pidió al cochero, que frenó en seco los caballos—. ¿Puede esperarme?

Victoria descendió del calesín con paso decidido y al llegar a la entrada, empujó despacio la hoja abierta. Lanzó al aire un hola interrogante que resonó en el recibidor desnudo. Allí en medio, contempló el espacio con los ojos de su niñez. Lo recordaba inmenso, con el techo abovedado, las puertas en arco, la escalera de caracol de madera y hierro forjado. Y ahora, en cambio, le parecía empequeñecido. El suelo de mármol estaba cubierto por una gruesa capa de polvo, y las paredes desprendían un penetrante olor a yeso húmedo que le irritaba la nariz. Volvió a gritar hola; su voz se perdió hacia arriba por el hueco de la escalera y su memoria le devolvió el recuerdo de sus hermanos al deslizarse por la sinuosa barandilla de madera y ella persiguiéndolos escaleras abajo entre gritos, quejándose porque siempre la relegaban en sus juegos, incluso en aquellos que se inventaba ella, historias de seres mitológicos procedentes de lugares inexplorados que campaban a sus anchas por las estancias prohibidas y por el jardín de la casa, a la espera de que recibieran la señal mágica que solo ella conocía.

Le llegó un ruido hueco lejano, repetido. Lo siguió a través del corredor hasta la salita de las flores, llamada así por el alegre papel pintado que cubría las paredes como si fuera una extensión del jardín que tenía de frente. Ahora ese jardín estaba invadido por la maleza, las zarzas y los árboles descontrolados que un jardinero se afanaba en desbrozar. La imagen de su madre se le apareció entonces como si nunca se hubiera movido de allí, de su mecedora del rincón, frente al ventanal, donde se pasaba las tardes dormitando. No la recordaba de otra forma que no fuera postrada, vencida por una fatiga vital que le impedía andar, moverse o sostener una mínima conversación, por más que se esforzara. No molestéis a vuestra madre, les reprendía la miss si los veía jugar alrededor, pero ella replicaba que los dejaran, que le gustaba tenerlos cerca, escuchar sus voces. Cuando el padre se llevaba a sus hermanos a recorrer la quinta, dejándola a ella allí, sola y llorosa, su madre la llamaba para que se sentara a su lado y le leyera poemas de Santa Teresa o las fábulas de Samaniego para niños, porque tú eres la que mejor lee de la familia, mi tesoro. Ella no terminaba de creérselo. ¿Mejor que Jorge? Mejor que Jorge, mejor que Álvaro.

Y así se quedaba conforme.

Esa era la imagen que guardaba de ella, el resto eran recuerdos prestados, ya fuera de sus hermanos o de las pequeñas anécdotas que solía contarle su padre cuando todavía hablaba de ella. Le dolía reconocer que si no fuera por el retrato al óleo que viajaba con ellos y presidía el salón familiar de cada una de las casas que había habitado desde su muerte, ya fuera en Londres o en Viena, ni siquiera recordaría su rostro.

—¡Victoria! ¿Se puede saber qué haces aquí?

El corazón le saltó en el pecho del respingo.

—¿Y tú? Me has dado un susto de muerte. —Álvaro se acercó acompañado de un joven alto, rubio, bien parecido. Victoria enseguida decidió que era extranjero. No solo por sus rasgos, sino por la atípica vestimenta (levita color chocolate de paño y terciopelo, pantalones en tono tostado y un llamativo chaleco de seda adamascada en negro y oro), que lucía con porte aristocrático. Inglés de buena cuna, precisó de un vistazo—. He visto la puerta abierta al pasar y me ha extrañado; pensé que la casa estaba cerrada.

—Quería enseñársela a James, que ha venido a pasar unas semanas en España. —Sin pausa, Álvaro cambió al idioma inglés antes de proseguir la conversación—: James, mi hermana, Victoria. —Se dirigió a ella—: Su padre, el duque de Langford, nos invitó a su casa de Treetop Park en Hampshire el año que nos trasladamos a Londres. ¿Te acuerdas de él?

Sus ojos se cruzaron. Los de él, celestes como un desvaído cielo invernal, la observaron con interés.

—Levemente, era casi una niña —respondió ella, diplomática, también en inglés. Le tendió su mano enguantada—. Mucho gusto, James.

—Yo sí me acuerdo de usted, Victoria. Creo que ha sido la única persona en el mundo que se ha caído en nuestra fuente de ranas.

—¡Eso sí lo recuerdo! Yo no debía de tener más de diez años. —Victoria se rio con una pequeña carcajada al rememorarlo—. Saltaban de nenúfar en nenúfar y quise atrapar una. Me empapé entera... ¡Qué vergüenza pasé! Tuve que ponerme aquella horrible camisola y quedarme en la sala de juegos hasta que se me secara el vestido.

También se acordó de él, el primogénito de los dos hijos del duque, el joven engreído y bravucón que despreciaba sus juegos infantiles con la suficiencia de quien deseaba imponer su autoridad sobre los demás.

—La camisola de dormir de mi hermano Phillip —asintió, examinándola de arriba abajo, como si la viera de nuevo con ese atuendo—. Fue lo único mínimamente femenino que encontró mi madre en la casa, para disgusto de mi hermano. No quiso volver a ponérsela jamás. Cómo nos reímos después, ¿verdad, Álvaro?

Su hermano la miró con ternura y agregó:

—Las caídas de Victoria forman parte de nuestras leyendas familiares. —Álvaro señaló hacia el viejo roble del jardín y dirigiéndose a ella, le preguntó—: ¿Te acuerdas?

Cómo lo iba a olvidar. Ocurrió poco antes de que muriera su madre y la abuela Carlota apareciera de improviso en el vestíbulo de la casa, autoritaria y envarada como era ella, apoyada en su bastón de caoba y plata, anunciando que había venido a poner orden y a hacerse cargo de la situación familiar, ya que tú no lo haces, Federico, que eres igual que tu padre, hijo, un inconsciente y un... Su padre la cortó: no siga, madre, o tendrá que marcharse por donde ha venido, con todos mis respetos.

Al día siguiente, la abuela despidió a la miss sin ninguna explicación y luego mantuvo una larga conversación con la madre en su alcoba; y vosotros, a jugar al jardín, les dijo, no quiero oíros dentro de la casa. Estuvieron entretenidos toda la mañana con su juego de criaturas fantásticas hasta que Jorge descubrió un nido de gorriones en una de las ramas del viejo roble. Por supuesto, había que trepar hasta allí y robar un huevo que ya no era de golondrina sino de una libélula gigante con cola de dragón —propuso ella— que se alimentaba de los bondadosos gnomos, los guardianes del jardín. Álvaro decidió que subirían Jorge y él; ella debería quedarse abajo, vigilando. Una niña no podía trepar a los árboles, le dijo, y como evidencia, señaló su vestido de fruncidos hasta la rodilla. «¿Y qué? Tus pantalones también llegan a la altura de la rodilla.» «¡No la dejes, Álvaro! Si se cae, ¡nos castigarán!», gritó Jorge. No recordaba cómo los convenció, pero lo cierto es que trepó por las ramas detrás de ellos y alcanzó un tronco no muy alto, donde se sentó a horcajadas. En el nido no había huevos, solo un pajarillo muerto que Jorge alzó despacio con una ramita y lo lanzó hacia ella —sin darse cuenta, aseguró después—. Se asustó. Soltó las manos del tronco, perdió el equilibrio. Resbaló, pero no se cayó. Al intentar recuperar el agarre, una rama tronchada le arañó el muslo a lo largo, provocándole una raja de la que solo fue consciente al llegar abajo. Una raja sangrante de un palmo de largo que ocultó bajo el vuelo del vestido. Se aguantó el dolor y las lágrimas. Por nada del mundo quería que la vieran llorar, ni quejarse, ni mostrarse como una niña pequeña y débil ante sus hermanos.

—Pero no me caí.

—No se cayó —corroboró Álvaro, sonriente—, pero se hizo una raja en la pierna de la que no nos enteramos hasta que el ama de llaves encontró su vestido lleno de sangre. Tuvo que venir el doctor a cosérsela con aguja e hilo, por aquí —dibujó una línea en su pierna, en el lugar donde la tenía Victoria.

—¡Álvaro! A James no le interesa tanto detalle —protestó su hermana.

—¿Por qué no? —replicó el aludido—. Diría que parece usted bastante recuperada. —La miró fijamente.

—Si eso es un cumplido, se lo agradezco, pero no creo que mi hermano tenga que contar mis intimidades —dijo Victoria, airada.

—Solo pretendía mostrarle a James lo valiente que eras —dijo Álvaro, defendiéndose ante su ataque de pudor.

Fidel asomó por la puerta, apurado.

—Ah, señorita, está aquí. Perdone, estaba preocupado por su tardanza.

—¡Ya mismo voy! —exclamó. Se despidió de los dos—: Debo marcharme. Voy a hacerle una visita a Jorge.

Álvaro tiró de su leontina y consultó su reloj.

—Dudo que se haya despertado.

—Espero que podamos vernos de nuevo, señorita Victoria —dijo James con una leve inclinación a modo de despedida.

El carruaje se detuvo frente a la puerta del Gran Hotel de París, al inicio de la calle Alcalá, casi en la plaza de la Puerta del Sol. Le dijo a Fidel que se podía marchar, que su hermano la acompañaría de vuelta a la mansión de la condesa a media tarde, y atravesó decidida el lujoso vestíbulo decorado en el siempre —para su gusto— pomposo estilo Imperio francés, recargado de dorados y de absurdos motivos animalescos en muebles, espejos y adornos. ¿Qué se podía esperar de un estilo creado como extensión de la imagen pública que deseaba proyectar Napoleón de sí mismo?

Esbozó su sonrisa más encantadora al llegar al mostrador de recepción y presentarse al *concierge*, un señor envarado en su librea color verde napoleón ribeteada en dorados, buenos días, soy la señorita Victoria Velarde, vengo a visitar a mi hermano Jorge Velarde, y por si tenía alguna duda, extendió sobre el mármol negro la nota firmada por su hermano con la autorización para subir al dormitorio. El *concierge* la observó con suspicacia, extendió dos dedos huesudos y se acercó la nota hasta tenerla al alcance de los ojos. Luego, sin decir nada, pulsó varias veces el timbre de bronce sobre el mostrador. Victoria aguardó paciente mientras veía aproximarse al portero de la entrada, a quien el *napoleoncillo* de recepción se llevó a un aparte. Los dos hombres intercambiaron varios susurros sin dejar de dirigirle miradas de soslayo. El portero negó con un contundente movimiento de cabeza, «estoy seguro de que anoche llegó solo, señor», le pareció oír a Victoria. Satisfecho, el *concierge* retornó a su puesto en la recepción y sin mudar su expresión avinagrada, le indicó el número, habitación treinta y seis, señorita Velarde.

—Aguarde, el mozo la acompañará.

—¡No hace falta, gracias! —contestó Victoria, que ya había enfilado el ascenso por la escalera del vestíbulo.

Golpeó la puerta varias veces hasta que al fin se entreabrió una ranura por la que asomó parte del rostro adormilado de Jorge, que la miraba con un ojo abierto y otro cerrado.

—¿Qué haces tú aquí? —preguntó con voz cavernosa.

—Son las once de la mañana, hora de levantarse —canturreó, empujando la puerta para colarse dentro.

—¿Cómo te han dejado subir?

—¿Por qué no me iban a dejar?

Una peste a tabaco, alcohol, sudor y sueño le embotó la nariz, qué horror, cómo puedes dormir así, y sin mayor dilación descorrió las cortinas y abrió las dos hojas acristaladas del balcón con vistas a la gran plaza, que entre el aire y la luz.

—¿A qué has venido, Vicky? ¿A torturarme? —murmuró, somnoliento. Se dejó caer boca abajo sobre la cama.

—¡Uy! Se me ocurren algunas torturas peores que esta, hermano. —Su risa retumbó alegre por la habitación—. Necesito un traje tuyo. —Abrió de par en par las puertas del armario en madera de caoba e inspeccionó uno por uno los trajes colgados dentro—. Uno que se te haya quedado pequeño, que me pueda valer a mí.

—No tengo.

—¿Cómo que no? ¿Y este? —dijo, y extrajo un chaqué que sostuvo delante de sus ojos.

Jorge alzó la vista y se encogió de hombros.

—Tendría que haberlo tirado hace tiempo, está viejo y pasado de moda. Ya he encargado otro en la sastrería.

Victoria se metió en el baño para desvestirse. En un santiamén, cambió la falda de paseo y las enaguas por los pantalones negros del chaqué. Al salir, se miró en el espejo de cuerpo entero del armario mientras hacía el gesto —tan masculino, le hizo gracia— de entremeterse la blusa de popelín por la cinturilla demasiado ancha del pantalón, nada que no pudiera solucionar un buen cinto, como el que encontró allí mismo, sobre el estante; y para los dos palmos de largura que le sobraban en el bajo, le pediría a Juana que le hilvanara el dobladillo esa misma tarde, y listo. Por último, se colocó la chaquetilla.

—¿Qué te parece? —preguntó, posando para su hermano, que se había puesto una bata y fumaba un cigarro recostado contra el cabecero.

—¿Para qué lo quieres?

—Tú solo dime: ¿me queda bien?

Jorge la examinó de arriba abajo.

—No está mal. Si mi barbero te hiciera un buen corte de pelo y te dejaras barba, puede que consiguieras robarme alguna de mis conquistas.

Ella saltó encima de él riéndose.

—¿Te imaginas? ¡Sería divertido! —Engrosó la voz simulando la de un hombre y dijo—: Jorge y Víctor Velarde, a sus pies, señorita.

—¿Víctor? —Él fingió pensárselo seriamente unos segundos—. Ni hablar, con los sermones de Álvaro tengo más que suficiente. Devuélveme a mi hermanita —concluyó, apartándola de sí, entre risas.

Victoria se volvió a mirar en el espejo. Al menos, le sentaba mejor que el que había rescatado la tía Clotilde de un viejo arcón perteneciente a su difunto marido.

—Me lo llevo entonces. ¿Esta noche irás a casa de la señora Coronado?

—Es posible, no lo sé aún —dijo él con desgana.

—Deberías ir, aunque sea solo por saludar a la tía Clotilde, ya que no te dignas a hacernos una visita en condiciones —dijo mientras cogía uno de los sombreros de su hermano y se lo colocaba sobre la cabeza, esmerándose en ocultar los mechones sueltos—. Por cierto, me he encontrado con Álvaro en nuestra casa. Me ha presentado a James Langford, hijo de un lord inglés que conocimos en Londres. ¿Lo has visto?

Su hermano bostezó, negando con la cabeza.

—¿Qué día es hoy?

—Lunes, diecinueve.

—¿Lunes? —Saltó de la cama alarmado, despachurró el cigarro en el cenicero y, de camino al baño, preguntó—: ¿Qué hora es?

—No lo sé... Debe de faltar poco para las once y media. ¿Por qué?

Volvió al cabo de unos minutos, con la cara lavada, el pelo húmedo y peinado. Agarró unos pantalones y una camisa del interior del armario y se vistió apresuradamente.

—A las doce tengo una cita con el señor Pastrana, el apoderado de padre, y no puedo llegar tarde. Necesito que me adelante mi asignación del próximo mes, me he quedado sin dinero.

—¿Otra vez has contraído deudas de juego, Jorge? —Por la cara que puso su hermano, supo que sí—. Si se entera padre... ¿Y Álvaro? ¿Lo sabe?

—No, y no tienen por qué saberlo, ni él ni padre. Las

voy a pagar tan pronto como el señor Pastrana me entregue el dinero. —La miró mientras se abotonaba la camisa, y agregó—: Y tú te vienes conmigo, así se ablandará un poco. Cada vez que lo visito, me pregunta por ti. Date prisa y cámbiate, tendremos que coger un simón en la puerta del hotel.

6

La casa del señor Fernando de Pastrana se hallaba en la calle del conde de Miranda, a un paseo corto de la Puerta del Sol. Casa Pastrana, como se conocía, era un edificio noble de dos alturas y sótano en el que el viejo amigo y hombre de confianza de su padre tenía su hogar y el despacho de notario desde el que administraba un gran patrimonio inmobiliario de fincas y viviendas que no paraba de crecer, tanto en su Córdoba natal como en la capital. Allí los recibió, con los brazos abiertos, como si fueran parte de su propia familia. Victoria refrescó en un abrir y cerrar de ojos el vago recuerdo que tenía del hombre gallardo y jovial que acudía a la casa familiar en compañía de su mujer cuando aún vivía su madre, y lo enfrentó al señor de pelo canoso y ralo, espalda cargada y barriga prominente que avanzaba hacia ella.

—Déjame que te vea... ¡Cómo has crecido! ¡Y qué guapa estás! No me extraña que a tu padre se le caiga la baba contigo... Porque todos deseamos un varón en la familia, pero quien nos cuida y nos mima son las hijas, nuestros dulces ángeles del hogar. Eso es innegable, ¿o no? —Se volvió a Jorge, guiñándole un ojo.

—Innegable, don Fernando —respondió su hermano, muy serio.

Él se rio. Conversaron un rato más, tenía curiosidad por saber de su vida con la condesa de Moaña, qué tal estaba, qué hacía, hacía mucho tiempo que no coincidía con ella en ninguna reunión social, aunque bien era cierto que últimamente ellos se prodigaban poco en los salones. A menudo les daba pereza coger el carruaje después de asistir a misa de tarde, y ya sabéis cómo es eso: primero la obligación y luego la devoción. Victoria notó que se lo decía a ella, porque a Jorge debía de tenerlo ya bien calado. Que su hermano, de misas y rezos, poco, pese a la pinta de modosito que traía.

—¿Te acuerdas de mi hija Laurita? Erais casi de la misma edad, creo recordar. ¿Por qué no subes y la saludas mientras yo despacho con tu hermano? Creo que está también de visita mi hermana con mis sobrinas, pero a Amparo le hará mucha ilusión verte. —Tiró de un gran cordón de seda que colgaba del techo junto al sillón y no tardó en aparecer ante ellos el mismo criado que los había recibido al llegar—. Arsenio, por favor, ¿puede usted acompañar a la señorita a la salita donde esté la señora con las niñas? Luego subiremos nosotros.

Victoria atravesó el vestíbulo de paredes blancas y desnudas, decorado con extrema austeridad: un taquillón de madera y una silla jamuga, ambos de estilo castellano, eran los únicos muebles que vestían la estancia. Los escalones de madera crujían a su paso y al llegar al piso principal, el criado la condujo por un sombrío pasillo hasta la salita de estar.

Al entrar, se interrumpió la conversación y todas las miradas se centraron en ella.

—¡Ay! ¡Pero si es la pequeña Victoria, Victoria Velarde! —Doña Amparo se levantó del sillón y se abalanzó a recibirla—. ¡No sabía que venías! Ven, siéntate con nosotras. No habías avisado, ¿verdad?

Se respiraba un aire denso, cargado, quizá por efecto de las tapicerías en apagados tonos marrones, la severidad del mobiliario, la escasez de luz o el fuerte olor a cera quemada.

—No, he venido acompañando a mi hermano Jorge. Tenía un asunto que hablar con don Fernando.

La mujer la llevó hacia la zona de tertulia donde se hallaba otra señora de negro riguroso que también se puso en pie.

—Mi cuñada, Asunción —se la presentó. Tres jovencitas de entre dieciséis y dieciocho años se habían adelantado a saludarla y doña Amparo señaló a la primera, una chica de tez muy blanca y aspecto recatado, a quien recordó vagamente de su infancia—. De Laurita sí te acordarás, ¿verdad? Y estas son mis sobrinas, Sonia y Elena. —Por último, se volvió hacia el único hombre presente, un sacerdote de facciones acolchadas que la saludó con sonrisa beatífica—. Y este es el padre Tomé, nuestro guía y confesor, que casi es parte de esta familia, ¡un santo varón!

—Encantada, padre.

—No me ponga santidades que no me corresponden, doña Amparo —bromeó él—. Solo hago lo que humildemente me ha encomendado el Señor. Y ya aprovecho la ocasión y las dejo que hablen de sus cosas.

—¿Ya se nos va? Creí que se quedaría a almorzar.

—Otro día, doña Amparo. Debo hacer todavía alguna visita más. —Se volvió a la jovencita recatada y le dijo—: Espero que lo pienses bien, Laurita. Mira dentro de tu corazón y sabrás lo que te dicta el Señor.

Ella asintió con el rostro arrebolado.

—¡Cuánto me alegro de verte después de tantos años! —exclamó doña Amparo, examinándola de arriba abajo—. Ven, siéntate con nosotras. ¡Estás demasiado delgada, querida! ¿Es que no te dan bien de comer en casa de tu tía?

Victoria ocupó una de las recias sillas de madera y cuero repujado, y antes de que pudiera responder, doña Asunción intervino:

—Quizá es que ahora es la moda entre las señoritas, lucir un aire etéreo y melancólico a fuerza de comer como pajarillos.

Las tres jovencitas compartieron miradas y sonrisillas.

—Yo de modas no sé, pero les aseguro que como muy

bien, no me privo de nada. —Sonrió, sirviéndose un vaso de agua de la jarra—. Supongo que es cosa de familia. Mi madre también era así.

—Uy, no. Tu madre tenía sus redondeces. Al menos, antes de que enfermara —replicó doña Amparo, que no quiso entrar en más detalles y cambió de tercio con habilidad—: De todas formas, estáis todos muy delgados. Tu hermano Álvaro, que estuvo aquí la semana pasada, también está algo flaco...

Victoria salió en defensa de su hermano.

—Eso es porque no para quieto, siempre tiene que hacer algo. Le consume la actividad.

—Es un joven muy educado y responsable, eso sí. Lo comentamos Laurita y yo, ¿verdad, hija? —Doña Amparo se volvió hacia su hija, que se sonrojó—. Pero ¡cómo ha cambiado en estos años! Claro que erais muy niños cuando os marchasteis de Madrid. ¡Cuánto debisteis de sufrir allí solos, en un país extraño! Y con ese clima tan horrible que tienen en Inglaterra, no sé cómo se le ocurrió a tu padre llevaros con él... ¡Válgame Dios!

Victoria bebió despacio un traguito de agua y luego respondió:

—Nosotros tenemos buenos recuerdos de esa época, doña Amparo. Creo que no importa tanto el lugar donde resides, si estás rodeado de la familia que te quiere.

—Una familia unida en el amor y la fe es la mejor salvaguarda, se esté donde se esté —sentenció doña Asunción, con semblante grave.

—Sí, eso también es cierto, sin duda —no tuvo más remedio que reconocer doña Amparo—. Y la mejor prueba es que habéis recorrido media Europa y aquí estáis ahora, hechos unos jóvenes formales y encantadores. ¡Cuánto me hubiera gustado a mí visitar Viena! Pero a Fernando no le gusta viajar, qué le vamos a hacer.

—¿Y cómo es Viena? —preguntó Sonia, la más mayor de las tres—. ¿Has asistido a algún baile en la Corte? Dicen que son los más majestuosos de todos.

—¡Todo en Viena es majestuoso! —exclamó Victoria riendo—. Los edificios, los parques, los salones, los teatros y también los bailes, cómo no. Es muy distinto a Madrid, que es más... bulliciosa y campechana, por así decirlo. Y hay mucha vida en la calle.

—Ay, hija. Demasiada —se quejó doña Amparo—. Hay ciertas señoras, y no voy a decir quiénes, que se pasan el día callejeando de un sarao a otro con sus hijas, como si todo en la vida fuera diversión. Nosotras solo salimos a misa y a dar un paseíto al Salón del Prado para que se aireen un poco las niñas, y nada más. Eso sí, recibimos en casa casi a diario. —Hizo una pausa para desplegar el abanico con el que comenzó a airearse, y añadió—: Si quieres un consejo, cuanto menos se te vea por ahí en compañías liberales, mejor que mejor.

—Yo solo acompaño a mi tía a ciertas reuniones. A ella no le gusta prodigarse demasiado, enseguida se cansa.

—Y no me extraña. Doña Clotilde sabe lo que se hace. ¿Sigue escribiendo?

—Sí, todos los días.

—Nos encantó su *Álbum ilustrado de mujeres célebres,* ¿verdad, niñas? —dijo entonces doña Asunción, que sonrió por primera vez—. Lo leímos aquí, en voz alta, entre nosotras. ¡Qué interesantes vidas la de Santa Teresa, la de Juana de Arco o santa Adelaida!

—Hace poco ha publicado una novela nueva, *Flor de un día* —apuntó Victoria—. Dicen que está teniendo mucho éxito entre las señoras.

A doña Amparo se le constriñó la boquita de piñón.

—Nosotras preferimos otro tipo de lecturas más sencillas y amables. Salvo contadas excepciones que mi marido elige de su biblioteca, no permitimos que Laura lea novelas, y menos aún aquellas que pueden envenenar su alma. Son poco apropiadas para la formación del carácter de las jovencitas, las empujan a perderse en ensoñaciones que pueden llevar a la locura. Y no lo digo yo, lo dice un doctor. Afirma que las novelas pueden provocar crisis nerviosas irrecuperables.

—Y, además, son inmorales —agregó doña Asunción—. Tanta lectura no es buena para ninguna mujer, la distrae de sus obligaciones familiares. Está bien un barniz de ilustración en las señoritas, pero sin pasarse, no vaya a ser que se nos conviertan en unas pedantes ridículas a quien todo el mundo rehúye.

—Dice el padre Tomé que sabe de mujeres que se han pervertido por leer esas novelas sentimentales, sobre todo las francesas —añadió Laurita con aprensión.

Victoria ya no pudo callar más.

—En lo que a mí respecta, no he notado nada extraño por leer con cierta frecuencia. Y en cuanto a la novela de mi tía, dudo que tenga algo de inmoral —replicó.

—Por supuesto que no. No estamos diciendo que lo sea —dijo doña Amparo en tono conciliador—. Simplemente, creo que hay otras lecturas más convenientes para las señoritas, como la poesía, o libros de historia, o manuales de buenas maneras y de educación cristiana, como los que publican doña Pilar Sinués o doña Faustina Sáez de Melgar. ¿O es que tu padre te permite leer lo que tú desees?

Ella no respondió. Hacía tiempo que su padre no supervisaba sus lecturas, pero ni por asomo lo desvelaría ahí. De vez en cuando se interesaba por el libro que tenía entre manos y, en ocasiones, incluso le hacía algún comentario de advertencia, pero desde el momento en que aceptó que asistiera a las reuniones literarias de la señora Bernthal, dejó de preocuparse demasiado.

—Puedes venir a vernos cuando quieras, Victoria —le dijo doña Amparo en la despedida—. Laurita se junta aquí dos tardes a la semana con otras señoritas como ella y pasan un rato muy agradable.

—Muchas gracias, doña Amparo. Por desgracia, mientras esté en casa de mi tía, no voy a poder. La pobre no quiere que me aparte de su lado, le hago mucha compañía —se excusó como si lo lamentara de veras.

7

De un golpe seco, Diego trancó la puerta de cuarterones que separaba esos dos mundos tan distantes entre sí, el de la imprenta con su aire monacal y el del bullicioso barrio de Lavapiés, desplegado ante sí en toda su viveza bajo un sol deslumbrante. Se quedó allí de pie un rato, rodeado por el vocerío de los vendedores ambulantes y el revuelo de las cigarreras camino de la fábrica de tabaco situada al final de la calle, por el aroma de algún caldo de gallina al fuego mezclado con el del estiércol desperdigado por la calzada y las oleadas de putrefacción que se elevaban de las alcantarillas atascadas desde hacía varios días. En días como ese, tibios y luminosos, a Diego le daba por pensar que más allá de la miseria, las penurias y las muchas desgracias que azotaban a los habitantes del barrio, en las calles de Lavapiés se respiraba una vivacidad animosa, mitad esperanza, mitad resignación, con la que sobrellevaban con mayor o menor dignidad el día a día.

Sin embargo, bastaba un pequeño parpadeo que afinara la vista para que ese halo de optimismo plácido se cayera por la triste evidencia de la realidad.

Su vista se detuvo en el alboroto formado frente a la corrala, unas puertas más abajo de la calle. Llevado por la curiosidad, se aproximó despacio y se coló entre el grupo de curiosos que rodeaban la escena. Al parecer, una trifulca entre un hombre con pinta de pueblerino recién llegado y una mujerona de medidas intimidantes, enfrentados por un cuarto en la corrala. Y en mitad del fregado, ese tiparraco que a Diego le revolvía las tripas, Curro el Cerrojos, un maleante de aire chulesco que se aprovechaba de la necesidad ajena para hacer negocio con el trapicheo de viviendas en el barrio. Todo el mundo sabía quién era, aunque nadie sabía de dónde había salido. Unos decían que era de un pueblo de Badajoz en la frontera con Portugal, otros decían que había regresado de Filipinas expulsado del ejército con deshonor, pero lo cierto es que desde que llegara a Lavapiés tres años atrás, allí no se movía nada sin que él lo supiera y lo manejara a su antojo, previo pago de una comisión abusiva. El Cerrojos conocía cada vivienda de cada inmueble, ya fuera sótano inmundo o buhardilla insalubre, sabía quiénes las habitaban, en qué situación se hallaban, qué necesidades tenían, si lloraban, cantaban, tosían o si la muerte los acechaba. No se le escapaba nada, ni a él ni a sus dos compinches, dos tipos con malas pulgas. Decían por ahí que un rico propietario de edificios los contrataba para amedrentar a sus inquilinos morosos hasta lograr que pagaran o abandonaran el cuarto, y no era raro encontrarse con familias enteras con sus pertenencias arrojadas a la calle y sin lugar donde resguardarse.

Un campanilleo procedente del interior de la corrala acalló de golpe la discusión. La gente se hizo a un lado en silencio para dejar paso a una comitiva formada por dos alguaciles, un juez y un médico, seguidos de los portadores de dos camillas que transportaban sendos cuerpos ocultos bajo una deslucida tela fúnebre. Detrás de ellos, don Francisco, el sacerdote de la cercana parroquia de San Lorenzo, declamaba en voz baja: rezad una oración por sus almas, *in nomine patris et filii et spiritus sancti* a cuantos se habían congregado alrededor. De entre sus piernas, Diego vio surgir un chiquillo de ojos redondos y avispados en quien reconoció a Chicho, el nieto de la trapera que aparecía de vez en cuando por la imprenta.

—¡Chicho! —lo llamó a media voz y le hizo una señal para que se acercara. El niño fue hacia él, remolón—. ¿Qué ha pasado?

—Que ahí adentro *s'han* muerto dos viejos, Valerio el buhonero y la mujer, y el Curro ha *colocao* un *candao* en la puerta del cuarto *pa* que no se meta ese. —Y señaló al hombre de la carreta.

—¿Hace cuánto que no comes? —El niño se encogió de hombros—. Corre a la imprenta y busca a mi madre, que te dará un plato de lo que sea.

—Ese que dice el zagal es el nieto del Valerio —apuntó un hombre pequeño y arrugado, con un mondadientes en la boca. Espectador, como Diego—. El mozo ha llegado con su familia desde el campo de Ciudad Real, *indispuesto* a vivir en el cuarto con sus abuelos, pero el muy ladino del Curro ya tenía *amañao* de antes el alquiler del cuarto a esa —hizo un gesto con la cabeza en dirección a la mujerona—, y ahí están, *compinchaos*, y que no dejan pasar a *naide* ni al nieto ni a los críos ni a la carreta de mudanza. Aquí quien no corre, vuela.

Diego volvió a contemplar la escena: a un lado, el nieto cabeceaba con gesto torvo ganado por la impotencia, incapaz de enfrentarse a la desolación de su familia en la carreta: la mujer llorosa, rendida de antemano, con un bebé en brazos y dos niños enclenques pegados a sus faldas, de mirada tan inmóvil y polvorienta como los escasos enseres que traían consigo en el carro. Del otro lado, la mujerona que bufaba impaciente por entrar y tomar posesión del cuarto por el que ya había pagado la comisión correspondiente.

—¿Quieren un cuarto? —le soltó Curro al nieto del buhonero, con cierto deje burlón. Se mostraba inconmovible ante los lagrimones silenciosos de la madre—. Yo les doy un cuarto, faltaría más; pero este no, aquí no puede ser. De ser, tendría que ser aquí al lado, en la calle Provisiones. Me dan tres duros de pago por adelantado y nos vamos ya mismo para allá. Ustedes dirán.

A Diego le hirvió la sangre y saltó:

—No irá a meterlos en el *preñao*, ¿verdad? —Así era

como se conocía al viejo edificio de fachada abombada, ubicado en esa calle. Las vigas se habían combado con el paso del tiempo, los cimientos habían cedido a causa de las humedades y una gran panza de adobe sobresalía a la altura del primer y segundo piso—. Porque ese no es lugar para vivir, amenaza ruina.

Curro lo miró de mala manera.

—Será *ande* tenga que ser. Yo no obligo a nadie. Quien tenga algo mejor que ofrecer, que lo diga.

No, él no tenía nada. Pero tampoco quería quedarse callado mientras ese hombre engañaba a la gente ante los ojos de todo el mundo. Alguien tendría que avisarles de que se anduvieran con cuidado, aunque no pudieran hacer nada.

Todos los días llegaban de cualquier lugar de España familias enteras huyendo de otra hambre y otra miseria distintas a las que se encontraban allí en la capital, donde terminaban hacinados en cuartuchos lóbregos como ratoneras o en buhardillas insalubres. Lo aceptaban con la esperanza de que sería algo temporal mientras las mujeres entraran a servir en alguna casa y los hombres se ganaran un jornal en la construcción. Porque si algo había en Madrid en aquellos años, eran obras de construcción de todo tipo: tramos de carreteras, tendidos del ferrocarril hacia pueblos cercanos o capitales de provincias, construcciones de palacetes, edificios públicos de diversa índole o de viviendas en los nuevos ensanches de Chamberí, Argüelles y la Arganzuela, además del Canal de Isabel II para el suministro de agua de la ciudad, cuyos retrasos y desvíos presupuestarios traían de cabeza al ministro de Fomento. No hacía falta ser muy espabilado para colocarse en alguna de esas obras; bastaba con tener algún tío, primo, conocido o ni siquiera eso, que le diera entrada ante el capataz. Las pagas eran miserables, pero al menos tenían meses o incluso años de trabajo por delante con los que subsistir como buenamente podían. Mejor que en el campo esclavo y yermo, decían.

Cuando el pobre hombre consintió en la proposición de Curro, qué otra cosa podía hacer, vamos a ver, Diego se acercó a la carreta y les tendió el cucurucho a los críos ante la mirada vigilante de la madre, a quien le dijo: son unos buñuelos muy ricos, deje que los cojan. El niño más grandecito se lo arrancó de la mano, sin esperar la autorización materna.

Diego se dio media vuelta y se marchó. Prefería no ver más.

En el cruce con la calle del Amparo le llamó la atención una figura trajeada de andares familiares que cruzaba la calzada a saltitos torpes, no fuera a pisar un charco sucio o, peor aún, una de las boñigas de mula repartidas por la calzada.

—¡Diego! ¡Menos mal que te encuentro! —oyó que le gritaba su amigo Nicolás, con evidente alivio.

—¿Qué haces tú por aquí? —preguntó, realmente sorprendido. Desde hacía tiempo, Diego tenía la impresión de que, para sus amigos de la facultad, los límites de la ciudad llegaban en el sur hasta el eje de la calle Atocha–Tirso de Molina–plaza Mayor. A partir de ahí, las calles se difuminaban hasta desaparecer en ese Madrid embarrancado, visceral y oscuro que pululaba día y noche por el barrio de Lavapiés.

—¡Vengo a buscarte! Pero, chico, qué difícil es llegar hasta aquí. —Resopló mientras se secaba el sudor de la frente con un pañuelito que posó con disimulo bajo los orificios de la nariz—. El carruaje me ha dejado en la Ronda de Valencia porque el cochero se ha negado a entrar en la calle, ¿qué te parece? —Sin esperar su respuesta, lo enganchó del brazo y añadió—: En fin, ya estoy aquí, a Dios gracias. Y ahora tú y yo nos vamos, que para eso he venido.

—¿Ahora? ¿Adónde? —Diego se plantó en el sitio, sin moverse. No le costó mucho desprenderse del brazo de su amigo—. A mí me esperan en *La Democracia*.

—Pues que esperen en *La Democracia*. No podemos perder ni un minuto.

—Que no, Nicolás, no puedo...

—¿Quieres trabajar en *El Imparcial* o no? —le espetó su amigo sin contemplaciones. Diego enmudeció, picado por la curiosidad. El rostro redondo y aniñado de Nicolás se distendió en una sonrisa ufana—. Ya sabía yo. Pues vamos a la plaza de Matute y te lo cuento por el camino.

Lo había leído su padre en *La Época* mientras desayunaban, dijo. Un suelto de apenas cuatro líneas sin apenas detalles, que escuchó retraído en un silencio malhumorado después de la filípica que le había soltado su progenitor a cuenta de ese garito de dudosa reputación en el que un conocido suyo le había visto entrar varias noches acompañado de un desconocido. Y de nuevo trajo a colación la dichosa fiesta de carnaval en el centro de Madrid a la que él acudió disfrazado de María Antonieta, porque lo que no voy a tolerar es que ninguno de mis hijos me avergüence a mí o a la familia entera por comportamientos inmorales a la vista de todo el mundo. ¿Has pensado acaso en tu hermano, que se acaba de sacar la plaza de juez en Madrid? Si eso es lo que pretendes, te envío mañana mismo al ejército, a las órdenes del general Ardecilla para que te meta en vereda. Lo haré sin que me tiemble la mano, ¿me has entendido?

Lo había entendido perfectamente.

Ya en la calle compró *El Imparcial*, y ahí estaba, Diego, ¡en la portada! Una nota breve encabezaba la página con la información de que casi toda la plantilla, entre redactores, personas de administración, de imprentas y de máquinas, había abandonado la redacción del periódico, y por lo que dejaba entrever, lo habían hecho sin preaviso, de la noche a la mañana, con nocturnidad y alevosía. ¡Unos sinvergüenzas! Habían dejado tirados a los dos únicos compañeros que se habían quedado, el jefe de redacción y un redactor veterano y leal. Y por si fuera poco, se habían ido las mejores plumas: el director, Luis Polanco; el incomparable Fernanflor, director de *Los Lunes,* y también Machuca, y Pacheco, y Julio Vargas, y alguno más que no recordaba, así que el dueño, don Eduardo Gasset, había asumido la dirección del periódico.

—¿Fernanflor deja *Los Lunes de El Imparcial*? —A Diego le parecía impensable que Isidoro Fernández Flores, alias Fernanflor, renunciara a la página literaria que él mismo había creado. Y no solo porque lo había convertido en la mayor autoridad cultural de la capital, sino porque ¡Fernanflor era el alma de *Los Lunes*! Culto, irónico, divertido, descarado. ¿Quién no desearía escribir como él, con esa libertad, con esa fluidez juguetona? Sus críticas afiladas sentaban cátedra entre el público, y según Moya, que de eso sabía bastante, no había literato que no anhelara una invitación del periodista para escribir en esa página semanal capaz de aupar al Olimpo de las Artes a un autor o de hundirlo en la mayor ignominia.

Pero así era. El hecho de que el propio diario hubiera publicado la deserción colectiva de sus empleados, dejaba poco margen para la duda. Lo que no entendía era cómo, por qué. ¿Qué les había decidido a abandonar uno de los periódicos más leídos y respetados del país?

—Pero entonces, ¿cómo ha podido salir hoy *El Imparcial*?

—He oído que don Ignacio Escobar, el dueño de *La Época*, se ha comportado como un caballero, y ayer domingo le prestó el personal necesario a don Eduardo Gasset para que pudieran salir hoy y los días que haga falta. Pero a lo que iba: la redacción del diario se ha quedado en cuadro y eso me ha hecho pensar que necesitarán redactores de manera urgente. Así que allí nos vamos a presentar tú y yo, dispuestos a lo que sea.

—Pero si a ti no te gusta escribir, Nicolás.

—¿Cómo que no? —Y ante el gesto inquisitivo de Diego, que te conozco, Nicolás, este se vio en la obligación de aclarar—: No es lo mismo redactar disertaciones de derecho canónico que sueltos sobre los estrenos de teatro o los bailes de sociedad, como comprenderás.

Subieron la cuesta de Ave María hasta Antón Martín y en la confluencia con Atocha cruzaron a la plaza de Matute, donde se hallaba la redacción de *El Imparcial*. Y allí, frente al inmueble de cuatro plantas que ocupaba el periódico, a Diego le entraron de pronto las dudas y se arrepintió de haberse dejado arrastrar así por el inconsciente de Nicolás, que no paraba en mientes cuando algo se le pasaba por su cabeza de chorlito, acostumbrado como estaba a hacer lo que le venía en gana en su casa, en la universidad, en el salón de la Torreros y allá donde quisiera, que para eso era hijo de quien era. Retrocedió un paso y elevó los ojos de piso en piso, hasta el cuarto. Le temblaban un poco las canillas. De los nervios, se dijo. Porque Nicolás podía ser un inconsciente, pero ahí estaban, delante del portal de *El Imparcial* y a ver qué hacían ahora. Con qué excusa se colaban en el interior.

—¿A qué esperas? —le azuzó su amigo—. ¡Vamos, hombre!

Había tal barullo de gente entrando y saliendo del inmueble, que nadie los detuvo en la portería para preguntar el motivo de su visita. Un cartel indicaba que la imprenta estaba en la planta baja; la redacción, en el primer piso; administración y publicidad, en el segundo. Ascendieron las escaleras al primero y entraron sin llamar a un recibidor controlado por la mesa ahora vacía de un conserje y las miradas penetrantes de dos caballeros retratados al óleo. Se adentraron unos pasos hasta la puerta de doble hoja abierta de par en par a la gran sala de redacción. Diego calculó que sería tres veces mayor que la de *La Democracia.* Una larga mesa de caoba, de no menos de cinco metros de longitud por uno y medio de ancho, ocupaba la parte central a modo de columna vertebral. De una de las paredes colgaba una selección de portadas del periódico desde el primer número de 1867 y en el último hueco había una superficie de pizarra de proporciones similares a las del tabloide, en la que un chico marcaba en cada página el texto entregado por el redactor con su número de palabras entre paréntesis. Parecía el único que mantenía la calma entre aquella actividad frenética desplegada a su alrededor. Los pasos de los periodistas, en mangas de camisa y chaleco, iban de aquí para allá, consultaban los diarios desplegados en burós, escritorios y hasta en los divanes; tan pronto se sentaban como se levantaban, impelidos por un resorte súbito. Un hombre de espaldas cargadas sujetaba una tira de papel de donde leía en voz alta la primera frase de las noticias —«Los cantones suizos han aprobado por votación reinstaurar la pena de muerte que abolía su Constitución; Inglaterra y Francia han acordado renovar su tratado de comercio...»— mientras otro, un caballero que se paseaba de arriba abajo con gesto grave y solemne, rechazaba o aceptaba con un simple movimiento de cabeza. Es don Eduardo Gasset, le susurró Nicolás al oído. Diego lo observó con atención. Sin duda estaría preocupado, aunque la emoción que más traslucía su rostro severo era el de orgullo ante la ilusión y la laboriosidad de esa nueva plantilla volcada en hacer la edición del diario. Muy cerca del propietario creyó reconocer, en el joven sentado de espaldas, a José Ortega Munilla, amigo de Miguel Moya y contertulio del Bilis Club. En una mesa aparte, un muchacho leía con paciencia cuanto salía del telégrafo, cortaba algunas notas y se las pasaba a un mozo, que corría diligente a llevárselas a un redactor de la larga mesa central. A Diego le maravilló que pudieran mantener una mínima concentración para escribir entre tal ajetreo.

—¿Los puedo ayudar en algo, señores? —oyeron que les preguntaba una voz a sus espaldas.

Los dos se volvieron para enfrentarse a un ordenanza cargado con una abultada carpeta de papeles y diarios en los brazos.

—Buenas. Venimos a ofrecer nuestros servicios al director —respondió Nicolás, muy resuelto.

Ambos se cuadraron muy serios ante el examen al que los sometió el hombre.

—Llegan un poco tarde. Llevamos toda la mañana recibiendo a señores con las mismas intenciones. —Sin embargo, debió de compadecerse de sus caras de decepción, porque les ordenó que lo siguieran. Atravesaron la sala en dirección a un despacho contiguo, identificado por un rótulo donde se leía: ARCHIVO. Dejó la carpeta sobre el escritorio con un golpe seco y los invitó a tomar asiento junto a otros tres aspirantes que aguardaban allí mismo, en silencio—. En un rato vendrá el jefe de la redacción, el señor Andrés Mellado.

La mirada de Diego se detuvo en uno de los hombres, el más joven de los tres. Rizos domados sobre la frente despejada, ojos despiertos, bigotito fino, aspecto de galán airoso hasta en su manera de sentarse en una tambaleante silla. Inconfundible, Javier Carranzo. Lo conocía de vista, de la facultad. Era uno de esos alumnos veteranos, tres o cuatro años mayor, que aparecían a principios de curso con gesto de hastío para personarse ante el catedrático de turno y después desaparecían de la disciplina académica durante semanas, meses, hasta la fecha de los exámenes, a los que se presentaban... o no. Lo que diferenciaba a Carranzo de otros como él era que en las contadas ocasiones en que asistía a clase, nunca pasaba desapercibido. Llegaba con un par de periódicos bajo el brazo, echaba un vistazo general y condescendiente a sus compañeros antes de ocupar un sitio en primera fila, encendía un cigarrillo y se sumergía en la lectura del diario, ajeno a cuanto ocurría a su alrededor, hasta que el catedrático entraba en el aula. Durante la clase, solía interrumpirle con alguna pregunta o comentario bien preparado con los que pretendía

—a Diego no le cabía ninguna duda— llamar la atención del profesor.

Cuando sus ojos se cruzaron, Diego lo saludó con una venia. Notó su mirada insistente sobre él, como si no terminara de situarlo.

—Disculpen. Nos conocemos, ¿verdad? —inquirió el galán en voz baja en cuanto se hubieron sentado.

—Somos compañeros en la facultad —respondió Diego, que aprovechó para presentarse a sí mismo y luego a Nicolás—. Hemos coincidido alguna vez en clase de Derecho Político.

Los miró al uno y al otro como si se esforzara en recordar unas caras en las que jamás se había fijado antes.

—¿La del Murgas? ¡Menudo plomo! —Se rio entre dientes, recuperando la postura. No podían sino darle la razón. Don Cosme Murgas, catedrático de Derecho, tenía fama de soporífero entre el alumnado por su voz monótona y sus digresiones constantes hacia cuestiones filosóficas en las que se perdía él y perdía a sus alumnos; quizá por eso, pocos eran los que acudían de manera regular a sus clases y muchos los que terminaban suspendiendo sus exámenes—. ¿Y habéis aprobado el examen final? —preguntó, pasando al tuteo propio entre compañeros de estudios.

Ambos asintieron a la vez.

—Y Diego, con nota; porque, aquí donde lo ves, es de los primeros de la promoción. —A Nicolás le gustaba alardear de amigo.

—Pues ya me diréis cómo lo hacéis... Yo he pensado en regalarle a don Cosme un pase al Teatro Real, a ver si en la próxima convocatoria se ablanda y me aprueba, aunque sea por darle gusto a mi señor padre, que amenaza con recortarme la asignación. Quiere que sea notario como él, por más que le digo que la notaría no es lo mío. —Y para corroborarlo, extrajo sendas tarjetitas del bolsillo de su chaleco y se las entregó con cierta afectación—. Javier Carranzo. Periodista.

Diego examinó la tarjeta entre los dedos —cartoncillo blanco, satinado; tipografía inglesa enmarcada en una orla con motivos grecorromanos un tanto pretenciosa, para su gusto— mientras le oía enumerar las diversas publicaciones en las que colaboraba: *La Correspondencia*, la *Gaceta de los Caminos de Hierro*, *El Semanario Pintoresco*... y hasta hace dos días, como quien dice, era corresponsal para *La Lealtad* de Granada.

—No me extraña que apenas aparezcas por la facultad... —murmuró Diego, admirado.

—Es cuestión de saber a qué puertas llamar. —A Carranzo se le puso en la boca la misma sonrisa torcida de superioridad con la que entraba en clase, dedicada a todos cuantos consideraba menos espabilados que él, más panolis—. Una vez que consigues la primera colaboración, todo es más fácil. Y ser hábil: una misma nota se la sirvo a varias publicaciones con ligeras variaciones. Por ejemplo, el artículo quincenal del *Semanario* lo remito también a la *Gaceta de los Caminos*. El suelto de sucesos para

La Correspondencia lo solía enviar al día siguiente a *La Lealtad*. Y si queréis un consejo... —bajó la voz, más por darse un poco de importancia ante ellos que por otra cosa, ya que lo que iba a decir lo sabía cualquiera que se dedicara a eso de la prensa—, hay que saber de todo un poco y de nada mucho. ¿Que necesitan una crítica teatral? Crítica teatral les doy. ¿Que un suelto sobre una sesión del Senado? Soy el primero en coger asiento en la tribuna de las Cortes. Solo así se puede vivir dignamente en este oficio... salvo que tengáis la suerte de entrar en la redacción de *La Época* o *El Imparcial* y, si me apuras, *La Correspondencia*, los únicos que pagan sueldos decentes a sus periodistas.

—¿Quién va ahora? —preguntó en voz alta Andrés Mellado, asomado al quicio de la puerta.

Uno de los aspirantes que esperaba sentado hizo amago de incorporarse.

—Yo, señor. —Se adelantó Javier Carranzo, que agarró el fajo de diarios que descansaba sobre su regazo y se levantó con ímpetu. Le lanzó una mirada amistosa a uno de los otros hombres que aguardaban con él y le dijo, a modo de disculpa—: Hemos llegado al mismo tiempo, así que no le importará que pase yo primero, ¿verdad?

—¿Su nombre es...? —Mellado sostenía una libreta en el antebrazo, dispuesto a apuntarlo. El joven repitió su nombre completo y el jefe se fijó en el fajo que cargaba bajo el brazo—. Veo que no es nuevo en esto... Venga, acompáñeme.

El hombre relegado por Carranzo hizo una mueca de fastidio, consciente de haber dejado escapar su oportunidad por titubear un instante, por no haber sido más ágil, más vivo. El jefe de redacción volvió al cabo de un rato.

—Lamento decirles, señores, que solo nos queda un puesto de meritorio. Ya hemos cubierto todas las vacantes de redactores.

Los dos hombres se incorporaron resignados. Eran demasiado mayores para comenzar a esas alturas como simples aprendice . Uno tras otro, se despidieron con un leve saludo y se marcharon por donde habían venido. Diego y Nicolás permanecieron allí quietos, expectantes.

—¿Les interesa a alguno de los dos? —preguntó el periodista—. ¿Cómo se llaman? —Al escuchar sus nombres, se dirigió a Nicolás—: ¿De Torrehita? ¿Es usted hijo del diputado del partido conservador en las Cortes?

—Sí, señor. —Al amigo de Diego se le escapó un gallo inoportuno de puro nerviosismo. Carraspeó y repitió, esta vez modulando la voz—: Sí, señor, es mi padre.

La expresión de Mellado cambió de la desidia al interés en cuestión de segundos.

—Y flamante presidente del Consejo de Instrucción Pública, en el Ministerio de Gobernación, si no me equivoco. —Nicolás asintió de nuevo—. Bien, venga conmigo.

—Hemos venido los dos juntos, señor... —dijo, señalando titubeante a Diego.

El jefe se volvió hacia Diego, que le sostuvo la mirada sin inmutarse, aunque en su interior estuviera a punto de saltar por delante de Nicolás, como había hecho poco antes Carranzo.

—Muy bien. Pero el señor... —echó un vistazo a su libreta—, Lebrija deberá esperarme aquí hasta que yo regrese.

Nicolás le dio una palmada de ánimo en un hombro, susurró no te preocupes, verás cómo me despacha enseguida, y se marchó con sus andares de pato tras los pasos del periodista. Y él sintió una punzada de rabia o de envidia, para qué negarlo, porque a la vista estaba que el señor Mellado no tenía intención de desaprovechar esa baza, la de emplear al hijo de don Ernesto de Torrehita, señor de Torrehita, diputado del Congreso, presidente de la Comisión de Presupuestos del Ministerio de Hacienda, porque siempre viene bien contar con algún conocido en las Cortes, sobre todo si —como era el caso— pertenecían al círculo cercano al presidente Cánovas. No es que le pillara de nuevas, no era tan ingenuo. En los pasillos de la facultad eran habituales los rumores de favoritismos, enchufes o intercambios de dádivas que entraban y salían cada día de las cátedras, de los tribunales de tesis, de los de oposiciones y hasta del mostrador del bedel, de quien se decía que cobraba a razón de pieza de embutido por visar en el rectorado justificantes de ausencia a exámenes. Lo sabía, pero se rebelaba contra eso, se negaba a aceptar que no hubiera otra forma de prosperar en la vida y en este país más que con amiguismos, sobornos o prebendas. No sabía por qué había pensado que *El Imparcial* sería diferente, que allí se respirarían otros aires más limpios, más justos, más equitativos con los méritos personales de cada cual, sin atender a linaje, apellidos o capital. Y lo peor de todo es que Nicolás no tenía la culpa de nada; lo había arrastrado a la redacción del diario con su mejor intención, como era habitual en él desde que lo conoció en su primer día de clase en la facultad.

Nicolás se sentó a su lado en la bancada. Iba hecho un pincel. Repeinado, perfumado, almidonado en un traje de paño y corte impecables. A Diego se le fue la vista a las manos blancas y suaves como las de una mujer. Al poco de comenzar la lección, le pidió un poco de tinta. Se le había olvidado el tintero en casa, le confesó con un gallo en la voz que le hizo ruborizarse. Diego le alcanzó el suyo. Más tarde le pediría revisar sus apuntes porque le habían parecido mejores que sus notas, llenas de borrones y tachaduras, y Diego le dijo que se los podía llevar a su casa esa noche para copiarlos con calma, si lo prefería. Así se fraguó su amistad. Él lo ayudaba con las materias de la carrera y Nicolás lo introdujo entre sus amistades, Mateo Maldonado y otros jóvenes de familias acomodadas de la política, el empresariado o hijos de terratenientes de provincias, que llenaban las aulas de la universidad; todos con el futuro resuelto, al igual que su amigo. Porque, en el fondo, la mayor aspiración de Nicolás no era otra que ocupar un escaño de diputado como su padre, conseguir un buen puesto de representación en algún ministerio y moverse a su antojo por los círculos más influyentes de la capital, como había visto hacer toda su vida en su entorno.

Al cabo de un rato, Andrés Mellado regresó al archivo para comunicarle que Nicolás se quedaba a trabajar en la redacción y que, por desgracia, ya no tenían sitio para otro más. Diego se levantó de su asiento con el ánimo resignado. Extrajo del bolsillo de su levita las cuartillas manuscritas y se las tendió.

—Es un artículo que he escrito para *La Democracia*, por si desea leerlo.

¿*La Democracia*? El señor Mellado torció un poco el gesto antes de hojearlo al principio con desgana, luego con atención.

—Tiene buena pluma —admitió, devolviéndoselas—. Vuelva dentro de seis meses y pregunte por mí.

Nadie lo acompañó a la salida, ni falta que hacía, ya conocía el camino. Aminoró el paso a la altura de la sala de redacción y la contempló a distancia, masticando su decepción con amargura. Esa misma mañana ni soñaba con pisar ese lugar y, menos aún, con entrar a formar parte de *El Imparcial*, y sin embargo, ahora se sentía como si le hubieran arrebatado algo muy valioso que le correspondía casi por derecho propio, o eso pensaba él.

—¡Lebrija! ¿No ha habido suerte? —La voz de Carranzo le sacó de su ensimismamiento. No le sorprendió ver lo poco que había tardado en ocupar un sitio en la mesa de redacción, junto al resto de los redactores, mimetizado con ellos: las mangas de la camisa remangadas, el corbatín flojo; sostenía un cigarrillo en una mano y la pluma en la otra. Se levantó y se le acercó con la parsimonia orgullosa de los elegidos.

Diego respondió con un gesto negativo al tiempo que se colocaba el sombrero.

—Me ha dicho Mellado que vuelva en unos meses.

—Entonces no ha ido tan mal, ¿no? —Carranzo le sonrió de medio lado y añadió—: Dicen que a Andrés Mellado lo van a nombrar director del periódico, por eso don Eduardo le ha dejado que elija él mismo a sus redactores, a los mejores.

Diego paseó la mirada por la redacción y se detuvo en Nicolás al fondo de la sala, concentrado en la lectura de unos papeles. Su primera tarea como meritorio.

—Mejor o peor siempre son términos relativos.

Carranzo lo observó a través del humo que salió de su boca, deformada en una mueca parecida a una sonrisa. Alguien lo llamó. Uno de sus colegas reclamaba su presencia en la mesa de redacción. Se despidió de Diego con un suspiro resignado. No se había alejado ni dos pasos cuando se detuvo y, dándose media vuelta, le dijo:

—Oye, se me ha ocurrido... Si tú ya tienes aprobado Derecho Político, podrías prestarme tus apuntes de Murgas, que serán buenos.

Le pilló por sorpresa. Estaba claro que Carranzo no desaprovechaba ninguna oportunidad en su beneficio, pero accedió. Le dijo que se los mandaría con un recadero, él ya no los iba a necesitar más.

—¿Ves? ¡Eso sí que es suerte! No sabes cómo te lo agradezco, Lebrija. Estoy en deuda contigo. Ahora, si me disculpas, debo volver a la faena. —Le despidió con dos palmadas confianzudas en la espalda y de camino a su sitio, añadió—: ¡Y no te desanimes, hombre! En cualquier momento nos volveremos a encontrar. El Madrid de las noticias cabe en un pañuelo.

Al darse media vuelta para enfilar la puerta de salida, se encontró con un caballero de alta estatura y mucho empaque que se disponía a salir. Le llamó la atención su extraño atuendo: una chaqueta de cuadros verdes y grises abotonada hasta el nudo de la corbata y un sombrero de fieltro color verde oliva con dos plumas de perdiz prendidas de la cinta. Podría resultar ridículo o estrafalario o, mirándolo bien, tal vez solo fuera un tanto excéntrico, se dijo Diego al sujetar la puerta y franquearle el paso. Sea como fuere, lo cierto es que exhibía un cierto aire centroeuropeo y cosmopolita muy raro de ver en la capital.

—No se preocupe, joven, la próxima vez será. —Se dirigió a él en el rellano de la escalera, sin ningún reparo en mostrar que había escuchado su conversación con Carranzo—. A pesar de los últimos acontecimientos, *El Imparcial* es un diario en ascenso. No creo que tarde en superar en ventas a *La Correspondencia* y necesitará más periodistas de mesa y de calle.

—¿Usted cree?

—Estoy seguro. Conozco a don Eduardo desde hace

tiempo: a diferencia de otros editores que no ven más allá de sus narices políticas, él tiene visión de negocio.

—Permítame presentarme: Diego Lebrija. —Le tendió la mano, que el caballero estrechó con firmeza—. Soy colaborador del diario *La Democracia*, ¿lo conoce usted?

El hombre esbozó una leve sonrisa.

—El de don Gonzalo Calvo Asensio, sí, cómo no. Otro periódico más en la órbita republicana, por si hubiera pocos ya —afirmó con cierta sorna en la voz mientras descendían a la par las escaleras—. Últimamente, no hay mes que no vea la luz una nueva publicación, sea del corte que sea. Los conozco a todos, la mayoría son clientes de mi agencia.

—¿Su agencia?

—Nilo Fabra —se presentó sin variar el tono—, fundador, propietario y director, en ese orden, de la agencia de noticias Fabra. Supongo que habrá oído hablar de ella.

Por supuesto que sí. ¿Quién no la conocía? Sus despachos de noticias del extranjero ocupaban una columna fija en casi todos los periódicos del país. Al señor Fabra no tenía el gusto de conocerlo, claro, aunque poco después, cuando indagó sobre él aquí y allá, averiguaría que era catalán de buena cepa, inquieto, culto, políglota, antiguo corresponsal en las guerras prusianas. Hubo quien aseguraba que era la persona con mejores contactos de la capital, un camaleón social: solía aparecer en los lugares más insospechados; se movía con la agilidad y el sigilo de un gato en los ámbitos del gobierno, y era capaz de olfatear los conflictos políticos más suculentos para difundirlos en la prensa internacional. Desde hacía un tiempo tenía un acuerdo con la agencia francesa Havas, una relación de intercambio: Fabra distribuía las noticias de Havas en los diarios españoles y Havas distribuía las noticias de Fabra en los diarios europeos.

—Dice don Gonzalo que nunca habrá suficientes periódicos si de lo que se trata es de luchar por los valores de la democracia, y yo estoy de acuerdo con él.

—Con todos mis respetos, don Gonzalo se equivoca, tal vez, porque en el fondo tiene más aspiraciones políticas que periodísticas. —Antes de que Diego pudiera negárselo, Nilo Fabra quiso explicarse mejor—: *La Democracia*, joven, al igual que la mayoría de los diarios de nuestro país desde que comenzó el siglo, no deja de ser el atril de una persona o de un partido político. Sus dueños solo buscan una rentabilidad ideológica, no informativa ni tampoco económica; a muchos de esos propietarios de periódicos no les importa el número de lectores al que llegan ni tampoco les preocupa perder dinero si a cambio disponen de una tribuna en la que lucirse, opinar con mayor o menor acierto con la vista puesta en el ansiado escaño en el Congreso, y desde la que tejer relaciones con el gobierno o la administración pública en su propio beneficio. —Al llegar a la calle, hizo una breve pausa para saludar de pasada a un conocido, y prosiguió—: Por más diarios que surjan con ese propósito, no va a mejorar España, se lo digo yo. Ahora que por fin tenemos un gobierno como Dios manda, dirigido por una persona de la valía de don Antonio Cánovas, que por fin ha conseguido instaurar la paz y el orden en este país, las cosas empezarán a funcionar de nuevo en la buena dirección, ya lo verá. ¿Conoce usted Francia o Alemania?

—No, señor.

—¿Ha oído hablar del diario *Le Petit Parisien* o del *Daily Mail* inglés? —Diego negó, escueto—. Pues no le vendría mal, se daría cuenta de lo que intento decirle. Hay otros afanes en los dueños de esos periódicos, que lo que desean es vender miles de diarios, cuantos más, mejor, porque de esa forma atraerán a los anunciantes, comerciantes, industriales, quienquiera que venda algo. A mejor información, más lectores, más ingresos, más negocio, ¿entiende? Eso es lo que intento transmitir a los editores de los diarios de este país. Y, visto lo visto, sin mucho éxito, me temo.

Diego permaneció un instante en silencio, hasta que de sus labios salió lo primero que le vino a la cabeza después de escucharlo:

—¿No necesita usted un ayudante, señor Fabra? Me ofrezco para lo que usted quiera.

Don Nilo soltó una gruesa carcajada.

—No, joven —respondió sin perder la sonrisa—. Pero hace usted bien en preguntar, así debe ser. Si este oficio le interesa, debe tener los sentidos bien abiertos, el oído afinado y la vista entrenada en memorizar cualquier detalle. Los detalles son lo importante, muestran lo que muchos no quieren o no saben ver. No deje de observar cuanto ocurra a su alrededor, en la calle, en los comercios, en la política. ¿Ha visto la nueva rotativa de papel continuo de *El Imparcial*?

Diego volvió a negar con la cabeza.

—Es una Marinoni, llegada de París. Un prodigio técnico: lista para imprimir dieciséis mil ejemplares a la hora. Ahora mismo, en Madrid solo tiene una igual *La Correspondencia*. Es la mejor prueba de lo que le digo. Asómese y eche un ojo; merece la pena. Don Eduardo la ha bautizado con el nombre de su mujer, «Rafaela». —Alzó la vista al cielo cambiante del mediodía, y agregó—: No me extrañaría que un día las máquinas lo hicieran todo, desde componer las líneas hasta montar los textos e imprimir los diarios, en un abrir y cerrar de ojos.

8

Diego ya no pudo mirar con los mismos ojos la sala de redacción de *La Democracia*. Le pareció minúscula y apagada en contraste con el derroche de nervio y carreras y divanes de *El Imparcial* (sí, hasta dos divanes de cuero había visto, para descanso de los que se pasaban allí el día y parte de la noche esperando las pruebas de imprenta, le explicó el archivero). Y más en ese instante, en que la encontró vacía, sumida en una penumbra solitaria, pese a las evidencias de la presencia de sus colegas en los tinteros abiertos, en la prensa del día desperdigada sobre la mesa y los telégrafos de la agencia Fabra amontonados a un lado. ¿Qué estaba haciendo él allí? Debería dejarlo y dedicarse a la abogacía o a cualquier ocupación relacionada con el Derecho, tal y como quería su padre. Jugueteó con las lentes de Paco Porras abandonadas sobre una cuartilla a medio escribir y echó un vistazo distraído a los dos párrafos que llevaba redactados su compañero para la edición del día siguiente. Al ver el nombre de *El Imparcial* en el texto, leyó con más atención: «Ayer el mundo de la prensa se desayunó con su propio folletín periodístico: el de la deserción, a la chita callando, de lo mejorcito de *El Imparcial*. Según dicen, al señor Gasset hasta le han hecho un favor. —No diría yo que no, se dijo Diego casi divertido, recordando la actitud del propietario—. Ya no tendrá que pasar el trago de despedir del diario a sus viejos amigos. Es más, a partir de ahora, el señor Gasset podrá mudar de ideas y opiniones cuantas veces quiera sin necesidad de poner a prueba la lealtad de su redacción, con...».

Oyó voces procedentes del despacho del director cerrado a cal y canto, y decidió sentarse a esperar. Pensó de nuevo en las palabras de don Nilo, en su visión crítica de la prensa. Probablemente tuviera algo de razón respecto a don Gonzalo, pero no en el sentido que imaginaba. Dudaba de que el director de *La Democracia* pretendiera utilizar el periódico como trampolín a un cargo político. No, era demasiado honesto para eso, demasiado transparente en sus intenciones y, de alguna forma, Diego intuía que tenía en muy alta estima la memoria de su padre, don Pedro Calvo Asensio, fundador y director del periódico *La Iberia* hasta su muerte, hombre querido y respetado por su generosidad y honestidad, como para caer en algo así. Y, además, cualquiera podría comprobar que don Gonzalo realizaba su trabajo en el periódico con absoluta dedicación, como si fuera su única misión en la vida.

Nadie que lo conociera bien podría dudar de su vocación periodística.

Diego se impacientó, la reunión se alargaba demasiado y él estaba cansado de esperar aquí, allá, en todos los sitios; de esperar algo que parecía al alcance de su mano hasta que se desvanecía, como una ilusión. Sacó del bolsillo la cuartilla manoseada con su artículo. Lo releyó por enésima vez ese día —ya casi se lo sabía de memoria— y de nuevo sintió una pequeña oleada de orgullo por el trabajo realizado. Tal vez no fuera un periodista lo suficientemente experimentado para *El Imparcial*, pero se habría dejado la piel por demostrar que valía para eso. *La Democracia* era lo único seguro que tenía por aquel entonces, y al menos le servía para aprender los rudimentos básicos del oficio de periodista mientras decidía qué hacer con su vida.

—¿Es que no se trabaja aquí hoy? —preguntó una voz femenina que interrumpió sus pensamientos.

En la puerta lo interpelaba una señora alta, enfundada en un sobrio traje de paño marrón poco favorecedor que le otorgaba un aspecto un tanto desaliñado. O quizá esa impresión se debía al peinado descuidado y al gesto decidido con el que se adentró en la sala, como Perico por su casa.

—Están reunidos en el despacho de don Gonzalo —respondió él, dubitativo. Lo primero que pensó es que sería la madre del director, pero lo descartó en cuanto vio a la dama dejar su sombrilla en el respaldo de una silla y sentarse a la mesa de redacción con una disposición inaudita—. No tardarán en salir.

—No puedo esperarle, debo apresurarme para llegar a la redacción de *La Ilustración de la Mujer* antes del cierre de la edición. —La mujer ya había recortado un trozo de papel de los que estaban sobre la mesa y había comenzado a escribir unas palabras con trazo enérgico.

—Tal vez pueda ayudarle yo. Soy el meritorio del diario...

—Solo he venido a entregar mi texto para la edición de mañana —dijo ella al terminar, mientras doblaba la cuartilla por la mitad. Extrajo un sobre alargado de su faltriquera, en el que introdujo el mensaje antes de tendérselo—. ¿Puedo dejárselo a usted? Si no le es mucha molestia, entrégueselo a don Gonzalo y dígale que es de... Matilde Cherner. Él ya sabrá.

Diego le dijo que sí, que por supuesto, faltaría más. La señora Cherner se levantó con el mismo ímpetu que parecía poner en todo cuanto hacía, agarró su sombrilla y se marchó tan de repente como había llegado.

Al rato se abrió la puerta del despacho y de allí salieron Paco Porras, Blas Contreras y Benito Garrido, seguidos del director. Parecían envueltos los cuatro en un silencio pesado, sombrío, como si acompañaran un féretro al cementerio.

—Ha estado aquí la señora Matilde Cherner. Me ha dicho que le entregue su columna —dijo Diego, acercándose a don Gonzalo—. Yo también he traído la mía.

El director le dedicó una mirada ausente.

—Enseguida estoy contigo —respondió en tono contenido—. Aguarda un momento mientras me despido de Garrido, que se nos va una temporada. Han arrestado a su hermano en Cádiz por asistir a una reunión anarquista, lo acusan de conspiración.

La cosa era grave, quería decir en realidad don Gonzalo, y así lo entendió Diego, que observó cómo Benito Garrido, hombre de pocas palabras pero mucho predicamento entre el resto de los colegas, se encasquetaba despacio la boina sobre la calva, listo para marchar. Uno después de otro le despidieron con un sentido abrazo. Don Gonzalo le agarró los hombros estrechos y encogidos y le aseguró que lo esperaban de vuelta cuando hubiera solucionado sus asuntos, «y mantennos informados, Benito, que si algo podemos hacer nosotros desde el periódico, lo haremos».

Después de cerrarse la puerta, todavía permanecieron en silencio un rato mientras volvían a sus asientos.

—Esto es lo que hay, señores —dijo don Gonzalo, resignado—. Hay días que se hacen muy cuesta arriba, demonios. Sin Paco, sin Blasco...

—¿Qué le ha pasado a Blasco? —preguntó Diego.

Y entonces le contaron la pequeña traición del colaborador: se había despedido esa misma mañana para unirse al grupo escindido de *El Imparcial*, a Fernández Flores y los demás, quienes, al parecer, habían constituido una sociedad de redactores para fundar un nuevo periódico. Le habían ofrecido a Eugenio Blasco integrarse en la redacción con una participación económica y derecho a beneficios cuando los hubiera, porque aspiraban a ganar dinero. ¡Beneficios! Repitió don Gonzalo como si fuera una broma cruel. Algo que, por descontado, él no podía ofrecer.

—Mal vamos, si ese es el espíritu con el que van a arrancar una nueva publicación hermana del progresismo... —El director se dejó caer en el sillón con un suspiro.

Sonó tan derrotado, que Diego se compadeció del hombre confiado y optimista que era don Gonzalo. Casi se alegró de que lo hubieran rechazado en *El Imparcial*.

—¿Se encuentra bien? —preguntó, inquieto, al verle desanudarse la corbata y el chaleco con dedos torpes, antes de sacarse un pañuelo con el que se limpió el sudor que le afloró en la frente.

Vio a Porras desaparecer por el pasillo del piso y regresar al poco tiempo con un vaso de agua que puso en las manos del director.

—Sí, sí. No es nada, enseguida se me pasará —respondió, después de beber un buen trago. Una pequeña sonrisa dulcificó las facciones de su rostro ceniciento—. Es este corazón delicado que tengo; aguanta mal las preocupaciones cotidianas.

Suspiró hondo mientras abría el sobre de la señora Cherner. Primero leyó el mensaje escrito en la cuartilla, después continuó con el texto para el diario. Una leve sonrisa relajó su ceño preocupado. Esta mujer, qué fina ironía... murmuró casi para sí.

—Paco, aquí tienes la columna de Rafael Luna. —Que no era otro que el texto de la señora Cherner, para sorpresa de Diego. Don Gonzalo se rio al verle—. No me mires con esa cara, Lebrija, que no he desvelado ningún secreto infame. Matilde es una mujer admirable, deberías conocerla. Lleva muchos años escribiendo para todo tipo de publicaciones en defensa de la libertad, en algunas con su nombre y en otras, como en nuestro diario, bajo el seudónimo de Rafael Luna. Por eso de evitar suspicacias y críticas malintencionadas por su condición femenina, ya sabes.

A continuación, desplegó las cuartillas con el artículo de Diego y lo leyó también.

—Coño, Lebrija, esto está muy bien. Lo meteremos en el número de mañana, en segunda página —dijo, de repente más animado. Y el atisbo de sonrisa se desdibujó enseguida, al darse cuenta de que eran solo dos para corregir los artículos, recortar o rellenar huecos, ajustar las líneas y, en suma, distribuir los textos en las cuatro páginas que conformaban el diario. Miró a Porras y a Contreras, reconcentrados ambos en sus tareas sobre la larga mesa de la redacción, y se volvió a Diego para proponerle—: ¿Podrías encargarte tú de corregirlos y ayudarnos a montar las páginas para la imprenta?

Cómo no iba a poder. Lo estaba deseando, aunque se limitó a asentir con diligencia.

Poco antes de las ocho de la tarde, entregaron todos los textos corregidos y ordenados al mozo enviado por la imprenta, que salió corriendo con la carpeta bajo el brazo. Blas Contreras se marchó unos minutos después, a él le tocaba ir a la imprenta a medianoche para revisar la composición, recortar o añadir líneas y cerrar la edición. Don Gonzalo apoyó la espalda en la puerta que acababa de cerrar tras de sí y contempló la redacción casi vacía. Su rostro desolado lo decía todo.

—Contráteme a mí en sustitución de Garrido, don Gonzalo —se lanzó a decir Diego; mejor ocasión no iba a tener—. Puedo hacer cualquier cosa: sueltos de tribunales, de sociedad, hinchar los telégrafos, renovar la cartelera de teatros... Lo que usted me pida.

El director lo observó unos minutos en silencio, pensativo.

—¿Qué te parece, Porras? —inquirió al único redactor que quedaba. Paco Porras, hombre escuálido de carnes y de palabras, le dio su bendición propinando una colleja cariñosa a Diego en la nuca—. Pues no se hable más. Probaremos a ver qué tal se las apaña usted y si aprende tan rápido como parece.

—¿Y el sueldo? —aventuró Diego.

—Te pagaré ocho duros al mes para empezar y si ambos estamos satisfechos con el trabajo realizado, te subiré a doce duros antes de que acabe el año, el mismo sueldo que tenía Benito —le ofreció el director, que se había levantado de su asiento y se dirigía a su despacho.

—¿Quiere que haga algo más?

—Márchate y descansa, Lebrija, que te lo has ganado.

Pero mañana a primera hora, ve a los juzgados y entérate de lo que haya ocurrido para escribir las noticias de tribunales.

Al salir de *La Democracia* oyó las campanadas de la iglesia cercana. Las ocho de la tarde, buena hora para acercarse al café de Fornos, pensó. Estaba casi seguro de que encontraría a alguno de sus amigos sentado a la mesita que utilizaban como lugar de reunión previo a sus salidas nocturnas por Madrid. Pidió un moscatel en la barra y cruzó la sala principal abarrotada de gacetilleros, concejales, militares, dueños de comercios y otros tertulianos habituales a esas horas vespertinas en que los chocolates se sustituían por los licores, las parejas buscaban los rincones más apartados y comenzaba el trasiego de hombres hacia los reservados del entresuelo acompañados de una de las mujeres que merodeaban discretamente por el local con el consentimiento del dueño.

—¡Ya era hora, Lebrija! —exclamó Mateo al verlo aparecer. Llevaban un buen rato esperándole, le reprochó—. Ya nos temíamos que no aparecieras hoy con todo ese jaleo de *El Imparcial*, ¿verdad, Nicolás?

Nicolás asintió en silencio, hurtándole el rostro. No sabes cómo lo siento, Diego, empezó a decirle, pero él le cortó con una palmada amistosa en la espalda.

—No tienes por qué disculparte, Nicolás. Yo habría hecho lo mismo en tu lugar —le dijo, sentándose a su lado—. Además, yo también tengo motivo de celebración: me han contratado en *La Democracia.* ¡Ya soy redactor!, que diría Larra. Tengo puesto y sueldo de gacetillero.

—¿Tú también? —preguntó Mateo en un tono que reflejaba sorpresa y decepción al mismo tiempo. Nunca había sentido mucho respeto por los gacetilleros que llenaban las páginas de los diarios de lo que él consideraba «palabrería hueca». Sin embargo, alzó su copa hacia ellos e hizo un brindis—: Bueno, supongo que hay que tener amigos hasta en el infierno de los papeles. ¡A vuestra salud!

—Ya solo nos queda colocarte a ti, Mateo —dijo Nicolás riendo.

—Ya que lo mencionas... —Se terminó el vino de un trago y ordenó—: Bebed aprisa que nos vamos a la tertulia de la señora Coronado. Le he prometido a mi padre que me dejaría ver un rato por allí. Por alguna razón, tiene mucho interés en que conozca al abogado que lleva los asuntos jurídicos de la compañía de ferrocarriles MZA, ya sabéis cómo es.

No dejaba de admirarle la tranquilidad con la que Mateo afrontaba el futuro trazado por su padre, directivo de la Compañía de Ferrocarriles del Norte, donde le reservaba un puesto a su hijo. Tenía para él grandes planes, ahora que la actividad económica parecía despertar en el país y el gobierno había ofertado varias concesiones para la construcción de nuevas líneas de tren entre capitales de provincia.

Nicolás protestó, las tertulias de doña Carolina le resultaban soporíferas, mejor ir al Salón de Capellanes, que esa tarde había baile de máscaras y nada como esos bailes para intimar con alguien y acabar la noche en el camastro de algún cuartillo trasero alquilado para la ocasión.

—Vamos, Nicolás. Todavía es pronto. Estaremos un rato y luego iremos adonde tú elijas, al Capellanes, al teatro o a uno de tus tugurios de mala muerte —dijo Diego.

Tenía interés por conocer a la señora Coronado, de la que tanto había oído hablar. Miguel Moya la tenía en un pedestal; don Gonzalo la veneraba por su lucha incansable en favor de la libertad y la causa abolicionista, y pese a su edad, las tertulias que daban ella y su marido, exsecretario de la embajada de Estados Unidos en Madrid, seguían siendo cita obligada de los círculos más influyentes de la capital.

Había empezado a anochecer cuando atravesaron la entrada del palacete de la calle Lagasca que resplandecía a través de ventanas y balcones con una suave luz amarillenta. Ya en el vestíbulo les llegó el bullicio de voces procedente de la planta principal y mientras la criada les recogía sus sombreros, a Diego se le fueron los ojos a la refinada decoración interior, los suelos de mármol en dameros rosados y blancos, los muebles de maderas nobles, los delicados dibujos de guirnaldas y aves dibujados en el techo, tan hermosos y femeninos. Ascendieron la escalinata alfombrada tras los pasos del criado y continuaron hasta la antesala ocupada por un grupo de jóvenes entre quienes vieron a dos compañeros de la facultad, que fumaban y conversaban animadamente delante del balcón entreabierto.

—Si os quedáis aquí, luego nos vemos —dijo Mateo, separándose de ellos—. Voy a ver a mi padre.

Nicolás y él se unieron al corro. Hablaban de mujeres, amoríos y aventurillas, dedujo al oír a Salvador Mora presumir de su última conquista, una señora espléndida casada con un oficial de marina destinado en Filipinas, que se consolaba de la ausencia del marido en brazos de hombres como él, jóvenes y sin ataduras sentimentales. Eso era lo bueno de seducir a viudas y casadas insatisfechas, según Salvador: lo daban todo sin exigir nada a cambio, ni dinero ni compromiso, solo un rato de compañía y consuelo. Diego se dijo que Mora era tan majadero fuera del aula como dentro de ella. Le molestaba profundamente esa forma que tenía de hablar de las mujeres como si fueran sus perritos falderos, como si estuvieran a su libre disposición de señorito gallardo.

Amoríos tenían todos, él también. Desde hacía algo más de dos meses se veía con Luisa Espina, una actriz secundaria del Variedades a la que había conocido en un salón de baile frecuentado por gente del espectáculo. Todavía sonreía al recordar cómo la conoció: le pisó sin querer la cola del vestido que se le rasgó por una costura, y al encararse a él, indignada, las aletas de la nariz hinchadas, los ojos afilados como cuchillas, Diego sintió algo parecido a un golpe en el pecho, un vuelco en el corazón. Para disculparse, quiso invitarla a una limonada o a lo que ella quisiera, faltaría más, y para su sorpresa, la mujer accedió. Ella dejó plantado a su acompañante —con ese tipo no iba a ninguna parte, es más tacaño que un usurero, le dijo con una sonrisa decidida— y se enganchó a su brazo. Luisa era así: coqueta, sensual, vivaracha y un poco desvergonzada, pero incluso eso le gustaba de ella, aunque ya no fuera una jovencita, como no lo eran las amantes de Mora. Sin embargo, a diferencia de Salvador, él era incapaz de estar con una mujer hacia la que no sintiera nada más que deseo sexual, quizá porque las respetaba tanto como se respetaba a sí mismo, y le parecía denigrante aprovecharse de la vulnerabilidad o la necesidad de nadie, fuera quien fuera, señora o meretriz.

—Ya salí escaldado el año pasado con aquella empleadilla de la sombrerería que me asustó con un embarazo para que me casase con ella, y ahí se quedó, la boba: con embarazo y sin boda —oyó que decía su compañero de clase—. A mí no me pillan en esas hasta los veinticinco, por lo menos. Y si me apuras, hasta los treinta. Cuanto más tiempo pueda desfogarme y disfrutar de la soltería, más feliz llegaré al matrimonio.

—Pero ¿tú no estabas comprometido con Laurita de Pastrana, la hija del notario? —preguntó Nicolás, siempre al tanto de los dimes y diretes de los salones.

—¿No lo sabes? —soltó otro—. ¡Le ha dado calabazas!

—En honor a la verdad, ha sido de mutuo acuerdo. Su madre me tomó manía y yo le tomé manía a su madre. —Carcajada general—. La niña es guapilla, pero demasiado devota de misas y rosarios, para mi gusto.

—¿Y qué señorita decente que conozcas no lo es? —dijo otro de los presentes.

—Eso no es impedimento para un buen seductor, como bien saben, señores. —Las miradas se volvieron hacia un jovencito de baja estatura, bigotito de puntas en caracolillo, perilla picuda y sombrero de ala ancha, que se acababa de unir al grupo. Hizo una reverencia teatral y agregó con la misma voz grave y engolada—: Don Juan Tenorio, para servirles.

—¿Y dónde se ha dejado a su doña Inés? —preguntó Nicolás, siguiéndole la broma.

—Está terminando de vestirse para la función. No tardará en llegar.

—Pues mientras esperamos, seguro que usted nos puede dar más de un consejo para enamorar a cualquier señorita, hasta las más remilgadas y beatas, don Juan —dijo Salvador.

—No sé si soy yo el más indicado, señores.

—Yo apostaría que sí. Quién mejor que usted para hablarnos de la naturaleza femenina, señor Tenorio —insistió Nicolás, divertido.

—Si usted lo dice... —El joven hizo una pausa y los miró a todos antes de comenzar—: Bien, tomen buena nota, caballeros. Para enamorar a una señorita, no basta con halagar su vanidad con lisonjas y bellas palabras que transpiren amor. Lo primordial es tratarla como si ella fuerais vos y vos fuerais ella, de igual a igual, de alma a alma, de razón a razón, sin menosprecio ni prepotencia ni más violencia que los latidos del corazón.

Los hombres prorrumpieron en un aplauso entusiasta.

—¡Bravo! —exclamó Diego con admiración.

—Muchas gracias, caballeros. —El joven inclinó el torso en una reverencia más exagerada que la anterior y el sombrero cayó al suelo liberando una cascada de pelo ondulado y negro que cayó sobre sus hombros. ¡Pero qué...! Diego recorrió desconcertado el cuerpo grácil que se intuía bajo la indumentaria masculina, los hombros armados, los pechos apenas intuidos, las caderas levemente redondeadas. Jamás lo habría imaginado. Pero lo más perturbador era contemplar ahora ese rostro de facciones delineadas —la frente despejada, las cejas rectas, el mentón cuadrado— sabiendo que pertenecían a una mujer. O mejor dicho, a una joven que lo observaba con la diversión reflejada en los ojos, oscuros como el azabache.

—Si desean comprobar cómo enamoro a mi Inés a la luz de la luna, caballeros, tendrán que quedarse a la pequeña función teatral que hemos preparado la señorita Matilde y yo para los invitados de la tertulia. —Lo dijo con su voz natural, una voz de tonalidad grave y pastosa, más propia de una mujer maltratada por el tabaco y el alcohol que de una señorita educada y tan joven.

Sin aguardar sus respuestas, la vio alejarse de ellos con paso decidido, en dirección al salón.

—¿Quién es? —preguntó Diego a nadie en particular, sin apartar la vista de ella.

—Victoria Velarde, sobrina de la condesa de Moaña —respondió Nicolás—. Su padre es el duque de Quintanar. Ha sido embajador en Viena hasta hace unos meses y ahora han regresado a España.

—Doña Carolina había avisado de que habría una pequeña función teatral, pero no me imaginaba que vería a una señorita disfrazada de Tenorio —dijo otro joven—. ¡Ay, si don José Zorrilla estuviera aquí!

—Pues qué queréis que os diga, a mí me ha parecido un poco desvergonzada —replicó Salvador—. Entre una señorita remilgada y una aristócrata liberal que viste pantalones, me quedo con la remilgada.

En eso también se diferenciaba de Mora: aristócrata o no, Diego no tenía ninguna duda de a quién elegiría. Nunca había imaginado que vería a una mujer —mucho menos a una señorita de familia noble— ataviada como un hombre y tan cómoda en su papel de seductor.

Dejó a Nicolás allí y se adentró en el coqueto salón de paredes ocres, sumido en el murmullo de risas contenidas y conversaciones entrecruzadas. Se acordó del señor Fabra y su recomendación de fijarse en los detalles, los que se ven y los que no se ven, en apuntar en su cabeza cuanto veía. Y lo que veía era una treintena de personas de posición acomodada que gozaban de buena conversación y mejor compañía en un ambiente distendido, sin las rigideces de otros eventos más aristocráticos. Dejó vagar su mirada por los corrillos, empezando por el más numeroso, formado por más caballeros que señoras repartidos por sofás y butacas en torno a una chimenea apagada; en otro lado de la estancia, dos grupos distintos de hombres, apartado uno de otro, conversaban entre gestos circunspectos y muestras de complicidad. Supuso que a eso se referían quienes decían que buena parte de los negociados que llegaban a los despachos ministeriales se gestaban en tertulias como aquella, donde los señores de las esferas más influyentes de la ciudad —políticos, hacendados, altos funcionarios del Estado y representantes de los intereses de las empresas instaladas en la capital— compartían mucho más que una copita de licor y un puro habano. Compartían muchos intereses comunes, por lo que podía apreciar.

Se sorprendió a sí mismo rastreando el salón en busca del sombrero negro y la figura menuda de la joven del *Tenorio*. Había desaparecido. Sus ojos volvieron al grupo más grande, donde divisó a Mateo de pie, apoyado en el respaldo de un sillón orejero.

—¿Has saludado ya a doña Carolina y a su marido? —le preguntó en voz baja, al llegar a su lado.

—No he tenido ocasión todavía. Ella está ahí sentada —Mateo hizo un gesto disimulado hacia una señora mayor de expresión serena, muy atenta a la intervención de un anciano de aspecto honorable—, pero no he querido interrumpirla. El tema está de lo más interesante.

Diego prestó atención a las palabras pronunciadas por el anciano con voz flemosa:

—... así se lo he transmitido al alcalde, y también al ministro de Gobernación, a quien, además, le he hecho llegar una copia de mi informe, para que luego no digan —afirmó enérgico. Mateo le susurró que era el doctor Méndez Álvaro, una eminencia médica, defensor del higienismo a ultranza—. Desde el punto de vista médico y de la higiene pública, es imperativo acabar cuanto antes con el hacinamiento y la insalubridad en la que viven los obreros y menesterosos en los barrios bajos de Madrid, llenos de muladares y pozos negros que son un foco de infecciones. Y no porque sea un deber para con ellos, que lo es, y nos debería dar vergüenza que nadie a estas alturas del siglo viva en esas condiciones inhumanas, sino porque además nos interesa a todos, señores, redunda en nuestra propia salud. —Una tos perruna le obligó a hacer una pausa antes de proseguir—: Si las autoridades no lo remedian, las enfermedades que se originan en esas viviendas infrahumanas se irradiarán al resto de la ciudad y terminarán afectándonos a la población entera en forma de epidemias de cólera, tuberculosis, difterias y gripes.

Era cierto, Diego podría corroborar palabra por palabra lo que acababa de decir el doctor. No solo en Lavapiés, también en Peñuelas y en La Latina morían cada día decenas de personas por culpa del hambre, de la podredumbre, de las enfermedades respiratorias que cogían al poco de llegar a la ciudad a causa de los efluvios tóxicos procedentes de las alcantarillas atascadas, las humedades, los estercoleros.

—Y aun siendo importante, la salud no es la única razón por la que deberíamos solucionar ese desastre, don Francisco —intervino otro señor—: la miseria y la inmundicia en la que vive esa pobre gente no hace sino alimentar a los anarquistas, a los socialistas y a los partidarios de la revolución obrera, no se nos olvide. A todos nos interesa acabar con esa situación degradante, por nuestro propio bien. No vaya a ser que veamos surgir en Madrid una revuelta como la de la Comuna de París del 71.

—No sea usted agorero, señor Araguas, que para nosotros aquellos también fueron unos años muy turbulentos —replicó una señora de lentes oscuras, más ofendida que alarmada—. La gente está cansada de revueltas y jaleos, solo quiere vivir en paz.

—Pues, por lo visto, no nos interesa a todos por igual, señor —replicó un joven de pie junto a la chimenea, que escuchaba en silencio hasta entonces—. Sé de un propietario de edificios indignos que se jacta de sobornar a los inspectores municipales para que hagan la vista gorda en sus visitas. Y si habla con la asociación de arquitectos le dirán de algunos promotores desaprensivos que están construyendo viviendas sin las mínimas condiciones de luz y ventilación, previa aprobación del consistorio y con el consiguiente pago de una sustanciosa comisión a quien corresponda, eso sí. Viviendas que luego arriendan a los jornaleros a precios inmorales. Si esto se permite, señor mío, es porque no existe ni interés ni preocupación por este asunto en la corporación municipal.

—¡Qué barbaridad! ¡Pobre gente! ¿Y nadie puede denunciarlo? —se indignó la señora Coronado—. Es vergonzoso que pase algo así mientras que personas como doña Concha Arenal se desgañitan por conseguir suscripciones con las que sacar adelante los proyectos de la Constructora Benéfica. Usted lo sabe, trabaja con ella, ¿no es cierto, señor Belmás? —interpeló a un joven de unos treinta años, apoyado en la embocadura de la chimenea, que asintió.

—Realicé el proyecto de las primeras viviendas que hemos entregado a familias de obreros en el barrio de Pacífico, en alquiler o en propiedad, a precios asequibles. Una casita con jardín para cada familia. Y si todo transcurre según lo previsto, la Constructora Benéfica entregará dos manzanas de viviendas más en los próximos meses.

—Es una iniciativa loable, pero no estoy tan seguro de que concentrar a las familias obreras en esas barriadas sea lo más inteligente si lo que se pretende es evitar conspiraciones y sublevaciones revolucionarias —dijo otro caballero, sentado junto a la anfitriona.

—¿Cómo que no? Haz propietario de una vivienda a un obrero y dejará de armar revoluciones —apuntó otro más, un señor tan rollizo que no lograba sentarse recto en el sofá.

Mateo le dio un toque a Diego en el brazo y señaló hacia uno de los corrillos de señores, del que se dispersaban varios hombres. Quedaron tres caballeros, entre los que reconoció al padre de Mateo, que alzó la mano conminándolos a acercarse. Diego titubeó un segundo: el asunto de la vivienda le interesaba y esperaba tener la ocasión de presentarse al señor Belmás, aunque sentía curiosidad por lo que pudiera afectar a Mateo.

—Ah, mira quiénes vienen por aquí. Venid, venid. —Don Manuel los recibió con aire satisfecho—. Don José, don Daniel, les presento a mi hijo Mateo y a su amigo, el señor...

—Lebrija —se anticipó Diego, temiendo que no recordara su apellido desde la última vez que visitó su casa—. Diego Lebrija.

—Los dos mejores expedientes en la licenciatura de Derecho de esta promoción... —presumió don Manuel—, por supuesto, con su permiso, don José. Creo que el rector saca a relucir su brillante expediente académico en cada discurso de apertura de la universidad, para que cunda el ejemplo entre el alumnado. —José Canalejas, frente despejada, pelo escaso y repeinado, ojos de expresión tristona, le respondió con una sonrisa modesta. Don Manuel prosiguió con la presentación—: Jóvenes, estos son don Daniel Urquiona, letrado y diputado en el Congreso y don José Canalejas, doctor en Derecho y, para mi disgusto, abogado consejero de nuestra competencia, la compañía de ferrocarriles MZA.

—No se disguste usted, don Manuel. La competencia es buena para todos —afirmó el señor Urquiona, un hombre de unos treinta años, pelo anaranjado, rostro bonachón y saludable—. Estimula la mejora y el progreso, usted mejor que nadie lo debe saber.

—Siempre que se haga en igualdad de condiciones, por supuesto —respondió el aludido, dando a entender que no siempre era así—. Los Rothschild y sus agentes juegan con ventaja dentro del Ministerio de Fomento, lo saben ustedes bien. —Sus ojos saltaron de un caballero a otro—. Hay quien les debe muchos e importantes favores.

—Esos son solo rumores, don Manuel —dijo Canalejas en un tono amable pero firme—. No tiene de qué preocuparse. Además, corríjame si me equivoco, pero creo que sigue vigente el acuerdo entre su Compañía de Ferrocarriles del Norte y MZA para repartirse la construcción y explotación de las líneas de ferrocarril por territorios. Ustedes obtendrán las concesiones que soliciten siempre que estén dentro de la zona que les corresponde, y MZA hará lo propio.

—Bueno, bueno, ya hablaremos de todo esto más adelante, cuando llegue el momento —zanjó don Manuel.

—Así que se licencian este año —dijo Canalejas, volviéndose hacia ellos dos—. ¿Qué planes tienen? ¿Piensan ejercer el Derecho?

—A mí me gustaría prestar mis servicios en empresas

—respondió Mateo—. Mi padre desea que empiece en la Compañía de Ferrocarriles del Norte y siga sus pasos, don José.

Canalejas se retrajo en un gesto imperceptible.

—No seré yo quien le diga que no haga caso a su padre. Pero no se fíe de la dirección de mis pasos; son todavía un tanto inciertos, si le digo la verdad. Supongo que sabrá que hace unos meses, cuando tuve que renunciar a hacer carrera como catedrático en la universidad, abrí mi propio bufete. He empezado a atender asuntos de empresas nacionales e internacionales. Si quiere, venga un día a verme y hablamos con más calma. —Y volviéndose luego hacia Diego, le preguntó—: ¿Y usted? ¿También quiere dedicarse a la abogacía?

—No le sabría decir. —Sonrió él, prudente—. Por el momento, he entrado como redactor en *La Democracia*.

—¡Hombre! ¡No me diga! —exclamó Canalejas, gratamente sorprendido—. ¿Sabe que firmé el manifiesto fundador del diario? Don Gonzalo es un buen amigo mío, no le habría podido decir que no ni aunque hubiera creado un periódico para niños.

—¿Usted en *La Democracia*, don José? —se extrañó don Daniel—. Nunca lo habría dicho. Más bien lo veía a usted embarcado en el proyecto de periódico que quiere lanzar don Abelardo de Carlos. Anda proclamando a los cuatro vientos que va a ser el más moderno y el más leído de España. —Y al decir «moderno», Diego creyó detectar un retintín zumbón.

—Sé a cuál se refiere —respondió don José—. Algo me han contado, pero creo que todavía está muy en pañales. Quieren que sea una empresa lucrativa, como el *Daily News* inglés: menos artículos políticos, más información y muchos anuncios publicitarios. Aspiran a que lo lea todo tipo de personas, desde las clases altas hasta las más populares, señoras y señores, todos, así que prevén una tirada altísima de ejemplares que distribuirían a través del ferrocarril en las principales ciudades de provincias de España. Pero no sé qué decirle, esto no es Inglaterra.

Diego pensó que esa descripción se parecía bastante a la visión que tenía don Nilo Fabra de la prensa, y quiso saber:

—¿Cuándo pretenden lanzarlo?

—Por lo que sé, están reuniendo el capital necesario con la vista puesta en enero del próximo año —respondió Canalejas, que algo debió de notarle cuando agregó—: ¿Quiere que le ponga en contacto con don Abelardo? Mi padre tiene cierta amistad con él.

—Señores, perdonen que los interrumpa —oyeron que les decía un caballero de leve acento extranjero que debía de ser, dedujo Diego, don Horace Perry, el marido de doña Carolina—. Les invito a tomar asiento, en breve comenzará la función teatral que han preparado mi hija Matilde y la señorita Velarde para los invitados.

9

Mientras se desvestía, a Victoria se le escapó una sonrisilla al recordar las miradas escandalizadas y los cuchicheos indisimulados que habían intercambiado las dos señoras de la primera fila durante gran parte de la representación. Se desabrochó los gemelos de los puños antes de quitarse la camisa de pechera almidonada, que aún conservaba el olor a tabaco de su hermano Jorge. Pues ¿qué esperaban?, ¿que hiciera el papel de don Juan con corsé y polisón?

Se rio para sí misma.

—Verás cómo mañana seremos la comidilla en el paseo del Salón del Prado —le advirtió, divertida, a Matilde, invisible bajo el hábito blanco de novicia del que intentaba desembarazarse.

—¿Por qué dices eso? —inquirió ella al asomar la cabeza—. Ha sido un éxito, ya has visto cómo nos han aplaudido.

Les habían aplaudido a rabiar, es cierto, pero una vez finalizada la función, Victoria captó al vuelo algún que otro comentario, criticándola: «¡Qué osadía la de esa niña, disfrazarse de hombre para interpretar al Tenorio!», «Más que osadía, ¡qué inmoralidad! Parece mentira que doña Carolina lo haya permitido». Se resintió de la punzada momentánea de las palabras, pero le duró poco. En parte, porque tendía a desprenderse con facilidad de aquello que no le agradaba, incluidas las opiniones que pudieran tener los demás sobre ella; en parte, porque se sentía orgullosa de su actuación sobre el escenario —y si había sido fruto de la osadía, bienvenida fuera—, y en parte, porque, precisamente, había sido la misma doña Carolina la responsable de la elección de la obra.

—¿No crees que está un tanto trasnochado el *Don Juan Tenorio*, Carolina? —había objetado su tía cuando lo planearon, una tarde de visita en el palacete de Lagasca—. A mí me suena falso todo ese romanticismo exacerbado y melodramático de Zorrilla, Bécquer o Espronceda que resuelve el amor en los brazos de la muerte... Y encima, con tanto fantasma, espectro y demonio de por medio...

A doña Carolina, sin embargo, le parecía que sería un pequeño homenaje a su viejo amigo José Zorrilla que, ya mayor, sin dinero y con el genio creador menguado, no atravesaba sus mejores momentos —«La misma facilidad que tenía para rimar versos, la ha tenido para gastar los cuartos, pobre hombre», se lamentó—, por lo que sugirió representar la escena de amor inflamado entre doña Inés y don Juan, aunque traídos a la actualidad —se le ocurrió— por aquello de facilitar el vestuario y que Victoria no tuviera que enfundarse los calzones abullonados y enseñar las piernas enteras, que a su tía tampoco le hacía mucha gracia.

Dejó los pantalones y la camisa sobre la cama de Matilde con un suspiro de resignación. ¡Se había sentido tan ligera y libre al deambular por el salón dentro de la indumentaria masculina! Y cómo había disfrutado de la sensación de mezclarse entre esos caballeros jóvenes como si fuera uno más, aunque lo hiciera parapetada tras el personaje del Tenorio. Se aproximó al perchero del que colgaba su ropa: corsé, blusón, enaguas, polisón, falda, sobrefalda y chaquetilla. Y eso sin contar la ropa interior que llevaba puesta. A cualquier hombre se le caería el alma a los pies si tuviera que llevar encima un conjunto así. Se enfundó una prenda tras otra y, al terminar, contempló frente al espejo su figura de nuevo aprisionada bajo el peso de tanta tela.

—¿A qué viene esa cara? Te sienta muy bien este vestido —dijo Mati, colocándose a su lado—. A más de uno le costará reconocerte de nuevo.

Victoria recuperó la sonrisa, una sonrisa luminosa que le dedicó a su amiga reflejada en el espejo. También ella se había cambiado el hábito que le había prestado una tía suya por un estrangulado traje a rayas con varias capas de telas drapeadas hacia los laterales y entrelazadas atrás en un aparatoso lazo elevado sobre el polisón. Incomodísimo, pensó Victoria al verla caminar muy tiesa y a pasitos cortos por el dormitorio.

De vuelta al salón, la tertulia se había deshecho, sustituida por el suave barullo de los invitados que habían abandonado sus asientos y se arracimaban en pequeños grupos alrededor del bufé dispuesto sobre una mesa engalanada con mantel de hilo y un llamativo centro de flores. Hacia allí se encaminaron las dos, sorteando a la gente que todavía las felicitaba por la actuación. Un anciano las retuvo a medio camino, ah, jovencitas, tendríais que haber visto el estreno de la obra en el Teatro de la Cruz, allá por el año 44, qué elenco de actores y qué... Qué cargante, pensó Victoria, que abandonó a su amiga alegando una excusa ininteligible. Tenía pocas ganas de aguantar el parloteo del señor. Continuó hasta la mesa, donde pidió una copa de ponche a una de las dos criadas. La función la había dejado con la boca seca.

Con la copa en los labios se giró y paseó la vista por la sala. Al fondo, en un rincón, Jorge intercambiaba confidencias con una señora de buen ver. A su tía la vio en el mismo sitio donde la había dejado al finalizar la función, sentada con doña Carolina en el tresillo isabelino más cercano al balcón, abierto de par en par a la brisilla fresca procedente de la calle que ventilaba el ambiente denso y caldeado del salón.

—Se cree un dandi con esa chaqueta de terciopelo granate, y míralo, ¡resulta tan ridículo! —oyó que murmuraban, entre risitas, tres señoritas poco mayores que ella.

—No me extraña que Laurita lo haya rechazado... ¿Quién desea un pretendiente que se gusta más a sí mismo que a cualquier otra persona, incluida su novia? —se preguntaba otra.

Victoria se giró con disimulo y siguió la dirección de sus miradas hacia el pequeño grupo de jóvenes con los que había bromeado en la antesala, antes de la función.

—A mí el que me gusta es ese tan guapo, el que tiene tan buena facha.

Sus ojos saltaron al joven que sobresalía entre los cuatro que formaban el corro, el que llevaba un simple traje marrón con la apostura de un frac. Sí, también a ella le había llamado la atención cuando se presentó con su disfraz de Tenorio ante los jóvenes de la antesala. Se había sentido atravesada por esos ojos verde aceituna que la examinaron entre admirados y perplejos al descubrir su identidad femenina. Le gustaba provocar ese tipo de reacciones en los hombres, sorprenderlos, confundirlos, pillarlos desprevenidos, llevarlos a su terreno, como había aprendido a hacer con sus hermanos.

—Ah, es Diego Lebrija —respondió una en quien Victoria reconoció a Patricia Maldonado. A ella y a su hermano los había conocido la semana anterior, en el paseo del Salón del Prado, donde se los presentó Mati—. Es amigo de Mateo, los dos terminan este año los estudios de Derecho. Creo que su familia regenta un pequeño taller de imprenta en Lavapiés.

—¿Lavapiés? ¿Eso dónde está?

Eso mismo se preguntó Victoria, que lo observó con mayor interés aún.

—Mejor no lo quieras saber —replicó con malicia la Maldonado.

—Disculpe, ¿señorita Velarde? —Victoria se dio media vuelta. Se encontró frente a un hombre pulcro, afable, algo estirado en la pose, que se presentó—: Soy José Canalejas, y ella es mi esposa, María. —La mujer a su lado, una joven delicada, etérea, le sonrió con afecto—. No sabíamos que estaba usted en el salón hasta que don Horacio ha mencionado su nombre, y al oírlo, no podíamos dejar de venir a saludarla, por deferencia a su padre de usted.

—Acabamos de regresar de una breve estancia en París durante la cual hemos tenido la fortuna de entablar una buena amistad con su señor padre —añadió la esposa con un leve acento francés, casi imperceptible para alguien no acostumbrado a los giros o entonaciones de otras lenguas.

—¿De veras? ¡Qué casualidad! —replicó Victoria, el interés avivado por la simple mención del padre—. Yo llevo sin verlo desde que regresamos de Viena, hace más de tres meses. ¿Y cómo está? ¿Se encuentra bien?

—Está muy bien, no debe usted preocuparse —respondió la señora Canalejas—. Si le soy sincera, no conozco a un hombre con la vitalidad y la bonhomía de su señor padre, ¡qué barbaridad! Y con ese encanto personal que tiene... No me extraña que conozca a todo el mundo y lo reclamen en todos los sitios.

—Nosotros coincidimos con él en una cena ofrecida por Alphonse de Rothschild, de los Rothschild de París, seguro que los conoce o ha oído hablar de ellos —dijo don José, y ella asintió. Claro que había oído hablar de la rama de los Rothschild de París, y también de la de Londres, aunque ella en cambio conocía mejor la rama de la familia en Viena, con quien su padre mantenía una buena relación forjada a partir de los negocios financieros que realizaban con el Estado español. En realidad, todos ellos entroncaban con la misma Casa Rothschild, la poderosa sociedad familiar de banqueros judíos que se había desplegado en muchas de las grandes capitales europeas para desarrollar allí sus negocios—. Asistimos por mediación de Ignacio Bauer, el agente que tienen los Rothschild en Madrid, pero fue su padre quien nos acogió a su lado y nos presentó a ciertas personalidades invitadas. Nunca le agradeceremos bastante el interés que se tomó y lo bien que se portó con nosotros no solo en la cena, sino durante toda la estancia en la ciudad.

—No se preocupen —dijo Victoria, sonriente—. Lo más probable es que él disfrutara tanto o más que ustedes haciéndoles de cicerone. Le encanta servir de guía a sus compatriotas por los lugares que mejor conoce.

—La cuestión es que hemos traído un par de paquetes para usted de parte de su padre. Es lo mínimo que podíamos hacer por él. Y antes de saber que se hallaba usted aquí pensábamos llevárselo en persona a la casa de la condesa de Moaña —dijo doña María—. ¿Su tía se encuentra también aquí?

Victoria se giró para indicarles el rincón donde la había dejado la última vez, ahora vacío. La buscó entre los corrillos de la salita hasta dar con ella dentro de un pequeño grupo reunido junto al piano y en el que distinguió a doña Carolina, a Mati y a dos jóvenes. Uno de ellos era Mateo Maldonado, el hermano de Patricia; el otro era el tal Diego Lebrija, a quien las damas escuchaban con expresión embelesada. De pronto sintió apremio por unirse a ellas y curiosidad por conocerlo a él.

—Sí, aunque ahora mismo veo que está ocupada —dijo, sin dejar de mirarla—. Si me disculpan, voy a por ella. No se preocupen, no nos iremos sin que tengan la oportunidad de saludarla.

Atravesó la salita en dirección al grupo y al llegar, era doña Carolina la que había tomado la palabra:

—Es una excelente idea, señor Lebrija. Pero ¿de verdad cree que los diarios se dignarán a publicar algo sobre nuestra petición? Más de una socia temía que algunos periodistas y ateneístas lo utilizaran para arremeter contra nosotras por querer intervenir en asuntos que, según ellos, no nos incumben.

—Y no sería la primera vez. Ciertos señores se sienten agraviados con nuestras pretensiones, no entiendo por qué. Son tan lícitas y respetables como las suyas —agregó la condesa.

—Al menos, deberían intentarlo, aunque solo se lo remitan a los diarios más progresistas —insistió él—. ¿Tienen alguna copia de la carta de petición que le entregaron al presidente del Ateneo?

—¡Sí! —se adelantó a responderle Victoria, ya enterada de lo que hablaban—. Mati y yo hicimos varias copias del documento antes de enviarlo, ¿verdad, Mati?

—Tenemos guardadas diez copias, por si alguna socia la reclamaba —confirmó la hija de doña Carolina.

—¿Podrías ir al gabinete y traer una para estos jóvenes tan amables, querida? —le preguntó su madre—. Deberían leerla antes de decidir si les parece oportuno sumarse. Que yo no quiero luego malentendidos con su señor padre, Mateo.

Con una sonrisa forzada, Mateo protestó «no se preocupe, doña Carolina, que yo respondo de mis propios actos ante mi padre, ante Dios y ante quien sea», al mismo tiempo que Mati se alejaba de allí, murmurando «no tardo nada», con pasitos cortos y apresurados. Por un instante, se quedaron todos en silencio, como si no hubiera más que decir hasta que la señorita volviera.

—Espero que estén disfrutando de la velada —dijo doña Carolina, retomando su papel de anfitriona—. Ustedes, los más jóvenes, no suelen regalarnos su presencia en estas tertulias. Prefieren darse a otro tipo de placeres más mundanos, y yo lo entiendo, no vayan ustedes a pensar que los critico.

—Estamos encantados de estar aquí, doña Carolina

—respondió al instante Mateo, solícito, inquieto, de sonrisa fácil—. Tanto, que nuestra intención era quedarnos solo un rato, y mírenos, aquí seguimos. Entre la función del Variedades y la escena del *Tenorio* que han representado en su salón, ha ganado su opción.

—Ha estado usted muy bien en su papel de Tenorio, señorita —soltó de pronto Diego Lebrija, como si hubiera estado conteniéndose hasta no poder aguantar más—. Máxime teniendo en cuenta lo complicado que habrá sido para usted representar a un personaje masculino.

—¿Complicado? Al revés, ¡me he divertido mucho! —replicó Victoria, retándolo con los ojos—. No siempre tiene una la oportunidad de ponerse en los zapatos de un hombre para contemplar el mundo.

—¿Y cómo se ve? —inquirió él, con una leve sonrisa asomando a su boca.

Victoria frenó el impulso de responder lo primero que se le vino a la cabeza, una *boutade* tonta e infantil, y se tomó unos segundos para pensar. Le pareció una pregunta muy pertinente, dada la situación.

—Pues yo diría que se ve... más luminoso y más amplio, supongo. Mucho más que desde nuestra posición femenina, eso desde luego. Deberían comprobarlo por sí mismos, bastaría con que intentaran andar y respirar dentro de un corsé.

—Doy fe de que contemplar el mundo embutido dentro de un corsé provoca ahogos y mareos —irrumpió Nicolás, que había llegado a tiempo de escuchar las palabras de Victoria—. ¿Quién puede vivir con la fatiga que provoca ese artilugio? Y si a eso le añadís el pelucón «Capricho de Voltaire» de medio metro de alto y un quintal de peso que incluía mi disfraz de María Antonieta, no os habríais levantado de una silla en toda la noche... Solo por eso, se merecen un pedestal y nuestra eterna admiración, señoritas —concluyó, galante.

Los jóvenes se rieron y Victoria percibió un cierto brillo de simpatía en los ojos aceitunados de Diego Lebrija.

—Ya estoy aquí. —Matilde entregó a cada uno de ellos una copia, que leyeron allí mismo, mientras las cuatro mujeres aguardaban expectantes su veredicto.

—A mí me parece muy bien fundamentada la petición —dijo al cabo de unos minutos Lebrija—. Cuenten conmigo para ayudarlas en lo que buenamente pueda.

—Tal vez si logran la complicidad de dos o tres señores con influencia en el Ateneo o en alguna publicación relevante, les sería más fácil —replicó Mateo.

—Carolina, ¿y si se lo contamos a Giner de los Ríos y a don Gumersindo de Azcárate? —intervino su tía Clotilde—. Coincidiremos con ellos en la reunión de la Sociedad Abolicionista y sabemos que ambos miran con buenos ojos iniciativas educativas y culturales para mujeres.

—Si les interesa, creo que el director del diario en el que trabajo, don Gonzalo Calvo Asensio, tampoco tendría ningún inconveniente en ayudarlas, al contrario. Sé de buena tinta que simpatiza con las damas que se dedican a las letras —dijo Lebrija.

—Ah, sí, conozco a Gonzalito. Su padre era un gran hombre, un gran luchador por la libertad y la justicia —repuso doña Carolina—. Si ha heredado los ideales de don Pedro, estoy convencida de que nos apoyará.

—Tal vez deberíamos hacerle una visita a don Gonzalo en el periódico, querida —sugirió, pensativa, doña Clotilde—. Siempre es más fácil convencer a alguien en persona que por carta. Y si logramos que se sume él, además de don Francisco y don Gumersindo, tal vez nos allanen el camino a otros caballeros del lado demócrata.

—¿Puede usted avisarle de que lo visitaremos esta misma semana? —le pidió doña Carolina a Lebrija, y él asintió con un movimiento de cabeza—. Enviaremos recado antes de ir.

10

La puerta estaba abierta de par en par, a modo de invitación a propios y extraños, y ellas entraron sin llamar, la respiración trabajosa de doña Carolina por delante, deseando sentarse y recuperar el aliento que le habían arrebatado esas escaleras infernales. Ellas dos, Victoria y su tía enganchada de su brazo, la siguieron detrás, sin prisa. La sala estaba vacía. De pie en el minúsculo recibidor, la anciana inspeccionó la estancia en busca de una silla, y doña Clotilde arrugó la nariz por el bofetón olfativo que le propinó el ambiente recargado de la redacción. Husmeó a nariz alzada, como un zorrillo. Aquí huele a cocido, musitó para sí. Y unos pasos más adelante, agregó: y a tabaco, y a coñac, también. ¿Esto es una redacción o una taberna?

—Disculpen, ¿qué desean? —Un hombre de rostro huesudo, cuerpo fino y piernas como palillos apareció en el vano de una puerta lateral.

—Buenas tardes. Venimos a ver a don Gonzalo —dijo doña Carolina—. Hemos mandado aviso esta mañana.

—Ah, sí, señoras. Aguarden un minuto. Está en su despacho. —El hombre atravesó la sala y golpeó con los nudillos una puerta antes de abrirla y asomar la cabeza por ella. Lo oyeron anunciar, han llegado las señoras, y unos segundos después las llamó—: Pueden ustedes pasar.

—Yo me espero aquí, tía, si no le importa —dijo Victoria, soltándose de su brazo en la puerta del despacho.

—No, hija, ¿por qué tendría que importarme? —Y acercándose a su oído, murmuró—: Pero ten cuidado con ese señor, es un poco extraño... No me da buena espina.

El hombre palitroque se había sentado frente a un gran escritorio recubierto casi por completo de montones de papeles y escribía inclinado sobre una cuartilla. Victoria se aproximó a él.

—Perdone, ¿el señor Lebrija trabaja aquí?

—¿Diego? —El redactor levantó la vista de la cuartilla, y ella se sintió examinada de un rápido vistazo, después del cual volvió su atención al papel y dijo—: Sí, estará al caer. Suele llegar después del almuerzo. Se pasa la mañana en los juzgados. Puede usted sentarse a esperarlo donde quiera.

Pero Victoria prefirió permanecer de pie a su lado, mirándolo trabajar por encima del hombro. Tenía delante un montoncito de folios escritos, con el membrete del diario en la parte superior. Contaba las letras de cada renglón y apuntaba a lápiz el numerito resultante en el margen derecho. Después de realizar varias cuentas en una hoja aparte, apuntó dos cifras en la esquina superior del folio y, a continuación, hizo lo propio en uno de los pliegos en blanco que tenía desplegados sobre la superficie de la mesa, de igual tamaño que el diario y dividido en sus mismas cuatro columnas.

—¿Qué hace? —le preguntó, incapaz de aguantar la curiosidad.

El hombre ladeó la cabeza, sin llegar a mirarla.

—Compongo cómo van los artículos en la maqueta del diario para la imprenta.

Ella se acercó aún más y observó cómo cogía otro folio escrito con una letra deslavazada e ilegible que solo él conseguía descifrar, lo corregía —tachaba, movía, reescribía alguna palabra sin demasiadas contemplaciones— y, una vez terminado, comenzaba de nuevo a contar las letras de cada renglón, al igual que había hecho con el anterior. Cada artículo se marcaba en la página y en el lugar correspondiente de la maqueta del diario, se fijó, maravillada.

Al cabo de unos minutos, Victoria se cansó de mirar, cogió un ejemplar atrasado de *La Democracia* abandonado sobre una mesa y tomó asiento en una butaca cercana. Leyó por encima el artículo de la primera página, enrevesado y aburrido, pensó poco antes de abandonar la lectura.

Diego irrumpió en la sala, ciego como una locomotora. No se percató de su presencia, ni siquiera cuando Victoria se puso en pie al verlo llegar.

—¡Ya estoy aquí! —exclamó él, encarrilado hacia el escritorio del periodista que componía los artículos. Sacó su libreta y, sin apenas consultarla, recitó—: Tengo un asalto al ferrocarril de Zaragoza a manos de una banda, una joven casi desangrada por una herida en el cuello que dice haberse infligido ella misma, una pelea entre dos críos de diez y ocho años a navajazos, dos robos de poca monta y la detención de un empleado del Monte de Piedad al que han pillado sacando ocultos en la chaqueta varios títulos de deuda. ¿Cuántas líneas quieres?

El periodista revisó las maquetas que tenía sobre la mesa.

—Tienes cuarenta líneas, dos mil matrices —respondió, tendiéndole un mazo de folios pautados con el membrete del diario.

—¿Cuarenta líneas? ¡Es poco! ¡Necesito más! —protestó Diego—. El asalto al expreso de correos es un tema de mucho interés, la Guardia Civil llevaba tras esa banda varios meses y hasta ahora no habían conseguido pillarlos. ¡Solo con esa noticia ya podría ocupar veinte líneas! —Hizo una breve pausa con los ojos fijos en su colega, que había retomado su tarea, impasible, e insistió—: Dame al menos cinco más, Porras.

El hombre negó con la cabeza.

—Ya puedes apañártelas, es lo que hay —dijo, con amable autoridad—. Está la cosa muy caldeada en el gobierno; don Gonzalo ha escrito trescientas líneas para la primera página, me falta todavía el artículo de Contreras sobre la sesión de hoy en las Cortes, además de la columna de Moya, los despachos de la agencia Fabra, y lo demás. —Y con un cabeceo acompañado de una sonrisilla cómplice, añadió—: Y ahí tienes a una señorita que te espera desde hace un buen rato, muchacho.

Él se giró, sorprendido, y la vio. Victoria avanzó dos pasos sin poder contener la sonrisa.

—En realidad, he venido acompañando a mi tía y a la señora Coronado a su reunión con don Gonzalo.

—Ah, señorita Velarde —contestó él, un poco azorado. Pasó a su lado camino del escritorio, donde soltó su libreta de notas. Luego sacó un lapicero y un relojito del bolsillo y los colocó en la escribanía que tenía delante—. Disculpe, no la había visto.

Victoria sintió una leve desilusión del escaso entusiasmo que suscitaba en él su presencia allí. Lo observó quitarse la levita marrón y colgarla en el perchero a su espalda.

—Tenía curiosidad por conocer la redacción de un diario —dijo mientras revisaba los objetos que había sobre la superficie de la mesa. Cogió un cubo de plomo con una letra D mayúscula en relieve y lo examinó con curiosidad antes de volver a depositarlo en su sitio—. ¿Este es su escritorio?

—Sí, aquí me suelo sentar —respondió Diego, que comenzó a ordenar su mesa.

La despejó de papeles, retiró una taza de café y un vaso de agua vacíos, pasó un trapito por encima para limpiar cualquier resto de suciedad y, finalmente, colocó ante sí el relojito y los folios pautados, listos para empezar a escribir. Victoria lo miró hacer, fascinada.

—¿Y tiene que ponerse a escribir ahora mismo?

—Más me vale, no puedo perder ni un minuto.

—Había pensado que me podría enseñar usted lo que hacen, cómo funciona la redacción...

—Lebrija, no te entretengas mucho, que tienes que ponerte con los despachos telegráficos de Fabra. —La llamada de atención de Porras les llegó desde el otro lado de la sala.

—¿Quieren que los ayude con algo? Se me da bien escribir y estoy acostumbrada a leer los periódicos para mi tía —replicó ella, muy resuelta—. Solo necesito que me expliquen lo que tengo que hacer.

Los dos se quedaron mirándola en un silencio perplejo. Pero cómo nos vas a ayudar tú, chiquilla, alma cándida, parecía pensar el redactor veterano detrás de sus ojos saltones, pasmados. Diego bajó la cabeza disimulando una sonrisa, mientras que al tal Porras se le atragantaba la voz emitiendo respuestas con las que rechazarla educadamente, que se lo agradecían mucho pero no hacía falta, esas cosas eran así, trabajaban bajo mucha presión porque la prensa, ya sabe usted —no, ella no sabía, pero por eso precisamente; llevaba dos meses leyéndole a su tía los artículos de los periódicos y estaba convencida de que no le resultaría complicado sentarse a corregir un texto como le había visto hacer un ratito antes al señor palitroque—, la prensa, señorita, es una carrera diaria contra el tiempo y contra el espacio limitado de que disponemos, pero no se preocupe, que está todo bajo control, faltaría más... ¡Lebrija, espabila!

—Ya mismo me pongo, Porras —contestó Diego, que se excusó ante ella—. Siento no poder atenderla...

—No pasa nada. Usted escriba tranquilo, que yo esperaré hasta que termine la reunión. ¿Me puedo sentar aquí? —Señaló una butaca frente al escritorio de Diego, pero él ya no la escuchaba. Había abierto su libreta y repasaba con fruición las notas que había tomado, así que decidió por sí misma. La sala se sumió en un silencio reconcentrado, alterado solo por los ruidos callejeros que entraban por el balcón y el canturreo de un voceador que anunciaba la obra de esa noche en el Teatro Apolo. Miró fugazmente a Diego y dijo—: Ayer leí que lleva dos semanas representándose en el Apolo con gran éxito de público. Aunque si quiere que le diga la verdad, me sorprende la brevedad y ligereza de las críticas teatrales o de las reseñas de libros, y no digamos de los conciertos de música, donde importa más la vestimenta del público que la interpretación musical. No me molesta que mencionen algo sobre el público, pero deberían prestarle mayor atención a la actuación, ¿no le parece? En Viena ocupaban páginas y páginas en los periódicos.

Él levantó la vista con cierto aire ausente, como si tuviera que hacer un gran esfuerzo por regresar del lugar donde tenía la cabeza hasta ese instante, en algún punto de la línea ferroviaria entre Madrid y Zaragoza. Tardó unos segundos en asimilar las palabras de ella y cuando lo hizo, se limitó a mirarla fijamente, al tiempo que una sonrisa despuntaba en sus labios.

—Lo tendré en cuenta la próxima vez que redacte una reseña, señorita —dijo.

Ella le sostuvo la mirada, con el rubor ardiendo en las mejillas, y él volvió su atención al folio sin dejar de sonreír.

Victoria intentó distraerse con la contemplación de la estancia, la larga mesa central con cuatro escribanías enfiladas en el centro, varios ceniceros a rebosar y tres vasos usados (de ahí el olor a coñac, pensó); las columnas de periódicos apilados en el suelo, contra los armarios inferiores de dos estanterías repletas de libros que ocupaban una pared; y los dos hombres absortos en sus tareas, como si ella no existiera. Los ojos se le fueron a la mano de Diego, de dedos finos y largos, aferrados a la pluma que rasgaba el papel con los trazos enérgicos de su letra. Una letra angulosa, decidida, incomprensible. Un mechón ondulado se le deslizó sobre la frente, pero él ni se inmutó. De vez en cuando revisaba algún dato de sus notas y continuaba escribiendo.

—¿Cómo se ha enterado del asalto al tren? —No parecía haberla oído, así que insistió—: ¿Ha sido la Guardia Civil? ¿Ha visto usted a los detenidos?

Diego volvió a levantar la vista, algo molesto, lo notó enseguida.

—Ha sido en la comisaría, me lo ha contado un guardia que conozco.

Victoria no preguntó nada más. Miró en derredor, aburrida. Curioseó un tarjetón con la próxima convocatoria a una reunión de la Sociedad Abolicionista y otro a una conferencia en el Ateneo sobre el realismo de Honoré de Balzac a la que, por supuesto, ella no podría asistir ni aunque quisiera. De lo alto de un lote de libros cogió un cuadernillo en cuya tapa leyó *Los mejores artículos de Larra. De Fígaro a El pobrecito hablador*. Comenzó a leer el primero, *Vuelva usted mañana*, con el que empezó a sonreír casi desde el primer párrafo. Contaba en tono irónico las peripecias de un extranjero llegado a España para resolver unas inversiones rápidamente, ajeno a la laxitud del carácter español y su burocracia.

Diego se distrajo. El gorgojeo de una risilla le hizo mirarla, intrigado. La vio inclinada sobre una publicación abierta sobre su regazo que parecía divertirle mucho.

—¿De qué se ríe? —Ella no pareció oírle hasta unos segundos después, cuando levantó la cabeza, atravesándolo con pupilas brillantes, risueñas. Le mostró la tapa de su lectura como única respuesta. Diego lo entendió todo—. Ah, el gran Larra. ¿Le gusta? Fue el primer y mejor articulista de nuestra prensa.

—¿Ha muerto? —Pareció sorprendida.

—Se suicidó por amor en 1837. Un romántico.

—¿De veras? ¡Qué pena! —Se había puesto seria en un instante—. Me parece tan... inteligente, tan agudo e ingenioso... ¿Me lo presta?

Diego titubeó un segundo. No es que dudara de ella,

sino que le gustaba hojear de vez en cuando sus artículos favoritos de Larra cuando soñaba con emular su talento.

—No sé si debería —dijo en broma.

—¿Por qué? ¿Cree que es una de esas lecturas perniciosas que no deberían leer las señoritas, como dice mi hermano Álvaro?

—¿Eso dice?

—No lo dice, pero lo piensa cada vez que me ve leer una novela de Alejandro Dumas. Cree que me alteran el juicio y que exaltan mi imaginación más de lo que ya la tengo.

Sonrió ante la llaneza y espontaneidad con la que decía lo que pensaba, tan inusual entre las pocas jovencitas de la buena sociedad madrileña que él conocía.

—Puede llevárselo, pero no me lo pierda. Es un regalo de don Gonzalo y no existen muchos ejemplares como ese. Ya sabe lo que dicen: con cada libro que uno presta, se desprende de un trocito de su ser. Espero que me lo devuelva.

La puerta del despacho se abrió entonces y las dos damas salieron acompañadas de don Gonzalo.

—Cuenten con ello, yo mismo escribiré un artículo al respecto y lo publicaremos en portada —les decía el director—. Conseguiré que se adhieran algunos señores más, eso seguro. Pero ya les digo, nuestro colaborador Rafael Luna lo mencionó en una de sus columnas hace algo más de un mes, si no recuerdo mal. Y sé de buena tinta que tiene información de primera mano..., no les digo más.

—Con eso nos basta, don Gonzalo —dijo doña Carolina—. Dios le bendiga.

—No hace falta que nos acompañe, querido —le dijo la condesa, que había vuelto a arrugar la nariz—. Vaya usted a almorzar su cocidito, que debe de estar desmayado de hambre.

Victoria se puso de pie, se estiró la falda y fue al encuentro de las damas.

—No se preocupe, señor Lebrija. Lo cuidaré como si fuera usted —se despidió de Diego, abrazada a Larra como quien se abraza a un amante.

11

La reunión del comité editorial se levantó con un gran estruendo de sillones y Diego se acercó a saludar a Miguel Moya, que había llegado con casi veinte minutos de retraso; el presidente del Consejo de Instrucción Pública le había hecho esperar más de lo previsto en los pasillos del Congreso, se disculpó, aunque nadie le hizo ningún reproche. El joven gigantón era conocido —y admirado— por su presencia ubicua y galopante en cualquier acto o acontecimiento de la ciudad digno de ser relatado en las páginas de alguna de las publicaciones con las que colaboraba habitualmente. Ya fuera mañana, tarde o noche, allí aparecía Moya armado con su pluma ágil y nadie dudaba de que un día después aparecería el correspondiente suelto en el periódico de turno.

—Me han dicho que te has adueñado de la sección de Noticias como si llevaras haciéndola años. Sabía yo que tenías madera para esto, Lebrija —le dijo, saludándolo con una gruesa palmada en la espalda.

Diego agradeció con una sonrisa franca el elogio, se lo había ganado a pulso, bien lo sabía él. Las tres semanas que llevaba como redactor de *La Democracia* las había pasado en un estado de efervescencia radiante, con los cinco sentidos avizor a cuanto sucedía en la calle, escuchaba en los tribunales o percibía en los gestos o comentarios que sobre su trabajo le hacían don Gonzalo o Paco Porras, quien había relevado al director en la labor de tutelarlo y enseñarle los secretos del oficio en la redacción, que en la calle parece que ya te apañas tú mejor que yo, no sé de dónde demonios sacas esas informaciones que traes garabateadas en tu libretita, como si fueran jeroglíficos. Él se reía, lo tomaba casi como un reconocimiento a su dedicación, porque era culpa de las prisas, de la presión por apuntarlo todo sobre la marcha —hechos, fechas, datos, declaraciones—, el que su letra se hubiera distorsionado hasta el punto de convertirse en una sucesión de trazos y palotes enlazados de mala manera. A veces le costaba entenderse incluso a sí mismo.

—Es casi la hora del almuerzo. Vente, te invito a un vino aquí al lado —dijo Moya, tirando de él hacia la escalera. De camino a la taberna, le avanzó la noticia que sus más allegados ya sabían: esa misma semana había empezado a trabajar en la redacción de *El Liberal*, el nuevo diario creado por Fernanflor, Araús y el resto—. No se lo digas a Asensio, pero en aquella redacción se respiran otros aires distintos para la profesión —le confesó delante de sendas copitas de moscatel que el tabernero les había servido en la barra de madera maciza—. Quieren hacer un periódico sin partido, independiente, para todo el pueblo.

—Pero ¿quién es el propietario?

—No hay propietario, o mejor dicho, los propietarios son todos los que forman la sociedad de periodistas fundadores del diario. Espera —se sacó un recorte de periódico del bolsillo interior de su chaqueta, lo desplegó y leyó—: «Al decidir la fundación de *El Liberal* fue nuestro cuidado constituirnos en condiciones de independencia absoluta. Nos pertenecemos. Somos nosotros mismos. Ninguna personalidad, ningún hombre de Estado, ninguna agrupación política, ningún interés o ambición alguna está por encima de nosotros. Solamente hay una fe ciega en las ideas democráticas, un entusiasmo inextinguible para su difusión y una decisión inquebrantable de ser justos en todo y con todos». —Diego sintió sus ojillos penetrantes clavados en él, con un brillo ilusionado—. ¿Ves lo que te digo? Es la declaración de principios que *El Liberal* publicó en su primer número, el pasado treinta y uno de mayo.

Sí, Diego también lo había leído, porque como otros colegas de profesión, corrió a comprar el diario al primer vendedor con el que se cruzó voceándolo. Al igual que *El Imparcial* y *La Correspondencia*, se vendía en la calle y no por suscripción, como era la costumbre entre el resto de los periódicos. De esta forma, cualquiera podría leerlo cuando y donde deseara, sin esperas y sin la obligación de un pago mensual que las clases populares nunca podrían permitirse. Había mucha expectación alrededor de este lanzamiento, más de la que había visto antes sobre cualquier otro diario, y eso que en los últimos meses habían salido varios. Diego devoró el primer número de *El Liberal* con avidez, tenía verdadera curiosidad por descubrir la razón por la que ese grupo de periodistas inconformistas había abandonado un periódico de prestigio como *El Imparcial* para crear uno nuevo de la nada. «Nos pertenecemos. Somos nosotros mismos.» Esas frases también le impactaron a él cuando las leyó por primera vez. Se vio reflejado en ellas, y una oleada de íntimo orgullo se extendió en su interior al sentirse parte de esa declaración, de esa manera de entender el periodismo. ¿A quién le pertenecían sus textos?, se preguntó. A mí, se dijo, convencido. Son mis palabras, son mis artículos, aunque se publiquen en *La Democracia*. Pero ahora le entraron las dudas. ¿A quién servía él cuando escribía en *La Democracia*? ¿A don Gonzalo, su propietario? ¿A los lectores? ¿A una cierta ideología? ¿A quiénes servían los redactores de *La Época*? Al pueblo pobre e iletrado no, eso seguro. ¿Y los de *El Imparcial*?

—En *La Democracia* gozamos de total independencia al escribir —repuso, un tanto a la defensiva—. A mí nadie me dicta lo que tengo que decir o no.

A Miguel Moya se le abrió una sonrisa reservada en la espesa barba que le ocultaba casi la mitad del rostro.

—Gracias a Asensio, que es fino hasta para eso. No lo hace porque no lo necesita. *La Democracia* es un diario político a la medida de Gonzalo, que lo financia de su bolsillo y del de un par de discretos benefactores, a modo de contribución a la causa de la izquierda demócrata. Nunca ha pretendido ganar dinero con él, ni competir con el resto por los lectores; le bastan sus suscriptores y alguna aportación extra para mantener el periódico sin perder capital. —Bebió un traguito del vino y lo saboreó en la boca antes de proseguir—: No tiene nada que ver con don Eduardo Gasset y *El Imparcial* o con don Manuel de Santa Ana y *La Correspondencia*. O, si me apuras, hasta con don Ignacio Escolar y *La Época*.

—¿Y crees que *El Liberal* será distinto?

—Ya es distinto —afirmó, convencido—. No solo por el hecho de que su propietario sea una sociedad de redactores fundadores o porque su único compromiso sea con el ideario que ellos mismos se han dado, sino porque su aspiración es difundir información de interés general, la que los ciudadanos quieren, sea la que sea, y cuantos más lectores consigan, cuanta mayor difusión, mejor le irá a la empresa y mejor nos irá a todos.

Sonaba muy ilusionante en boca del enfervorizado Moya. Sin embargo, no les sería fácil competir con un diario tan asentado y respetado como *El Imparcial*, que aspiraba a convertirse pronto en el periódico de información más leído del país. Según le contaba Nicolás, Andrés Mellado —ya en su puesto de director— presumía de que pagaba los mejores sueldos de la prensa a los mejores redactores de España para evitar que pudieran venderse a los intereses espurios de nadie.

—Si es como dices, vais a tener que luchar mucho para arañarle lectores y prestigio a *El Imparcial* —dijo Diego—. Pero eso ya lo sabrán Fernanflor y compañía, que para eso vienen de allí.

Moya cabeceó, dubitativo.

—Vienen de *El Imparcial*, pero quieren hacer las cosas de otra manera, al estilo de los nuevos periódicos ingleses que le llegan a Polanco. Han creado un tipo nuevo de anuncios más baratos, que se pagan por palabra. Así, cualquier persona, sea tendero, barbero o ama de cría, puede anunciarse a un precio muy asequible. Y están abiertos a cualquier cambio que se nos ocurra. Fíjate, al poco de llegar al *Liberal*, le propuse a Fernández Flores que publicáramos las críticas teatrales al día siguiente del estreno y no una semana o un mes más tarde, como se suele hacer en toda la prensa, sin darse cuenta de que el público espera con impaciencia esa información, ¿no te parece? —Diego asintió sin dudarlo. Recordó de pronto la opinión tan certera de la señorita Velarde sobre la pobreza de las noticias de cultura—. ¿Y sabes qué ocurrió? ¡Que me dio la razón! A mí, que he sido el último en subirme a bordo. —Sonrió, discretamente satisfecho. No era Moya hombre de alardes ni de colgarse medallas de nada—. Fernanflor anunció que, a partir de ese instante, *El Liberal* publicaría las críticas teatrales al día siguiente del estreno, porque piensa en el interés de los lectores. Y eso no es lo habitual, te lo puedo asegurar.

Sí, lo sabía. En el poco tiempo que llevaba ejerciendo el oficio se había dado cuenta de ciertas prácticas que le resultaban chocantes, como era la escasa importancia que se le daba a las noticias de sucesos a pesar del enorme interés que suscitaban en la gente de la calle. Lo veía cada vez que sucedía algún incidente y los transeúntes se arremolinaban alrededor el tiempo que fuera necesario para fisgonear lo ocurrido. Era consciente de que él se movía en unos ambientes —los de la universidad, el Ateneo, las tertulias en los cafés, o incluso los de las conferencias de la Institución Libre de Enseñanza— donde la política era el tema que acaparaba todas las discusiones, pero eso no debería ocultar la otra realidad que él conocía bien: entre los ciudadanos de a pie había un total desinterés por la información política.

—¿Y piensas mantener tus colaboraciones en otras publicaciones? —le preguntó.

—Dejaré la dirección de *El Comercio Español*, pero continuaré con el resto de las colaboraciones. Al menos, hasta que vea cómo van las cosas en *El Liberal*. Hoy en día, lo mismo nacen periódicos que mueren, y nunca se sabe. El último del que me han hablado es un periódico de sucesos que planea sacar un tal Herminio Egea, un exmilitar de Valladolid. Y está también el de Abelardo de Carlos, del que todo el mundo habla y nadie sabe nada.

Diego asintió. También él había indagado sobre ese

proyecto desde que oyera mentarlo a José Canalejas, pero lo descartó rápido: no solo era demasiado ambicioso para una imprenta del tamaño de la suya, sino que, además, supo que habían encargado en París una prensa Marinoni como la del *El Imparcial* con la que imprimir la tirada dentro del periódico. Necesitaban algo más pequeño, a la medida del establecimiento familiar de los Lebrija. Un diario de sucesos podría servir.

—¿Lo conoces? —le preguntó a Moya.

—De oídas solo. ¿Por qué?

—Mi hermano piensa que podríamos ampliar el negocio de la imprenta a la prensa diaria. Si lo hiciéramos, tal vez fuera más fácil llegar a un acuerdo con un periódico que se va a lanzar.

—Seguro que Ortega Munilla puede averiguar algo más, su padre está al tanto de todo cuanto se mueve en Madrid. ¿Quieres que le pregunte?

Diego asintió y, además, le dejó caer que le vendría bien alguna otra colaboración aparte de *La Democracia*. Si alguien podía enterarse de algo, ese era Moya.

—Palacio Valdés me dijo que tenía idea de crear una sección nueva de efemérides en la *Revista Europea*. Será poca cosa y no creo que pague demasiado, pero la *Europea* tiene bastante prestigio y te abriría puertas a otras publicaciones. Te conviene moverte por todos los ambientes de Madrid, ir a reuniones, fiestas, estrenos, relacionarte con personas de distinto pelaje y condición. Nunca se sabe dónde ni cuándo surgirá la información que necesitas. —Moya dejó unas monedas sobre la mesa—. Deja, invito yo, que los sueldos de *El Liberal* son algo mejores que los de *La Democracia*, pero guárdame el secreto.

Tras abandonar la redacción esa tarde, emprendió camino directo hasta su casa sin detenerse en las tertulias del café La Montaña o La Iberia, los dos en los que solían encontrarse los periodistas de los diarios al final de la jornada laboral. Una vez que se quedaba a escuchar las largas discusiones o las anécdotas que contaban del oficio, no le daba tiempo a ir a cenar con su familia, si luego quería salir por el Madrid noctámbulo en compañía de Nicolás y Mateo. Llevaba demasiados días así.

Al pasar delante del taller, echó un ojo al interior a través de la puerta acristalada. Divisó de refilón a Quino de pie junto a un chibalete, vigilando la faena de uno de los aprendices, que parecía encogido como un animalillo temeroso. El regente lo miró, lo saludó a distancia con un leve gesto antes de arrearle una colleja al chaval. Desde luego, Quino no se reblandecía con el paso de los años.

Diego ascendió la estrecha escalera de madera inundada del sabroso olor a caldo procedente del piso principal.

—Ya nos íbamos a sentar a la mesa sin ti —le reprochó su madre, que salió del comedor al oír la puerta.

Le dio una voz a la criada para que trajera la comida mientras Diego recorría el largo pasillo interior hasta la que fuera su alcoba, se quitó la chaqueta, la corbata, el chaleco y se remangó la camisa para lavarse en el aguamanil las manos manchadas de grafito y tinta. Poco antes de que se llevaran las páginas a la imprenta, don Gonzalo le había pedido que borrara doce líneas de su sección de noticias y que redactara un suelto de la misma extensión «sobre esta infamia que publica hoy *La Época* —le lanzó el dichoso diario abierto por la página correspondiente— respecto a saqueos en los ingenios de Cuba, cuando *La Correspondencia* asegura que las noticias oficiales que llegan de la isla son muy satisfactorias. ¡Ese Ignacio Escolar publica lo que sea con tal de desestabilizar la situación allí! ¡Es una vergüenza! Escríbelo así, Lebrija».

Ni replicar pudo. Diego tachó de un plumazo la noticia del robo ocurrido en una tahona del centro, tristemente graciosa: dos raterillos habían arramblado con diez panes de a kilo recién salidos del horno, y en su huida los panes se les fueron cayendo de la saca rota, lo que hizo que una bandada de mujeres y chiquillos los persiguieran por las calles, con más ahínco que la propia Guardia Civil, con tal de hacerse con alguno de los panes caídos.

—Los rateros se nos echaron a los brazos en cuanto nos vieron; preferían venir con nosotros al calabozo que quedarse en manos de esa jauría —le contó el guardia, sin dejar de reír.

Eso le hizo pensar en el nuevo periódico de sucesos del que le había hablado Moya. Si no le estuviera tan agradecido a *La Democracia*, quizá se interesaría por un puesto de redactor allí, pero ¿quién le iba a enseñar más que don Gonzalo y Porras? Lo que sí le vendría bien era esa colaboración en la *Revista Europea*. Esta misma noche, con un poco de suerte, me cruzo con Palacio Valdés y lo convenzo de que me dé las efemérides. Aunque esta noche... Cogió un paño limpio y se secó despacio la cara, el cuello, las manos. Pensó en Luisa y la volvió a ver en la pista de la verbena, balanceándose ante sus ojos en brazos de ese baboso que luego le presentó como Juan Perchales, director de teatro, está preparando una comedia para el Teatro Apolo y quizá tenga un papelito para mí, ¿verdad don Juan? Y Diego tuvo que tragarse la bilis al escuchar su promesa de un papelito no, un «señor papel» de protagonista femenina, que es lo que tú te mereces, belleza, y que Luisa le agradeció con una carcajada aduladora. Ya a solas con ella, le reprochó que se dejara embaucar por hombres como Perchales, que apestaban a falsas promesas con las que lo único que deseaban era seducirla. ¿Y crees que no lo sé?, se rio, tranquila. Yo ya estoy curtida en estas lides, Diego, y si hay que seguirles un poco la corriente para ver adónde me llevan, se la sigo, que a mí no me cuesta nada, ya ves tú; unos bailes, unas risas. Pero que no vea yo que te pones celoso, mi niño, que a nadie más que a ti dejo yo entrar en mi cuarto y en mi cama.

Entró en la salita detrás de la figura renqueante de Paca, que depositó la cazuela sobre la mesa, delante de su madre. A doña Carmina le gustaba servir ella misma los platos, del mismo modo que se reservaba ciertas tareas domésticas que consideraba parte de su obligación como esposa y madre, como hacer la compra en el mercado o remendar pantalones y guardapolvos. Se negaba a delegarlas en nadie, tampoco en Paca, a pesar de la confianza que tenía en esa mujer adusta que había entrado a trabajar a sus órdenes poco después de nacer Santiago, cuando se dio cuenta de que sin ella cerca a su marido se le rebelaban las cuentas y la imprenta entera. Se puso en pie y removió el guiso con el cucharón, como si calibrara la cantidad a repartir entre sus hombres. Al pasar por su lado, Diego le dio un beso rápido en la mejilla todavía tersa y suave, y se dirigió a su sitio frente a Santiago, quien le dedicó la misma mirada huraña con la que lo castigaba desde que le pidió que hablara con sus padres sobre la situación de la imprenta. Allá él y sus rencores. Ya había desistido de intentar explicarle que si no lo había hecho ya era porque deseaba tener toda la información posible, tanto de la imprenta como de lo que supondría reorientarla a la prensa, antes de abrir una discusión familiar que imaginaba tensa, sobre todo con su madre, que conocía mejor que nadie el estado de las cuentas y las posibilidades del sector. Por eso decidió revisar él mismo los libros de contabilidad al detalle, examinó los encargos que tenían a la vista (el único realmente importante era el de los manuales de texto del instituto de San Isidro, que, con un poco de suerte, les salvarían el año) y después había visitado un taller de imprenta de prensa diaria con intención de conocer de primera mano las ventajas y los inconvenientes del negocio.

—Me he encontrado en el café con mi amigo Cosme, el que tiene al hijo de oficial en el negociado de industria del Ministerio de Fomento. Dice que donde su hijo han salido dos plazas vacantes —le explicó su padre una vez que se hubo sentado a la mesa—. Una tiene ya nombre y apellidos, así que nada; pero para la otra, su hijo ha oído que van a abrir candidaturas. Y siendo tú licenciado en Derecho, cree que tendrías posibilidades, sobre todo si algún catedrático con un poco de renombre te hace una cartita de recomendación apañada. ¿Qué te parece? —interrogó, expectante, a Diego—. Es industria, pero la cosa es entrar en el ministerio y dentro ya te será más fácil moverte hacia publicaciones.

—Dame tu plato, Esteban —ordenó la madre, con la mano tendida hacia su esposo.

—Yo ya tengo trabajo, padre —repuso Diego.

—¿Qué trabajo? ¿El de gacetillero en ese periodicucho? —replicó don Esteban en un tono agudo que moderó enseguida, consciente de lo poco que le gustaban a su mujer las discusiones en la mesa—. Eso no es un trabajo serio, Diego; eso es el entretenimiento de los ociosos, de los hijos de los terratenientes o de cualquiera que tenga un sustento asegurado. Se dedican a juntar palabras sin otra cosa en la que ocupar su tiempo.

—Eso no es cierto, he conocido a varios señores que se ganan la vida con el periodismo. El mismo señor Moya...

—O los redactores de *La Correspondencia*, padre

—terció Santiago, sabedor de la lealtad que le tenía su padre a ese diario.

—Tonterías —rechazó don Esteban—. Nadie mejor que nosotros sabemos que las letras no dan de comer. Tendrías que vivir de prestado o, peor aún, serías un muerto de hambre toda tu vida.

—Las letras tal vez no den de comer, pero son el alimento de las ideas, de la libertad, de la democracia —replicó Diego, sin perder la calma—. Eso también lo deberíamos saber nosotros mejor que nadie, padre. Sin las publicaciones y los diarios no existiría una opinión pública que refleje las aspiraciones de la sociedad, volveríamos a los tiempos del pueblo sometido al absolutismo de los reyes o a los caprichos de gobernantes ineptos.

—¡Qué libertad ni qué ocho cuartos! Pero ¿tú lo oyes, Carmina? —Miró a su esposa y prosiguió, sin esperar respuesta—: Por culpa de esas ideas de las que hablas llevamos décadas sufriendo alzamientos militares, conspiraciones, revoluciones y luchas intestinas que lo único que han servido ha sido para llevarnos a la ruina a todo el pueblo, empezando por nosotros. Y aparte de eso, ¿qué han conseguido? ¡Nada! La palabrería no da de comer. ¡Y tanta culpa tienen los políticos como los diarios y sus gacetilleros, que se dedican a echar leña al fuego! —exclamó don Esteban, alterado—. ¿Eso es lo que os enseñan en la universidad? ¿A eso se dedican los catedráticos ahora? ¿Qué te parece, Carmina?

Interpeló a su mujer confiando en que le daría la razón, porque eso era lo que solía ocurrir cuando ella callaba tanto tiempo sin contradecirle.

—Si es lo que le gusta y considera que puede ganarse el sustento con su trabajo, yo no tengo nada que objetar —dijo ella, sin embargo.

Don Esteban no daba crédito.

—Pero ¿cómo que no, Carmina? —Su voz sonó a lamento—. ¡Va a desperdiciar en un periódico la oportunidad de un empleo seguro en la administración pública! ¿Y la imprenta? ¿Cómo va a ayudarnos con la imprenta? —Con el tenedor en la mano, se dirigió a Diego—: Si te empecinas en eso, tú sabrás, pero no cuentes con mi bendición. ¿Para eso te hemos pagado los estudios?

Eso sí le dolió.

—No voy a desperdiciar nada, padre. Y descuide, le juro que jamás me verá venir a pedirle nada, ni una peseta.

—Ya está bien. Vamos a calmarnos todos —medió la madre, con voz firme—. En la imprenta no necesitamos a Diego, esto ya lo hemos hablado tú y yo muchas veces, Esteban. Será Santiago quien se haga cargo de ella en un futuro, es lo que él quiere y conoce bien el oficio.

—Santiago es demasiado joven y todavía está muy verde —sentenció el padre, obstinado—. Además, le falta experiencia para sacar la imprenta adelante.

—No me falta nada, padre —se quejó el muchacho con voz desabrida—. ¡Hasta Quino confía más en mí que usted!

De hecho, Santiago tenía una idea bastante más clara

que su padre de lo que necesitaba la imprenta, pensó Diego, que vio llegado el momento de abordar al fin la discusión tantas veces relegada.

—Precisamente, Santiago y yo pensamos que tal vez sea el momento oportuno para ampliar la imprenta con el negocio de la prensa. —Diego miró a su padre, pero a quien en verdad dirigía sus palabras era a la madre, que comía despacio y en silencio—. Salen diarios a la luz casi cada mes, y por lo que oigo en las tertulias, es una actividad en auge, aunque usted no lo crea, padre. Si imprimiésemos periódicos, habría más trabajo y unos ingresos estables asegurados que nos permitirían pagar deudas y...

—Y no tendríamos que vivir pendientes de los pocos encargos que entran por la puerta. Los diarios dejan dinero y traen trabajo suficiente para contratar algún operario más, y si todo va bien, la imprenta volverá a ser lo que era en tiempos del abuelo Pascual —agregó Santiago, empujado por un entusiasmo que buscaba reflejo en el rostro de la madre sin atender al gesto malhumorado del padre—. Mirad la imprenta de Rivadeneyra o la de Fuentenebro, cómo han prosperado con los trabajos de impresión de publicaciones periódicas; pues eso es lo que debemos hacer nosotros. Hay que aprovechar que viene una época de bonanza para la prensa, como dice Diego. No necesitaríamos diarios de gran tirada como *El Imparcial* o *La Correspondencia*, nos bastaría con imprimir uno o dos periódicos con una tirada de entre veinte y treinta mil ejemplares.

Al parecer, Santiago también había estado haciendo sus pesquisas por las imprentas más conocidas.

—¿Y qué tipo de máquina se necesitaría para eso? —Doña Carmina los interrogó a los dos, saltando la mirada inteligente, aguda, del menor al mayor de sus hijos.

Diego fue el primero en responder.

—Por lo que he podido saber a través del oficial de Fuentenebro, ellos tienen dos máquinas de cuatro mil ejemplares a la hora, suficiente para un diario de tirada media, como *El Día* o *El Globo* —explicó—. Una de esas podría costar en torno a tres mil pesetas.

Don Esteban estalló al escuchar el precio:

—¿Estáis locos? ¿Y de dónde sacamos el dinero para comprar otra máquina? ¿Del espíritu santo? Todavía debemos devolver el préstamo de la Fina al señor Calderón, ¿y queréis que nos endeudemos aún más? —Se dirigió a su mujer, frente a él, con el tono suavizado, incluso suplicante—: Carmina, esto una locura. No vamos a levantar cabeza en lo que nos queda de vida.

—No lo vea como un gasto, padre —replicó Santiago, que había tomado la voz cantante—. Sería una inversión muy rentable que se pagaría sola, en cuanto comenzara a funcionar. Si compramos una rotativa, saldremos a ofrecer nuestros servicios a diarios y semanarios de todo tipo.

—Le he pedido a Miguel Moya que indague sobre un nuevo periódico de sucesos que, al parecer, se dice que va a salir después del verano —anunció Diego.

La madre miró de soslayo a su marido, que comía con gesto huraño.

—Bien, dejadnos unos días que lo discutamos vuestro padre y yo —dijo, dando por zanjado el tema, no sin antes dirigirse a Diego—: En cuanto sepas algo, me lo cuentas. Si decidimos hacerlo, debe ser cuanto antes.

12

Llevaba una semana con la mosca detrás de la oreja. Y con el zumbido resonando a todas horas en su cabeza, ya me dirás tú cómo voy a echar el cierre cada noche en la imprenta y marchar tranquilo a casa sin saber qué ocurrirá, de qué se hablará allá arriba, qué decidirán a sus espaldas, a puerta cerrada ellos cuatro, en el piso familiar. Santiago le había dicho que la dichosa conversación sería pronto, cualquier día de estos, ya verás, que dice Diego que debemos plantearlo como Dios manda para convencer a madre, y Quino confiaba en el chico mayor de Carmina, pero *carallo* con el zagal, se lo estaba tomando con mucha calma y el tiempo apremiaba, que en las otras imprentas no eran tontos y pronto correrían todos a competir por lo mismo, por los periódicos. Pero ¿es que no se daban cuenta? A qué tanta pachorra, tanto recelo para decidir algo que era evidente, que caía por su propio peso. Era la prensa o la muerte de la imprenta de don Pascual. O aumentaban la faena de cada día o terminarían cayendo uno detrás de otro, despedidos todos y a la calle, a mendigar un jornal de lo que sea, y así no hay ni lucha obrera ni partido socialista que valga, manda *carallo*. Sin faena, qué condiciones de trabajo de los obreros vamos a mejorar, a ver. Claro que qué prisa tenía Diego, si era al que menos le afectaba, ahora que andaba metido de plumilla en un diario.

Por eso, al verlo aparecer por ahí esa tarde después de tantos días perdido, tuvo la intuición de que al fin se resolvería algo, para bien o para mal, pero algo habría. Quino encendió un cigarrillo y se sentó a esperar en el banco de madera a la puerta de la imprenta.

Oyó el cierre seco de la puerta y enseguida unos pasos apresurados descendiendo la escalera de madera.

—Eh, Diego.

—Quino, qué pasa. ¿Qué haces aquí todavía?

—Ya ves. Esperando noticias.

—No se te escapa ni una, ¿eh? — Diego sonrió, cogió un cigarrillo de la cajita de metal que le ofrecía Quino y lo encendió en la llamita del fósforo que le acercó después.

—Más me vale, ¿o no, rapaz? —dijo antes de darle una buena calada a su cigarrillo—. No está la cosa para andar despistado, ya lo sabes tú. Y uno no es tonto: se están moviendo cosas, no me preguntes qué, pero algo hay. Si no espabilamos pronto, no nos dejarán ni las migajas siquiera.

—Pues eso es lo que vamos a hacer, meternos en el negocio de la prensa. Pero tú ya lo sabías, ¿no? ¿Fue idea tuya?

Quino sonrió. ¿Ves como era listo, el rapaz?

—No, no. La idea fue de tu hermano —mintió por si acaso—. ¿Qué ha dicho tu madre? ¿Está por la labor?

Diego asintió. Su mirada se desvió hacia una mujer de andares pesados que venía cargada con un cesto de flores.

—Ha sido más fácil de lo que pensaba. Es posible que ella también fuera consciente de la situación mejor que nadie. Sabe más que todos nosotros juntos. —Quino percibió en la expresión de su rostro la admiración y el afecto que le unía a su madre—. Ahora solo falta estar atentos a cualquier proyecto del que nos enteremos. Tú también, Quino —dijo, esta vez más serio. Tiró el cigarrillo al suelo y lo apagó con la punta del zapato. Luego, con una mano se sacó unas monedas del bolsillo y con la otra le hizo una seña a la mujer, que se paró a su lado—. Deme media docena de claveles rojos, por favor.

Quino lo observó mientras pagaba.

—No sabía yo que andabas con líos de faldas, pillastre —le dijo, burlón—. ¿Quién es la moza?

—No es ninguna moza, es una mujer —repuso, molesto. Y sin darle pie a nada más, se despidió—: Yo me voy ya, que tengo una cita. Santiago te lo contará todo.

—Anda, ve, ¡no vaya a ser que se te escape!

Quino siguió sonriente la figura de Diego hasta que desapareció de su vista. Se puso en pie y lanzó una larga bocanada de humo al cielo, a tiempo para ver la silueta de Carmina desaparecer del balcón hacia el interior del piso.

Rosalía deslizó el pañito húmedo por el pecho esquelético y la carita ardiente del niño dormido. Se quedó a su lado, vigilando su respiración fatigosa. Parir hijos para esto, pensó, para verlos sufrir. O para malquererlos o golpearlos o ahogarlos en el río, como decían que hacía la prostituta rubia de casa Aurelio con cada bebé que alumbraba, por no penarlos con su malvivir. Qué crueldad. Y Juanín que no mejoraba, a pesar de las refriegas y del jarabe que le recetó el médico de la fábrica, quien, después de examinarlo en silencio, le preguntó si era ella la madre, mirándola como si tuviera la culpa de que el niño estuviera enfermo y en los huesos. Parecía quebrarse por dentro cada vez que le venía la tos perruna, pobrecito mío, y no, doctor, yo no soy la madre, que solo soy su sobrina, la que le cuida a los críos cuando se le ponen malos y ella tiene que venir a la fábrica.

—Pues este niño necesita comer, hágale un buen caldo con todos los avíos que pueda. Y el agua que le den de beber, hiérvanla antes al fuego. Y abran las ventanas, ventilen el cuarto, que respire aire fresco cada día —le dijo el doctor.

Pero Juanín no quería comer, vomitaba lo que tanto le costaba meterle en la boca, y lloraba, lloraba mucho, y ella no sabía ya lo que hacer, pobrecito mío.

—He traído unas acelgas y unos huesos de ternero que me ha dado el carnicero en el mercado —dijo su tía al llegar con Nela. A la nena se la llevaba ahora a la fábrica, por alejarla de las toses del hermano. En la fábrica, la sentaba a su lado en el suelo y la niña se entretenía eligiendo las hojas prensadas de tabaco más bonitas para que su madre las liara en los cigarros.

—Se ha pasado por aquí la Mari, ha preguntado por Juanín —le dijo, levantándose—. Te ha dejado un pan, leche, dos cuartos de gallina y media docena de huevos. Dice que no hace falta que le des nada, que lo ha pagado del fondo de la hermandad de las cigarreras, que para eso está.

Su tía suspiró, gracias, Dios mío, al ver las viandas sobre la mesa. Dejó su cesto al lado y se sentó en el filo del camastro donde yacía el niño.

—¿Cómo está mi pequeñín?

—Lleva un rato durmiendo, creo que le está bajando la fiebre.

Su tía le besó la frente sudorosa, sí, parece que tiene poca, murmuró acariciándole la cabecita pelona. Rosalía se quedó mirando la ternura con la que su tía le pasaba el pañito húmedo a Juanín por todo el cuerpo, el cuidado con el que le agarraba las manitas.

—Anda, vete ya —le dijo Manuela.

—Puedo quedarme un rato más, a madre no le importa. Puedo preparar la comida o lavar la ropa o arreglarte el pelo, que lo tienes hecho una maraña.

—No hace falta, chiquilla. Vete, que me ha parado tu padre al pasar por delante de la imprenta. Dice que te acerques a la vuelta por allá, que quiere darte un recado.

Rosalía se levantó con desgana, remetió las puntas de su mantón bajo la cinturilla de la falda. Qué recado ni qué recada. Lo que quería era que se dejara ver por la imprenta, porque al padre se le había metido en la cabeza que podía hacerle algún encargo a doña Carmina cuando ella lo necesitara, que no te irá mal ganarte su confianza por lo que pueda pasar, nunca se sabe. Y ya ves tú, ¿qué va a pasar?, se dijo, airada. Ya sabía ella lo que padre perseguía: liarla con Santiago, meterla en esa familia y en la imprenta como fuera, eso era lo único que a él le importaba, «por ti, Rosalía, por ti. ¿Dónde vas a estar mejor que allí, como esposa de Santiago? El chico te quiere, ya lo sabes; con el tiempo, serás la mujer del dueño, tendrás tu propia casa, no pasarás estrecheces. ¿Qué más puedes pedir? Pero para eso, hay que ganarse antes a doña Carmina. Sin ella, no hay nada que hacer». Pero de eso, ni hablar. A santo de qué voy a ir yo por allí, que a mí Santiago no me gusta, no lo quiero, como no me gusta Jesús el zapatero por mucho que me ronde, que yo a quien quiero es a Diego, y Diego ya no aparece nunca por allí desde que le salió el trabajo en el diario ese que le tiene sorbido el seso, lo mismo que la mujer con la que anda, una señoritinga a la que le lleva flores, la avisó el padre el día en que discutieron de mala manera porque Rosalía no quería saber nada de Santiago ni del taller, que demasiado conocía ella la mala vida que le había dado la imprenta a su madre.

—Y qué sabrás tú, *filla* —le soltó con desprecio el padre—. ¿O te crees que la comida que tu madre pone cada día en la mesa, las telas de vuestros vestidos o los colchones de lana en los que dormís se pagan solos? Ya querrían muchas casarse con un tipógrafo, que sabe leer y escribir y que cada semana, sin falta, trae un sueldo a casa. No apreciáis bien lo que tenéis.

13

Victoria se encerró con un portazo en su alcoba y se dejó caer de espaldas sobre la cama, presa de la frustración, con la rabia destilando lágrimas amargas que secó sin dejarlas fluir. Lo que había comenzado como un comentario intrascendente sobre la publicación de su manuscrito (¿Utilizo mi nombre real o un seudónimo? Usted, ¿qué opina, tía?), había tomado un cariz inesperado cuando la condesa le dijo que no tuviera prisa por publicarla, que la dejara reposar en su cajón un tiempo. (¿Reposar? ¿Por qué? ¿Cuántos días?).

—Eres muy joven, Victoria, ya te llegará el momento de publicar —le dijo, sin apartar la vista de la carta que leía con ayuda de su lupa—. No tengas prisa por exponerte al juicio de los lectores sin estar bien preparada.

Sabía que no era el mejor momento para iniciar una conversación importante con su tía, que solía reservarse esa hora plácida del café de sobremesa en la salita de verano para revisar su abundante correspondencia —se carteaba con varias amigas de toda la vida desperdigadas por España y por el mundo, con dos escritores (uno muy conocido, otro muy querido) con los que decía mantener interesantes discusiones de literatura; también se escribía con una tía enferma, con un viejo maestro amigo de la familia (un sabio, un filósofo) y con alguien más del que lo único que Victoria pudo averiguar era que acompañaba sus interminables misivas de florecillas secas que su tía guardaba entre las páginas de un libro— , pero es que no entendía por qué decía ahora eso, si no hacía ni un mes le había alabado el estilo y le había dicho que le estaba resultando una lectura interesante. Cierto que su reacción no había sido todo lo entusiasta que Victoria esperaba, pero la condesa tampoco le dijo nada que le hiciera pensar que debía esconderla o destruirla. Entonces ¿qué? ¿Qué insinuaba?

—Está bien como ejercicio literario, querida, y obviamente se nota que has tenido acceso a lecturas muy distintas a las que leen la mayoría de las jovencitas de este país, que no salen de las vidas de santos o lo poco que tienen a su alcance. Has leído a Dumas, a Dickens, supongo, ¿y a Balzac? —Victoria asintió con leve reparo y la condesa esbozó una sonrisa condescendiente—. Eso me parecía. Si quieres saber mi opinión, me ha resultado un tanto inconsciente el comportamiento de los personajes y el destino que les espera, sobre todo de la jovencita seducida por un pobre músico fracasado.

—¿Qué tiene de malo? Ella se siente atraída por su talento, sabe a lo que renuncia y... —La condesa hizo un gesto de impaciencia, y Victoria atajó con un argumento que creyó irrefutable—: Además, está basada en una historia de amor que ocurrió de verdad, yo conocía a esa joven.

—Eso no significa nada, querida. —Se quedó en silencio unos segundos, como si quisiera dejar que calara el mensaje, y prosiguió en tono más conciliador—: No digo que sea una mala novela. Es original y sé que tienes buenas dotes literarias, pero con eso no basta, querida. Te estaría haciendo un flaco favor si te animase a publicar una obra que escandalizará a las lectoras y que los críticos destrozarán sin compasión: la tacharán de burda e inmoral, dirán que atenta contra la virtud, contra las buenas costumbres y los valores cristianos. Y ya has visto lo crueles y despreciables que son los críticos con las mujeres literatas, especialmente con las que escribimos novelas que llaman sentimentales. Nos obligan a darle mil vueltas a cada palabra que utilizamos, no sea que les parezca muy vulgar o cursi o demasiado erudita, que hasta eso les parece mal —se quejó.

Sí, había visto el poco aprecio que mostraban los críticos literarios por las esforzadas autoras, pero ¿y si, de repente, su novela les gustaba? ¿Y si descubrían que las mujeres podían escribir igual o mejor que muchos hombres? Desde que asistió a la reunión de Calíope, lo que más deseaba era acudir a la siguiente convocatoria como una más de ellas, una autora con un libro publicado en sus manos, una novela breve y primeriza, es posible, pero una obra suya, a fin de cuentas. ¿Y si cambiaba el final? Podría suavizar alguna descripción, reescribir aquellas partes que ella considerara más duras. No le importaba hacerlo, si así la arreglaba.

—Si fuera así de fácil, querida... —La miró fijamente con sus ojos traslúcidos, tamizados por la expresión paciente de su rostro—. ¿A qué tanta prisa? Tienes toda la vida por delante para ver por ti misma lo que te conviene. A las mujeres literatas se nos juzga y se nos trata con mayor severidad que a cualquier hombre que rime dos simples pareados. Y sé muy bien de lo que hablo, Victoria. En el círculo de amistades que frecuentamos da igual que sean caballeros que señoras, te colgarían el sambenito de «literata», como si fuera una tara o una vergüenza para la familia. Luego te evitarían, dejarían de llegarte invitaciones a las reuniones, te harían el vacío social.

—¿Por escribir?

—Por escribir novelas impropias de nuestra condición femenina. Novelas obscenas, que nos envenenan el alma, como dicen algunos exaltados, sin darse cuenta de que el veneno ya lo tienen ellos en su interior, en su mente y en sus palabras. Creéme, te lo dice una mujer a la que su marido le exigió olvidarse de la escritura como condición para casarse conmigo. Estuve dos años sin coger una pluma para escribir nada que no fuera una carta y no más extensa que una cuartilla. Con el tiempo, volví a escribir, pero a escondidas, sin que él lo supiera.

—¿Por qué? ¿Cómo lo consintió? —preguntó, incapaz de creerse tal aberración.

La boca de doña Clotilde esbozó una débil sonrisa traída de algún recuerdo lejano.

—Porque era joven, débil y estaba enamorada. Y mi familia se puso de su parte cuando... —se interrumpió de repente, como si se hubiera dado cuenta de que se había desviado del camino y se adentraba en terreno farragoso—. ¿Quieres un buen consejo, querida? Nunca te enamores. Y si lo haces, si te enamoras de un hombre que dice corresponderte, no te cases con él, cásate con cualquier otro, hazme caso: uno que te respete y sea amable contigo, con eso es suficiente.

—¿Por qué dice eso? —Le vino a la cabeza la imagen de Diego Lebrija y su sonrisa franca.

—Porque es una trampa, querida. El amor siempre es una trampa para nosotras, que somos bobas y dejamos que nos puedan los sentimientos sobre la razón —dijo, muy segura—. En fin. Ahora no estamos hablando de mi vida, sino de la tuya y de tus escritos. Yo soy viuda, me puedo permitir hacer oídos sordos a algunas tonterías de los críticos; tengo poco que perder. Pero tú, querida, eres demasiado joven y tierna todavía como para enfrentarte a los prejuicios de toda una sociedad. Sé lista: mide bien tus pasos, dedica tiempo a conocer bien el terreno en el que te mueves, a cultivar amistades y relaciones entre críticos, periodistas y otros señores que puedan ayudarte antes de lanzarte a una guerra perdida de antemano.

Y guarda tu manuscrito en un cajón, me lo agradecerás algún día.

Victoria se encerró en un silencio obstinado en remover el café de su tacita al mismo ritmo que giraban sus pensamientos. A ella no le afectaban las murmuraciones ni las etiquetas que pudieran ponerle en esos círculos a los que se refería su tía, ¿en qué le podían afectar? ¿En que no le llegaran invitaciones a ciertas reuniones que, por otra parte, no le interesaban lo más mínimo? Podría vivir sin eso. ¿En que la señalaran como una joven pedante? Lo llevaría con orgullo y dignidad. ¿En que sus futuros pretendientes la rechazaran por culpa de su afición literaria? Nunca se casaría con un hombre que se avergonzara de ella o de su actividad intelectual.

—Lo haré, pero déjeme imprimir solo unos cuantos ejemplares. No más de veinte, por ejemplo, para distribuir entre la familia y las amistades íntimas. Y luego le prometo que la guardaré por siempre jamás.

Esta vez, la condesa alzó la vista con expresión dura.

—No, Victoria María. No vas a publicar nada sin el consentimiento de tu padre mientras estés aquí a mi cargo —zanjó con una firmeza que no le había oído hasta ahora—. Cuando regrese de París, podrás discutirlo con él.

Se enfadó, abandonó la salita gritando que ojalá su padre estuviera ya en Madrid para poder recoger sus cosas y no volver a esa casa nunca más.

Victoria se giró con un largo suspiro y se quedó acurrucada de costado en el filo de la cama. Había reaccionado como una niña pequeña, lo sabía; se había arrepentido de sus palabras nada más llegar a su alcoba, pero la frustración seguía ahí dentro, en su interior. No estaba acostumbrada a que le prohibieran nada de forma tan tajante, sin ninguna consideración. Con padre habría sido distinto, lo habría conseguido convencer, estaba segura, pero a la condesa... Volvió a suspirar, más tranquila. Sus ojos se posaron en el retrato colgado en la pared de enfrente, el de una mujer joven, de melena cobriza y piel blanquísima con un libro entreabierto en la mano, recostada en un diván en actitud lánguida luciendo una sonrisa cómplice de dulce intimidad. «Para Clo de Carlos H., 1848», leyó en una esquinita. ¿Quién era Carlos? Debía de sentir un profundo amor por ella, se palpaba en la delicadeza de cada pincelada, traspasaba el lienzo entero. De esa dulzura juvenil ya no quedaba ni rastro en ella, estaba claro. A doña Clotilde se le había amargado el carácter con los años. Y a pesar de todo, no podía dejar de respetarla, de escuchar sus historias y atender a sus consejos, porque en el fondo tenía buen corazón. Se distrajo imaginando historias en torno a la joven del retrato y el pintor enamorado, hasta quedarse dormida.

De pie en la acera, doña Clotilde desplegó su abanico de nácar y se enganchó con fuerza al brazo que le ofrecía Victoria antes de ascender los cuatro escalones que se adentraban en el Círculo Cultural Ayala.

—¿Ves a alguna de las señoras? —le preguntó su tía en el umbral.

Victoria barrió los rostros congregados en el concurrido vestíbulo. Se llevó una pequeña desilusión: Diego Lebrija no estaba entre ellos, como esperaba. A quienes sí encontró sin esfuerzo fue a doña Faustina y a doña Ángela, con sus enormes sombreros de lazos y encajes, conversando a media voz en un lado de la estancia. Las recibieron muy efusivas, como si, por un momento, hubieran temido ser la única representación femenina en medio de tanto hombre. Notó el escrutinio sin tapujos al que la sometió doña Ángela, qué guapa te has puesto para una simple reunión abolicionista, Victoria; ni que hubiera baile después, le dijo la señora con una risita sarcástica.

—Ah, no. Es uno de los trajecitos de paseo que me he traído de Viena y ya sabe que la moda de allí tiene otro aire —dijo ella a modo de excusa, íntimamente complacida, porque lo cierto y verdad es que eso era justo lo que pretendía al elegir el traje color borgoña que tanto favorecía a su tez clara y su pelo negro: presentarse ante Diego Lebrija tan guapa que no fuera capaz, ni por un instante, de apartar sus ojos de ella.

Aguardó a que las tres se enzarzaran en sus chismes para alejarse un rato y deambular por el contorno de la sala, sin perder de vista la entrada por la que él debía aparecer. ¿Y si no venía? No, imposible. Había visto la convocatoria sobre su escritorio de la redacción, con la fecha subrayada. Estaba claro: pensaba venir. Victoria se detuvo delante del cartel colgado en una de las paredes del vestíbulo y lo contempló fijamente: la parte central la ocupaba una litografía de cuatro pares de puños alzados con unos grilletes rotos en las muñecas. Debajo, tres palabras en letras grandes, mayúsculas: «Rompe mis cadenas». Y más abajo, «Asociación Abolicionista Española. Fundada en 1864». Y todavía más abajo, depositado sobre el mármol de la consola pegada a la pared, había un montoncito de revistas de la asociación con esa misma litografía en la portada y el mismo título: «Rompe mis cadenas»; era solo una ilustración, pero qué fuerza transmitían esos puños negros, cerrados. Cogió la primera de ellas y comenzó a pasar sus páginas, cada vez más impresionada por las imágenes de propietarios maltratando a sus esclavos y las fotografías horribles de hombres mutilados, con la espalda abierta a latigazos, y mujeres encadenadas, medio desnudas, con sus bebés en brazos.

—No debería mirar esas imágenes, señorita Velarde —oyó que le decía alguien.

Victoria se giró levemente y se topó con Diego Lebrija, que le sonreía como si nada le hubiera extrañado más que encontrarla allí.

—¿Por qué no? ¿Cree que me voy a desmayar de la impresión?

—No sería la primera que se derrumba al ver la sangre.

Ella lo encaró con mirada encendida.

—¿Tengo aspecto de que me vaya a desmayar?

—Déjeme ver... —Notó cómo la mirada verde aceituna de Lebrija se derramaba despacio por su rostro y continuaba a lo largo de su cuerpo, siguiendo las líneas y las curvas remarcadas bajo el suave terciopelo del traje borgoña—. No, yo diría que no. Tiene un aspecto muy saludable.

—Se está riendo de mí —afirmó ella al ver su expresión risueña.

—No. —Pero sus ojos tenían un brillo que le delataba.

—Puede reírse, si quiere, me da igual. Soy más dura de lo que imagina —dijo ella, encogiéndose de hombros. Volvió su atención de nuevo a la revista y le señaló una de las fotografías—. Entonces ¿esto es real? ¿Así vive esa pobre gente en Cuba?

—Así o peor —contestó él, poniéndose más serio—. ¿Se imagina que la arrancaran a la fuerza de su familia y su aldea, la llevaran a la otra punta del mundo y la vendieran como esclava, sin libertad ni esperanza, a gente de costumbres extrañas que la tratan como a un animal y que no hablan su idioma? —Había comenzado con voz serena, pero a medida que hablaba, el tono se agitó, se volvió más apasionado hasta que concluyó—: Yo no puedo imaginármelo, creo que me volvería loco.

—Pues entonces, todo el mundo debería conocer estas imágenes, ¿no le parece? Deberían publicarlas en los periódicos, en las revistas, en folletos —afirmó ella, ganada ya de manera irreversible para la causa abolicionista—. Es horroroso. No sé cómo se permite la esclavitud en un país que se dice civilizado.

Él cerró la revista y la dejó sobre las demás.

—En realidad, está prohibida en todo el territorio español... excepto en la provincia de Cuba —aclaró. Seis años atrás se había conseguido abolir en Puerto Rico gracias a las campañas de la Sociedad Abolicionista, y su pretensión era conseguir el mismo trato para Cuba. Sin embargo, la guerra de insurrección cubana lo impidió hasta el pasado año, cuando se firmó la paz. Y la guerra no había sido el único obstáculo, dijo—: Todavía existen muchos intereses creados alrededor de los ingenios azucareros, que utilizan esa mano de obra en las explotaciones. Sus propietarios ejercen demasiada influencia económica y política en los gobiernos de la nación como para que se les niegue nada.

—Pero por esa razón ha aceptado Martínez Campos la presidencia del Consejo de Ministros, ¿no? Para hacer cumplir el acuerdo de paz y tramitar cuanto antes la ley de abolición. Es un general, estoy segura de que aguantará las presiones de los propietarios esclavistas —repuso ella, muy convencida.

Diego la miró con un asomo de sonrisa en sus ojos, como si le sorprendieran sus palabras. Y Victoria pensó que de algo le tenía que servir la obligada lectura diaria de prensa que hacía para su tía. Todo lo que desconocía sobre la política y la cultura de España durante sus años en la embajada de Viena lo había aprendido en los últimos tres meses. Y no le avergonzaba reconocer que, salvo contadas excepciones, la política nacional le resultaba ridícula y aburrida. Se salvaban los artículos relacionados con la cuestión de Cuba, un tema que llevaba semanas debatiéndose en artículos de prensa y que la condesa le instaba a leerlos de principio a fin, porque ahora que Martínez Campos ocupa la presidencia del Consejo de Ministros, tendremos que volver a dar la batalla contra la esclavitud de esa pobre gente olvidada de Dios, del rey y de todos estos políticos de medio pelo que parecen ciegos y sordos a la realidad de la provincia cubana. Y en ese «tendremos que volver a dar la batalla» se incluía, por supuesto, ella misma como miembro del activo Comité de Señoras de la Sociedad Abolicionista desde su fundación.

—Ojalá tenga razón. Parece bien informada de las cuestiones políticas.

—¿Y eso es malo? —preguntó, sonriente y, sin embargo, a la defensiva. Empezaba a pensar que, en el fondo, no la tomaba en serio.

—No, no, al contrario. —Él exhibió una risa franca que se reflejaba en todo su rostro—. Pero es extraño escuchárselo a una señorita como... —La observó unos segundos en silencio sin dejar de sonreír, antes de concluir la frase—: Resulta extraño en boca de casi cualquier señorita, de hecho.

Victoria desvió la vista, a punto de ruborizarse de placer. Le gustaba que la viera diferente a las demás.

—Llámeme Victoria, por favor; no hace falta tanta formalidad —dijo, resuelta—. Espero no haberle asustado, a veces hablo demasiado. Parece que a los hombres de aquí les molesta que las mujeres tengan opiniones propias o hablen sobre temas que no les corresponden.

—¡Qué tontería! ¿Quién le ha dicho eso?

—Es lo que veo en los salones. En cuanto una señora se atreve a intervenir en una conversación de hombres, da pie a comentarios y sonrisillas burlonas, y salen todos de espantada. ¿O no es así? —le retó ella con ojos inquisitivos.

—No sé cómo será en esos salones que usted menciona, pero en mi casa, la opinión de mi madre pesa mucho, se lo aseguro —admitió con sencillez—. Así que no tema, no me asusto fácilmente. Puede usted decir lo que quiera, Victoria. De hecho, prefiero una señorita que pueda mantener una conversación interesante a otra que no tenga conversación.

Por una vez, ella se quedó callada, sin saber qué decir. Desvió la vista a la entrada. De la calle no dejaban de llegar señores que acudían en tropel a la reunión, sudorosos, quejándose del calor tan sofocante. Algunos continuaban hacia el salón, pero la mayoría se unía a alguno de los numerosos corrillos que aguardaban la hora del comienzo de la reunión. Entre tanto caballero enchaquetado, Victoria divisó junto al mostrador del ropero el grupo de señoras, que había aumentado: a doña Faustina, doña Ángela y su tía se habían unido doña Carolina, Mati y doña Rosario de Acuña, recién llegada. Mati le hizo una seña de lejos con la mano. Se dirigían al interior de la sala.

—Creo que va a ser hora de entrar —dijo él, siguiéndolas con la vista.

—¿Ve lo que le decía, Diego? Ya está huyendo de mí —bromeó ella, con un leve tono de coquetería aterciopelada en la voz.

Él soltó una risa cálida y seductora a la que era difícil resistirse, pensó Victoria.

—Es solo que debo redactar un artículo sobre la reunión que va a comenzar.

—¿Para la edición de mañana?

—Eso intentaré. Dependerá de si llego a la imprenta antes del cierre de la edición.

—¡Lebrija! ¡Cuánto me alegro de encontrarte aquí! —exclamó un hombretón alto y corpulento que pasó por su lado con prisas y sin detenerse—. Búscame luego, tenemos que hablar. Y entrad ya, ¡vamos a empezar!

Como si lo hubiera oído, un conserje apareció en el vestíbulo blandiendo una campanilla que avisaba del inicio de la reunión y los corrillos de hombres confluyeron lentamente en la puerta de acceso a la sala. Los dos aguardaron pacientes hasta que la mayoría hubo pasado y ya dentro, Victoria oteó el patio de sillas repartidas en dos bandas separadas por un pasillo central. No le fue difícil distinguir el sitio que ocupaba el grupo de señoras: sus tocados sobresalían alineados en primera fila con sus plumas meciéndose con suavidad al airecillo de los abanicos. Se despidió de Diego y voló hacia ellas impulsada por la alegre agitación que sentía en su interior.

Diego siguió con la mirada la figura esbelta de Victoria Velarde alejándose a paso grácil hacia su asiento reservado en la primera fila. La imagen de Luisa le pasó fugaz por la cabeza, y la sola comparación le arrancó una sonrisa. No tenían nada que ver: Victoria era guapa y llamativa, pero Luisa era toda una mujer. Le hizo gracia el revuelo que armó entre las señoras, a quienes obligó a moverse de sus sitios para así poder colocarse al lado de Matilde Coronado. Solo cuando la vio sentada, apartó los ojos de ella.

Ocupó la única silla libre que quedaba en un extremo de la tercera fila y apuntó, lápiz en mano: «En la mesa presidencial, Rafael de Labra, presidente de la Junta Directiva. Giner de los Ríos, Azcárate y Sanromán, vocales. Secretario: Miguel Moya».

Labra se puso en pie con un folio en las manos. Carraspeó y arrancó a hablar con voz trémula: «Queridos socios y socias, amigos todos de la Sociedad Abolicionista, cuatro años después, aquí estamos, mermados, pero no rendidos. Hemos soportado cuatro largos años replegados entre las páginas de nuestro boletín y de los escritos remitidos a las Cortes en los que no hemos dejado de reclamar la única aspiración que nos mueve: la libertad para los esclavos de Cuba, una libertad que...». A don Rafael se le quebró la poca voz que tenía y mantuvo la cabeza gacha en el papel por unos segundos. Se hizo un silencio reverencial, roto de pronto por las palmadas solitarias de una de las damas sentadas en la primera fila.

Diego la reconoció de lejos: era Rosario de Acuña, a la que había conocido en el estreno de una de sus obras de teatro; una mujer singular. La secundaron enseguida el resto de las señoras, y antes de que pudiera reaccionar, el salón entero estalló en una salva atronadora de aplausos entre vítores a la libertad. Diego se puso en pie conmovido y redobló sus palmadas en el momento en que la mesa presidencial al completo se incorporó de sus butacas, arropó al emocionado Labra y todos juntos se inclinaron ante el público en señal de reconocimiento.

Poco después, Diego apuntaría en su libreta: «Unas cincuenta personas asistentes, una docena de las cuales, señoras del comité femenino. Es la primera vez desde 1875 que el gobierno autoriza la celebración de esta reunión. Se acuerda reconstituir la asociación y presentar una exposición en el Congreso contra el proyecto de ley de abolición de la esclavitud que, según Labra —hombre de ojos tiernos, nariz respingona, barba poblada y dividida por la mitad, como pinzas de cangrejo—, prepara el actual ministro de Ultramar. "Un proyecto hipócrita e infame, que deja a los esclavos bajo el poder de sus dueños, obligándolos a trabajar para ellos y sin ningún derecho civil durante ocho años, al cabo de los cuales, pueden ampliarlo por cuatro años más. En la práctica, esto supone doce años más de esclavitud", dice don Rafael. "¡Que la llamen ley de conservación de la esclavitud, más bien!", clama, indignado, Giner de los Ríos, al conocer que se mantenía el uso de cepo y grillete en los ingenios para castigar las faltas de los "liberados"». Y un último apunte más: «Por unanimidad, se decide retomar la actividad de difusión y propaganda de la sociedad por todo el territorio español con el fin de recuperar el gran apoyo social que hizo posible la abolición en Puerto Rico. Designan a voluntarios para encabezar la campaña en la prensa, organizar mítines en Madrid y en todas las capitales de provincia. Ambiente vibrante, festivo, esperanzado en lo que, esperan, sea una nueva época para los derechos y las libertades». Diego alzó la vista del papel para constatar que la gente a su alrededor se había levantado y desfilaban hacia la salida.

—Tengo la dirección de Herminio Egea —le anunció Miguel Moya cuando consiguió llegar a su lado. Acababa de escapar del remolino de hombres que agasajaban a los caballeros de la mesa con felicitaciones y muestras de apoyo, sin apenas dejarlos avanzar. Se sacó un papelito doblado del bolsillo de su chaqueta y al entregárselo, le aconsejó—: Debéis apresuraros: me han asegurado que ya está buscando imprenta en Madrid para su periódico.

—Mañana mismo estoy llamando a su puerta. Muchas gracias, Miguel.

—No hay de qué. Espero que dé sus frutos. —Y casi sin pausa, inquirió—: ¿Vas a redactar tú el artículo del acto? —Diego asintió—. Pues dile a Asensio de mi parte que lo publique en primera página, en un lugar destacado, que se vea bien.

Contaba con que lo haría, por supuesto. Estaba seguro

de que don Gonzalo era simpatizante —si no socio— de la Sociedad Abolicionista, y si no había acudido esa tarde a la reunión, se debía solo a su mala salud. Una pequeña indisposición lo había obligado a quedarse en casa. Y si don Gonzalo no daba ninguna instrucción, ya se encargaría él de que ocupara una buena posición en la página.

—¿Ves como más pronto que tarde nos íbamos a encontrar, Lebrija? —preguntó una voz a su espalda.

Reconoció a Carranzo sin necesidad de girarse. Desde que lo viera en la redacción de *El Imparcial*, no había vuelto a coincidir con él, aunque tal y como le prometió, Diego le mandó sus apuntes de Derecho Político pocos días después con un recadero. En agradecimiento, Carranzo le hizo llegar, a través de Nicolás, un ejemplar de *Trafalgar*, el primer tomo de la elogiada serie *Episodios Nacionales* con dedicatoria del propio autor, don Benito Pérez Galdós («El escritor más afamado del momento y buen amigo mío», apuntó en una notita), que él devoró en tres días, entusiasmado. Tras saludarse, Carranzo le dijo que estaba allí de casualidad, por hacerle un favor a un colega que no podía venir y le había pedido que lo sustituyera.

—Y aquí estoy, ¡qué remedio! Hoy por ti, mañana por mí. He llegado con un poco de retraso, pero por lo que he visto, no creo que el contenido de esta reunión dé para un suelto de más de diez líneas. Los abolicionistas ya no son lo que eran; ahora son cuatro gatos, como quien dice.

—Aun así, estoy seguro de que a buena parte del gobierno y de la bancada conservadora le interesará mucho lo que se haya hablado esta tarde aquí.

Carranzo se quedó absorto unos segundos, como si lo meditase.

—Claro, claro. Pero me refería a que no cambiará nada en la posición del gobierno. ¿Lo vas a meter en la edición de esta noche?

—No lo sé, ya veremos —dijo, ambiguo, dominado por un súbito arranque de competitividad.

Carranzo consultó la hora en el reloj que se sacó del bolsillo.

—Yo me largo, no merece la pena correr por un suelto sin importancia, ¿no crees? Ya saldrá pasado mañana o el viernes, quién sabe —replicó—. Ya nos veremos, Lebrija.

Camino de la salida, vislumbró a Victoria Velarde entre el grupo de señoras que rodeaban a don Gumersindo de Azcárate y desvió sus pasos hacia allí. Le pareció entender que hablaban del asunto del acceso de las damas al Ateneo de Madrid. Escuchó a don Gumersindo aconsejarles que tuvieran un poco de paciencia y esperaran a que se celebraran las elecciones a la Junta de Gobierno a finales de año, y a ver si se renuevan algunos cargos, porque hoy por hoy, señoras, está la cosa complicada, para qué las voy a engañar...

—¿Todavía por aquí? Creí que saldría corriendo a redactar su artículo nada más terminar —le dijo ella al verlo.

—Lo tengo prácticamente listo, lo he redactado durante la conferencia.

—¿Me deja leerlo? —Al ver que dudaba, insistió—: Por favor...

No tenía mucho tiempo, pero era difícil resistirse al ruego de esos labios.

—Es posible que no lo entienda; tengo muy mala letra —le advirtió mientras extraía su libreta del bolsillo interior de la chaqueta y pasaba varias hojas hasta llegar a una escrita con trazos apresurados.

La joven leyó con atención, eso y las notas anteriores, casi ininteligibles, cogidas al vuelo durante el acto.

—Lo apunta todo, hasta los detalles más insignificantes —comentó con un deje de admiración en la voz.

—Por si acaso me sirven a la hora de redactar. Uno nunca sabe.

—Eso es cierto, uno nunca sabe... —murmuró ella, con una pequeña sonrisa asomando a los labios. Cerró la libreta con cuidado y al devolvérsela, añadió—: Un día seré yo la que le enseñe mis artículos publicados en prensa, ya verá.

—Cuando quiera, ya sabe dónde encontrarme.

—Sí, lo sé —afirmó ella, clavándole esos ojos azabache capaces de rendir a cualquiera—. Y no crea que me he olvidado de su libro. Lo tengo a buen recaudo.

—Eso espero, por su bien —repuso él en tono de broma. En la acera de enfrente vio pasar a Palacio Valdés. Caminaba a paso lento, cabizbajo, ensimismado en sus pensamientos. Diego se volvió a Victoria y se despidió apresuradamente—: Discúlpeme, debo marcharme. Acabo de ver a alguien con quien tengo un asunto que tratar.

—¡Guárdeme un ejemplar del periódico con su artículo! —le gritó Victoria en mitad de la calle—. ¡Leeré lo que escriba!

La luz del anochecer había empezado a enfriar las calles de Madrid cuando Victoria y su tía montaron en la calesa, de vuelta a casa. Con el ambiente más fresco, la gente se lanzaba a las plazas, los paseos, los balcones naturales de los cerros elevados sobre el río.

—He alquilado un hotelito en San Sebastián para escapar de estos calores —le dijo su tía al traspasar la verja de su propiedad—. Ya he avisado a tu padre de que estaremos allí desde finales de junio hasta primeros de septiembre, por si desea venir a pasar unos días.

—¿Ahora? ¿Y qué pasará con la campaña del Ateneo, con la actividad de la sociedad abolicionista, con todo?

Sus ojos la observaron a través de las lentes ahumadas.

—No hay de qué preocuparse, querida. A partir de junio, toda la actividad de la alta sociedad se traslada a Santander o a San Sebastián, según las preferencias de cada cual. Nos encontraremos allí con muchas de nuestras amistades. También se lo he comunicado a tus hermanos; de hecho, Álvaro me ha pedido permiso para llevar a un amigo suyo, hijo de un lord, un tal James Langford.

Victoria desvió la vista hacia la calle con un gesto de fastidio. Ahora que empezaba a cogerle el gusto a Madrid... Y encima, tendría que aguantar a ese inglés estirado. No estaba muy segura de que le apeteciera cruzarse de nuevo con James Langford.

SEGUNDA PARTE

1881

14

11 de septiembre de 1881

—Pues no entiendo qué necesidad tiene de casarse, a su edad. —Victoria soltó sobre la mesita la revista que había cogido tres segundos antes y clavó en su tía sus ojos negros—. Usted lo sabía, ¿verdad?

—¿Yo? ¿Por qué lo iba a saber yo, querida? —Las expresivas cejas de la condesa sobresalieron por encima de sus lentes oscuras.

Porque la condesa se enteraba de todo y le extrañaba que ese enamoramiento al que había sucumbido su padre como un jovenzuelo hubiera ocurrido así, de repente, de un día para otro. Desde que regresó de su misión en París, Federico Velarde llevaba una vida muy tranquila en Madrid, dedicado a sus negocios y a sus propiedades. Acudía de vez en cuando a algunos de los salones más conocidos y tenía palco en el Teatro Real, aficionado como era a la ópera y la música. Durante el tiempo que llevaban instalados en la capital, Victoria no había oído ningún rumor que le relacionara con una señora.

—Pero si yo apenas me muevo de la casa, querida, cómo querías que lo supiera —replicó. En el último año había perdido más visión en los ojos, pero el oído lo seguía teniendo bien afinado, pensó Victoria, observándola girar levemente la cabeza al oír la puerta por la que entró la sigilosa Juana con la bandeja de la merienda. Y no había día que no recibiera visita de alguna de esas amistades que la ponían al tanto de cuanto ocurría en los salones y tertulias de la ciudad—. Fíjate si estoy alejada de todo que ni siquiera sabía que Rosario de Acuña había enviado una carta personal de queja a la Junta Directiva del Ateneo después de conocer que habían votado en contra de nuestra petición. Tuve que enterarme a través de don Gumersindo, que vino a verme —se quejó con amargura—. Por cierto, debemos ir a visitarla, está atravesando un mal momento, la pobre. He recibido una carta suya en la que me dice que ha decidido romper con las amarguras que le da Madrid y se ha trasladado a la quinta que su familia posee en Pinto, donde va a encerrarse a meditar, estudiar y escribir. Que prefiere la compañía de sus plantas y sus animales a la de cualquiera de esas personas que decían llamarse sus amigos y han defraudado su confianza. ¿A quién se referirá? Me tiene preocupada. Me ha invitado a pasar la tarde con ella cuando desee.

—Avíseme de la fecha con un poco de antelación y yo

la acompañaré, tía. Ya sabe que le tengo mucho aprecio a doña Rosario. Pero volviendo al asunto de mi padre...

—¿Has visto si ha llegado la *Revista Europea*? —la interrumpió la condesa, empeñada en cambiar de tema—. Ayer me dijeron que hay un artículo interesante sobre un escritor francés, Émile Zola.

Victoria echó un vistazo al lote de diarios y revistas que tenía delante. La *Revista Europea* estaba entre ellas, pero si la condesa pensaba que podía torearla, es que no la conocía bien.

—No la veo por aquí.

—Qué raro... Llega todos los martes, y hoy es jueves —murmuró, recostándose contra el respaldo del sillón. Se volvió hacia ella y, con un suspiro, retomó el asunto del compromiso paterno—: También te digo que lo que me extraña es que tu padre haya tardado tanto en contraer matrimonio de nuevo. Con tres hijos a su cargo, debería de haberse casado nada más terminar el luto. Nadie se lo hubiera reprochado; al contrario, era lo que se esperaba que hiciera al enviudar. Después del luto y ya cuando os habíais mudado a Londres, tu abuela Carlota incluso le buscó unas cuantas candidatas dispuestas a casarse con él por poderes antes de viajar adonde fuera y... —dejó la frase en el aire para hacer un pequeño inciso, esto no lo sé a ciencia cierta, pero no me extrañaría nada—: y traerlo de vuelta a Madrid. Creo que él ni siquiera le respondió. La pobre señora se murió del disgusto sin volver a ver a sus nietos.

Juana depositó la bandeja sobre el escritorio antes de despejar, discretamente, la mesita donde servir la merienda.

—Pero ¿para qué iba a casarse, tía? —Victoria se levantó de la butaca, curioseó entre la torre de libros que se acumulaban sin colocar en los estantes (desde que ella se marchó, nadie se encargaba de hacerlo) y luego se acercó al ventanal que daba al jardín. Siempre le habían gustado esas vistas desde la biblioteca; le transmitían paz, serenidad. Especialmente en esos primeros días de otoño en que las hojas de los árboles mudaban de tonalidad en una gama de colores que iba del amarillo parduzco del roble al rojo fuego de las dos hayas—. Nos tenía a nosotros tres, y nosotros nos bastábamos. No queríamos a otra mujer que ocupara el puesto de mi madre. Ni tampoco la queremos ahora. Yo no la quiero, mejor dicho —se corrigió. Porque, a decir verdad, a sus hermanos les había parecido muy bien el anuncio paterno. Álvaro no solo lo aprobaba; le había animado a dar el paso cuanto antes, y por lo que se refería a Jorge, todo lo que distrajera a padre de su persona le parecía muy bien.

El rostro de la condesa adoptó su inexpresividad habitual.

—No seas tan egoísta, niña. Tu padre tendrá sus defectos, bien lo sé yo, pero no conozco a muchos hombres que se hayan preocupado por sus hijos tanto como él. Y ahora que ya sois mayores, no lo necesitáis como antes. Álvaro está prometido con la niña de Pastrana, a Jorge casi no le ve el pelo y tú no creo que tardes mucho en casarte con Clemente de Moncada. Es lógico que tema una vejez solitaria en ese caserón.

Victoria se giró hacia su tía, como impelida por un resorte. El hecho de que se hubiera dejado ver con Clemente de Moncada en reuniones, en el teatro o en los paseos del Salón del Prado no significaba que fuera a casarse con él. No se le ocultaba que los duques de Moncada, viejos conocidos de su padre, habían alentado el encuentro entre su hijo y ella con vistas a una posible boda entre ambas familias, boda que Federico Velarde también propiciaba sutilmente. Él no imponía; persuadía, solía decir. Y como te conozco, sé que este enlace es muy conveniente para ti, hija mía, decía. Tal vez, sí. Tal vez podría casarse con él, si hacía caso a la recomendación que le hiciera su tía de elegir marido con la cabeza, no con el corazón, y no dejarse ofuscar por los enamoramientos. A Victoria no le desagradaba la compañía de ese hombre apocado y formal, un tanto insulso en el trato, pese a los evidentes esfuerzos que hacía por complacerla. En cualquier caso, su presencia resultaba muy beneficiosa para ella. Ya fuera por la confianza entre ambas familias o por la buena opinión que tenía su padre del joven, desde que Clemente de Moncada se había convertido en su acompañante habitual, Victoria gozaba de una mayor relajación de las normas familiares respecto a sus entradas y salidas de la casa, que ella aprovechaba en beneficio propio.

—¿Por qué cree eso? —le preguntó Victoria, sorprendida—. Yo jamás dejaría a padre solo, ni siquiera cuando me case.

—Dudo que él renunciara a su independencia y aceptara instalarse en otra casa que no fuera la suya.

En eso puede que tuviera razón. Abstraída en sus pensamientos, sus ojos siguieron de manera mecánica los movimientos de Juana mientras disponía sobre la mesa, con meticulosa destreza, las tazas de porcelana, las cucharillas de plata, la jarra de chocolate y el platito con las rosquillas fritas de anís, sus preferidas. La buena mujer las sacaba cada vez que venía de visita a leerle a su tía.

—No sé por qué no puede seguir teniendo amantes, como ha hecho hasta ahora —dijo al fin, dejándose caer en el sillón.

La condesa se rio con una pequeña carcajada incrédula.

—Pero, querida, ¿qué sabrás tú?

Pues claro que lo sabía. Al igual que descubrió que ella recibía visitas nocturnas de un amante, aunque no hubiera conseguido descubrir quién era. Con su padre le resultó más fácil: se lo notaba en el esmero con el que se acicalaba los días en que salía de la embajada a media tarde con la excusa de tratar algún asunto diplomático y no regresaba hasta el amanecer. Su padre era un gran seductor, un seductor innato e inconsciente, y esto último era casi lo más irresistible y lo más valioso para su labor diplomática, ya que lo hacía de una manera tan natural, tan auténtica, que no había quien se resistiera a sus encantos, ya fueran hombres o mujeres. Y Victoria había sido testigo del anhelo con el que muchas señoras aguardaban su saludo en las recepciones de la embajada, con la esperanza de llamar su atención. Que ella supiera, su padre tuvo dos amantes en sus años en Viena: la primera, una viuda polaca muy guapa y agradable, a quien don Federico siempre invitaba a las cenas de la embajada, hasta que regresó a su país; y la segunda fue la baronesa de Hermann, una señorita alemana, soltera, aunque de una cierta edad, que había viajado sola por medio mundo antes de instalarse en su casa de Viena.

—Sé que lo acompañó en una de las misiones a Berlín que le encomendó el gobierno. No crea que la critico, a mí ella me gustaba mucho, incluso llegamos a intimar. Padre la invitó a cenar una Nochebuena con nosotros y nos contó anécdotas curiosísimas de sus viajes por América o por Rusia.

—¡Madre de Dios! ¿Y dices que yo me entero de todo? —respondió riéndose. Juana agarró la jarra con el chocolate y se disponía a servirlo, cuando la condesa le dijo—: No me llenes la taza, Juana, que no tengo mucha gana hoy.

—Pero, señora, ¡si apenas ha comido nada en el almuerzo! —protestó la mujer—. ¿Quiere que le prepare una infusión de hierbaluisa?

—No, no quiero nada. No tengo apetito.

La criada le sirvió refunfuñando.

—¿La conoce usted? ¿Conoce a doña Bárbara Orellana? —preguntó Victoria, mordisqueando una rosquilla. Eso era lo que de verdad le interesaba saber en ese instante. Deseaba saberlo todo de esa mujer que se había adueñado del corazón de su padre sin su permiso.

—No, querida, y sé poco de ella. Me han dicho que procede de Soria, que enviudó hace cinco años y que su marido fue un capitán de caballería bastante mayor, un familiar lejano.

Juana terminó de servir el chocolate en las dos tazas y con la jarra todavía en la mano, intervino:

—Pues si me permite... A mí me ha contado la Simona, que tiene una prima que estuvo a su servicio muchos años, que el marido de esa dama murió muy raramente.

—¿Muy raramente, Juana? ¿Y cómo es eso? —se interesó la condesa, con la sonrisa despuntando en sus labios.

—Ah, yo no lo sé, señora. Eso es lo que me han dicho.

—Eso son solo habladurías. Mi marido se cayó por la escalera a consecuencia de un derrame cerebral y no me extrañaría que alguien hubiera insinuado que murió *raramente* empujado por mí —dijo antes de sorber un traguito de chocolate. Se limpió con una servilleta el cerco marrón dibujado sobre el labio y agregó—: Y no sería cierto, ¿verdad, Juana? —La mujer replicó a la defensiva pues claro que no, doña Clotilde, faltaría más, antes de marcharse. La condesa se dirigió a su sobrina—: En cualquier caso, no tengo el gusto de conocer personalmente a doña Bárbara, lo que te he dicho es todo cuanto sé. Ah, y que tuvo dos hijos que perdió al poco de nacer.

Sí, un niño y una niña. Ninguno de los dos llegó al año de edad. Era parte de lo que les había contado su padre dos días atrás, cuando los reunió a los tres hermanos en el comedor azul, convocados por lo que ellos daban en llamar el «cónclave familiar Velarde», para anunciarles su próximo matrimonio, ese mismo otoño. La prometida era doña Bárbara Orellana, viuda de Almansa, una mujer magnífica, alegre, decidida, con un corazón enorme y generoso, una señora que le había llegado sin esperarlo ni buscarlo, como un regalo del destino. Pronto la conocerían, porque tenían pensado organizar una pequeña ceremonia de pedida, nada excesivamente formal, la familia más íntima y poco más.

—Está inquieta por cómo la vais a acoger, pero ya le he dicho que puede estar tranquila, porque si yo estoy feliz, vosotros también lo estaréis. —Los miró a los tres sin ocultar la felicidad que le embargaba por entero, rejuveneciéndolo. Victoria nunca le había puesto edad a su padre. Era mayor, simplemente. A veces, al observarlo en plena representación diplomática durante ciertas reuniones en la embajada, le parecía el más elegante, el más inteligente, el más apuesto. ¿Qué edad tendría? ¿Cincuenta y algunos? ¿O más bien cerca de sesenta? No sabría decir cuándo se percató de que su cabello castaño se había encanecido y la piel de su rostro se había empezado a descolgar. Aun así, seguía conservando el aire distinguido y resuelto que tantas miradas femeninas solía atraer—. Y estoy seguro de que vais a tomarle tanto afecto como yo.

¿A quién? ¿A una mujer que venía a adueñarse de la que había sido su casa hasta ahora, a saber con qué intenciones?

—Pero, padre, ¿qué sentido tiene casarse al cabo de tanto tiempo?

Para él tenía todo el sentido del mundo, ahora que se había asentado en Madrid y su intensa vida diplomática se limitaba a una audiencia al mes con el rey y un par de audiencias con el presidente o con el ministro de Gobernación, si la situación internacional lo requería. Desde su regreso había recuperado la intensa vida social de la capital y las viejas amistades que tenía en sus años más jóvenes. Le invitaban a todo tipo de recepciones y veladas, disfrutaba con la buena conversación y el placer de una buena mesa, pero al final de la noche, cuando veía a los caballeros recoger a sus esposas para retirarse, me sentía solo e inútil, hija. Hasta que conoció a doña Bárbara, en una velada.

—Quiero a esa mujer y deseo compartir con ella todo cuanto tengo durante el resto de mi vida. Creo que todavía estoy a tiempo de ser feliz, ¿no crees?

—¿Acaso no lo ha sido hasta ahora? ¿No ha sido feliz con nosotros todos estos años? ¿Le han faltado cariños? —Victoria se sentó en el brazo de su sillón y se abrazó a él, mimosa.

—Claro que no, niña mía —dijo, dejándose besuquear por su hija, con expresión plácida—. Pero esto es diferente y quiero hacerlo bien, darle a Bárbara la posición que se merece dentro de mi familia.

Lo dijo sin mala intención, pero a ella le dolió. Deshizo su abrazo y se apartó de él. Se sintió destronada de su lugar en su propia casa.

—Yo no necesito una madre.

—Ni ella pretende serlo, Vicky —insistió él con suavidad—. Ya sois los tres lo suficientemente mayores como para trataros como a personas adultas. Ella será mi esposa, la señora de mi hogar, la casa-palacio Quintanar. Solo os pido que la tratéis con el cariño y el respeto que se merece.

Victoria se terminó su taza de chocolate y rebuscó entre la pila de revistas.

—Aquí está la *Revista Europea* —dijo, y esta vez sí que la extrajo, pues ya tenía cuanto necesitaba—. ¿De qué artículo dice que le hablaron?

—De uno dedicado a Émile Zola y el naturalismo con el que escribe sus novelas. Al parecer, está dando mucho de qué hablar en las tertulias literarias de los cafés. Y después quiero que me leas el folletín de *La Época*. Cecilio me ha hablado muy bien del que empezaron a publicar ayer, de una señora gallega muy ilustrada. *Un viaje de novios*, creo que se titula. —Mientras pasaba las hojas buscando el artículo, su tía le preguntó—: Y tú, ¿has continuado con la novela que habías empezado?

Victoria le dedicó una mirada fugaz.

—No. Me quedo estancada, no me sale nada. No sé qué me pasa.

Lo intentaba, de veras que sí. Cada noche tomaba asiento delante de su secreter, ante un mazo de cuartillas blancas, con el propósito de trasladar al papel una historia que llevaba un tiempo rondándole la cabeza, al estilo de las que escribía su tía, de sentimientos y emociones ejemplares. Pero al releer lo escrito, todo le parecía mal, un despropósito, una ridiculez. Las frases, barrocas y enrevesadas; las descripciones, infantiles, hasta el argumento y los personajes le parecían ñoños, inverosímiles, muy alejados de la vida real. Las dudas se adueñaban de su cabeza y devoraban cualquier intento de proseguir la narración, esa u otra de las tantas que había imaginado en el último año y que habían terminado abandonadas en su cajón, dentro de una carpetita azul.

Notó la intensidad de la mirada que le dirigió doña Clotilde sin necesidad de ver sus ojos, ocultos tras las lentes.

—Me han pedido un artículo breve, a modo de crónica social, sobre la subasta filantrópica que se va a celebrar en el día de la Virgen del Pilar, con la que esperan recaudar donativos destinados a apoyar la labor de la Constructora Benéfica de doña Concepción Arenal —dijo—. Ya sabes, algo ligero, ameno. He pensado que quizá te gustaría escribirlo.

—¿Yo?

—¿Quién si no? No tiene mayor complicación: se trata de contar en no más de trescientas palabras lo que consideres más entretenido de cuanto veas allí.

—¿Por qué? ¿Usted no piensa asistir?

—Tengo otro compromiso. Un viejo amigo llega a Madrid y vendrá a visitarme.

—¿Un amigo, tía? —inquirió con expresión traviesa—. ¿Quién es? ¿Lo conozco yo?

—No, ni lo vas a conocer, pequeña cotilla —replicó—. Es un afamado pintor que está de paso hacia el norte y no tiene por qué enterarse nadie de su presencia en mi casa.

—¿Un pintor? ¿Es el que firma el retrato suyo que cuelga de mi dormitorio?

La condesa ocultó su turbación tras una risa exagerada, pero ni lo admitió ni lo negó.

—No te lo pido solo porque yo no pueda asistir. Mis ojos ya no distinguen las letras. Apenas puedo escribir ni un triste suelto de sociedad y este encargo es un favor que no podía rechazar —aclaró.

—¿Es para un diario? ¿Cuál? —A eso sí le podría responder, supuso—. ¿Es uno de estos a los que está suscrita?

—Una revista femenina, *La Guirnalda*. No irá firmado y deberás guardar el secreto. No podrá saberlo nadie, y menos aún, tu padre. No quiero ni imaginar lo que me haría si se enterase.

No se enteraría, ni él ni nadie. Eso sí se sentía capaz de hacerlo: redactar un artículo a partir de lo que veía, a modo de retrato de ese mundillo social que ella conocía bien, el de las reuniones y salones de la nobleza de Madrid.

15

6 de octubre de 1881

Había estado diluviando toda la noche. El golpeteo metálico de la lluvia al caer sobre la vieja Petra abandonada en el patio trasero lo había arrancado del sueño varias veces, pero lo que terminó por despertarlo sobresaltado fue el sonido de un trueno que retumbó en el edificio, del tejado hasta los cimientos, que temblaron levemente bajo su cama. Antes de que pudiera empezar a contar los segundos que tardaba en tronar el siguiente, un manto de silencio cayó sobre el patio, envolviéndolo.

Y, de pronto, unos gritos surcaron el aire como aullidos.

Diego saltó de la cama, se enfundó los primeros pantalones que encontró, se calzó los zapatos y corrió hacia la calle. No era el único: varios de sus vecinos habían salido también a las puertas de sus viviendas alarmados por el estruendo, por el miedo, por la curiosidad. Se miraban entre ellos, se preguntaban qué había sido eso, qué había pasado. Nadie lo sabía. Diego vio venir a dos hombres corriendo calle arriba pisando charcos a medio vestir, con las caras descompuestas.

—¿Qué ha ocurrido? —les gritó cuando llegaron a su altura.

Se había derrumbado un edificio entero en la calle Provisiones, gritaron sin detenerse, muy cerca de ahí. Ellos iban en busca de unos mulos con los que retirar vigas y piedras, pero se necesitarían muchas más manos para ayudar a encontrar a la gente que había quedado atrapada.

Diego partió a la carrera, y según dobló la esquina de la calle, se enfrentó a la escena de la desolación: el viejo edificio *preñao* se había desplomado sin dejar en pie más que la puerta de entrada y el tabique contiguo de adobe. Entre la nube de polvo distinguió las siluetas de algunos vecinos asomados al solar, al tiempo que las campanas de la iglesia cercana comenzaron a repicar en llamada de auxilio. Acurrucada contra la pared del edificio de enfrente, Diego vio a una mujer temblorosa con un bebé que lloriqueaba entre sus brazos.

—¡Saquen a mi marido y mis niños de allí, por Dios se lo pido! —Su rostro se volvió hacia él, sus pupilas turbias se clavaron en las suyas y Diego reconoció a la madre rodeada de sus hijos en aquella carreta cargada de trastos en la que se habían trasladado a la capital desde un pueblito olvidado de Ciudad Real, que en mala hora, Nemesio, ojalá nunca nos hubiéramos movido de allí, que prefiero morder el polvo de mi tierra que ver morir a mis hijos en este agujero inmundo, donde ni las ratas tienen qué comer—. ¡Ayúdelos, por lo que más quiera! ¡No deje que se me mueran mis niños! ¡Por el amor de Dios!

Diego se dirigió al solar destruido. Vio a dos hombres encaramados en sendas montañas de escombros, buscando a un lado y a otro cualquier signo de vida. Uno de ellos, con el torso surcado por una herida sangrante, llamaba a gritos a Mari, a Carlos, a Sole. Diego trepó por una montonera desde donde examinó el panorama desolador que se extendía bajo sus pies. Nunca había visto nada igual, la vida sepultada bajo los cascotes: jirones de ropa, ollas con restos de comida, loza hecha añicos, un cabecero de hierro boca abajo, un colchón doblegado bajo una viga. Descendió con cuidado de no caer en dirección al pequeño hueco abierto bajo unos tablones y, de cuclillas, aguzó el oído.

—¡Cállense un momento! —ordenó a los hombres alrededor—. ¡A ver si oímos algo!

Enmudecieron todos. Al cabo de unos minutos, Diego oyó un quejido lastimoso, similar al suave maullido de un gato, elevándose desde algún lugar cercano.

—¡Por aquí! —gritó Diego, señalando hacia el interior del agujero.

Y, casi a la vez, les llegó un grito de socorro ahogado.

—¡Y por aquí! —indicó otro hombre hacia el lateral con los restos de la escalera derruida. Luego, alzando los brazos hacia varios hombres que acudían con palas y sogas que habían comenzado a adentrarse en el solar, gritó—: ¡Necesitamos ayuda!

Diego no quiso esperar ni un segundo más. Se afanó en retirar piedras, atento a cualquier otro ruido que pudiera llegarle. Enseguida se le unieron otros tres hombres, entre ellos don Francisco, el párroco de San Lorenzo, que se presentó corriendo sin la sotana y con la camisa remangada, y entre los cuatro trabajaron incansables hasta dar con ella, con la cría atrapada bajo un entramado de vigas y tablas dentro de lo que debió de ser la cocina —«Sole, solecito mío, mi niña, mi Sol», gemía el hombre con el pecho herido al hallarla malherida, pero viva, gracias a Dios—; al muchacho lo rescató vivo el otro grupo tras retirar entre más de seis hombres una gran pila de cascotes, piedras y tablones destrozados. Tenía una brecha en la cabeza y las piernas rotas le colgaban sueltas como las de un muñeco de trapo, y aun así, cuando iban a llevárselo, señaló un rincón cercano y les dijo: «Busquen allí, por donde la puerta, que por allí vi a los tres niños del Nemesio». Hallaron sus cuerpos sin vida bajo una pila de piedras, abrazados los tres como uno solo. Fue más de lo que Diego pudo soportar. Se le rompió el alma cuando los sacaron en volandas, inertes y polvorientos, del lugar que había sido su tumba, y la madre se derrumbó sobre los cadáveres de sus hijos entre aullidos de dolor inconsolables. Una anciana encorvada se arrodilló junto a los pequeños tendidos sobre los adoquines y con extremo cuidado limpió sus caritas terrosas con la punta de su mandil humedecido en sus propias lágrimas.

—Eh, Lebrija, cuéntanos. ¿Cómo ha ocurrido? ¿Cuándo ha sido? ¿Cuántos han muerto?

Diego miró con ojos ausentes a Carranzo y a otro periodista de *La Correspondencia* que aguardaban expectantes, libretas en mano. Solo entonces fue consciente de lo ocurrido y de lo que debía contar. Y no era solo el derrumbe de un edificio en ruinas, sino mucho más.

—¡Lebrija! ¡Vamos, hombre! —insistió Carranzo, impaciente—. ¡No te lo guardes solo para ti!

No pretendía guardarse nada, al contrario. Quería que se supiera, que lo publicaran todos los diarios, desde *El Imparcial* hasta *El Liberal*, pasando por *La Época* y, por supuesto, *El Globo*, el periódico de Emilio Castelar para el que llevaba trabajando diez meses.

Diez meses ya, se sorprendió diciéndose a sí mismo. Casi un año había transcurrido desde aquella tarde de noviembre en que entró en el despacho de don Gonzalo y creyó hallarlo dormido en su sillón, fatigado tras una larga jornada de trabajo extenuante, como lo eran la mayoría en los últimos meses. Los acontecimientos políticos copaban páginas enteras que Asensio redactaba con la emoción del muñidor de alianzas en la sombra. «¿Ves como no era imposible, Lebrija? —le decía—. Nos ha costado, pero, al final, lo hemos conseguido: todas las familias demócratas y progresistas reunidas bajo el nuevo Partido Liberal Fusionista de Sagasta. Ya solo nos queda verlos llegar al gobierno y entonces, sí, nuestro triunfo será completo: el momento de recuperar lo perdido en estos últimos años de canovismo aciago.» Tal vez, esa tarde otoñal, don Gonzalo se durmiera con la tranquilidad del deber cumplido, pero su corazón exhausto debió de pensar hasta aquí hemos llegado y se apagó para no despertar. Que se muriera así, sin sufrir, con esa expresión serena en su cara, fue el único consuelo que les quedó a Paco Porras y a él. A veces se lamentaba de que no hubiera aguantado unos meses más, ni cuatro meses, don Gonzalo, y habría visto cumplido su sueño de presenciar el nombramiento de Sagasta como presidente de un gobierno liberal fusionista.

Sin don Gonzalo, *La Democracia* perdió su alma, su timón, su rumbo, así que en cuanto supo que en *El Globo* necesitaban sustituto para un redactor, ni lo dudó: se presentó ante Alfredo Vicenti, gallego de pro y contertulio del Bilis Club, con la carta de referencias que le redactó Paco Porras, que fue el primero en animarlo a buscar otros horizontes profesionales fuera de *La Democracia*.

—Ha sido al amanecer. El edificio estaba en ruinas, pero dicen que las lluvias de anoche le dieron la puntilla —recitó con la voz átona de un notario que da cuenta de un suceso ajeno—. Vivían tres familias. Han muerto cuatro adultos y cinco niños de edades entre los diez y los tres años. Solo han sobrevivido una mujer con un bebé, un hombre y su hija, y un muchacho de unos doce años.

—¡Virgen santa! ¿Y cómo es que vivían ahí? —se escandalizó el otro periodista.

—Preguntádselo a él. —Señaló a Curro, el traficante

de cuartos, camas y miserias del barrio, apostado en la esquina del edificio contiguo como si vigilara sus posesiones. Sus miradas se cruzaron un instante, se midieron, se reconocieron. Después, el tipo volvió su atención a los trabajos de desescombro de una cuadrilla de bomberos zapadores enviados por el ayuntamiento que no dejaron de buscar al resto de las víctimas sepultadas bajo los escombros hasta tres días después—. Preguntadle para quién trabaja y quién es el propietario de esta finca.

Esa misma tarde, en la redacción de *El Globo*, Diego comenzó a escribir su artículo, la historia de la tragedia de esa familia como tantas otras arrastradas a ese Madrid inhumano que crecía, alimentado por el sudor y la sangre de esas vidas. El conserje se acercó a su escritorio y le entregó una notita que acababa de llegar: «Necesito hablar contigo, tengo algo para ti. Te espero en el café de la esquina en media hora». Lo firmaba Carranzo.

Le extrañó que quisiera encontrarse con él a esas horas de la tarde en que las redacciones sudaban tinta por llenar de noticias sus páginas. Y que, además, dijera que le traía algo. Eso era todavía más extraño, pensó, porque después de dos años de patear las calles y tropezarse con él en los lugares más insospechados, de compartir notas de juicios en tribunales, de coincidir en estrenos o presentaciones literarias, creía conocer bastante bien a Javier Carranzo: no negaba que era buen periodista, pero no movía un dedo de manera desinteresada. Y menos si tenía que ver con él, con quien mantenía una cierta rivalidad profesional que los empujaba a ambos a medirse los pasos, a examinar con lupa lo que publicaba el otro y comparar el espacio que les asignaban a cada uno en sus respectivos diarios.

—¡Aquí está el hombre del día! —Fue la frase con que lo recibió su colega, abriendo los brazos en un gesto exagerado—. ¿Sabes que estás en boca de todos?

Diego se encogió de hombros.

—No fui el único que se remangó para rescatar a esa pobre gente, hubo muchos vecinos del barrio que salieron a ayudar antes de que llegara el cuerpo de bomberos. Y creo que cualquiera de nosotros hubiera hecho lo mismo.

—Bueno, bueno, pero lo cierto es que estabas tú, ¿no? —Se calló cuando el tabernero depositó dos chatos de vino sobre la mesa—. ¿Estás escribiendo ya tu artículo? —Diego cabeceó asintiendo—. ¿Cuántas líneas te han dado?

—Sesenta.

Carranzo lanzó un largo silbido. Bajó la vista a su vaso y esbozó una sonrisa ladeada.

—¿Ves? A eso me refería. Si no llegas a participar tú en el rescate de esa gente, no le habrían dado tanta cobertura. A fin de cuentas, no es más que un derrumbe.

—Un derrumbe con muertes de mujeres y niños que podían haberse evitado.

—Hombre, sí. Supongo que sí, aunque eso nunca se sabe.

—Yo creo que sí. Todos en el barrio sabíamos que ese

edificio se caería el día menos pensado, y aun así, nadie decía ni mu cuando el tipo que se encarga de los arrendamientos del marqués seguía alojando a familias allí. Y si lo sabíamos nosotros, los inspectores de Vivienda que visitaron el edificio hace unos meses también debían saberlo. Pero hicieron la vista gorda y no lo clausuraron, como era su obligación, porque el dueño, el marqués de La Peral, es una persona influyente con muchos amigos en el consistorio.

—¿Eso es lo que vas a publicar? —Carranzo lo miró fijamente.

—Más o menos. —Tenía pruebas del estado del edificio y de la visita de los inspectores, pero, obviamente, no podía demostrar que hubieran recibido sobornos del dueño. Lo que sí había averiguado era que el marqués de La Peral era el propietario de otras dos fincas en Lavapiés, una de las cuales se encontraba en muy mal estado. Y por lo que le habían dicho, también allí operaba el Curro, que arrendaba camas y cuartos a precios abusivos—. ¿Acaso tú no lo publicarías?

—Depende. Por eso estoy aquí: hace un par de horas he recibido la visita de un abogado, un conocido de mi padre, que lleva los asuntos legales del marqués de La Peral. Sabía que yo había estado esta mañana en el derrumbe de Provisiones y también me ha preguntado por ti, le han dado tu nombre. —Carranzo se inclinó hacia él y, bajando la voz, añadió—: Está dispuesto a pagar cuatro mil pesetas si no damos detalles de lo sucedido ni mencionamos en la noticia a su cliente, el marqués. Dos mil para ti y dos mil para mí.

Dos mil pesetas. Era más de lo que ganaba en todo un año. En las tertulias del café La Iberia había oído hablar del «fondo de reptiles» con el que el Ministerio de Gobernación compraba fidelidades o acallaba críticas contra el gobierno en las redacciones de ciertos diarios, y también sabía de las pagas extraordinarias que aceptaban muchos periodistas a cambio de silenciar o modificar algunos datos de noticias perjudiciales para cierto político o negocio, pero nunca le habían tentado con algo así hasta hoy. Dos mil pesetas. Una pequeña fortuna con la que habría podido demostrarle a su padre que no llevaba razón, que podía vivir muy decentemente del periodismo, como los demás. Bueno, «decentemente» no era la palabra adecuada en este caso; aceptar el soborno sería indecente, una forma de claudicar y darle la razón a su padre, que la pluma ni da de comer ni provoca cambio alguno en esta España renqueante. Dos mil pesetas era el precio que les habían puesto a su conciencia y a la vida de esos niños. Visto así, le pareció una cantidad irrisoria, un insulto a la memoria de los niños. No había dinero suficiente en Madrid para comprar su integridad, se dijo, muy seguro.

—Dice el señor Cuesta que el marqués no sabía que esa finca estuviera habitada —agregó Carranzo—. Si lo hubiera sabido, los habría desalojado hace tiempo.

—Si eso fuera cierto, ¿por qué emplear a un maleante para llevar sus arrendamientos en Lavapiés?

—Es posible que ese hombre haya actuado por su cuenta y riesgo.

—No lo creo. Alguien como él no tiene esos contactos en el ayuntamiento. Dile al abogado que puede guardarse su dinero, yo no lo quiero.

—¿Estás loco? ¡Es un dineral! —casi gritó entre susurros—. ¡Serías tonto si no lo aceptaras!

—Sí, pero dormiré con la conciencia tranquila. No le deberé nada a nadie.

—¿Y crees que eso es bueno? ¿Todavía no te has enterado de cómo funcionan las cosas, Lebrija? —le espetó con rabia contenida. Carranzo había prosperado mucho en la redacción de *El Imparcial*. Según Nicolás, nunca decía que no a nada, aunque después se pasara medio día quejándose de lo mucho que trabajaba y el otro medio, pavoneándose de su trabajo—. Aquí todos nos debemos favores a todos: redactores, políticos, empresarios... Ahora le hacemos un favor al marqués de La Peral y cuando lo necesitemos, él nos lo devuelve. De eso se trata, de ayudarnos unos a otros, de velar por los intereses comunes, del hoy por ti y mañana por mí —sentenció con mirada encrespada. Tras una breve pausa, insistió más calmado—: Cógelo, Diego. Estas oportunidades hay que aprovecharlas.

Algo así le había dicho el día que se encontraron en *El Imparcial*, y en esos años de oficio, de husmear por las calles, de escuchar los discursos grandilocuentes de los políticos en la tribuna del Congreso, de invitar a cigarrillos a alguaciles y secretarios de juzgado, si algo había aprendido Diego es que Carranzo tenía razón: así era como funcionaban las cosas, pero no a cualquier precio. Al menos, no para él. Y ese era un precio muy alto. Un precio imposible para su conciencia. Cinco niños muertos. Una pobre mujer deshecha. Una familia desarbolada.

—No puedo, Javier. Si lo aceptara, no podría seguir en la prensa. Tendría que dedicarme a otra cosa.

A Carranzo se le enturbió el gesto.

—Pues dedícate a otra cosa, Lebrija, porque dudo de que llegues a ningún sitio. —Se levantó de golpe, con el sombrero en la mano—. Ahora tengo que volver a dar la cara por ti ante el señor Cuesta —dijo—, y cuidado con lo que publicas, no vaya a ser que el marqués te denuncie por injurias y calumnias. —Lanzó unos reales sobre la mesa, los que pagaban su consumición—. Esto me lo apunto, Lebrija.

16

La rotativa emitía una suerte de ruidos orquestados al imprimir sin descanso las páginas del diario. Entre el ruido y los escasos candiles encendidos en la sala, el taller se hallaba sumido en una penumbra adormecedora. Santiago ya se había marchado, comprobó Diego al pasar junto a la máquina. También Félix, y los aprendices. Solo quedaba el nuevo tipógrafo, Matías, y los operarios de la prensa. Debía de ser más tarde de lo que pensaba, se dijo echando un rápido vistazo alrededor. Vio a Quino junto a los mozos que plegaban y empaquetaban los ejemplares ya impresos.

—¿Os queda mucho? —le preguntó al regente, alzando la voz por encima del ruido.

El tipógrafo negó con la cabeza.

—Una hora, si todo marcha bien.

Después de firmar el contrato con Herminio Egea para imprimir allí su diario *Los Sucesos*, Quino había insistido en hacerse cargo del último turno de noche, ¿quién lo haría, si no? Es mi responsabilidad, yo me quedaré hasta el final de la jornada, afirmó, muy seguro. Porque él era el mejor corrector que tenía la imprenta, de ahí venía gran parte del buen nombre y la reputación del establecimiento de don Pascual, de su pupila aguzada, de sus correcciones minuciosas, que casi no se le escapaba ni una errata en los textos. Entre Santiago y yo nos encargaremos de que este diario pueda estar orgulloso de la calidad de su impresión. No va a desmerecer ni a la del mismísimo Rivadeneyra, advirtió.

Aquella tarde hubo una pequeña celebración junto a la rotativa recién instalada en el lugar que antes ocupara la vieja Petra, abandonada en el patio trasero. Los empleados merodeaban alrededor de la nueva máquina, inspeccionándola con una mezcla de veneración y desconfianza, habrá que probarla antes, aprender a manejarla, ver cómo imprime, no vaya a ser que algo se nos tuerza el primer día de lanzamiento del diario, dijo Félix, y Quino le respondió que sí, que todo eso había que hacerlo, pero que no se preocupara, que ya les enseñaría él todo lo que necesitaban saber. Santiago abrió una garrafa de vino a cuenta de su padre —a regañadientes, y porque se emperró Carmina, que si no, yo no hubiera invitado ni a agua, le confesó a Paulino, el bodeguero de la esquina—, y Paca, la criada, bajó unos platillos de careta frita y una cazuela de callos cocinados por la madre, que depositó sobre la mesa de correcciones.

—¿Tienes ya algún ejemplar que pueda hojear? Quiero ver si han metido lo del derrumbe.

Quino le tendió uno, el papel todavía tibio, la tinta fresca.

—No sé por qué no escribes en este diario, te sería fácil convencer a don Herminio.

Prefería no mezclar su trabajo con el negocio familiar, por lo que pudiera pasar. Suficiente tenía ya con escuchar las quejas de Santiago sobre el escaso apremio que mostraba su madre en traspasarle la responsabilidad de algunas tareas de oficina que ya dominaba. ¿Cuándo pensaba hacerlo? Santiago se impacientaba: deseaba tomar sus propias decisiones, gozar de cierta autonomía en el negocio, tener algo suyo que ofrecer. Algún día querría casarse, tener su propia familia... «Si Rosalía quisiera, pasaría por el altar mañana mismo, mira lo que te digo.» En esos dos años, su hermano se había hecho un hombre. Su cuerpo había ganado corpulencia y los rasgos de su cara habían perdido la desproporción adolescente, se habían afilado, acentuando el parecido con doña Carmina. No era solo una cuestión de apariencia, era algo más: sus gestos, su actitud, una cierta manera de comportarse en el taller que pretendía imitar la autoridad de su madre, sin llegar a conseguirlo.

—La vi en el baile con Jesús y ni me miró —le contó unas noches atrás, en la sobremesa de la cena, delante de sendas copitas de moscatel y unas almendras garrapiñadas que se comían solas. La madre ya se había retirado a descansar—. Sé que el zapatero no le gusta, y que lo hace por molestarme o por darme celos o qué sé yo..., pero cualquier día vendrá a anunciar que se casa con algún desgraciado y a ver qué hago.

—Pues nada, qué vas a hacer. Ya habrá otra.

—¿Qué otra? No hay otra, Diego, yo la quiero a ella —saltó, molesto. Bebió un traguito de vino y dijo en voz más baja, por si su madre escuchaba—: Por eso quiero regentar la imprenta, para que vea que puedo darle una buena vida, que conmigo no le va a faltar de nada. —Se metió un par de almendras en la boca y, masticándolas, añadió—: El otro día madre me preguntó si tenías alguna novia escondida por ahí.

Diego se rio. Ni novia ni nada que se le parezca. Después de romper con Luisa —la actriz lo dejó por otro director teatral más ambicioso y convincente en sus promesas que aquel Juan Perchales, aunque igual de falso, por lo que le habían contado—, había tenido algún que otro escarceo amoroso en sus salidas nocturnas. Ah, y durante un tiempo muy corto —un mes a lo sumo, no más— había flirteado un poco con Patricia Maldonado, la hermana de Mateo, antes de que la comprometieran con el ahijado de su padre, para disgusto de su amigo. Prefería a Diego antes que a ese joven que calificaba de vago, remilgado y lechuguino, ¡lo peor de lo peor! Pero eso era lo de menos. Don Manuel Maldonado lo solucionó rápidamente: colocó al futuro yerno bajo su protección, en un puesto de jefecillo en la Compañía del Norte, y santas pascuas.

Esos eran todos sus líos de faldas, porque después de aquello decidió que lo importante para él era asentarse en *El Globo*, hacerse un nombre en el oficio y firmar sus artículos, porque con el respaldo de un nombre las colaboraciones llegaban solas —y mejor pagadas—, lo tenían a uno en mayor consideración. Y pensaba en Miguel Moya o en Palacio Valdés o en Ortega Munilla, que había logrado resucitar *Los Lunes de El Imparcial* después de la marcha de Fernanflor, y su columna semanal en ese suplemento literario gozaba de gran prestigio.

—Pues ándate con ojo, que madre no tardará en emparejarte con alguna. Dice que ya va siendo hora de que sientes la cabeza.

—Antes te casas tú, ya verás.

Tras la muerte repentina del padre hacía unos meses, doña Carmina los había reunido a los dos una mañana y les había dicho que, a partir de ese día, el establecimiento pasaría a llamarse Imprenta de la viuda e hijos de Lebrija. Al menos, hasta que Santiago cumpliera los veinticinco años, la mayoría de edad que le capacitaba para asumir legalmente la gerencia del negocio. Mientras tanto, ella figuraría en los contratos y en el pie de imprenta, ostentaría el título de gerente, lo mismo que lo he sido todos estos años a la sombra de vuestro padre; no os engañéis, la única diferencia estriba en que lo pondrá bien clarito en el rótulo sobre la puerta y en los membretes de los recibos. Ahora el negocio es tan mío como vuestro, afirmó, muy serena. Yo me ocuparé de los asuntos comerciales y de administración, y tú, Santiago, te sentarás dos mañanas a la semana conmigo en la oficina y te iré enseñando la parte burocrática. El resto del tiempo te pegarás a Quino hasta que vea que estás preparado para dirigir el taller. ¿No lo estoy ya?, preguntó su hermano, molesto. Si faltara Quino, ¿podrías hacerte cargo de todo? ¿De los periódicos, de los pliegos de cordel, de las publicaciones? ¿De los empleados? Santiago bajó la vista, en silencio.

Diego revisó por encima los sueltos del periódico de sucesos, no fuera a ser que se le hubiera escapado alguno importante. Varios robos, una reyerta y un atropello en Madrid; un edificio incendiado en Albacete, un crimen pasional en Zamora, una estafa con un billete de lotería y varios robos más, eso era todo. Le devolvió el periódico a Quino.

—Tengo más colaboraciones de las que necesito en este momento. —Y mal pagadas la mayoría, aunque de eso nunca se quejaba ni ante Quino ni ante nadie. Se lo guardaba para sí, por orgullo—. Mira la hora a la que llego del periódico y todavía tengo que redactar unos sueltos —dijo, frotándose la cara.

Se notaba cansado, había sido una jornada muy larga desde que se despertara al alba con el sonido del derrumbe. El director de *El Globo* le había pedido que se sentara en una de las butacas de su despacho mientras leía, concentrado y en silencio, el artículo que le acababa de entregar. Diego había cerrado los ojos un instante, agotado. Al terminar de leer, don Alfredo exhaló con fuerza. Se recostó contra el respaldo de su sillón, cruzó las manos sobre el pecho y lo observó. ¿Estás seguro de lo que cuentas aquí? Diego asintió: muy seguro. Se reafirmaba en cada palabra, cada testimonio, cada dato. Hay que publicarlo y que se sepa, Vicenti, que sepan que no pueden seguir haciendo dinero a costa de la miseria ajena sin que alguien lo denuncie.

Se marchó de la redacción antes de averiguar si don Alfredo habría incluido el artículo en la edición o no. Él ya no tenía mucho más que añadir, el texto hablaba por sí mismo y don Alfredo sabría lo que hacer. Era un hombre de una ética intachable.

La luz amarillenta del quinqué se proyectó sobre las paredes blanqueadas del que fuera el viejo trastero, reconvertido en un acogedor cuarto por imposición materna. Si pretendía hacer de ese cuartucho su habitación, mandaría arreglarlo. Doña Carmina le encomendó a una cuadrilla de albañiles que lo arreglaran, que agrandaran la ventana, taparan las grietas y enlucieran las paredes para que su hijo pudiera vivir como Dios manda, y no como un pordiosero, que fue lo que pensó el día que asomó por ahí la nariz. Qué menos que tengas un armario para tu ropa, un aguamanil con espejo para el aseo, una cama decente, le dijo. No hace falta, así estoy bien, protestó Diego. Ahora debía admitir que había llegado a apreciar esas comodidades, pensó mientras se desvestía. Repasó lo que le quedaba por hacer: redactar una crítica teatral para el periódico *El Resumen* y retocar la columna que debía telegrafiar a la mañana siguiente al *Diario de Valencia*, con el que colaboraba como corresponsal en Madrid. El artículo de la *Revista Europea* podía esperar, no debía entregarlo hasta el lunes, se dijo al sentarse en la cama. Se desató los cordones de los botines. Era más sencillo antes, cuando solo tenía que hacer las efemérides, pensó sin llegar a lamentarse. Cuando Palacios Valdés renunció a su puesto de jefe de redacción para dedicarse a la literatura, el nuevo director de la revista le ofreció a Diego sustituir su colaboración semanal por una sección miscelánea de noticias culturales por la que le pagaría un poco mejor. Armando le había hablado muy bien de él antes de marcharse.

Se dejó caer de lado sobre la cama. Cerró los ojos. Serán solo unos minutillos, necesito descansar, se dijo. Se quedó profundamente dormido.

17

12 de octubre de 1881

El reflejo de las lucecitas en los paneles de espejo que cubrían las paredes dotaban de una cálida luz ambarina al patio central del Salón de Floridablanca, invadido por el zumbido de las conversaciones a media voz bajo los techos abovedados. Victoria se detuvo en la entrada y sus ojos recorrieron las dos hileras de columnas que delimitaban el patio central de sendas galerías laterales, una a cada lado. De frente, un coqueto escenario, único resto superviviente del que en su día fuera un decadente teatro, remodelado y convertido ahora en un suntuoso salón que se alquilaba para eventos, y sin darse cuenta, comenzó a redactar en su mente el artículo que le había encargado su tía: «Si de algo pueden presumir las Damas de los Pobres es del buen tino que se dan para elegir los salones de celebración de sus actos benéficos, siempre a la medida de la convocatoria lanzada entre sus amistades. En esta ocasión, no podían haber escogido mejor lugar que el Salón de Floridablanca para la subasta benéfica...».

—Tu padre me ha dicho que ha reservado la mesa número treinta, en la galería de la derecha —dijo Clemente, serio y almidonado dentro del frac negro de corte impecable con el que disimulaba su figura enclenque.

—No tenemos prisa, podemos dar una vuelta por la sala antes, ¿no te parece?

El joven consultó de soslayo el relojito colgado de su leontina y arrugó el entrecejo en un gesto de reticencia.

—Tu padre me ha insistido en...

Victoria suspiró. En ocasiones le exasperaba la rígida formalidad de Clemente, incapaz de lidiar con comportamientos que, a buen seguro, consideraba un tanto excéntricos y caprichosos por su parte. Se lo notaba en la venita que se le abultaba en la sien cuando se tensaba y en la fijeza inexpresiva de su cara, tras la que intentaba disimular su desaprobación, la misma que percibía en algunos miembros de la nobleza cuando se reía demasiado alto con los juegos de adivinanzas con los que se entretenían las jóvenes señoritas en los salones. Deberían aprender de los nobles ingleses: no había nadie más arrogante que ellos, pero, al menos, sabían reírse de sí mismos. A la nobleza española no le vendría mal un toque de humor y distensión. De pronto le vino a la mente el rostro rubicundo de James. Con una sonrisa educada se burlaba hasta de la reina de Inglaterra. Se habían divertido aquel verano en el hotelito que la tía Clotilde alquiló en San Sebastián, pese a que todavía le avergonzaba recordar lo mal que se portó con él en la despedida. Lo apartó de su cabeza. Prefería no pensarlo, ya no tenía remedio. Ahora debía decidir qué hacer con el comedido y almidonado Clemente de Moncada.

—Como tú quieras; vamos a la mesa primero —cedió ella, para alivio de él, que le ofreció el brazo al que se enganchó antes de descender los cinco escalones hacia el patio central.

En el trayecto, Victoria se fijó en algunos de los rostros con los que se cruzaban —la todavía bella marquesa de Alcañices; dos ancianas enjoyadas de pies a cabeza, marquesas las dos, incondicionales de los actos benéficos; varios sacerdotes y muchas señoras con sus hijas exhibiendo sus encantos—, reparó en quién saludaba a quién, a qué corrillos se unían, cómo vestían. «La flor y nata de la sociedad madrileña, sin excepción, se engalanó para acudir con generosa disciplina ante el reclamo de las obras caritativas de doña Concepción Arenal...» ¿Debería averiguar de qué hablaban? Su tía le había dicho que no hiciera nada especial, solo debes prestar un poco más de más atención y tomar buena nota de todo como si luego tuvieras que contármelo a mí, le aconsejó. En la mesa encontraron ya sentados a Álvaro y a su prometida, la recatada y cursi Laurita Pastrana, acompañada por Elena, la mayor de sus primas, de quien no se separaba nunca.

—¿Y padre?

—Ha ido al vestíbulo a recibir a doña Bárbara.

Victoria disimuló un gesto de fastidio. Todavía no se había acostumbrado a la presencia constante de esa señora al lado de su padre, pese a que no había resultado tan horrible como esperaba. Podría haber sido peor, no te quejes, Victoria, no habrías querido para él una de esas viudas alegres que no se acostumbran ni a la soledad ni a desaparecer de la vida social y se dejan ver con unos y con otros hasta que dan con un buen hombre dispuesto a sacarlas de su ostracismo. O, peor aún, habría sido una beata rígida, como esas viudas que se refugiaban en su misa diaria y su confesión semanal, como manda nuestra santa madre Iglesia para censurar a todo el que les recordara que la vida proseguía a su alrededor. Justo era reconocer que aquella tarde en que su padre trajo a doña Bárbara al palacete de Quintanar y se la presentó a los tres hijos, le sorprendió encontrarse frente a una mujer todavía atractiva, de sonrisa fácil y el gesto resuelto de alguien muy seguro de sí mismo. Enseguida se dieron cuenta de que doña Bárbara no era una viuda ni alegre ni beata ni desconsolada. Residía en uno de los nuevos edificios de la calle Serrano y poseía un buen patrimonio de propiedades agrícolas en Soria, que administraba ella misma.

—Imagino que estarás muy emocionada con la boda —le dijo la tonta de Laurita.

Iba a contestar con un pequeño desaire, pero Álvaro se lo impidió:

—Ella y todos nosotros, ¿verdad, Victoria? Doña Bárbara es una buena mujer para él. Es lo único que debería importarnos.

Eso estaba por ver, se dijo Victoria. La fecha de la boda ya estaba fijada en el segundo viernes de diciembre, en la iglesia de San José. Ni doña Bárbara ni su padre deseaban esperar más de lo imprescindible, que no somos ningunos críos ni tenemos por qué dar cuentas a nadie, zanjó don Federico. Aunque eso supusiera sacrificar el boato de una gran boda y celebrar una ceremonia discreta, rodeados de la familia y los amigos más íntimos. Unos cincuenta invitados, no muchos más, asistirían al banquete nupcial que ofrecerían en el propio palacete de Quintanar. Y todo porque a doña Bárbara se le había antojado celebrarlo en el salón de gala que su padre reservaba para cenas y recepciones especiales. Según ella, era el lugar idóneo para una celebración familiar, sin desmerecer la elegancia que debía tener una ceremonia así; bastarían unos pequeños cambios en la disposición de los muebles y los adornos, poco más. A Victoria le desagradaba la idea de que esa señora comenzara a dar órdenes en su casa sin siquiera haber pasado aún por el altar.

—Me gustaría saber a quién buscas entre la multitud —le dijo Clemente, a su lado.

—¿Buscar? A nadie, solo observo.

El joven paseó la vista por el patio, atento a descubrir por sí mismo el motivo de su interés. Al cabo de unos minutos se rindió.

—¿Y se puede saber qué observas? —insistió él, intrigado.

—Nada en especial. Los vestidos, el ambiente, los corrillos —dijo—. ¿Quieres acompañarme a dar una vuelta por el salón? Deseo saludar a algunos conocidos.

Esta vez no se pudo negar. Se adentraron entre el murmullo de conversaciones, risas y chascarrillos entrecruzados, saludaron a la duquesa de Torres y a su hija Josefina, feliz la niña con su reciente compromiso con un príncipe ruso miembro de la guardia del zar, quién sabe si por mediación de la influyente doña Sofía Troubetzkoy, marquesa de Alcañices, le susurró la duquesa de Moncada al arrimarse a ella en el corrillo de señoras, mientras Clemente se integraba con su padre en el de señores. Victoria atendió unos minutos la aburrida charla de las damas hasta que se distrajo con un retazo de la conversación a media voz que mantenían a su espalda dos señores: «... comprenderá usted, ministro, que el Vaticano esté preocupado con las medidas del presidente Sagasta. En especial, la anunciada ley de matrimonio civil, cuya aprobación socavaría la autoridad de la Iglesia y del matrimonio canónico», decía uno con voz pausada. A lo que el ministro respondió que no pretendía ser «una ley contra la Iglesia, señor obispo, sino la necesaria respuesta que debe dar el Estado a los matrimonios entre personas no creyentes de este país...», «entiendo, entiendo, pero el nuncio pide que haya una negociación previa sobre este asunto con la Iglesia...», «no puedo asegurarle nada. Pero sí le puedo decir que dicha ley todavía no está lista para presentarse en las Cortes, y en este momento (y así puede usted comunicárselo al nuncio) no es prioritaria ni para el presidente Sagasta ni para este ministro que le habla», y hasta ahí pudo escuchar, puesto que, por lo que Victoria comprobó al girarse sutilmente, ambos señores se habían apartado del grupo. No estaba muy segura del trasfondo del asunto, pero de lo que estaba segura era de que se trataba de algo importante, que no sabía cómo manejar.

—Clemente, ¿quiénes son aquellos dos señores, los que están junto a la columna? —le preguntó en cuanto se reunieron de nuevo.

El joven dirigió la vista hacia donde ella le indicaba, y sonrió.

—Es el ministro de Gracia y Justicia, don Manuel Alonso Martínez, y el obispo de Madrid. ¿Por qué?

—Simple curiosidad.

Se quedó mirándolos, pensativa. El gobierno y la Iglesia. El poder terrenal y el poder espiritual. Lo más prudente era olvidarlo, hacer como si no lo hubiera escuchado. Se acercaron al escenario a contemplar las tres pinturas al óleo objeto de subasta, gracias a la generosidad de sus autores: un alegre patio sevillano de intensos colores, de Raimundo de Madrazo, una escena religiosa de Eduardo Rosales y un paisaje de montaña, pintado con tal destreza que parecía real, de Carlos de Haes, las tres expuestas en sendos caballetes realzados con unas telas de seda roja. A nadie de los allí presentes se le escapaba que, si bien habían acudido bajo el reclamo de la subasta, se esperaba que realizaran una «pequeña contribución» en forma de donativo al nuevo proyecto de la Constructora Benéfica que doña Concha no se cansaba de explicar con detalle a todo el que deseara escucharla:

—El ayuntamiento nos ha cedido un terreno en Cuatro Caminos y allí vamos a construir las dieciocho viviendas unifamiliares a doble altura y con patio trasero para otras tantas familias de obreros, que las habitarán a cambio de una pequeña renta mensual.

—¿Ya han comenzado las obras?

—Todavía no, pero será pronto. Depende, en gran medida, de lo que ocurra hoy aquí. —Los labios finos de doña Concha se distendieron en una sonrisa escueta y les tendió un ejemplar de *La Voz de la Caridad*, su revista—. Si Dios quiere, confiamos en reunir el capital necesario para arrancar a principios de este año que viene, por lo que les agradecemos cualquier aportación que deseen realizar. —Y sin ninguna sutilidad, señalaba una mesita revestida de terciopelo negro donde dos damas custodiaban la caja de madera en la que se depositaban los donativos.

Muy cerca de ella, doña Carolina y doña Faustina conversaban con don Gumersindo de Azcárate y un anciano de aspecto tan austero como el de un monje. Doña Carolina le hizo una seña para que se aproximara, al tiempo que Clemente le pedía que le disculpara: su señor padre le reclamaba a su lado.

—Espero que no te moleste.

—Claro que no. Nos encontraremos en la mesa.

Doña Carolina la agarró del brazo y tiró con suavidad de ella.

—Ven, querida. Quiero presentarte a nuestro admirado don Fernando de Castro, académico, senador y fundador de la prestigiosa Asociación para la Enseñanza de la Mujer de la que os hablé en la tertulia. ¿Te acuerdas? —Victoria asintió. Se acordaba muy bien. Le suscitó mucha curiosidad lo que contó doña Carolina. Nunca hubiera imaginado que pudiera existir una institución así, preocupada por impartir una buena educación académica a las niñas, más allá de las habituales labores del hogar. Doña Carolina se dirigió al anciano—: Victoria Velarde es la sobrina de doña Clotilde de Sanahuja, don Fernando. Tiene diecinueve años y ha residido en varias ciudades europeas con su padre, Federico Velarde, antiguo embajador en Viena. Forma parte de nuestra asociación literaria Calíope, ¿verdad, querida? —Ella asintió, orgullosa.

El anciano la observó con renovado interés.

—Encantada de conocerle, don Fernando —le saludó Victoria—. He oído hablar mucho de usted. Mi tía Clotilde le admira muchísimo.

—Ah, Clotilde. Dele recuerdos de mi parte. Una gran señora, buena conversadora, aunque demasiado polemista. ¡Cómo le gusta llevarme la contraria! —Al reír, su rostro se desprendió de cualquier asomo de severidad.

—Don Fernando nos estaba contando que planean abrir un curso de Filosofía y Letras en la Asociación para la Enseñanza de la Mujer dirigido a un selecto grupo de señoritas —dijo doña Carolina—. Al verte, se me ha ocurrido que podría interesarte.

—Es un curso sumario, realizado a partir de la carrera de Filosofía y Letras que se imparte en la Universidad Central —aclaró don Gumersindo, uno de los promotores de la idea y responsable de la elaboración del programa—. Hemos elegido las asignaturas que consideramos imprescindibles para una buena formación, humanista y cabal, de las señoritas, y seguiremos un método educativo similar al que ya utilizamos en la Institución Libre de Enseñanza con nuestros alumnos varones.

—Pero yo no he ido nunca a una escuela, no sé si podría... —dudó Victoria. Nunca la sometieron a una disciplina de estudio severa, como en cambio sí tuvieron sus hermanos. Miss Sullivan se esmeró en enseñarle lo que ella consideraba «artes elegantes» para una dama de alcurnia (lecturas de poesía, caligrafía, dibujo y pintura, y, por supuesto, música), aderezado con las imprescindibles habilidades domésticas que debía dominar cualquier anfitriona (buena conversación, arreglos florales y normas de protocolo en actos sociales); solo a veces, miss Sullivan le impartía nociones de geografía salpicada de acontecimientos históricos que contaba amenizados con una buena dosis de dramatismo, una pizca de fantasía y poco rigor, se temía Victoria—. Mis conocimientos los he obtenido yo misma a través de mis propias lecturas, escogidas con poco criterio.

—Ya contamos con eso. No tema, no es usted la única —dijo don Gumersindo, con sonrisa bondadosa—. Por desgracia, es algo muy común: la educación de las jóvenes de familias acomodadas deja mucho que desear, de ahí que hayamos planeado este curso. Tanto en la Institución Libre de Enseñanza como en la Asociación para la Enseñanza de la Mujer de don Fernando estamos convencidos de que la cultura es más que necesaria; es una condición indispensable para la propia felicidad, tanto de los hombres como de las mujeres, y de ambos como pareja. Así que, si pretendemos que las mujeres puedan acompañar en pie de igualdad a los hombres instruidos que este país necesita, deberemos cultivar el conocimiento y las facultades de nuestras señoritas, y elevar su cultura.

—Además, querida, tú eres terreno abonado: has leído mucho, dominas varios idiomas, muestras inquietudes... —la animó doña Carolina—. No tendrás problemas para seguir las clases.

Le halagó que doña Carolina tuviera esa imagen de ella.

—Se trata de formar un grupo reducido, entre ocho y diez señoritas, con ganas de aprender —añadió don Fernando—. Si el resultado es satisfactorio, implantaríamos esa enseñanza en el resto de las escuelas de la asociación.

—Mati se habría inscrito si no fuera por nuestro viaje a Lisboa, una lástima —añadió doña Carolina—. Es muy probable que nos instalemos allí una temporada debido a los asuntos de negocios de mi esposo, Horace.

Don Fernando se dirigió a Victoria sin dejar de sonreír:

—Piénseselo. Por el momento, contamos con siete alumnas. Si se decide, puede usted acordar una visita y les enseñaremos a su padre y a usted nuestras aulas en la calle San Mateo.

18

Vicenti le recordaba de vez en cuando, como si ya formara parte de su particular anecdotario periodístico con el que algún día redactaría sus memorias, el día en que Diego se coló en su despacho de *El Globo* con un cartapacio bajo el brazo lleno de recortes de sus publicaciones pulcras y ordenadas, y se puso a su disposición para cubrir cualquier asunto que necesitara, del día o de la noche. No tengo obligaciones familiares, puede usted enviarme adonde quiera: a las calles, a las cárceles, al Congreso, a todas las conferencias que desee, a las sesiones del Senado o a la verbena de San Antonio; adonde usted considere, don Alfredo. Lo único a lo que se resistía era a cubrir esos eventos caritativos de las damas de la alta sociedad en los que no se sabía mover bien y le costaba Dios y ayuda redactar algo con un mínimo de honestidad. Le incomodaba la ostentación de riqueza y de beatos sentimientos religiosos que exhibían la mayoría de esas damas para la salvación de unos pobres a quienes evitaban mirar, oler, tocar, y cuyas viviendas no pisarían jamás. Solo respetaba la labor de algunas de ellas que podía contar con los dedos de una mano.

—Al menos, salvarás de esa quema tuya personal a mi paisana doña Concepción Arenal, ¿o no? —le interrogó con sorna Vicenti en su melódico acento gallego, desde su sillón de director.

—Sí, a doña Concepción, sí —concedió. Se metía en las cárceles, atendía a las mujeres de mala vida en los tugurios del peor Madrid, se manchaba las manos en la mugre de quien la necesitara y alzaba la voz en donde fuera para denunciar las vergüenzas de los que miraban a otro lado.

—Pues sus actividades caritativas son las destinatarias de esta subasta benéfica. Ve, te tomas unas cuantas yemas de Santa Teresa con una copita de vino dulce que tan amablemente ofrecen las damas, y luego te marchas como un señor al estreno del Teatro Español. Hazlo por mí. Hernández tiene a su mujer enferma, no puedo pedirle que vaya. Para ti será una pequeña distracción de tus crónicas parlamentarias.

No pudo negarse, y en algo le dio la razón: le vendría bien alejarse de la tribuna del Congreso y de los discursos inútiles de los políticos, que un día debatían una medida y al día siguiente se peleaban por la contraria. Estaba cansado de transcribir sus parlamentos, de sus circunloquios exasperantes, de los obsequios que le llegaban de ciertos diputados (pequeños sobornos que él rechazaba) suplicándole que reprodujera en el diario sus discursos íntegros, hasta la última coma, con la pretensión de figurar y recibir aplausos por el mero hecho de salir en los papeles. Él jamás había accedido a tal desfachatez.

Diego sacó su pequeña cigarrera de cuero y la ofreció al círculo de colegas que lo rodeaban antes de coger uno para sí mismo. Consultó el reloj en su bolsillo, impaciente. La subasta debería haber comenzado ya, pasaban treinta y cinco minutos de la hora que figuraba en la convocatoria, y si no se daban prisa, no llegaría al inicio de la función en el Teatro Español.

—Y tardarán todavía un rato. —Nicolás encendió su cigarrillo y luego sostuvo el fósforo llameante entre sus dedos suaves y regordetes, mientras Diego prendía su propio cigarrillo. Aspiró una larga bocanada y el humo del tabaco se mezcló en su nariz con el sutil aroma a sándalo que desprendía Nicolás. En los últimos tiempos, su amigo había adquirido un exagerado gusto por el acicalamiento personal y los trajes atildados que lucía con la apostura de un dandi, insensible a las sonrisillas burlonas de sus colegas—. Las damas del comité organizador saben que al finalizar la subasta todos salen corriendo, así que los donativos que no recauden antes de comenzar se habrán perdido.

Si lo decía Nicolás, sería cierto, buen conocedor como era de esos saraos de damas a los que acudía en su papel de cronista de los ecos de sociedad de *El Imparcial*. «Queridas mías», las llamaba al mezclarse en sus corrillos, como una más; celebraba las telas de sus vestidos, comentaba las tendencias de moda llegadas de París, los peinados y afeites de tocador o los remedios contra los males femeninos con un entendimiento que Diego no sabía de dónde se sacaba, pero que le valían jugosas e inestimables confidencias por parte de las señoras. Tal vez por eso, su director, Andrés Mellado, decidió que quién mejor que el joven Torrehita, criado en las intrigas y los vericuetos de los salones de la nobleza, para enterarse de cuanto se murmuraba en los eventos más sonados de la capital.

El patio bullía de invitados, mucho noble, mucho propietario, algún político, pero, sobre todo, mucha señora emperejilada de joyas excesivas. En uno de los grupos de caballeros distinguió a Carranzo, a quien observó departir, *en petit comité,* con el anciano marqués de La Peral. Desde aquella tarde en la taberna, Carranzo apenas le dirigía una venia altiva al cruzarse en los tribunales, en las Cortes, en el teatro. Que le cunda tanta soberbia. A punto estuvo de abordarlo un día y decirle que era un sinvergüenza, un canalla, una deshonra para el oficio por publicar ese suelto infame en el que resumía en tres líneas escondidas al final de la sección de misceláneas: «El derrumbe de un inmueble en la calle Provisiones a causa de las lluvias caídas ha provocado un fatal desenlace para las tres familias que lo habitaban». Y poco más. Precio del suelto: dos mil pesetas a tocateja. Aunque más infame era él por callarse y no denunciarlo. Sondeó a Nicolás si él estaba al tanto de que existieran pequeños sobornos a periodistas en la redacción, pero ¡qué cosas dices, Diego! ¡Esos son rumores que circulan por los cafés y tabernas sin ningún fundamento! En *El Imparcial* nadie aceptaría dinero por publicar una cosa u otra, qué infamia. ¿O es que en *El Globo* lo hacen? No, por supuesto que no.

Y hasta donde sabía, el director de *El Globo* no había recibido ningún aviso de querella por injurias por parte del marqués de La Peral. No le habría servido de nada; cada palabra que escribió en su artículo era la pura verdad, podía demostrarlo ante el juez y ante quien fuera. Al día siguiente, en el diario *La Época* publicaron un suelto sibilino en el que acusaban a *El Globo* de hacerle un flaco favor a Madrid y a su alcalde, don José Abascal, si se dedicaba a ahuyentar a los distinguidos propietarios que tanto estaban contribuyendo al desarrollo y la expansión de la capital. Esa misma noche, en la tertulia del café de La Montaña, varios redactores de *El Globo* se enzarzaron en una violenta discusión contra los de *La Época* que por poco no termina en un reto a duelo entre ambos. Un desastre.

Apagó su cigarrillo en el macetero de la planta que adornaba el rincón.

—Voy a acercarme al escenario, a ver si me entero de algo —resolvió Diego, por hacer algo.

Evitó la mesa de «las damas mendicantes», como le aconsejó Nicolás, si te acercas, te desplumarán el poco dinero que lleves en la chaqueta, y se aproximó al lugar donde vislumbró a doña Concepción Arenal, ocupada en atender a varias personas. Mientras aguardaba a que terminaran, se apoyó en una de las columnas corintias. Dejó vagar su mirada alrededor. Sus ojos se detuvieron en una joven morena con un vestido azul océano que escuchaba con expresión reconcentrada la conversación de un corrillo de señoras y sus hijas. Victoria Velarde, pensó, sonriendo para sí. Estaba muy guapa, aunque no fuera una belleza clásica ni llamativa. Al menos, no en el sentido que solían apreciar los hombres. Llamaba la atención por algo distinto, tal vez por ese porte aristocrático tras el que parecía ocultar la expresividad de su rostro.

Debió de percibir su mirada insistente, porque volvió el rostro hacia él. Sus ojos se cruzaron un instante fugaz, antes de que ella desviara la vista de nuevo a la conversación de las señoras. Diego sonrió para sí. Fingía que no lo había reconocido, seguro. Se hacía la interesante. Pasados unos minutos, la vio recorrer con paso resuelto la distancia que la separaba de él. Diego se fijó en la mueca que fruncía su boca de labios carnosos al disimular su sonrisa.

—Diego Lebrija, ¡cuánto tiempo! —lo saludó con esa voz grave y aterciopelada suya, difícil de confundir.

—Señorita Velarde... Temía que ya no se acordara de mí.

—Ha pasado tiempo, pero no tanto, ¿no cree?

—Si no recuerdo mal, desde... —Diego hizo memoria—, la reunión en la sociedad abolicionista. Hace más de dos años.

Él no había regresado a las tertulias de doña Carolina y fuera de ese salón, los lugares de encuentro de la clase alta y la aristocracia a la que pertenecía Victoria no eran permeables a personas como él, de la burguesía laboriosa y profesional. Los círculos sociales en Madrid se movían en capas concéntricas que, quizá en determinadas circunstancias, podían coincidir en el espacio y en el tiempo, aunque con las debidas distancias y precauciones que se ponían entre medias, difícilmente llegaban a entremezclarse.

—Ah, cierto. Lo recuerdo y... —De pronto enmudeció y se cubrió la cara con ambas manos—. ¡Dios mío, perdóneme! ¡Qué bochorno!

—¿Qué le ocurre?

Ella entreabrió sendas ventanitas entre los dedos de las manos, a través de las cuales asomaron dos pupilas negras como la tinta.

—¡Todavía no le he devuelto su libro de Larra!

Diego se echó a reír. No por el libro en sí, sino por su reacción sofocada, como de niña pillada en una travesura.

—No se preocupe. Le dije que no me corría prisa.

—¡Eso fue hace dos años! ¡Qué vergüenza!

—Todavía me lo podrá devolver, ¿o no? ¿Lo tiene en su poder?

—¡Por supuesto que sí! ¿Qué se cree? —Se hizo la ofendida—. Si lo hubiera perdido, no me lo perdonaría.

—Pues entonces no se preocupe. Sus amigas van a pensar que le he dicho algo horrible —le dijo, señalando con un gesto sutil hacia el corrillo de mujeres que Victoria había abandonado.

Ella las encaró sin disimulo. Dos de las más jovencitas les dirigían miradas entre risas y cuchicheos.

—No soy yo quien les interesa; le miran a usted.

—¿A mí? Me extraña, no soy un buen partido para ellas. —Y como si lo hubiera escuchado, una señora lo examinó de arriba abajo antes de reprender a las niñas.

—¿Eso cree?

—No tengo ninguna duda. ¿Y usted? —replicó él, por picarla, más que nada. Ya conocía la respuesta sin necesidad de oírselo decir.

Victoria se echó a reír con una carcajada grave, arrulladora, que envolvió a Diego en una tibia sensación de placer.

—¿Sigue en *La Democracia*? —Los ojos chispeantes lo contemplaron de buen humor.

—No, ahora escribo para el *El Globo*.

—¡*El Globo*! Eso suena a ascenso periodístico, ¿no? —exclamó, casi tan entusiasmada como si hubiera sido ella la ascendida—. Si me guarda el secreto, mi tía está suscrita a *El Globo* desde hace años. No es republicana, pero siente una admiración infinita por don Emilio Castelar y su oratoria. Me pide que le lea todas sus columnas y discursos en el Ateneo. Yo creo que está un poco enamoriscada de él —bromeó, bajando la voz.

Y entonces, quien soltó una carcajada fue él. Había olvidado lo refrescante que era la espontaneidad de Victoria

Velarde, tan alejada del comedimiento de otras señoritas de mucha menos alcurnia que, sin embargo, medían sus palabras y sus gestos como si fueran descendientes de la realeza.

—¿Ha venido con ella?

—No, estoy aquí con mi padre. Mi tía tenía otro compromiso ineludible —respondió—, aunque estoy segura de que habría disfrutado: hay más políticos y periodistas que damas de la beneficencia.

—La culpa la tiene el anuncio de que vendría la reina y muchos se han visto en el compromiso de asistir. Yo he visto a dos ministros del gobierno entre el público.

—Y de la Iglesia, también. —Hizo una pausa, se inclinó un poco hacia él y con expresión enigmática, añadió—: Tengo algo que quizá le puede interesar. O eso creo. —Él la escuchó con mayor interés, pese al suave olor a rosa que desprendía—. Es sobre la ley de matrimonio civil...

—¿La ley de matrimonio civil? —repitió él, muy extrañado. Esperaba otro tipo de confidencia.

Ella asintió. Diego se hundió en la profundidad de sus ojos negros.

—He escuchado una conversación entre el ministro de Justicia y el obispo de Madrid —prosiguió Victoria en el mismo tono confidencial—. Hablaban sobre su tramitación parlamentaria. ¿Puede ser?

—Puede ser —admitió Diego, sacando su libreta del bolsillo—. Es una de las leyes que prometió aprobar Sagasta en cuanto llegara al poder. El ministro Alonso Martínez la tiene en su cartera, pero en los ocho meses que llevan en el gobierno no ha movido nada. ¿Qué ha oído?

Con un gesto, Victoria lo apartó un poco de las personas que tenían alrededor y le contó lo que había escuchado.

—¿Está segura? —inquirió él cuando ella hubo terminado.

—Pues claro que sí. ¿Cómo, si no, iba a saber yo algo de esa naturaleza? —protestó ella—. ¿Qué opina? ¿Le parece interesante?

Mucho, le parecía muy interesante, afirmó mientras revisaba las notas que había tomado. Luego recorrió con los ojos la sala en busca de los dos hombres. ¿Cuándo habría sido? ¿Por qué él no se había fijado? Divisó al ministro en un corrillo de políticos y al obispo en el otro extremo, flanqueado por dos sacerdotes. Sí, tenía sentido. Tendría que comprobarlo, pero la información tenía su enjundia.

—Le debo un buen favor. Si necesita algo, cualquier cosa, no dude en pedírmelo.

—¿De veras? ¿Lo que sea? —preguntó ella, con una sonrisa pícara que anticipaba su intención—. Porque tengo muchas ganas de conocer algún barrio popular de Madrid. Y he oído que su familia es dueña de una imprenta en Lavapiés.

La miró desconcertado. ¿Cómo la iba a llevar de visita por Lavapiés, como si aquello fuera un espectáculo de circo? No sabía lo que decía. O era una inconsciente o desconocía la realidad de ese barrio y sus gentes. Y respecto a la imprenta..., tampoco es que le estimulara demasiado la idea de pasearla por allí.

—¿Está loca? Ese no es lugar para usted. Además, el establecimiento de mi familia es modesto, no tiene mayor interés —dijo, consciente del gesto de decepción de su rostro—. Le propongo otra cosa: puedo enseñarle la imprenta de *El Globo.* Es más interesante, se lo aseguro. Podrá ver cómo componen los artículos en las galeras, cómo los corrigen y se cierra la edición.

La vio titubear, indecisa.

—Como quiera —accedió, al fin—. Pero no crea que me olvido de Lavapiés.

—Victoria, hija. —El duque apareció de improviso, sin que ninguno de los dos se hubiera percatado antes de su presencia. Miró a Victoria, ella lo miró a él.

—¡Padre! —La joven se giró, pero le hurtó los ojos, azorada, como pillada en falta.

—Ya estábamos preocupados de que no volvieras a la mesa. —Sonó a pequeña reprimenda educada.

—Lo siento, me he encontrado con el señor Lebrija y me he entretenido más de la cuenta. Señor Lebrija, le presento a mi padre, Federico Velarde, duque de Quintanar.

Sintió sobre él los ojos penetrantes del duque, examinándolo como si fuera un insecto insignificante a su merced.

—Encantado de conocerlo, señor duque.

—Igualmente, señor Lebrija. ¿Ha venido a pujar a la subasta?

¿A pujar? Diego contuvo el amago de sonrisa que le vino a los labios y respondió, muy serio:

—No, señor. Estoy aquí por trabajo. Escribo para *El Globo*.

—¿*El Globo*? Ya veo. —Agarró el codo de su hija con suavidad. Era la señal, pensó Diego. La señal casi imperceptible de que su hija debía alejarse de él—. Debemos regresar a la mesa, querida. La subasta va a comenzar.

Observó cómo se alejaban los dos, padre e hija, sorteando los grupos de personas que habían comenzado a disolverse para ocupar alguna de las butacas dispuestas en el patio. Nicolás apareció a su lado, quejándose de Mateo, que ya no quiere saber nada de nosotros, ¿sabías que estaba aquí? Lo acabo de ver entre esos prohombres financieros del mundo del ferrocarril, los Bauer, los Pereira, los Loring..., se detuvo al ver que no lo escuchaba. Siguió la dirección su mirada.

—¿Victoria Velarde? —Los carrillos regordetes de su amigo se elevaron en una sonrisa compasiva—. Ay, mi queridísimo amigo. Olvídalo. Lamento decirte que el duque jamás permitiría que su pequeña Victoria se casase con un plebeyo sin nombre, capital, ni nada que aportar al matrimonio más que su pluma.

—¿Yo, con la hija del duque de Quintanar? ¿Estás loco, Nicolás? —Se echó a reír con una carcajada forzada.

«¿Quién es ese joven? ¿De qué lo conoces? ¿Desde cuándo? No me gusta que vayas por ahí hablando con el primer caballerete que te encuentres, hija mía, ¡y un gacetillero, además! Esos hombres llevan una vida desordenada y bohemia; son de costumbres ligeras, inmorales, insanas. Viven de noche, duermen de día, andan siempre en la calle, con maleantes, con fulanas, con la chusma... y endeudados hasta el cuello.»

A ella no le había parecido que Diego Lebrija fuera así, ni un vividor ni un escritor de maneras disolutas, como decía su padre. No tenía el aire canalla y cínico que exhibían algunos de esos jóvenes de familias nobles que se dedicaban a arrastrar por locales de mala reputación el buen nombre y el dinero de la familia. Su hermano Jorge, por ejemplo.

—Pero, padre, si solo estábamos conversando —se quejó ella en tono mimoso—. Además, el señor Lebrija es un joven formal que trabaja para ganarse la vida, solo eso. Y tía Clotilde también lo conoce, te puede dar referencias suyas, aunque no veo para qué las necesitas; ni me pretende ni intentaba seducirme.

—Más le vale. Esos hombres no son compañía para ti, Victoria.

Cuando su padre se obcecaba en algo, era inútil dialogar con él, no servía de nada intentar contrariar su creencia de aquello que consideraba irrefutable, inexcusable, imperdonable. Nobleza obliga. Obliga a mantener unas formas, a asumir las obligaciones que conlleva nuestra posición, a comportarse como tal en todo momento, ante propios y extraños, hija mía, os lo he dicho muchas veces, a ti y a tus hermanos, sobre todo a Jorge, que parece haber olvidado las reglas de educación que le he inculcado, y ya no sé qué hacer con él. Que se relajen las costumbres de la sociedad no significa que podamos renunciar a ciertas conductas básicas que son las que nos distinguen, nos elevan, contribuyen a preservar nuestros títulos y privilegios frente al vulgo y blababla. Victoria se enganchó de su brazo, le dijo tiene usted razón, padre, a partir de ahora me comportaré como una señorita altiva y estirada, pondré esta cara de acelga, míreme. —Frunció los labios, se sorbió las mejillas, alargó la cara; el padre la miró de reojo, disimuló la sonrisa, destensó el gesto severo de su rostro—. Rechazaré a cualquier joven que ose dirigirme la palabra, si así se queda usted tranquilo.

Don Federico emitió un largo suspiro, palmeó con cariño su mano y sonrió, rendido a las zalamerías de su niña.

—Federico Velarde y su hija, ¡qué alegría encontraros aquí!

Padre e hija se detuvieron frente al corpulento caballero de acento extranjero que los saludaba con los brazos abiertos.

—Hombre, Bauer, cualquiera diría que no nos hemos visto hace apenas dos semanas.

El hombre soltó una risotada que hizo temblar su barriga oronda. Luego los miró con afecto a los dos. Ignacio Bauer y Federico Velarde se conocían desde hacía mucho tiempo, según le había contado su padre alguna vez. Todavía no había nacido ella cuando el señor Bauer llegó a Madrid procedente de Viena. Lo había destinado aquí la familia Rothschild, decidida a reforzar con uno de sus empleados más brillantes la agencia que gestionaba los negocios de la familia en la capital. A su padre siempre le admiró la rapidez con la que el joven judío de origen húngaro, recién instalado en la capital, había aprendido castellano y se había integrado en los ambientes madrileños más exclusivos, hasta el punto de que cuando le preguntaban, aseguraba sentirse ya «más de aquí que de allá». En apenas dos meses ya podía mantener una conversación fluida con los miembros del gobierno de aquel entonces, a quien la Casa financiaba numerosas operaciones que las arcas del Estado no podían afrontar por carecer de liquidez.

—Siempre es un placer verte, señor duque. Y más en compañía de tu hija, cada día más bella. ¿Cómo estás, Victoria?

—Muy bien, señor Bauer. Intentando convencer a mi padre de que no sospeche de las intenciones de cualquier joven que se me acerque.

El señor Bauer volvió a reír, divertido. Se atusó la barba espesa y enredada como un nido de pájaros, y dijo:

—Querido amigo, tendrás que acostumbrarte si no quieres sufrir dolorosas úlceras de estómago.

—No me digas que tú te acostumbraste.

—No, mis úlceras ya no tienen arreglo. Y eso que mi hija ya lleva tres años casada. —Rieron los dos con la broma compartida. Luego Bauer le dio una palmadita en la espalda y, arrimándose un poco a su oído, le dijo—: Precisamente, deseaba hacerte una visita. Tengo un tema que tratar contigo, llegado directamente de la Casa de París, en el que tal vez puedas asesorarme. Es relativo a un tramo del ferrocarril en Huelva, en el que tenemos especial interés.

Victoria se apartó del lado de su padre. Cuando surgía el nombre de la Casa o, lo que era lo mismo, la familia Rothschild, sabía que lo mejor era retirarse discretamente para dejarlos hablar de negocios. Desvió su atención a las personas de alrededor, los señores de Canalejas, a quienes ya había saludado, a los Maldonado (a ellos todavía no); divisó a Nicolás de Torrehita entre unas damas y, con disimulo, dejó vagar su mirada hasta dar con la figura de Diego Lebrija, que ascendía los escalones en dirección a la salida. Se marchaba ya, tan pronto. Victoria lo siguió hasta verlo desaparecer.

—Acabo de ver a Clemente, padre. Los dejo que hablen. —Se dirigió al amigo de la familia—: Ha sido un placer, señor Bauer. Dele recuerdos a su esposa.

Su pretendiente le salió al encuentro de camino a la mesa. La miró con expresión contrariada, la había ido a recoger del corrillo de doña Carolina y se había sorprendido de no encontrarla allí. A Victoria le molestó el leve tono de reproche que percibió en su voz. No pretendería que le guardara ausencias sin moverse del lado de doña Carolina, como si necesitara de su supervisión.

—Me encontré con un conocido a quien no veía hacía tiempo, un redactor de *El Globo* de ideas radicales —dijo con ánimo de provocarlo.

Clemente torció el gesto, pero no dijo nada.

—No deberías pasearte sin compañía por la sala, no está bien, y menos si te ven hablando con cualquiera. Podría dar pie a habladurías innecesarias.

Tonterías. Victoria lo dejó atrás y se sentó a la mesa, junto a su hermano. En el escenario, un caballero golpeó el atril con un mazo, reclamando silencio. La subasta iba a comenzar. Victoria miró a su alrededor, atenta a cuanto ocurría. Solo le quedaba pensar en los párrafos finales.

Lo hizo en el carruaje, durante el trayecto de regreso a la casa: «La señora Arenal podrá estar contenta: la subasta, que arrancó en un tono bajo, se animó cuando varios señores pugnaron entre sí de manera un tanto agresiva, como si en ello les fuera el orgullo más que el capital. En conclusión: se alcanzó una cantidad de dinero nada despreciable, que irá destinada íntegramente a sufragar el nuevo proyecto de viviendas sociales de la Constructora Benéfica».

19

15 de octubre de 1881

—¿Qué le parece? —le preguntó a su tía nada más concluir la lectura del texto.

La condesa se quedó unos minutos absorta, inmóvil en la misma postura en que había escuchado el artículo entero. La cabeza recostada contra una de las orejas del sillón, los ojos cerrados, las lentes sobre el regazo. Victoria la observó con preocupación, llevaba unos días alicaída, tristona. ¿Le pasaba algo? ¿Se encontraba bien? Se sentó a su lado y le puso la mano en la frente.

—Deja, deja. Me encuentro perfectamente. —Abrió los ojos velados, al fin, incorporándose despacio—. Es el otoño, que me desarma, me roba las ganas de todo. No te preocupes por mí.

Al llegar, Juana la había avisado del humor alicaído que mostraba la condesa desde hacía un par de días. Para mí que no le hizo bien la visita del señor Carlos, le chivó la criada, atenta a todo cuanto le ocurría a la señora.

—¿Tú lo conoces?

Cómo no lo iba a conocer, si llevaba sirviendo en esa familia desde que la señora cumplió doce años, y el señor Carlos venía mucho en aquel entonces por la casa de los señores de Sanahuja. Por lo que la criada le contó, él era familia del padre de doña Clotilde. El chico tenía dotes de artista y sus padres lo mandaron a Madrid para que aprendiera a pintar con un maestro de la Academia de Bellas Artes. Y no vea usted con qué maña manejaba los pinceles el muchacho, recordaba Juana; que yo lo veía de pie delante del caballete cuando pintaba a la niña Clotilde, y era como un milagro. Yo creo que don Carlos y ella estuvieron enamorados en esa época, cuando eran casi unos niños. Ella no contaría más de dieciséis y él, poco más. Luego, el chico se marchó a una escuela de pintura en un país lejos de España, y Juana ya no sabía qué ocurrió después. Lo que sí sabía era que no regresó en mucho tiempo, y que se había casado con una extranjera, al parecer. La señora no lo lloró, no se crea, porque para entonces doña Clotilde ya había conocido a don Manuel, el que sería luego su marido, un señor muy guapo y muy fino, un poco sieso, si quiere que le diga. Pero a la señorita la enamoró, ya ve usted. Y después de que muriera don Manuel, un día apareció por aquí don Carlos como si nunca se hubiera marchado. Y desde ese día, aparece y desaparece, como el Guadiana. Llega, se queda un par de días y se marcha tan fresco como una lechuga, y a doña Clotilde esas visitas no crea que le hacen bien, que después se pasa mustia varios días. Eso es lo que le pasa a su tía hoy, ya se lo digo yo.

Victoria se sentó a su lado. La condesa se colocó las lentes y dijo:

—El artículo está muy bien, querida. No hace falta cambiar ni una coma. —Se quedó callada, inmóvil, parapetada detrás de los cristales ahumados. Victoria pensó que se había dormido, cuando la oyó preguntar—: ¿Te acuerdas de mi amigo Salvatierra, el columnista?

—Sí. Aunque ya apenas veo sus columnas en *El Imparcial*.

—Lo sé. Ya no tiene ni ojos ni ánimo para sostener la pluma, como yo —afirmó con voz cansada—. Quisiera pedirte algo un tanto delicado, Victoria María.

Cuando su tía utilizaba su nombre completo, es que era algo serio.

—Lo que desee, tía, ya lo sabe.

—Es algo que deberá quedarse entre nosotras. Solo entre tú y yo. Por supuesto, ni palabra a tu padre.

—Se lo prometo, tía. De mí no saldrá jamás.

Doña Clotilde recostó la cabeza en el sillón, en silencio. Victoria aguardó con creciente expectación.

—Digamos que... —suspiró, volviéndose hacia ella—, desde hace unos años escribo columnas o artículos para varios diarios.

—Sí, he leído alguno que le han publicado en *Los Lunes de El Imparcial*.

—No, no me refiero a esos. Me refiero a otros artículos de temas variados que publico con seudónimo. —Hizo una pausa para quitarse los anteojos antes de proseguir—: Normalmente, firmo como Caballero Salvatierra o con sus iniciales, C.S., las mismas de mi nombre.

Nada podía haberla sorprendido más.

—¿Usted es Salvatierra?

—Sí, hija, sí. No pongas esa cara de susto. —Una leve sonrisa amagó con asomar en su boca—. Es mi *alter ego*, una pluma libre y afilada que opina sobre lo que considera oportuno, sin que le juzguen por su condición de hombre o mujer... Así ha sido durante varios años hasta hace poco más de un mes. Mi vista ya no da más de sí y apenas he cumplido los cincuenta años. Nunca creí que sucedería de manera tan repentina, tan rápida, casi sin tiempo para prepararme. —Calló durante unos segundos, muy seria. Arrancó a hablar de nuevo con brusquedad, como a la defensiva de sí misma—. Quizá no pueda seguir escribiendo mis novelas, pero mi cabeza todavía me da para expresar mi opinión sobre los asuntos que me interesan.

Victoria la observó asombrada. En su mente encajaron de golpe las frecuentes alusiones a Caballero Salvatierra, ciertas frases en sus columnas que a ella le sonaban muy familiares o el secretismo de su tía respecto a sus «ocupaciones periodísticas», como las llamaba ella. Acercó su silla un poco más.

—Pero no entiendo... Y todo este tiempo, ¿ha escrito

usted esas columnas? ¿Nadie sabía que quien se ocultaba tras ese nombre era usted?

—¿Por qué lo iban a saber? Por supuesto, todo el mundo se imagina que es un seudónimo, pero piensan que es el de un caballero que prefiere mantenerse en el anonimato para así moverse con libertad en cualquier ambiente o reunión de salón, al igual que hacen otros.

—Pero ¿y el director del diario? O el editor... ¿No lo conocen? ¿No sospechan nada?

—¿Quién va a pensar que detrás del columnista serio y mordaz se oculta la mente de una mujer? ¡Imposible! —Soltó con una risilla irónica, orgullosa—. Y en cuanto a conocerlo, Salvatierra es un señor que va y viene a la capital, no tiene residencia fija en Madrid, pero sus artículos se entregaban puntualmente en la redacción del periódico cada quince días. Hace unas semanas mandé un mensaje en el que avisaba de que Salvatierra salía de viaje y debía detener la colaboración por un tiempo. Pero me niego a que desaparezca así como así, sin ninguna explicación ni despedida. Todavía mantengo mis cauces de saber lo que circula por los salones, tengo buen oído y mi cabeza funciona bien. Por eso he pensado que podría dictarte la columna, que seas tú quien transcriba mis palabras, mis ideas. Al menos por unos meses más, hasta que no tenga más remedio que despedirse de sus lectores. ¿Lo harías por mí?

—Claro que sí, tía. —Victoria extendió su brazo y posó su mano sobre las de doña Clotilde—. Yo seré su mano, sus ojos y lo que necesite.

—Por el momento, me basta con eso, querida. Te lo agradezco —murmuró, dándole un apretón suave. Luego, volviendo al artículo, le preguntó—: ¿Lo tienes ya escrito en limpio?

—Sí, en una cuartilla con su membrete. Se lo dejo aquí, dentro de un sobre, encima del velador —le dijo, levantándose para marcharse. Pero antes recordó algo—: ¿Sería mucha molestia si me presta el carruaje? Padre necesitaba el landó esta tarde y nuestro cochero ha regresado a la casa después de traerme aquí.

—Cómo no, querida. Así Fidel podrá engrasarlo, porque lleva semanas encerrado.

—Si quiere, puedo llevarme el artículo y que Fidel lo entregue en *La Guirnalda* mientras yo estoy en la casa de doña Concha Gimeno de Flaquer. ¿Está segura de que no le apetece acompañarme? —preguntó Victoria, con cierto remordimiento de dejarla en ese estado.

Su tía asintió.

—Segurísima. Anda, ve y pasadlo bien. Da recuerdos a las señoras de mi parte.

Doña Concha Gimeno de Flaquer había organizado una pequeña reunión del Círculo de Calíope en su casa de la plaza del Carmen, le dijo a su padre a la hora del almuerzo. Iré directamente desde la casa de la tía Clotilde, después de que termine de leerle, añadió sin que le temblara la voz, a pesar del estado de nervios en el que se hallaba instalada desde por la mañana temprano. Lo llevaba planeando desde el momento en que decidió enviarle a Diego una notita a la redacción, avisándole de que ese miércoles estaría disponible para «nuestra cita pendiente», si es que le venía bien. Acudiría a la reunión de doña Concha, se quedaría un rato por conocer de qué hablaban, y poco después saldría corriendo hacia la imprenta de *El Globo*, situada en el bajo del mismo edificio del diario. Abrió su ropero de par en par y lo revisó de arriba abajo. ¿Qué podía ponerse? Un traje de paseo con el que verse guapa, sin llamar demasiado la atención: bonito, elegante, discreto... ¿Poseía alguno así? Ay, Dios mío.

Ya en el carruaje, sacó el libro de Larra de su ridículo de raso azul y rebuscó entre sus páginas la notita que Diego le había hecho llegar el día anterior, oculta entre las páginas de la revista *La Ilustración de la Mujer*. Un mensaje escueto escrito con su letra angulosa, casi ilegible: «Calle Colegiata, 5. Allí estaré desde las siete y media de la tarde. La espero».

El Círculo de Calíope no atravesaba sus mejores momentos, pensó Victoria, paseando la vista por las cuatro señoras repartidas en el tresillo de la salita de doña Concha Gimeno de Flaquer: doña Matilde Cherner, doña Sofía Tartilán, doña Faustina Sáez y la dueña de la casa. Había una mujer más, una joven de poco más de veinte años, que le presentó doña Concha como nueva socia de Calíope: Sofía Casanova, poetisa, gallega y tan talentosa, que hasta el rey se ha fijado en sus poemas. La joven le dedicó un tímido saludo. De la docena de autoras que se unieron con entusiasmo a la sociedad más de dos años atrás, que se carteaban de manera asidua, se prologaban las respectivas obras unas a otras, se aprestaban a comentar sus textos aún manuscritos o se consolaban mutuamente de los injustos ataques de los críticos, solo las allí presentes parecían mantener el empeño de seguir adelante. En total, seis autoras. O siete, tal vez, si la condesa recuperaba el ánimo, aunque el avance de su ceguera no le hacía albergar a Victoria demasiadas esperanzas. La mayoría habían excusado su asistencia por un motivo u otro. Y doña Ángela Grassi ni siquiera había respondido.

—Ahora que doña Carolina y su hija nos han dicho que no pueden continuar a cargo de las labores de administración de Calíope debido a su inminente traslado a Lisboa, y que Rosario de Acuña ha cambiado su residencia de Madrid por otra en el campo —comenzó a hablar doña Concha, después de servir un chorrito de anís en cada una de las cinco copitas sobre la mesa—, he pensado que alguien debía tomar las riendas y convocar una reunión de socias para evaluar la situación.

Ese alguien había decidido ser ella ante la apatía que comenzaba a percibir entre sus colegas escritoras, como si ya la dieran por deshecha, sin nadie que la encabezara. A doña Concha le apenaba que languideciera una iniciativa encomiable como era aquella solo porque hubieran cambiado las circunstancias de tres de sus fundadoras.

—Ha sido una buena idea, Concha —replicó doña Faustina, con su vocecilla aguda—. Si usted no hubiera dado el paso, tal vez nadie lo habría hecho. Yo se lo agradezco, por la parte que me toca.

Doña Sofía Tartilán cogió la bandeja de plata con los pastelitos salados y la fue pasando por cada una de sus compañeras.

—Bueno, con estas cosas nunca se sabe —dijo doña Concha, sujetando un pastelito entre los dedos—. La cuestión a decidir hoy es si deseamos mantener vivo el Círculo de Calíope o lo disolvemos, dada la escasa actividad que ha registrado en los últimos meses.

Un silencio reflexivo se abatió sobre la estancia. A todas les dio por beber un traguito de anís o morder el pastelito, masticando despacio, cavilosas.

—Es cierto que no hemos celebrado ninguna reunión en el último año —comenzó a hablar doña Matilde, despacio, como si destilara sus pensamientos antes de ponerlos en su boca— y que el boletín de socias ha llegado tarde y mal, pero opino que los beneficios de estar unidas en una asociación literaria siguen vigentes. —Hizo una pausa, y agregó—: Al menos, en lo que a mí concierne. Gracias a Calíope, me carteo con Josefa Puyol y he escrito varias colaboraciones para su prestigiosa revista *El Parthenón*; doña Clotilde me ha presentado a don Cecilio Olmedo, el caballero que la ayuda en la edición y la publicidad, y doña Pilar Sinués nos ha abierto la puerta a la imprenta en la que ella imprime sus obras, con la cual hemos acordado que publicarán las obras de cualquier socia a precios muy económicos.

Victoria asintió, le parecían buenas razones por las que seguir. Miró a las demás, preguntándose qué opinarían.

—A mi entender —dijo doña Sofía Tartilán con voz apenas audible—, el celebrar o no reuniones no es tan importante. De hecho, a mi marido le disgusta saber que me reúno con otras literatas o que tengo la literatura en la cabeza, porque cree que me descuido yo, descuido a mi familia y me distrae de las labores en el hogar, pese a que, bien sabe Dios, me ocupo de todo. Basta que vea una cuartilla en la basura o una pluma sucia para que me ponga mala cara. Pero, aun así, me reconforta saber que tengo cerca de mí a compañeras con las que puedo compartir mis alegrías y mis sufrimientos literarios.

Doña Matilde arrugó el ceño, agitada por las palabras de su amiga.

—Deberíamos repartir por los salones ejemplares de su libro *La mujer española*, Concha. Tal vez así abrirían los ojos y verían el egoísmo que hay detrás de esa conducta de los hombres —dijo, indignada.

—También los hay considerados, Matilde —intervino doña Faustina, muy seria—. Mi esposo siempre ha apoyado mis inquietudes literarias, al igual que, supongo, le ocurre a usted, Concha —dijo, dirigiéndose a la anfitriona—. Es usted afortunada de que el señor Flaquer la ayude, incluso, con la edición de *La Ilustración de la Mujer*.

—Tiene razón, Faustina, aunque me temo que nuestros esposos son la excepción que confirma la regla —dijo doña Concha—. Raro es que a un señor le guste una mujer instruida que usa su inteligencia para algo más que para llevar su casa; las prefieren pasivas, coquetas, frívolas... Simples maniquís de adorno a su lado. ¿Os habéis enterado del lamentable incidente que sufrió Rosario?

Por la expresión de doña Faustina, Victoria dedujo que estaba al tanto. Las demás lo negaron, y doña Concha les relató cuanto sabía: que Rosario había tenido que ir a buscar a su marido a uno de los cuartos reservados del café de Fornos. Lo encontró desnudo y desmayado, borracho perdido, en la cama de una furcia, así que mandó que lo vistieran y lo transportaran a su carruaje. Y cuando ya salían por la puerta, la mujerzuela bajó denunciando a voz en grito que el señor (por el infame marido) se marchaba sin pagarle sus servicios, y que o acoquinaban o iría a la Guardia Civil a denunciarlo y que se enterara todo el mundo de la clase de hombre que era el señoritingo. Imagínense qué panorama. Y qué humillación para la pobre Rosario, que no tuvo más remedio que sacar unas monedas y pagarle allí mismo a la fulana, delante de todos los clientes del café. ¿Y saben qué alegó luego el esposo canalla en su defensa? Que Rosario no lo atendía lo suficiente, que se ausentaba con frecuencia del hogar, y hasta la acusó de poner sus obras por delante de él. ¡Con lo enamorada que se casó ella con su atractivo teniente de Infantería!

—Tonterías. Él la engañaba desde el primer día, mira

lo que te digo —dijo doña Faustina, mostrándose conocedora del asunto—. Lo ocurrido en el Fornos solo fue la gota que colmó la paciencia de Rosario y la decidió a alejarse de él. De ahí que se haya mudado a la finca paterna en Pinto, donde, según me dijo, se va a dedicar a escribir y cultivar patatas.

Victoria se refugió detrás de su copa del hondo impacto que le había causado la historia de doña Rosario. No era la primera vez que escuchaba historias de infidelidades, de matrimonios felices ante la galería y rotos en la intimidad. En los salones de Viena corrían de boca en boca, para diversión de los invitados. Amantes, aventuras, galanteos, desengaños. En cierto modo, formaban parte de los juegos secretos de la aristocracia vienesa. Sin embargo, aquello le parecía diferente. Doña Rosario era una mujer culta e inteligente, una autora con obras teatrales en cartelera, respetada por el público, con cierto reconocimiento social. ¿Cómo podía soportar a un marido así? ¿Qué necesidad tenía?

—¡Qué barbaridad! No me extraña que quisiera alejarse de Madrid —se lamentó doña Sofía Tartilán.

—En eso, poco podemos ayudarla nosotras, me temo —dijo doña Matilde—. Y tampoco creo que ella desee que la atosiguemos hasta que no haya transcurrido un tiempo prudencial y se haya recuperado del desengaño. En cualquier caso, si ella estuviera aquí, estoy segura de que defendería la continuidad de nuestra asociación.

—Yo también voto por su continuidad —declaró Victoria, incapaz de callar más—. Creo que mientras nos sirva para darnos apoyo mutuo y aliento, debemos mantenerla.

—Eso mismo opino yo —dijo doña Concha—. Sería una pena disolverla solo porque varias socias se hayan visto obligadas a distanciarse por circunstancias diversas.

—Yo estoy recién llegada, pero si de algo vale mi voto, me gustaría que siguieran —dijo Sofía Casanova con una sonrisa.

—¿Y qué pasa con el asunto del Ateneo? —preguntó doña Matilde—. ¿Nos olvidamos? ¿Desistimos? Mucho tiene que cambiar la Junta Directiva de la institución para que decidan admitirnos.

—He comprobado que en los estatutos del Ateneo de Madrid no hay ningún artículo que ponga como requisito ser varón ni que prohíba presentar a una mujer como socia —comentó Victoria.

Doña Faustina volvió a poner alguna objeción, como hizo en la primera reunión celebrada en casa de doña Carolina, pero las demás estuvieron de acuerdo en perseverar: cada vez que renovaran la presidencia y la Junta de Gobierno del Ateneo, remitirían una carta solicitando la admisión de señoras considerando que no existía ningún impedimento de género en los estatutos de la institución. Antes de finalizar, se repartieron entre ellas las tareas de la nueva época de Calíope: doña Concha se haría cargo de la presidencia; doña Sofía Tartilán, de la tesorería, y Victoria sería la secretaria que redactaría y enviaría el boletín a las socias presentes y ausentes.

—Matilde, espere. —Victoria la alcanzó en el rellano de la escalera—. Ha caído en mis manos su novela *María Magdalena* y la he leído. Se la cogí prestado a mi tía Clotilde.

La escritora esbozó una sonrisa y comenzó a descender los escalones despacio. Victoria la siguió. Su tía decía que doña Matilde era demasiado radical en sus ideas liberales, pero al mismo tiempo era una de las que más respetaba en la asociación, quizá porque doña Matilde era coherente hasta la médula y defendía en público, ante quien fuera, lo mismo que defendía en privado: la igualdad de mujeres y hombres, más educación, más presencia en foros políticos y más leyes que protegieran a las mujeres más necesitadas.

—Debe de ser usted de las pocas personas que lo ha leído, apenas he vendido unos ejemplares —dijo sin asomo de vergüenza.

—A mí me ha parecido muy buena, me ha gustado cómo retrata el mundo de la prostitución, con qué delicadeza. ¡Y qué bien escribe usted! No me creo que la gente no lo aprecie.

—¡Ay, hija! Qué amable eres... Pero es la verdad. —Bajaron juntas varios escalones más y añadió—: Supongo que nadie desea leer aquello que le disgusta o no tiene ningún interés en conocer, aunque conviva con ello a diario. De hecho, un lector que me la compró me la devolvió dos semanas después, acompañada de una nota en la que decía que no había soportado su lectura por inmoral y me acusaba de ser poco menos que el demonio y tan puta como mi personaje.

—¿Y de dónde ha sacado ese conocimiento que demuestra del oficio, del burdel, de una prostituta como Magdalena? ¿Cómo conoce esos ambientes tan bien si...?

—¿Si yo no soy prostituta? —Doña Matilde Cherner sonrió—. Estuve semanas visitando esos locales, me gané la confianza de las mujeres, quería conocerlas, escuché sus historias de vida, sus quejas, sus deseos; todo cuanto quisieron contarme lo apunté. Y con ese valioso material en mis manos, me senté a escribir.

—Debería darla a conocer, publicitarla en las revistas. ¡Vendería mucho más!

Ella negó con la cabeza.

—Lo hice. Se la mandé a varios diarios con los que colaboro, y a pesar de todo, ha pasado sin pena ni gloria. Nadie la ha reseñado —dijo con una mezcla de amargura y resignación—. Supongo que no les interesa añadir más leña a la polémica de si abolir o no la prostitución, especialmente, si se dan argumentos a favor.

Victoria bajó el resto de los escalones en silencio. Antes de llegar al portal donde las aguardaban las dos Sofías y doña Faustina, le dijo lo que pensaba:

—Déjeme decirle que es usted muy valiente por escribir algo así, se lea o no.

Doña Matilde la miró con simpatía.

—A menudo las novelas no siguen la suerte que una espera, pero no por eso vamos a dejar de contar las historias que nos interesan, ¿no es cierto? Aunque las guardemos años y años en un cajón.

No, claro que no.

Fidel la apreciaba, de eso estaba segura. Durante su estancia en la casa de su tía, el cochero la llevaba de buena gana adonde le pidiera, sin un mal gesto, sin una queja. Si la dejaba frente a un comercio, aguardaba cerca, velaba por ella, como un perro guardián. Victoria tenía con él pequeños detalles, como los pestiños de miel que tanto le gustaban o una taza de chocolate de San Ginés o le daba una propina que él intentaba rechazar casi ofendido. No hace falta, señorita, la condesa ya me da un buen jornal por mis servicios. Pues se lo guarda, para cuando lo necesite, Fidel. Haga el favor. Y se lo introducía en el bolsillo de su levita negra, siempre impoluta. Esa tarde, al salir de la casa de doña Concha, confió en la complicidad de Fidel y le pidió que la condujera a la calle Colegiata, a la imprenta de *El Globo*. Él la miró desconcertado.

—¿No desea que la lleve a su casa?

—Sí, pero antes debo ir a la imprenta.

—Señorita, es tarde, no debería andar usted por las calles del centro a estas horas. Y su tía no me perdonaría si...

—Sé que le pongo en un compromiso, pero se lo suplico, Fidel, hágame el favor. Si me guarda el secreto, nadie tiene por qué saberlo. —El pobre hombre cabeceó dubitativo, sin decidirse. Si alguien se enteraba, si alguien llegaba a descubrirlo, se jugaría su empleo y la confianza de la condesa. Victoria insistió—: Por favor. Me siento más tranquila si sé que usted me espera cerca. Si no, me vería obligada a pedir un simón.

Al fin, el cochero accedió. Le hizo un gesto de resignada aceptación y Victoria se montó en el landó antes de que el hombre pudiera arrepentirse. El carruaje se adentró por las calles estrechas y mal iluminadas del centro. A través de la ventanilla creyó ver rostros ocultos entre las sombras de las esquinas y los portales, y Victoria comenzó a sentirse intranquila. Pensó en decirle a Fidel que se diera media vuelta y la llevara a casa, que se lo había pensado mejor, que tenía razón, no eran horas para que una señorita anduviera por esas calles, pero entonces el carruaje se detuvo delante de una puerta de madera maciza, junto a la cual divisó la figura de Diego, aguardándola.

—No tardaré mucho —le aseguró al cochero al bajar de un saltito, con los nervios revoloteando en su interior. A Diego le dijo en voz baja que no podría quedarse demasiado—. Si alguien me ve, no sé qué pasaría.

—Nadie tiene por qué enterarse, no tema. Todos los empleados de la imprenta son gente de confianza —le dijo con una sonrisa tranquilizadora, pese a la excitación interna que sentía.

La condujo a través del portal hasta una escalerilla que descendía al semisótano. Una puerta de doble hoja daba paso a la gran sala de la imprenta, ocupada por una máquina enorme y negra, tan grande como una locomotora, que parecía engullir y escupir enormes pliegos de papel.

Cuando se abrió la portezuela del carruaje y la vio asomar tan decidida, envuelta en su elegante pelliza de piel, una capota oscura de terciopelo y el bolsito de redecilla colgado de su muñeca, pensó que Nicolás tenía razón: era un ingenuo, un estúpido. Porque solo a un estúpido como él se le ocurriría citarse con una señorita como Victoria Velarde en una ruidosa imprenta, llena de humo, hollín y tinta, a unas horas comprometedoras para cualquier mujer decente. ¿Cómo se había dejado enredar?

En el último escalón los alcanzó una bocanada de aire caliente. Es por la concentración de máquinas, le explicó Diego. Le aconsejó que se quitara la pelliza y el sombrerito, se los guardaría en el cuarto ropero, junto con el ridículo.

—¿Ya han empezado a imprimir? —preguntó ella, con la emoción brillando en sus ojos negros, mientras se quitaba las prendas y dejaba a la vista el elegante traje entallado a su cuerpo esbelto.

Dejó de parecerle tan tonta la idea de citarla allí.

—Solo las primeras pruebas —dijo Diego.

Se aproximaron a la rotativa en marcha. Los engranajes se movían pesados, emitían un ruido atronador.

—Están imprimiendo las pruebas de las dos páginas

interiores y luego las revisará el corrector, por si hay alguna errata —le explicó, alzando la voz por encima del estruendo—. Y todavía faltan por componer la primera y la última. Se dejan para el final porque el editorial del director suele llegar el último.

—¿Componen las hojas?

—Primero se componen los textos. Venga por aquí. —La guio hasta la zona de los chibaletes colocados en dos hileras.

Tres hombres fumaban sentados en una bancada cercana. Los saludó de lejos. Ellos le devolvieron el saludo, aunque sus ojos observaban con curiosidad a Victoria. Diego la condujo delante del chibalete y le mostró la caja que contenía todos los tipos móviles o letras, a, b, c, aquí minúsculas o de caja baja, aquí las mayúsculas o de caja alta.

—Cada tipo en su cajetín correspondiente, y siempre el mismo, ¿ve? —Ella asintió, admirada—. Cuando llega el texto manuscrito, el tipógrafo memoriza una línea o varias y las comienza a componer aquí, en el componedor. —Le mostró las tiras de hierro unidas en un ángulo recto. Se lo colocó en la palma de la mano izquierda y con la derecha fue escogiendo las letras necesarias para componer una frase: «La señorita Victoria Velarde, de visita en la imprenta de *El Globo*».

—¿Cómo puede hacerlo tan rápido, sin apenas mirar? —dijo Victoria, maravillada.

—Un buen tipógrafo lo haría mucho más aprisa que yo. —Diego sonrió—. Lo primero que aprende un aprendiz de imprenta es a memorizar la distribución de las letras en la caja, para que llegue a escogerlas de manera casi inconsciente. Yo ya he perdido la práctica, hace muchos años que no compongo.

—¿Me deja probar a mí? —Y sin aguardar su respuesta, comenzó a quitarse los guantes.

Diego se apartó a un lado y le tendió el componedor. Victoria lo sujetó entre sus dedos con una mano, con la otra sobrevoló la primera fila de cajetines antes de coger un tipo.

—Si lo agarra de esa forma, se le caerán las letras. Es así, mire —indicó él, que se puso a su lado y le cogió la mano izquierda en la que sujetaba el componedor.

—Tiene usted los dedos manchados de tinta —murmuró ella—. Déjeme verlos... —Antes de que se diera cuenta, Victoria volteó su mano boca arriba y acarició las yemas ennegrecidas—. Ha debido de escribir mucho hoy. A ver, déjeme comprobar una cosa... —Y como si fuera un juego, unió ambas palmas, la suya, pequeña y delicada, con la de él, recia y fuerte y ¡qué grande! Casi me dobla en tamaño, se rio. Diego contuvo la respiración, demasiado consciente de la suavidad de esa mano. Una oleada cálida le recorrió el brazo, erizándole la piel.

—Ya no manchan, no se preocupe.

Ella le dedicó una sonrisa seductora, le soltó la mano y dijo:

—Lo sé. —Señaló el componedor—. Enséñeme cómo utilizar este chisme.

Diego se lo colocó en la palma de la mano, en la posición correcta.

—Y ahora, con la mano derecha, coja una letra y la pone aquí, con ayuda del pulgar.

Sus dedos largos y finos pinzaron un tipo, una letra cualquiera, que depositó con cuidado sobre la tablilla. Y luego otra, y otra más. Diego la contempló en silencio, ajeno a los cuchicheos y las sonrisillas burlonas con que los observaban los tipógrafos. Le daba igual lo que pensaran. Solo tenía ojos para Victoria y la expresión reconcentrada con la que componía el texto, como una buena aprendiz deseosa de demostrar sus habilidades. Al finalizar, alzó la vista y sujetó ante su cara la línea de texto, orgullosa.

—Ahora es cuando la línea se traspasa al galerín —Diego le indicó con el dedo una bandeja de madera con rebordes alrededor—, donde iremos colocando una línea encima de otra hasta tener la columna entera.

En ese momento, un mozo entró en la sala voceando ¡ya están aquí! con un cartapacio que depositó sobre una gran mesa vacía. Los tipógrafos abandonaron el banco y se aproximaron, mientras el regente organizaba los papeles en montoncitos, antes de repartírselos a los cajistas. En cuanto tuvieron entre sus manos las cuartillas, cada hombre se colocó delante de su chibalete y comenzaron a componer los textos a una velocidad que incluso a Diego le pareció vertiginosa.

—¡Qué emocionante! ¿No le parece? —exclamó Victoria, volviéndose a él—. ¿Están componiendo ahora algún texto suyo?

—Eso espero; en la segunda página de la edición de mañana va un artículo mío de cincuenta líneas, y en la tercera, varios sueltos.

—Hay algo que no entiendo: si estudió Derecho en la universidad, ¿cómo es que ha terminado en un diario? Podría haberse dedicado a las leyes, tiene más prestigio.

—Podría, pero cuando te pica el gusanillo de la prensa, ya es difícil resistirse a él. ¿A usted tampoco le gustan los gacetilleros, como a su padre?

Ella soltó una carcajada divertida que no hizo sino confirmarle la impresión que tuvo con el duque.

—Tienen muy mala fama, por lo que se ve —dijo ella, sin dejar de sonreír—. Bohemios, borrachos, trasnochadores... Unos viciosos.

—Y eso sin contar que vamos con mujeres de mal vivir, no tenemos dinero, mentimos y no somos de fiar —enumeró Diego, irónico—. Más o menos, es lo mismo que me dijo mi padre cuando le anuncié que me iba a dedicar a la prensa. Casi me echa de casa.

—¿Y es cierto? ¿Es un vividor, Diego Lebrija?

—¿Qué opina usted?

Ella le dedicó una larga mirada con sus ojos negros.

—Creo que engaña con esa apariencia tan reservada... y que, tal vez, lleve una doble vida de vicio y depravación.

Él se echó a reír con una gran carcajada que por un

momento distrajo la atención de los operarios. La miró divertido.

—¿Eso cree de verdad o me toma el pelo?

—No puedo hablar demasiado, no lo conozco lo suficiente... todavía —respondió ella, con su gesto seductor. De pronto, la máquina se detuvo y el taller se sumió en un silencio tan absoluto que ni siquiera se oía el ajetreo laborioso de los operarios. Victoria se volvió hacia él—. Bueno, ¿y qué más me va a enseñar? ¡Quiero verlo todo! —Dio una vuelta sobre sí misma, inspeccionando la sala alrededor.

Diego sonrió. No lo dudaba. Desde que la conoció, tenía la impresión de que Victoria era de esas señoritas acostumbradas a conseguir todo lo que deseaban, y aun así, nunca tenían suficiente, siempre exigían más. La condujo a través de la sala hacia el despacho del corrector, que encontraron vacío. En una de las paredes había una estantería repleta de archivadores ordenados por años que guardaban los números antiguos del periódico desde su fundación, le explicó Diego mientras rebuscaba entre un mazo de diarios apilados en una esquina del escritorio. Entresacó uno que desplegó sobre el tablero.

—Lea aquí. —Le señaló la primera columna de la segunda página.

Ella apoyó los codos sobre la mesa y comenzó a leer en silencio. Enseguida se volvió hacia él, sorprendida.

—¡Ha escrito sobre la ley de matrimonio civil!

—Y se han hecho eco de él varios diarios, como *El*

Liberal y *El Día* —dijo sin poder evitar un cierto tono orgulloso en la voz, que ella no percibió. Se hallaba absorta en la lectura del artículo. Diego se fijó en el leve movimiento de sus labios mientras leía, y por un instante se imaginó besándolos. Al terminar, ella suspiró y se incorporó despacio, con una sonrisa en los labios.

—Creo que ahora entiendo un poco mejor ese gusanillo del que habla, la satisfacción de ver publicado algo que uno considera importante que se sepa.

—Se lo debo a usted. En cierto modo, este suelto también es obra suya.

Ella negó con la cabeza.

—Se lo agradezco, pero el mérito es todo suyo. Lo que sí le aseguro es que más pronto que tarde redactaré mis propios artículos, aunque tenga que publicarlos con seudónimo.

Si se lo proponía, estaba seguro de que nada detendría a Victoria Velarde. Y en cuanto al seudónimo...

—Le sorprendería saber los nombres de algunas señoras que se ocultan detrás de un seudónimo en la prensa —dijo Diego—. Aunque también podría escribir columnas de sociedad sobre la vida en los salones aristocráticos que usted frecuenta o comentar la moda de las damas, como hacen en las revistas femeninas.

—Si me guarda el secreto..., ya he publicado algún eco de sociedad, pero sin firmar —le confesó ella en tono confidencial—. Sin embargo, a mí me gustaría escribir sobre otros temas como la prostitución, o los niños de las inclusas, o la necesidad de instrucción de las mujeres o las viviendas sociales de doña Concepción Arenal. —Hizo una pausa, lo miró a los ojos y agregó—: Por eso me interesa tanto visitar los barrios populares de Madrid. ¿Por qué no quiere llevarme? Con usted no me pasaría nada, estoy segura.

Sus pupilas despedían un fulgor plateado que le impulsaba a decir que sí. Con él no le ocurriría nada, eso era cierto, pero le parecía que había algo inmoral, infame, en pasear a una señorita como ella ante los ojos hambrientos y míseros de la gente del barrio que apenas podía vivir con un mínimo de dignidad.

—Ya se lo dije el otro día, no creo que sea una buena idea.

—¡Lebrija! —le llamó el regente, a unos metros de ellos—. Aquí hay un hombre que pregunta por la señorita. Dice que deben marcharse ya.

—¡Ay! Es Fidel, mi cochero. ¡Me tengo que ir!

Diego la acompañó al cuarto ropero, recogieron sus prendas y salieron a la calle. El carruaje estaba en la puerta y el cochero aguardaba junto a la portezuela que abrió nada más verlos aparecer.

Cuando el carruaje se alejaba, vio a Victoria asomarse por la ventanilla.

—¡He olvidado devolverle su libro, Diego! —gritó, agitando el ejemplar en la mano—. ¡Tendremos que vernos de nuevo!

20

27 de octubre de 1881

Los pies le volaron escaleras abajo con los gritos de su madre retumbando en sus oídos: Aunque la mona se vista de seda... No era seda lo que ella quería, sino el tejido tornasolado color lila que había visto extendido sobre el mostrador de la mercería. La tendera le enseñó el figurín de una revista confeccionado con una tela similar: un vestido entallado a la cadera con muchos volantes superpuestos sobre la falda, que podría coserle cualquier modista, hasta tú, si eres hábil con la aguja. No lo era, o no tanto como para eso, pero... Compró el patrón y nada más llegar a la casa, se lo mostró a su madre, que hilvanaba una falda a la luz de la ventana, ¿cree usted que podría ayudarme a coser este vestido? La madre apenas levantó la vista; miró el figurín de reojo y retornó a su costura, con más ahínco si cabe. Clavaba con saña la aguja en la tela y con mayor fuerza aún tiraba de ella, sumida en un silencio hosco. Al fin, le espetó y para qué quieres tú un vestido de señorita refinada, a quién crees que vas a engañar con eso, so boba. Rosalía se mordió la lengua, dobló el patrón y lo dejó sobre su regazo, a la vista de la madre porque ella era así, le gustaba hacerse de rogar. Le respondió, dócil: es para el baile del Elíseo que habrá por la Virgen de la Almudena. La madre se levantó con pesadez y agarró entre sus manos el patrón, que revisó nada, unos segundos, y luego se lo lanzó a la cara diciéndole, ¿en esto te gastas el dinero que te doy? ¿En patrones de señoritingas? Ella se defendió: ¡Mejor en esto que gastármelo en fruslerías, madre! La madre le propinó un buen pescozón en la cabeza, y retornó a su costura. Será posible... —murmuró—. No quiero oírte ni una palabra más. Si quieres presumir en el baile, ahí tienes paño para una falda e hilos para bordarle lo que te pase por la cabeza. Que ya sé yo de dónde te vienen esos aires, y no creas que voy a consentir que una hija mía vaya con esas fachas de señorona, como la *doña* esa. Rosalía no se pudo callar: Pues a usted no le vendría mal fijarse más en ella, porque con esas fachas, como dice usted, doña Carmina se ha llevado de calle a padre mucho tiempo. Araceli saltó de la silla con la mano en alto, pero ella ya había echado a correr. A su espalda, los gritos de la madre la perseguían: ¡Desgraciada! ¡Ven aquí y ya verás! ¡A ver si te crees que tú vas a ser como ella! ¡So boba! Que aunque la mona...

En la calle se cruzó con unas muchachas del barrio, Toñi y Asun, lo más parecido a unas amigas, si es que podía llamarlas así. Se acercaban cogidas del brazo, muy peripuestas las dos. Le dijeron que iban al cafetín de la plaza del Ángel, a encontrarse con sus dos *enamoraos*. De Asunción no le extrañó. Llevaba ennoviada con Fabián el barquillero desde que era casi una niña —a base de barquillos y dulces la conquistó, solía decir—; pero Toñi, ¿qué *enamorao* tenía la Toñi, si era flaca como un regaliz y fea como un dolor? Y entonces se enteró de que andaba con Jesús desde el baile del sábado pasado, cuando el zapatero la sacó a bailar tres o cuatro veces, una detrás de otra y sin parar, que parecía que se le hubieran pegado las manos a la cinturilla de esta pobre criatura como tenazas, qué barbaridad, se reía Asun, y Rosalía le rio la gracia sin ganas. Y al terminar el baile —a Toñi se le encendieron las mejillas de la emoción—, Jesús la había acompañado al portal, y desde entonces no había día que él no fuera a buscarla para salir de paseo o invitarla a un chocolate en un cafetín. Y hacia allá vamos ahora, que nos esperan.

Se quedó allí de pie, viéndolas marchar hacia la calle de Santa Isabel. Pues que ellas lo pasen bien, se dijo, arrebujándose con el mantón, reconcomida por la «traición» de Jesús, que le había arrancado un beso furtivo una noche en que se dejó ganar por sus lisonjas. O le había sabido a poco o se había cansado de contentarse con sus migajas, como decía él. Aunque a ella qué más le daba, si no lo quería, ni antes ni ahora. Le había pellizcado un poquitín el amor propio, eso sí. A quién no le gusta que la ronden y le suelten cosas bonitas, pero ya está, nada más. Porque a la hora de la verdad, su corazón lo reservaba para Diego, aunque él no se diera cuenta.

Se sentó un rato a contemplar la fila de mujeres que esperaban a llenar su cántaro en la fuente, los críos que jugaban alrededor, y se acordó del pobre Juanín, que ni siquiera llegó a dar sus primeros pasos. Si siguiera vivo, ahora estaría correteando por ahí, como los demás, pensó, recordándolo con tristeza. No entendía cómo su tía había dejado que ese marido tarambana que tenía la dejara otra vez embarazada, otro crío que alimentar, como si con la Nela no tuviera ya suficiente. Al caer el sol, se levantó y se dirigió a la imprenta. En la puerta se cruzó con Félix, que acababa ya su jornada, y salía con prisa. Félix siempre tiene prisa por volver a esa casa llena de zagales, se burlaba su padre de él; no sé qué le dará la parienta, algún día nos lo tendría que contar, manda *carallo*.

—Si buscas a tu padre, ahí dentro lo tienes, liado con las páginas del diario, que acaban de llegar los textos —le dijo Félix al salir.

Rosalía se adentró despacio, mirando a todas partes. En la zona de los chibaletes, dos aprendices componían líneas bajo la mirada del tipógrafo nuevo, y a su padre lo divisó de lejos, encorvado sobre la mesa de correcciones. Estaban tan atareados, que nadie se fijó en ella cuando atravesó entre las dos máquinas en dirección al pasillo trasero. Lo recorrió a oscuras, cuidando de no hacer ruido, y llegó ante la puerta del cuarto de Diego. Pegó el rostro al marco con la respiración contenida y atisbó el interior, con el corazón en vilo, a través de la ranura entreabierta. Lo contempló un rato en silencio, inclinado sobre su mesa, escribiendo a la luz amarillenta de un candil.

Se desató el cordoncillo, se abrió un poco el escote de la blusa y empujó muy despacio la puerta, que la delató con su chirrido.

—¿Quién anda ahí? —preguntó Diego, volviéndose.

Dudó un instante antes de decidirse a entrar.

—Soy yo, Rosalía —dijo ella, abriendo del todo—. ¿Te molesto?

Diego se tomó un segundo antes de responder.

—No, pasa. Estoy redactando un artículo para mañana, pero no consigo concentrarme. —Lanzó el lápiz sobre el tablero de la mesa y se frotó la cara con las manos—. ¿Qué haces tú por aquí? ¿Ocurre algo?

—No, ¿qué va a pasar? He venido a ver a mi padre y he pensado, voy a ver si está Diego, que hace mucho que no sé de él —dijo, cautelosa—. Pero me voy, no quiero interrumpirte.

—No, no te preocupes. Puedo tomarme un descanso, me vendrá bien —admitió con gesto cansado. Su rostro se relajó, sus labios se distendieron en una sonrisa de curiosidad—. ¿Y qué quieres saber de mí? No tengo mucho que contar. Solo trabajo, trabajo y más trabajo.

Ella avanzó unos pasos, paseó la vista por la ropa doblada en la silla, un libro sobre la mesita de noche, la cama medio deshecha.

—Eso no es bueno. Te vas a quedar calvo de tanto pensar. —Él se rio, con esa risa franca que le hacía parecer más alcanzable para ella. Lo vio fijarse en su escote abierto, se animó. Avanzó otro paso hacia él—. Eso es lo que dice mi tía, que de tanto pensar se queda uno calvo. Pero a mí me gusta que seas así.

—¿Calvo?

Esta vez fue ella la que se rio.

—¡Qué tonto! —Otro paso más, y casi podría tocarlo—. No. Así, de los que piensan más que hablan. A muchos se les va la fuerza por la boca. A ti eso no te pasa.

—No te creas, a veces también digo y hago cosas de las que luego me arrepiento —dijo, más serio. Retrocedió un paso y se apoyó en el filo de la mesa.

—¿Como qué? —Ella avanzó un poco más, mirándolo a los ojos. Alargó el brazo hacia su rostro, pero él la detuvo antes.

—¿Qué quieres, Rosalía? —preguntó, serio, apartándose de su lado—. No deberías venir aquí.

Ella se soltó. Solo pretendía tocarlo, acariciarlo, que supiera que ella estaba ahí para él. Que podía tomarla si quería. Porque ella sí quería, lo deseaba, haría lo que fuera por ti, Diego.

—¿Es porque tienes novia?

—¿Quién te ha dicho eso?

Ella se encogió de hombros, qué más daba.

—Decían que estabas con una actriz de teatro, una mujer más mayor que tú.

—Eso ya es agua pasada. Ahora es mejor que te vayas.

—Yo haría lo que tú me pidieras, Diego —comenzó a decir ella en tono lastimero—. Lo que fuera...

Diego la empujó con suavidad a la puerta.

—No sabes lo que dices, Rosalía. Vete, anda.

—¿Por qué no me quieres? —Se dio la vuelta hacia él, negándose a irse—. ¿No te gusto? ¿No soy guapa?

—No es eso, Rosalía, no tiene nada que ver.

—Entonces ¿qué es? ¡Dímelo! —le exigió.

—Pero ¿qué quieres que te diga? No tengo nada que decir —respondió él con brusquedad—. Y ahora, sal de aquí, por favor.

Le vino Rosalía a preguntarle qué pasaría si Santiago y ella estuvieran juntos, qué le parecería a usted.

—A mí bien, ya lo sabes, no vas a tener un pretendiente mejor que él —le aseguró.

La *filla* dudaba. Y qué pensará doña Carmina, ¿cree usted que lo permitirá? Quino la hizo sentarse a su lado y le explicó que, antes de nada, había que ganársela, darle un poco de coba; si te ve con buenos ojos, no se opondrá a lo que le pida Santiago, y él ya se encargará de terminar de convencerla. Le indicó cómo presentarse ante ella, qué debería decir, cómo romper esa coraza altiva, cómo conquistarla. La conocía mejor que a su propia mujer. Haz que te vea como a una hija a la que coger cariño, a la que guiar y enseñar, le dijo, porque solo una vez había visto a Carmina Torres romperse: fue aquel otoño en que se malogró su tercer hijo, una niña que murió en su vientre al octavo mes de embarazo y tuvieron que sacársela de mala manera para salvarla a ella. Una escabechina debieron de hacerle por ahí dentro a la mujer, que tuvo que guardar cama dos semanas, y después de eso, ya nunca más se quedó preñada.

De pie junto a su escritorio, echó un ojo al despacho de Carmina: ahí seguían las dos. La patrona preguntando y su Rosalía respondiendo, muy tiesa, en el filo de la silla. A saber qué estaría diciéndole, la zagala. Quino se dejó caer en su butaca y contempló el lote de folletos apilados en la mesa. Quinientos programas, ni uno más ni uno menos, se dijo. Él se quedaría con el original, el que le había entregado Emilio Cortés para que metiera las correcciones hechas por el Comité Ejecutivo del partido, ya sabes, Iglesias y los demás, que son unos quisquillosos, le dan mil vueltas a cada palabra del programa, como si les fuera la vida en ello. En realidad, había sido poca cosa, varias erratas y tres o cuatro términos cambiados. Lo demás, los considerandos que tanta gracia le hacían a Quino, la definición de los ideales del Partido Socialista y los medios que reclamaban para conseguirlos —que había leído y releído, una y otra vez, hasta memorizarlos con la misma letanía con la que recitaba el credo en su infancia en las escuelas Pías: creo en el derecho de asociación, reunión, petición, manifestación, coalición; creo en la libertad de prensa y en el sufragio universal; en la justicia gratuita, en la reducción de las horas de trabajo y en la prohibición del trabajo de los niños menores de nueve años; creo en las leyes protectoras de la vida y la salud de los trabajadores, en la creación de escuelas de enseñanza gratuita y laica, en la reforma de las leyes de inquilinato y desahucio y en todas aquellas que el Partido Socialista acuerde..., amén—, todos esos textos se mantenían igual. Cortés le dijo que se los diera a Matías, el cajista nuevo que tenéis, que es persona de mi confianza; él me los traerá al local. ¿Matías? No le hizo ni pizca de gracia saber que ese muchacho serio y cumplidor, con el que tan contento estaba, se codeaba con Cortés y los del partido. Desde entonces resolvió vigilarlo más de cerca, no fuera a ser que hubiera metido al enemigo en casa. Empaquetó los quinientos folletos en papel de estraza y los dejó preparados junto a su silla, listos para entregar. En cuanto llegaran a la sede socialista, los repartirían rápidamente por los talleres de Madrid y Guadalajara, ahora que el gobierno fusionista de Sagasta había legalizado todos los partidos, también el socialista, y podían reunirse los grupos, secciones y comités de trabajadores a la luz del día, sin miedo a que irrumpiera de pronto la Guardia Civil, alertados por algún chivato de «a peseta», que de esos andaba el barrio lleno.

Vio salir a su hija del despacho y le hizo una seña, ven para acá, hija, ven.

—Qué. Qué te ha dicho. —Rosalía se encogió de hombros, puso cara de indiferencia—. ¡Algo te habrá dicho, *carallo*!

—Me ha preguntado si me gusta la imprenta, si usted me ha enseñado algo, que qué sé hacer, si ayudo a madre con la costura... y si ando con alguien por ahí, que ya ve usted qué le importa a ella.

—¡A mí sí me importa! Que no me entere yo que andas zascandileando con nadie, Rosalía. ¿Y si te ve Santiago? ¿Eso es lo que quieres? —la reprendió en voz baja. Su hija desvió la vista, calló con gesto de fastidio—. ¿Y qué le has dicho de la imprenta?

—Pues que me gusta, qué quiere que le diga. Que sé componer líneas y galerines, que sé hacer tinta y sé cómo funciona la Fina, porque me enseñó Santiago...

Con eso le bastaba. Carmina, mi Carmiña, tanto como me rechazaste a mí y ahora tendrás que acoger a mi *filla*, aunque solo sea por contentar a Santiago, con todo el dolor de tu corazón, que ya lo sé yo. Que por los hijos nos tragamos el orgullo, la soberbia, la rabia y hasta la firmeza se nos reblandece, pero qué te voy a contar a ti, Carmiña, amor.

Ahí estaba otra vez. Carmina se atusó el peinado, se planchó la falda arrugada de tanto tiempo en la silla y se plantó en el taller. Quino le siguió los andares cadenciosos de patrona al cuidado del negocio. Se le iban los ojos a la cintura estrecha, al trasero respingón, a los pechos altivos y generosos, y pensaba que una hembra así clamaba en silencio por un hombre a su lado, un hombre que le calentara la cama, que la tumbara de espaldas —la imaginaba desnuda, suave, abandonada a él—, que la meciera entre sus piernas y le sorbiera el aliento, los gemidos y los besos hasta rendirla de una vez.

—¿Qué me miras así? —le espetó Carmina, parada delante de su escritorio. El tono seco, receloso.

Él bajó la vista a la página impresa que tenía delante. Marcó una corrección y luego dijo:

—Me preguntaba si ha pensado en lo que le dije: aprovechar que *Los Sucesos* no sale los lunes para reducir la jornada de los domingos, y que se trabaje solo ocho horas.

Ella apretó los labios, no le gustaba la idea.

—Tengo que hablarlo con Santiago, a ver qué opina él. Si por mí fuera, aquí no se reduce nada, igual que no reducimos los jornales que pagamos religiosamente, haya mucha o poca faena.

—Lo digo porque los operarios andan un poco revueltos, ¿sabe usted? Trabajan muchas horas, no tienen ni un día de descanso y los sueldos no dan mucho de sí, que el pan sube día sí, día no, como suben la carne, la harina y las rentas de los cuartos.

—¿Y qué quieres que haga yo? —replicó, molesta—. También sube el papel y el carbón de las máquinas y las tipografías desgastadas que hay que reponer. Todo sube en este país. Cualquiera diría que nadamos en la abundancia. Ya te diré si podemos hacerlo, pero mientras tanto, si ves, oyes, sientes alguna cosa rara entre los empleados, ven a decírmelo y a ver qué hacemos.

Eso no. Nunca lo había hecho ni tampoco lo haría ahora, por mucho que se lo pidiera su Carmiña, que las lealtades las tengo bien amarradas, de un lado y de otro.

21

13 de noviembre de 1881

Diego se detuvo en el quiosco de prensa de Pepe Nogueras, el de la Puerta del Sol, y le compró los dos diarios, *El Imparcial* y *El Liberal,* cuyas portadas comenzó a hojear de camino al café La Iberia. Se había citado allí con Miguel Moya, durante el banquete de Pepe Ortega Munilla, la noche anterior. El redactor de *El Imparcial* había reunido a un grupo de amigos y compañeros en un reservado del café de Fornos para celebrar su despedida de soltero. —¡Un brindis por Pepe, que sabe cómo matar dos pájaros de un tiro! Se queda para él solito a la secretaria de redacción y a la hija del dueño, ¡el muy pillo!, gritó alguien. ¡Y un brindis por Dolores Gasset, que bien se lo merece!, bromeó otro—. Y entre brindis y brindis, Miguel le preguntó a Diego por su vida, por la imprenta, por sus colaboraciones, por la redacción de *El Globo.*

—Estoy harto de pasillear el Congreso, de escuchar la palabrería de los señores diputados, de tanta crónica política hueca —se quejó Diego, cuando a él lo que le pedía el cuerpo era desgastar suela en la calle, contar la realidad de la gente.

—Ven mañana al café La Iberia y hablamos. Te invito a desayunar —le dijo Moya, con aire misterioso.

A esas horas todavía tempraneras, el establecimiento estaba muy tranquilo. Había un par de parroquianos en la barra y una tertulia de ancianos en un rincón. Diego se acomodó en uno de los veladores de mármol rosado, pidió al camarero un café cargadito, por favor, y desplegó *El Imparcial* ante sí. Era la costumbre que había adquirido en el último año, leer ambos periódicos antes de llegar a la redacción. Los analizaba, los comparaba, los confrontaba; se detenía en las noticias de Carranzo, las leía con ojo más crítico y atravesado que las de otros colegas de profesión de quien se confesaba admirador. No era casualidad que la mayoría de ellos escribieran para uno de esos dos diarios que se habían erigido en los últimos tiempos como los más ambiciosos, los más modernos, los más profesionales, por delante de *La Correspondencia*, que se desinflaba mes a mes en las ventas; de *El Globo*, encadenado al discurso republicano de Castelar, y de la «vieja dama» *La Época*, poco interesada en ganar lectores fuera de los salones y los despachos. *El Imparcial* y *El Liberal* competían ambos por emular (aunque fuera de refilón y a su manera) a los periódicos europeos de los que le habló en su día Nilo Fabra. Y más entonces, con el nuevo gobierno. Si lograban al fin avanzar, de una vez por todas, hacia el futuro de progreso y libertad que proclamaban los liberales fusionistas de Sagasta, Diego estaba convencido de que los periódicos debían ser los primeros en tirar del carro. Otra cosa era cómo lo hicieran.

—¡Con más libertad de prensa! —tronó Moya con un vozarrón que interrumpió la tertulia cercana. Había llegado con su habitual aplomo, se había sentado enfrente de él, había pedido un café largo con churros para los dos y le había preguntado en qué piensas, Lebrija, que te sale humo por las orejas. Luego añadió—: Me han dicho que el Ministerio de Gobernación ha encargado un informe comparativo de las leyes de imprenta europeas que les sirva de base para redactar la ley que sustituirá a la actual.

—Están tardando demasiado —se quejó Diego—. Deberían haberla derogado ya, en la toma de posesión, sin más tardanza. La censura de la prensa es una humillación para nosotros y una vergüenza para cualquier gobierno progresista.

—Bueno, vamos a concederles un poco más de tiempo —dijo Moya, benevolente—. Tienen mucho trabajo por hacer después de los seis años que hemos sufrido a Cánovas en el poder. Buena intención parece haber; si no, no habrían indultado a los periodistas y los diarios suspendidos durante el último año.

—¡Es lo mínimo! La gente se desespera con la lentitud de las reformas, y con razón —protestó Diego, irritado—.

Ya no es solo la ley de imprenta; es también la ley de matrimonio civil y la ley de abolición definitiva de la esclavitud. Deberían haber derogado ese esperpento de la abolición parcial, que ni siquiera prohíbe el uso de grilletes y cepos.

Moya asintió con un cabeceo lento.

—A mí no tienes que convencerme de nada, Diego. Yo también pienso que deberían hacer más, pero ¿qué ganamos con eso? —Lo miró fijamente, y sin esperar su respuesta, agregó—: Por cierto, tienes que contarme cómo te enteraste de las presiones del obispo a la ley de matrimonio civil. Yo no había oído nada en el Ministerio de Gracia y Justicia...

Diego se arrellanó en la silla, íntimamente satisfecho. Se sentía halagado, sobre todo viniendo de Moya. A pesar de su juventud, su amigo se había convertido en uno de los periodistas más conocidos y respetados dentro de la profesión.

—Me lo contó alguien en confianza —disimuló una pequeña sonrisa al pensar en Victoria—, y también en confianza me lo confirmó un miembro del gabinete de Alonso Martínez.

—Buen trabajo. Que sepas que tu nombre ya se empieza a oír en algunas tertulias de colegas, ligado al buen hacer del oficio. —El camarero depositó sobre la mesa la taza de café y una bandeja de churros. Miguel Moya rasgó un azucarillo, lo espolvoreó por encima y, sin alzar la vista, preguntó—: ¿Qué dirías si te ofrecieran un puesto en *El Liberal*?

Aceptaría de inmediato, por supuesto. Para él sería como entrar a formar parte de una redacción que admiraba tanto o más que la de *El Imparcial.* No exageraba si lo comparaba con un literato que resultara admitido en la Real Academia de la Lengua. Un orgullo.

—¿Lo dices en serio?

—¿Crees que podría bromear con algo así? —En el fondo de sus ojillos verdes brilló una chispa de diversión—. Fernanflor me ha encomendado la tarea de ofrecerte un puesto en el periódico. Le impresionó tu artículo del derrumbe de la calle Provisiones, y también la información sobre la ley de matrimonio civil. Cree que eres «carne del *Liberal*», como le gusta decir a él, y yo opino lo mismo. Además, no queremos que *El Imparcial* se nos adelante y te reclute para sus filas...

Diego pensó que si hubiera tenido que elegir entre ambos, de igual modo habría optado por el estilo directo y sencillo de *El Liberal*, por la claridad con la que contaba los hechos, por la coherencia inmaculada de sus argumentos, que a menudo lanzaba como flechas envenenadas contra las ambigüedades retóricas de su rival, *El Imparcial.* A eso se añadía que, desde el asunto con Carranzo, no podía evitar leer con cierta suspicacia algunos de los artículos del diario, esos en los que ensalzaban o criticaban los méritos de tal o cual prohombre o negocio de una manera tan artificiosa que le parecía detectar un cierto tufillo a soborno.

Al margen de sus recelos, los dos diarios se habían

instalado en una rivalidad enconada que llevaba a ambas plantillas a medirse y competir sin tregua por publicar la mejor información, por disputarse lectores, por robarse anunciantes, por erigirse como diario de referencia del espacio progresista y liberal. En más de una tertulia periodística de las que tenían lugar no muy lejos de donde se hallaban sentados, en la mesa esquinera, los redactores de uno y otro periódico se habían enzarzado en una discusión tan agria que habían estado a punto de llegar a las manos.

—¡La competencia es buena! —exclamó Moya, riéndose—. Si no tuviéramos a *El Imparcial* enfrente, seguro que no nos esforzaríamos tanto por mejorar y sobrepasarlo. ¡Bienvenida sea la libertad de mercado! Deberían tomar buena nota los políticos, dejarse del lastre de tanto proteccionismo rancio y aplicar el libre comercio a las industrias de este país. Verás cómo esos propietarios industriales dejaban de pedir ayuda al gobierno y se espabilaban un poco. —Hizo una pausa para terminarse el café de su taza y volvió al asunto que le había llevado esa mañana allí—: Entonces ¿qué me dices?

Lo querían para ampliar la sección de sucesos, que suscitaba cada vez mayor interés en los lectores, por lo que habían comprobado. Y el sueldo que pagaban era mejor que bueno. Ganaría una tercera parte más de lo que cobraba en *El Globo*.

—¿Cuándo empiezo?

—Cuando tú digas.

—Déjame unos días para arreglarlo en el periódico, no quiero hacerle una faena a Vicenti.

Por supuesto, no había ningún problema. Tampoco ellos querían quedar mal con los colegas de *El Globo,* faltaría más.

—Y ahora que ya hemos resuelto el principal asunto que me ha traído aquí —Moya encendió un cigarrillo y le dio una bocanada antes de proseguir—, voy a por lo segundo que quiero proponerte, Lebrija: únete a nuestro grupo de jóvenes democráticos, necesitamos reclutar a cientos, miles de jóvenes como nosotros para impulsar con más fuerza los avances hacia una democracia real que le devuelva la soberanía al pueblo.

¿Impulsar la democracia? Diego se alarmó. Con esa misma excusa había oído ciertos rumores de insurrección por parte de un grupo de militares republicanos afines al todavía exiliado Ruiz Zorrilla, empeñado en derrocar la monarquía por las armas (no he conocido hombre más retorcido y rencoroso que él, solía decir don Gonzalo. ¿Es que no se cansa de conspirar en la distancia?). Y Diego no estaba dispuesto a participar en otra revolución, ahora que el país parecía respirar cierta esperanza en el ambiente. La gente no lo soportaría; estaba harta y desencantada de décadas de revueltas que no habían servido de nada, al menos para el pueblo, que seguía tan pobre, hambriento y desesperado como cuando empezó el siglo.

—¿Cómo pretendéis hacerlo? ¿Con un alzamiento?

Moya se echó hacia delante, sus ojillos refulgían bajo sus pobladas cejas. Habló con el vigor que empleaba en todo lo que hacía, ya fuera escribir, comer, reír o defender sus ideas ante quien hiciera falta:

—¡Por supuesto que no! Aquí nadie habla de pronunciamiento, ¡somos demócratas! Ni siquiera defendemos luchas partidistas, solo reclamamos más democracia, más libertad, más igualdad, más justicia. Y que eso se traduzca en reformas sociales, regeneración política, educación para el pueblo y sufragio universal. Queremos que voten ricos y pobres, letrados o no, de ciudad o de campo, pero que todos tengan voz en el Parlamento a través de sus representantes. Por eso necesitamos que haya una mayoría de jóvenes en toda España dispuestos a llevar estas ideas a los espacios públicos y privados, a las tertulias, a los casinos, en nuestro caso, a la prensa, y generar una corriente de opinión pública que exija cambios al gobierno, sea cual sea el partido en el poder. ¡Es el momento de despertarlos, Lebrija!

A Diego le costó muy poco contagiarse de su entusiasmo. El discurso de Moya lo despertó a él también, lo sacó de golpe de esa apatía política en la que vivía instalado desde hacía ¿cuánto? No sabría decir; probablemente, desde la muerte de don Gonzalo. La suma de pequeñas decepciones que le habían ido minando hasta preguntarse incluso qué sentido tenía dedicarse a transcribir en los diarios las palabras engoladas de diputados de tres al cuarto. Moya continuaba hablando, quería que Diego se integrase en el comité organizador, con José Canalejas, Alberto Aguilera y otros cuantos más. Llevaban varios meses celebrando banquetes democráticos en teatros o casinos de varias capitales de provincia y en todas habían colgado el cartel de aforo completo. No había locales más grandes donde organizarlos, salvo que fuera una plaza de toros, y tampoco era cuestión. Lo mejor era redoblar los viajes, llegar a más ciudades, a poblaciones más o menos grandes, ¡incluso a las islas!

—¡Tendrías que ver con qué entusiasmo aplauden! Vente al próximo banquete, y en cuanto estés listo, te mandamos a ti también.

Santiago se levantó de la mesa del comedor sin esperar a que Diego terminara de contar su conversación con Miguel Moya —solo la oferta de *El Liberal*, la parte de los banquetes se la reservó—, y dijo espera, espera, que esto hay que celebrarlo. Se agachó delante del aparador de dos cuerpos, abrió el armario inferior donde su madre guardaba la vieja vajilla de loza de la abuela y sacó del fondo una botella de un vino espumoso francés, obsequio de Manuel Carretas, de la última vez que fui a la fundición a encargar dos juegos nuevos de tipografías y le pagué trescientas pesetas de adelanto, ¡vaya cara me puso!

Diego hizo una pausa y aguardó a que su hermano volviera a la mesa. Él no necesitaba una copa de vino; llevaba ebrio de emoción desde que se despidió de Moya en la puerta del café y se dirigió despacio a la redacción de *El Globo*, barruntando cómo hacerlo, cuándo hablar con Vicenti y anunciarle que se marchaba, sabiendo la cara que pondría, porque con él ya eran tres los que lo habían abandonado en el último mes y se habían pasado a la «prensa mercenaria», sin más partido ni ideología que la del afán de lucro, y yo lo entiendo, Lebrija, claro que sí, qué te voy a decir, pero me haces una faena, compañero, que no es tan fácil encontrar a cronistas parlamentarios con las ideas claras y una pluma ágil como la tuya. Vicenti suspiró, resignado, detrás de su escritorio de caoba. Así que te pasas al lado de los insensatos, esos diarios que se creen con derecho a escudriñarlo todo, cuestionarlo todo, difundirlo todo, sin detenerse a medir las consecuencias para el país. No sé adónde vamos a ir a parar, se lamentó, recostándose contra el respaldo de su sillón, y Diego pensó para sí que, quizá, fuéramos a parar a un país regenerado, más honesto e igualitario, no solo en la política y en las finanzas, también en la vieja prensa anclada en lo mismo de siempre, que solo escribía para sí misma y sus acólitos, para nadie más. Si es lo que quieres, me alegro por ti, Lebrija, pero qué descosido me haces, *carallo*. Dime que, al menos, terminarás aquí la semana, malo será que no encuentre a alguien que ocupe tu lugar para entonces. Le aseguró que sí, que se quedaría hasta cerrar la edición del domingo.

—¿Y estás seguro de que es un puesto mejor? —le preguntó Carmina, sentada a la cabecera de la mesa.

—Claro que sí, madre. *El Liberal* es la prensa del futuro, es uno de los mejores periódicos ahora mismo.

Santiago descorchó la botella y sirvió un chorrito en cada copa.

Carmina le detuvo con un gesto de la mano. Solo quería un culín con el que brindar.

—No hace falta que te diga que en la imprenta siempre tendrás un hueco si te van mal las cosas. Ya veríamos cómo hacerlo.

—Pero, madre, ¿cuándo ha visto usted que a Diego le salga algo mal? Ya podría hundirse el mundo, que él se mantendría en pie —dijo Santiago con cierto retintín, alzando su copa—. A tu salud, hermano.

Estaba contento, él también. La imprenta empezaba a rendir, ahora que les había llegado una revista nueva por mediación de don Herminio: *El Averiguador Universal*, se llamaba. Documentos y noticias interesantes, editado por un presbítero llamado Sberbi, familiar del dueño de *Los Sucesos*. Semanal, de veinticuatro páginas. Justo lo que necesitábamos para rellenar el hueco de tres mañanas en la rotativa y sacarle más partido, dijo Santiago, que ya había hecho sus cuentas y en veinticuatro meses podrían abonar todas las letras del préstamo de la rotativa.

—Deberíamos comprar otra rotativa más moderna, porque está visto que es ahí donde está el dinero, en las publicaciones periódicas.

—No te precipites, las cosas pueden cambiar de la noche a la mañana, y la Fina todavía rinde mucho —le aconsejó Diego.

—Cada vez menos. Nos tenemos que quitar de libros o cuadernillos escolares. Ni siquiera deberíamos seguir con los pliegos de cordel, están anticuados.

—Los pliegos no los vamos a dejar de imprimir mientras yo esté al frente del negocio —sentenció la madre, que se había levantado de la mesa y ayudaba a la criada a recoger los platos—. Y menos ahora, que las historias biográficas del general Prim o de Martínez Campos se venden a cientos cada semana. Nuestro catálogo de títulos es el más grande de Madrid, ya les gustaría a muchos tener un fondo literario así.

—Pues entonces deberíamos buscar la manera de venderlos también en Barcelona —dijo Santiago.

—¿En Barcelona? —se extrañó Carmina—. No conocemos a nadie allí.

—Eso solo sería posible si os asociarais con un impresor asentado, con buenas relaciones en la ciudad —señaló Diego, con toda la lógica.

Santiago se quedó pensativo.

—Le preguntaré a Quino.

—¿Por qué a Quino? —se revolvió la madre, con brusquedad—. ¿Qué sabrá él?

Santiago la miró desconcertado.

—Está metido en la Federación Tipográfica, y tienen grupos en Barcelona —respondió Santiago—. Alguna referencia le darán.

—¿Y no puedes preguntar en la Asociación del Arte de Imprimir, que para eso pagamos nuestra cuota de socios religiosamente? Estoy cansada de tener a Quino metido en todo, como si fuera mi sombra, y no pudiéramos hacer nada sin él.

—Pero, madre...

—Sí. No hace falta que me lo recuerdes —zanjó, saliendo del comedor. Sin embargo, antes de que pudieran respirar, volvió sobre sus pasos y le espetó a su hijo menor—: Pero una cosa te voy a decir, Santiago: no voy a permitir que los asuntos familiares interfieran en las decisiones de negocio en la imprenta. Que te quede muy claro.

A esta discusión soterrada asistió Diego en silencio, sin entender nada. Cuando su madre hubo salido del comedor y el golpeteo de sus zapatos se perdió por el pasillo en dirección a la cocina, Diego se dirigió a su hermano:

—¿Me puedes explicar qué ocurre? ¿Por qué está madre así?

La cara de Santiago se encendió como la grana.

—No es nada. Solo está un poco nerviosa... Rosalía y yo nos hemos ennoviado.

—¿Rosalía? Pero ¿cómo...? —Diego lo observó fijamente, sin mostrar ninguna alegría.

Santiago se lo contó mientras sus dedos reunían miguitas desperdigadas por el mantel con la sonrisa ensimismada en el recuerdo de cómo fue, cómo conquistó a la esquiva muchacha de sus amores. La había llevado el domingo al baile popular del Elíseo —tendrías que haber visto lo guapa que iba, Diego, llamaba la atención allá por donde pasaba, con su pañuelo colorado en la cabeza y el mantón de manila sobre los hombros— y entre baile y baile, se le declaró, le dijo que estaba por ella, que la quería, que haría lo que fuera por tenerla a su lado. Nadie te va a cuidar como yo, también le dijo, seguro de que más pronto que tarde, cuando se convirtiera en el dueño de la imprenta, podría ofrecerle todo cuanto quisiera, Rosalía, lo que tú pidas por esa boquita, dímelo y yo te lo daré, le prometió, sosteniéndola entre sus brazos.

—¿Y te dice que sí, así, de repente, porque sí?

—No fue de repente, ni porque sí —respondió, un poco molesto—. Ella sabe lo que siento desde hace mucho. Esa noche me lancé a cortejarla, y no te creas, que me costó lo mío convencerla hasta que consintió.

—Me parece extraño, qué quieres que te diga.

Su hermano alzó la vista, su expresión se endureció.

—¿Por qué no? Rosalía nunca me ha mentido, ni antes ni ahora. ¿Crees que no sé que durante un tiempo te prefería a ti? —replicó con una mezcla de dolor e ironía en la voz—. Pero ya no. Y dice que puede aprender a quererme.

—Pero no te quiere, Santiago.

—¿Y qué más da? —saltó, airado—. ¡A mí no me importa! Yo solo quiero estar con ella, lo demás ya vendrá. Y haré que me quiera, ya lo verás. El trato hace el cariño, ¿no es lo que decía padre?

Callaron los dos. Diego sirvió un chorrito de vino en la copa de su hermano y otro chorrito en la suya. Ni él ni nadie convencerían a Santiago de que Rosalía no era mujer para él. Y de poco servían las opiniones ni los consejos de los demás en las cuestiones del amor, eso también lo sabía él. No existía corazón que renunciara a sentir por sí mismo las alegrías y sinsabores del amor, por mucho que doliera.

—Y madre, ¿qué dice?

Santiago miró de reojo a la puerta.

—Madre no se opone. No tiene nada contra ella, al contrario, le gusta; pero no soporta a Quino, no sé qué tienen entre ellos que andan siempre midiéndose, vigilándose, como dos animales a punto de saltar.

Debía de ser de madrugada cuando a Diego lo despertó un gran estrépito fuera, en el taller, seguido de unas voces ahogadas. Sin pensar demasiado, se levantó de la cama y entreabrió la puerta, intrigado. En el pasillo distinguió las siluetas de Félix y Quino cargando entre ambos a un hombre que apenas se mantenía en pie. Se dirigían hacia el cuartillo del fondo, una habitación oscura y mal ventilada en la que solían dormir los aprendices de la imprenta en los tiempos del abuelo Pascual.

—¿Qué hacéis aquí a estas horas? —les preguntó, siguiéndolos por detrás—. ¿Quién es este hombre?

—Ábrenos la puerta, Diego. Haz el favor —le pidió Quino, casi sin resuello.

Los miró a los tres, dubitativo. Los ojos de Quino lo apremiaban, el hombre que sostenían se les escurría de entre los brazos. Dio un paso adelante y empujó con fuerza la puerta, bien trancada. Hacía años que nadie entraba en ese lugar. La débil luz que emitía la lámpara de gas en el pasillo alumbró el perfil de los dos catres endebles, uno al lado del otro, en los que dormían apiñados los aprendices hasta que su madre decidió sacarlos de ese agujero y subirlos a uno de los pequeños cuartos que mandó adecentar encima del piso principal habitado por la familia. Eso ocurrió poco antes de que su hermano y él se colocaran el guardapolvo de aprendiz por primera vez; a doña Carmina debió de causarle desazón solo el imaginar que sus hijos podrían haber sido uno de los que dormían allí, si no hubieran llevado el apellido Lebrija o Torres detrás.

El olor a cerrado atravesó el umbral de la estancia al mismo tiempo que los dos tipógrafos se adentraban en la oscuridad. Con gran esfuerzo, depositaron al hombre casi inconsciente sobre uno de los catres, que crujió bajo su peso.

—¿Cómo se os ocurre traerlo aquí? —preguntó Diego tras volver de su cuarto con un quinqué encendido. Se dirigió a Quino, porque Félix, con el rostro descompuesto, había salido corriendo a la calle, murmurando que estaba mareado, que necesitaba aire. Iluminó al hombre tumbado. No llegaba a los treinta años, tal vez veinticinco; era difícil calcularlo en vista de su cara sucia, pálida y demacrada. En el costado, una gran mancha teñía su camisa de sangre alrededor de una herida que no presentaba muy buen aspecto, pensó, antes de añadir—: Deberíais haberlo llevado al hospital, Quino.

—No podíamos, dice que lo persigue la Guardia Civil y no se me ocurría otro sitio donde esconderlo —respondió el regente, quien al ver el gesto alarmado de Diego agregó rápidamente—: No es ningún delincuente, lo juro. Es mi sobrino Gabriel, hijo de un primo mío de Ponferrada que trabaja en las minas. No sé qué hace tan lejos de su casa, pero por lo poco que he podido sonsacarle, estaba en una reunión anarquista en Guadarrama cuando aparecieron los guardias.

—Necesita un médico que lo vea, no puede estar así. —Diego se inclinó hacia el agujero sucio y supurante del costado—. Esa herida tiene muy mala pinta.

Quino se limpió la cara sudorosa con el brazo y se dejó caer, cansado, en el otro catre, quejándose de que había sido una noche muy larga, y yo ya no estoy para esos trotes, malditos guardias.

—He mandado recado al doctor Jaime Vera, compañero del Partido Socialista, para que venga a examinarlo —le dijo—. Espero que no tarde.

—Es muy arriesgado tenerlo aquí, Quino. Si se entera mi madre, es capaz de denunciarlo.

—No tiene por qué enterarse, ni tu madre ni Santiago ni nadie. Tú déjame a mí, que yo me encargo de todo. —Y al ver que Diego no parecía muy convencido, añadió—:

¿Qué podemos hacer, si no? Los anarquistas no son unos santos, eso lo sabemos todos, pero el que sean revolucionarios no justifica que los persigan como a ladrones o asesinos. Y mi sobrino no es ni lo uno ni lo otro, *carallo*.

En eso tenía que darle la razón. La ley Sagasta no parecía aplicarse igual a los temidos anarquistas, a los que la burguesía miraba como si fueran el mismísimo diablo desde que atentaron en dos ocasiones contra la vida del rey Alfonso.

—Serán solo unos días, hasta que se recupere un poco —insistió Quino—. En cuanto pueda caminar por sí solo, lo sacamos de aquí, te lo aseguro.

El médico llegó al cabo de un rato. Diego oyó el ruido de los pasos apresurados al recorrer el pasillo mientras escribía una de sus colaboraciones de prensa. Se giró justo a tiempo para ver pasar por delante de su cuarto a Félix seguido de un hombre joven con un abultado maletín negro, en dirección al cuartillo de los aprendices. Diego no quiso saber nada más y volvió a la cama, confiando en recuperar el sueño.

A primera hora de la mañana, antes de salir camino a la redacción, decidió asomarse a ver cómo seguía el herido. La puerta estaba entornada y, al abrirla, encontró allí a Rosalía, cosiendo a la tenue luz de un candil, junto a la cabecera de la cama.

—¿Qué haces tú aquí?

La muchacha pegó un respingo, asustada. Al verle, se tranquilizó, aunque desviara rápido la vista, evitando enfrentarlo. Le hizo la seña de que bajara la voz, su primo dormía.

—Me ha dicho padre que me quede aquí velando a Gabriel —dijo, volviendo a su labor.

Diego se aproximó al hombre. Su rostro había recuperado algo de su tono natural. Lo habían lavado entero y le habían vendado el costado, pero aun así tenía el pecho marcado de moratones y rasguños, como si lo hubieran golpeado. Comenzó a removerse inquieto. Rosalía se levantó y escurrió un trapo en el agua de una palangana.

—El médico ha dicho que ha perdido bastante sangre, pero que se recuperará, siempre que la herida no se infecte —dijo, colocando con suavidad el trapo húmedo sobre su frente.

—¿Te ha visto llegar alguien?

—No. He llegado poco antes de que abrieran las puertas. No me ha visto nadie.

—¿Y Santiago? ¿Esperaba encontrarse hoy contigo? —preguntó con intención.

—No, ni tampoco me verá.

Diego se quedó un rato contemplándola en silencio, sin decidirse a soltar lo que llevaba varios días reconcomiéndole por dentro.

—¿Qué es lo que te propones, Rosalía? ¿Qué haces con mi hermano?

Por primera vez, ella levantó la vista y clavó sus pupilas castañas en las de él.

—¿Acaso te importa?

—¿Cómo no me va a importar?

—¿Qué pasa? ¿Ahora tienes celos de él? —se revolvió ella con rencor.

Diego tuvo que contener el fogonazo de rabia que sintió en su interior.

—Solo te pido que pienses bien lo que vas a hacer, Rosalía. No le des falsas esperanzas si no estás segura de lo que quieres, porque si lo dejas, lo destrozarás. Y tú mejor que nadie sabe que no se lo merece.

Ella bajó la vista a su labor sin responderle. Diego se dio media vuelta y cuando iba a salir, ella le dijo:

—Te crees que eres mejor que Santiago, pero él vale más que tú. Siempre se ha portado bien conmigo, no me ha despreciado, como tú. Me quiere y yo puedo llegar a quererlo también, a poquito que lo intente. Y si te pica, te rascas.

22

25 de noviembre de 1881

Es tarde, debes irte ya, mi madre debe de estar a punto de llegar, murmuró separándose de Santiago, de sus labios hambrientos, del apremio de sus manos bajo su blusa. Le oyó un suspiro de fastidio en la oscuridad del portal, ¿cuándo podremos estar a solas tú y yo, Rosalía? Ella se encogió de hombros, sin responder. Le despidió con un último beso y corrió escaleras arriba, tan rápido como pudo. Sin perder ni un instante, dobló la ropa limpia, llenó media lechera del caldo del almuerzo recalentado, y en un hatillo envolvió un pedazo de pan, un trozo de tocino y un racimito de uvas. En un santiamén estaba de nuevo en la calle mal iluminada y se encaminaba a la imprenta.

Gabriel dormía a la tenue luz del quinqué cuando llegó. Dejó la lechera con el caldo de gallina todavía caliente sobre el cajón que hacía de mesita, y puso la cesta encima del catre vacío. Le tocó la frente. No tenía fiebre ninguna, se dijo, aliviada, y le atusó algunos mechones mojados del cabello rubio pegados a la piel. Había recuperado el tono rosado y se le habían suavizado los rasgos demacrados de la cara que tanto la asustaron cuando lo vio la primera vez. Nadie le quitaría de la cabeza que, aquella noche, Gabriel estaba más muerto que vivo. Fue un milagro que su padre se topara con él al regresar del trabajo antes de lo habitual.

Él sonrió, dijo que no creía ni en Dios ni en los milagros; si se había salvado había sido gracias a un puñado de gente buena que le ayudó, eso sí. No recordaba cómo había llegado a Madrid. Después de escapar de los guardias, lo escondieron en un cobertizo, y de ahí creía recordar que lo subieron a una carreta. Fuera como fuera, alguien lo cargó hasta la puerta de la casa del tío Quino, la única referencia que tenía en Madrid, y allí lo dejó, por suerte para él.

Gabriel entreabrió los ojos, sonrió.

—Ya estás aquí —murmuró, adormilado—. ¿A qué huele?

—Es el caldo de gallina que te he traído. Tiene mucha sustancia, te sentará bien.

Él se incorporó con movimientos lentos. Rosalía le colocó el almohadón a la espalda y extendió un trapo sobre su pecho. Vertió un poco de caldo en un cuenco que sacó de la cesta y se sentó en el filo de la cama para darle de comer.

—Puedo comer yo solo, ya estoy mejor.

—¿Qué vas a poder? Todavía estás muy flojo, te lo vas a derramar encima.

Él se incorporó un poco más.

—No quiero que me trates como a un niño —refunfuñó él, extendiendo sus brazos hacia el cuenco.

—Te trato como a un enfermo, que es lo que eres —respondió Rosalía, aunque se lo puso en las manos.

Gabriel esbozó una sonrisa satisfecha. Lo inclinó con cuidado hacia sus labios y bebió un traguito pequeño que saboreó con los ojos cerrados.

—Esto resucita a un muerto.

El médico había dicho que debía alimentarse bien si quería recuperarse rápido. Había perdido mucha sangre y estaba demasiado débil. Que coma carne, hígado, garbanzos. Y eso era lo que le traía: unas veces, de lo que cocinaba su madre; otras, cocinado por ella misma mientras Araceli no estaba. Tenía miedo de que los guardias aparecieran cualquier día en la imprenta para llevárselo y encarcelarlo, como decían que habían hecho con otros de sus compañeros de reunión. Quino aseguraba que nadie averiguaría que se ocultaba allí, pero no debían confiarse porque en el barrio todos sabían que las alcantarillas no solo tenían boca, sino oídos.

—Te he traído ropa limpia y también un poco de tocino y unas uvas.

—¿Me quieres cebar como a un gorrino, prima? —Le sonrió, clavando en ella sus ojos vivaces.

—¡Pero si estás en los huesos, mírate! Necesitas comer para coger fuerzas y salir de este agujero lo antes posible, no vayan a descubrirte. Padre dice que las compañías del ferrocarril están pidiendo obreros para tender los tramos nuevos, que podrías trabajar allí.

Gabriel negó con la cabeza.

—En cuanto pueda sostenerme en pie seguiré camino a Huelva, que es donde debería estar en estas fechas, no aquí.

—¿A Huelva? ¿Y qué se te ha perdido a ti en Huelva?

—La libertad, Rosalía. Y la lucha por la dignidad que nos han quitado en la mina, aunque los compañeros no quieran verlo. Prefieren arriesgar la vida bajando al tajo por dos reales que plantarse ante el capataz y exigir más turnos o que prohíban el trabajo de los críos en las galerías más profundas. A la menor protesta nos echan sin contemplaciones, como me despidieron a mí y a dos compañeros más.

Gabriel cerró los ojos de nuevo y comió sin ganas un trozo de tocino con pan, como si le cansara el simple gesto de masticar. Las uvas le gustaban más, dijo luego, buscando con la mirada el racimo que Rosalía había dejado sobre la mesita. Se llevó a la boca una uva chiquita y dulce, y mientras la saboreaba, le contó que a él lo despidieron en febrero pasado, el día que cumplía los veintitrés. Llevaba doce años bajando a la mina, un día tras otro, sin rechistar. Callaba porque así lo quería su padre, que cada noche en la cena, bendecía el pan negro que la mina ponía sobre la mesa. De anarquismo no había oído más que cosas sueltas. Por esas fechas, su compañero le llevó a una asamblea sindical en Ponferrada. Escuchó a un gaditano hablar sobre un modelo nuevo de sociedad sin clases, formada por hombres libres e iguales; les habló de la lucha obrera, y de la abolición de la propiedad privada, y de las clases sociales, y de la Iglesia, y del Estado y de cualquier forma de autoridad que reprimiera a los más débiles. ¿Te imaginas? Una comunidad sin capataces, ni patronos, ni capitalistas, ni terratenientes, ni jefes, ni alcaldes, ni nada. Cada cual es dueño de sí mismo y de su trabajo, bajo su responsabilidad.

—Por eso voy a Huelva, porque me han dicho que hay un grupo que está organizándose para liberar las tierras y crear una comunidad como esa de la que hablaba el gaditano —concluyó.

—Pero Huelva está muy lejos, ¿a quién tienes tú allí?

—¿A quién quieres que tenga? Para empezar, una nueva vida; más vale ir ligero de equipajes. —Le sonrió, dándole un racimillo de sus uvas.

—Rosalía, puedes irte a la casa —irrumpió la voz seca de su padre, de pie en la puerta. Ninguno de los dos lo había oído llegar—. Ya me quedo yo con Gabriel.

—Pero, padre, si ahora iba a asearlo un poco con agua y jabón antes de cambiarle las sábanas. Y a mí no me importa quedarme esta noche...

—A la casa, Rosalía —repitió Quino, con autoridad—. Doña Carmina te espera temprano en su despacho para que le hagas unos recados. ¿Y no es mañana cuando vas al baile de la Almudena con Santiago? —Ella miró de reojo el rostro inexpresivo de Gabriel, y bajó la vista, asintiendo—. Pues hala, a descansar. Ya me encargo yo de apañarle lo que sea.

23

Por un momento, Victoria se distrajo de la cháchara insustancial de las jóvenes a su alrededor y dejó vagar la mirada por las otras tertulias femeninas del salón, la de las damas ancianas, de conversación espaciada; la de las apacibles señoras de cierta edad cuyos gestos y maneras eran una mera extensión de las de sus maridos, y la del círculo más íntimo de la anfitriona, que se paseaban de un lado a otro del salón como si fuera el suyo propio, se exhibían delante del vano abierto al gabinete contiguo donde se reunían los hombres, cuchicheaban, coqueteaban con descaro, se alejaban para cuchichear más... Observarlas de lejos era el mejor entretenimiento que tenía Victoria desde su posición en el corrillo de las jóvenes en edad casadera, cuatro señoritas a las que conocía, sí, aunque no la unía a ellas nada más que coincidir una y otra vez en los mismos salones, en los mismos grupos donde escuchaba los mismos chascarrillos, los mismos comentarios, las mismas conversaciones repetidas una y otra vez. Pensó en Diego y sus manos tintadas, cálidas y fuertes, como él. Le gustaba, la hacía sentirse especial, diferente. Y él también lo era. Muy diferente a los otros jóvenes que conocía, en cuyos ojos solo veía desidia y aburrimiento, un futuro sin demasiadas emociones. Diego, sin embargo, tenía esa forma de mirarla, como si le abrazara el alma.

Los ojos de Victoria saltaron de los rostros poco agraciados de las hijas mellizas de la marquesa de Bedmar a la palidez angelical de la menor de los duques de Navahermosa, enfrascadas en una sutil discusión por la dificultad que presentaban sus labores de bordados, y Victoria se tapó la boca, disimulando un bostezo. ¿Hasta cuándo se prolongaría ese suplicio? Divisó la figura de su padre junto a dos señores con quienes conversaba con mucho interés. Por más que ella lo deseara, don Federico no mostraba ningún signo de cansancio que le hiciera pensar en la hora de retirarse.

—¿Tú estás con alguna entre manos, Victoria? —le preguntó una de las jóvenes.

—Alguna ¿qué?

—Alguna labor —respondió otra—. Bordado, punto de cruz... Yo estoy bordando un mantel con un dibujo oriental.

—No, las labores no se me dan bien. Me falta paciencia y habilidad, las dos cosas.

—En *La Moda elegante* suelen incluir dibujos de bordados muy sencillos con los que empezar a practicar.

—No me llama mucho la atención, la verdad.

Las tres la observaron con cara de pena y retomaron su parloteo. Pero ¿qué podía hacer? No las podía culpar de que su único horizonte estuviera atrapado entre las paredes de esos salones que albergaban todo cuanto pudieran anhelar: las amistades, el amor, la riqueza, una cierta posición... Ella, en cambio, se sentía languidecer de salón en salón, máxime con la llegada de las lluvias y los primeros fríos del otoño, cuando la vida social decaía de intensidad y se recluía en el interior de las casas sin otro afán que las salidas a la iglesia, el visiteo y los encuentros semanales en lugares como aquel, el salón de don José Osorio y doña Sofía Troubetzkoy, marqueses de Alcañices. La reunión de los marqueses era cita ineludible en la agenda de la alta sociedad madrileña, dada la estrecha relación que mantenía don José con el rey don Alfonso —su mentor, su cómplice, su consejero; aunque había quien decía que la reina María Cristina no soportaba al marqués, artífice de las escapadas nocturnas de su majestad— y la influencia de doña Sofía entre ciertos políticos conservadores, en especial el expresidente Cánovas. Victoria se animó cuando vio aparecer en el umbral de la entrada a Nicolás de Torrehita, lo saludó de lejos cuando su mirada la alcanzó en su corrillo. El joven se asomó al gabinete de los hombres, intercambió algunos saludos con varios de ellos y enseguida regresó junto a las señoras, revoloteó entre ellas, repartiendo halagos, confidencias y risas entre unas y otras.

Cuando se aproximó a su grupo, Victoria se levantó de su asiento y, pronunciando una excusa tonta, lo enlazó del brazo y lo arrastró a un rincón apartado de oídos indiscretos, sin importarle los comentarios que suscitaría entre las demás. Al ver a Nicolás, se le había abierto el cielo a la idea que le rondaba la cabeza desde hacía días.

—Lo que sé es que has perdido la cabeza, querida. ¿Que te lleve conmigo por los barrios bajos de Madrid? Permite que me ría un poco antes de decir que no. No tengo ningún interés en batirme en duelo con tus hermanos. —Nicolás bebió un sorbo de su copa de vino, recostado en el pequeño sofá de brocado de estilo Luis XV donde se sentaron los dos.

—¿Por qué no? ¿Qué va a pasar? Verán a dos hombres por la calle, no sé a quién le va a extrañar —replicó ella, y en tono más mohíno, suplicó—: Venga, Nicolás, no seas malo, ¡apiádate de una pobre señorita de corazón aventurero encerrada en una insulsa vida de salón! —Solo pretendía asomarse más allá de su minúsculo mundo aristocrático y conocer otro Madrid; recorrer las calles oscuras, descubrir sus garitos, respirar sus olores, escuchar otras conversaciones distintas, e insistió—: Sé que puedo confiar en ti. Por favor, ¡dime que sí! Seré tu eterna deudora por el resto de mis días.

Él soltó una risilla burlona y volvió a beber de su copa sin dejar de rumiarlo, Victoria se lo notó en la expresión desvaída con que la miraba. Nicolás era asiduo de esos ambientes, Jorge se lo comentó una vez. Vaya pieza tu amigo el Torrehita, le dijo, tiene cuenta abierta en los mejores antros (o peores, según lo mires); no hay noche que no nos crucemos a la hora de los crápulas, la del amanecer, cuando nos echan a patadas de los locales. Demasiado tarde para ella, que contaba con estar de vuelta pronto de madrugada, antes de que su padre regresara de la velada en casa de doña Bárbara.

Le bastaba con visitar dos o tres sitios, los que tú elijas, Nicolás, y esto quedará para siempre entre nosotros dos, como un pacto de silencio entre caballeros, entre Víctor, tú y yo, se rio ella. Nicolás sonreía también, como si empezara a gustarle la idea. Por eso Victoria pensó en él, porque sabía que bajo esa apariencia de joven indolente se escondía un espíritu juguetón.

—Además, no soy la primera que hace algo así: doña Concepción Arenal ya se disfrazó de hombre para estudiar Derecho en la universidad —le informó. Cierto es que la descubrieron pronto, pero consiguió lo que pretendía: pudo estudiar la carrera en un aula aparte para ella sola.

Su disfraz sería mejor que el de doña Concepción.

—Tendrás que ponerte bigote y barba que disimule los rasgos de tu cara. Y oscurecerte un poco la tez, esa piel inmaculada no engañaría a nadie —le exigió Nicolás como condición.

Ella palmeó las manos de alegría. Le aseguró que nadie, jamás, adivinaría quién se escondía bajo su apariencia masculina, te lo prometo por lo que más quiero. Se presentaría como Víctor, un amigo recién llegado de Soria, con ansias de disfrutar unos días de la capital. Y nadie tendría por qué indagar más.

Miró la esfera del reloj, Nicolás no tardaría en llegar al punto de encuentro convenido, si es que no se había arrepentido antes. No sería capaz, no le haría eso después de lo que le había costado convencerlo. Le prometió que estaría irreconocible, ya verás, tú hazte a la idea de que quien camina a tu lado es Víctor Velarde, como si fuera uno de tus amigos noctámbulos, ya sabes.

Se contempló el rostro limpio en el espejo resquebrajado colgado en la pared. Debía hacerlo rápido, no tenía mucho tiempo. Despacio, se aplicó un maquillaje por la cara y el cuello que oscureciera unos tonos su tez blanca. Luego se colocó el espeso bigote postizo sobre el labio superior y, a continuación, hizo lo mismo con la barba negra, que extendió a lo largo de las mandíbulas hasta unirla con las puntas del bigote, como había visto que lo llevaban algunos hombres. Faltaba el último detalle, el más laborioso: el cabello. Esa misma mañana temprano, le había pedido a su doncella que le recogiera la melena en un moño bajo muy tirante, por encima de la nuca. Lina, una muchacha muy dispuesta y apañada, la obedeció con el gesto torcido, porque este peinado no le hace justicia, señorita, con el pelo tan bonito que tiene usted y llevarlo así, como una monja...

—¿Sabrás guardarme un secreto, Lina? —Se lo contó. Necesitaba una cómplice que la ayudara a entrar y salir de la casa sin ser vista. Alguien de su confianza que pudiera cubrir sus ausencias con las excusas que hubieran acordado previamente.

Victoria se ajustó a la cabeza la peluca, una melena ondulada y espesa, a la manera de los poetas románticos, que había adquirido en una de las mejores tiendas de vestuario teatral de Madrid. Se alejó unos pasos y volvió a contemplarse, trajeada con un viejo terno del ropero de Jorge. El espejo le devolvió la figura estilizada de un joven como tantos otros, de estatura media (se había puesto unas alzas dentro de los botines), delgado, de edad indefinida. Nadie dudaría de su sexo con esa imagen. Enfundó sus manos en unos guantes de piel negros, se encasquetó la chistera en la cabeza e hizo el gesto de tender el brazo al espejo. «Un placer conocerle, señor Víctor Velarde», susurró, orgullosa de su aspecto.

Victoria recogió sus cosas en un hatillo y lo escondió detrás de un tablón apoyado contra la pared. Asomó la cabeza del cuartucho medio oculto bajo el hueco de la escalera, comprobó que no se oían voces cercanas y salió. Al pasar, echó una ojeada rápida a la carbonera de la casa: nadie a la vista. Subió corriendo los escalones hacia la calle.

No se había dado cuenta de lo rápido que le latía el corazón hasta que se alejó unos metros de la portezuela y respiró hondo, contemplando su propia casa desde la esquina contraria, como si fuera un extraño. Al volverse, vio venir la sotana negra de un cura camino del convento de las Mercedarias, el edificio que ocupaba toda la manzana al otro lado de la calle. Aguardó hasta tenerlo cerca y, emitiendo una tosecilla con la que entonar la voz, le interceptó:

—Disculpe, padre. ¿Sabe qué hora es?

Como si la hubiera oído, el campanario de la iglesia repicó dos veces.

El cura lo miró beatífico y, señalando al cielo, dijo:

—Acaban de dar la media. Las nueve y media, caballero.

—¡Gracias, padre!

Caminó calle abajo embargada por una sensación de libertad y ligereza como jamás antes había sentido. En la esquina divisó a Nicolás. Se cambió de acera, caminó muy recto y pasó por su lado sin que él la reconociera. Se dio media vuelta, le tocó el hombro y Nicolás se giró.

—Víctor Velarde, encantado de saludarle, señor de Torrehita.

El simón los dejó en el vértice formado por la calle de la Cruz y la del Príncipe. Mientras Nicolás pagaba al cochero, Victoria se abotonó hasta arriba el abrigo, se enrolló la bufanda de lana al cuello y, con ojos ávidos, exploró el lugar a la escuálida luz de las farolas. Era ya noche cerrada, de esas húmedas y frías de los inviernos de Madrid que ahuyentaban hasta a los gatos y, sin embargo, se notaba cierta animación en la zona: grupos de enchisterados solos o del brazo de damas —tal vez no tan damas, pero ¿a quién le importaba?—, entraban y salían de los cafés y, por supuesto, de los teatros, que ya habían comenzado sus funciones.

—No hables demasiado y no te separes de mí —le había ordenado Nicolás en el carruaje—. Por esa zona no suele haber mucho malhechor, pero pululan críos y muchachitas de dedos largos que, a poco que te descuides, te roban la cartera y no hay quien los pille. Este es el plan: compramos entradas para el sainete de las diez en el Teatro de la Comedia; de ahí iremos a uno de mis cafés cantantes favoritos, donde nos esperan unos amigos míos.

El Teatro de la Comedia estaba al comienzo de la calle del Príncipe. Compraron las entradas de «a real la pieza» y se adentraron por un largo pasillo oscuro al final del cual los aguardaba un hombrecillo con malas pulgas que les metió prisa, vamos, vamos, señores, que la función va a comenzar, y los guio a la bulliciosa sala abarrotada de espectadores, muchos señores y alguna dama repartidos entre el entresuelo y los palcos; en la platea, el público de aspecto más popular. El telón desveló el escenario de la plaza Mayor y tres señoritas ligeras de ropa aparecieron en escena, entonando una cancioncilla picarona que arrancó las risas y los gritos del público, antes de que hicieran su aparición en escena dos caballeretes recién salidos del cascarón —nobles de frac y chistera— que las rondaban con pretendida timidez. Entre baile y baile, las mujeres los fueron despojando de sus prendas, hasta dejarlos en calzones y sin un real en el bolsillo.

Victoria miró de reojo a Nicolás, con un ataque de pundonor. ¿Esto era así siempre? ¿Esas maneras, esos diálogos punzantes, esa desinhibición? A tenor de las carcajadas de Nicolás, debía de ser que sí. A partir de ahí, el enredo fue creciendo de escena en escena, de risa en risa, y al finalizar, el público comenzó a patear el suelo con tal intensidad que el teatro entero pareció venirse abajo.

—¿Qué te ha parecido? ¿Es lo que esperabas?

Ella asintió, entusiasmada.

Nicolás la condujo luego por un recorrido de callejuelas oscuras y solitarias. Se cruzaron con dos caballeros bebidos, con un viejo trapero, con unas gitanas que querían leerles la ventura y, en una esquina en penumbra, vislumbró a tres niños mugrientos de cuclillas alrededor de una botella. No llegarían ni a los diez años.

—¿Y esos niños qué hacen ahí?

Nicolás se encogió de hombros.

—Los hay por todas partes, cuando no te piden una botella de vino te piden dos monedas o un cigarrillo, lo que sea.

El rótulo sobre la puerta cochambrosa rezaba: CAFÉ CANTANTE FARALAES. Nicolás se entretuvo en intercambiar unas palabras con el hombre que custodiaba la entrada, y Victoria aprovechó para fijarse en una cría con un bebé en brazos apostada en la puerta de al lado.

—¿Quiere un servicio, señor? —le preguntó la niña

con descaro—. Aquí dentro tiene buenas mujeres *pa'escoger*.

Victoria avanzó unos pasos y se asomó con curiosidad hacia el interior del edificio. En el zaguán, un hombre de gesto hosco hablaba solo y, al verla, clavó los ojos alucinados en ella y se incorporó torpemente, venga, venga, ¿quiere entrar en el paraíso? Aquí le ponemos alas doradas a los ángeles, no se vaya, que tengo algo para usted.

—¡Víctor! —la llamó Nicolás, que apareció a su lado—. ¿Qué haces? ¿Adónde vas? Aquí no puedes estar, no es un sitio recomendable.

Ella se apartó un poco, ya sabía que era un burdel, no era tan ingenua.

—¿Un burdel? —Los labios de Nicolás esbozaron una sonrisa sarcástica—. Ni siquiera creo que pueda llamarse así. Es una casa de mujeres perdidas, enfermas de alcohol o de vicio; aquí no entran ni los inspectores de higiene, ni los doctores de salud pública, ni nadie que pretenda vivir muchos años. Aquí solo vienen los hombres tan perdidos como ellas o los desesperados, no sé qué es peor.

—¿Y los niños? —Victoria señaló a la cría con el bebé.

—Son sus hijos, la mayoría vagabundean por ahí. Y las niñas..., la mayoría terminan de prostitutas, como las madres. Vamos adentro, nos esperan —dijo, tirando de ella hacia el café cantante.

En ese momento llegaron dos señores enfundados en sus gabanes de paño. Uno de ellos se detuvo a su lado y saludó a su amigo con una palmada en el hombro.

—¡Hombre, Nicolás! ¡Creí que hoy irías a la tertulia de La Montaña! —dijo Diego Lebrija.

Nicolás se quedó tan sorprendido al verlo que no atinó a responder.

—Tenía otro compromiso. He venido con... un amigo —dijo, evitando mirar a Victoria.

Diego lo miró distraído, pero no la reconoció. Victoria se sintió recorrer por una oleada de íntimo orgullo. No pudo resistir la tentación de revelarle quién era, de demostrarle que ella también tenía sus recursos para moverse por el Madrid más popular como cualquier hombre o mujer de las que había visto durante la noche, que quizá no fueran muy distinguidas, pero parecían pasarlo muy bien.

—Usted es el señor Lebrija —le saludó Victoria, tendiéndole la mano enguantada.

—¿Nos conocemos?

—Yo creo que sí —respondió ella con voz impostada y burlona—. Víctor Velarde, encantado.

La expresión de Diego se petrificó, sus ojos se oscurecieron. Interrogó a Nicolás con la mirada, que lo eludió con una tosecilla inoportuna. Se volvió a ella de nuevo.

—¿Qué hace aquí? —preguntó a media voz, visiblemente enfadado.

—He venido a descubrir la vida nocturna de Madrid. ¿Quiere unirse?

—Moya, si no te importa, entra tú delante —despidió al otro hombre con el que había llegado, y se dirigió a Nicolás—: ¿Cómo has dejado que te convenciera?

—No es para tanto, Diego. Hemos ido al Teatro de la Comedia y ahora le iba a enseñar el Faralaes, ¿qué puede pasar? Son de lo más decente que hay por aquí.

Los interrumpió un grupo de caballeros que llegaba al local, los tres se apartaron de la entrada unos metros.

—Nicolás no tiene la culpa de nada —replicó Victoria, airada. ¿Quién era él para decirle lo que podía hacer o no?—. El plan lo he ideado yo y habría venido de cualquier forma, con él o sin él. Y si está aquí es porque se ha visto obligado, no por gusto personal.

—Bueno, tampoco... —comenzó a decir Nicolás, pero Diego lo interrumpió.

—Eso es lo peor, que enreda a quien haga falta con tal de salirse con la suya, Victoria. Primero yo, después Nicolás... Y si Nicolás se hubiera negado, habría buscado a cualquier otro.

—No sé qué tiene de malo que quiera salir por Madrid. Míreme bien: ¿quién cree que me va a reconocer así vestida? ¡Ni siquiera me ha reconocido usted! —exclamó, furiosa—. ¿Por qué debería ser más peligroso caminar por estas calles para Víctor Velarde que para usted? ¡Explíquemelo! Le aseguro que me gustaría entenderlo.

Diego la observó unos segundos en silencio y luego se dio media vuelta.

—De acuerdo, haced lo que queráis —dijo—. Yo no quiero saber nada.

24

30 de noviembre de 1881

Al salir de su casa esa mañana, ni siquiera se dio cuenta de adónde dirigía sus pasos, de tan distraído que iba. Habían pasado unos días y todavía le venía a la mente el recuerdo de la discusión con Victoria frente al café Faralaes, la actitud orgullosa y burlona de ella, casi irreconocible en ese ridículo atuendo masculino. ¡Víctor Velarde! Solo a ella se le podía ocurrir algo así, disfrazarse de hombre. Si no se lo hubiera dicho, no se habría dado cuenta y él no habría reaccionado con la severidad y la dureza con que lo hizo, como si fuera su padre. Absurdo, se dio cuenta después. Lo cierto es que se había sentido burlado, no tanto por su disfraz —que también—, sino porque hubiera recurrido a otro —precisamente a Nicolás— con tal de conseguir lo que quería. Eso era lo que más le molestaba, esa desfachatez de señorita aristócrata que siempre se sale con la suya. Eso, y la expresión de descaro con que lo miraba. Si se hubiera fijado un poco, solo un poco más, la habría reconocido por el fulgor de esos ojos negros que parecían absorber toda la luz a su alrededor. Al doblar la esquina de la calle Toledo, se detuvo un instante, desconcertado. ¿Qué hacía él allí? Debía estar ya en los tribunales.

Reorientó sus pasos en dirección a la calle Mayor, y antes de que pudiera darse cuenta, una pandilla de chiquillos harapientos dobló la esquina de la calle en desbandada, tropezándose con él. Uno de ellos se paró delante y lo miró con descaro.

—¿Qué me das si te cuento algo? —le preguntó Chicho, el nieto de la trapera, el crío inquieto y avispado que correteaba por el barrio atento a cualquier ocasión de ganar unas monedas.

—Algo, ¿como qué? —replicó Diego, sin detener sus pasos.

—Como esas cosas que pones en los periódicos. —Chicho saltaba a su alrededor sujetándose la chaqueta vieja de hombre que le llegaba a media pierna, adquisición de su abuela de entre los desechos que escarbaba en el barrio de Salamanca.

—Dime qué es y te daré lo que se merezca.

—Un muerto.

Diego se detuvo en seco. Lo miró.

—Un muerto, ¿dónde?

—*Ande'l* viaducto de Segovia. Decían que se había

tirao, pero los guardias dicen que no, que *pa* eso no llevaría una entrada *pa'l* teatro en el bolsillo.

Chicho lo condujo hasta las proximidades del lugar donde habían hallado el cadáver, le señaló la ladera bajo el segundo ojo del puente, entre unos matorrales. Lo despidió con una peseta, una fortuna para el niño, y cada vez que vengas a contarme cosas así, te daré otra más, le prometió. Descendió la escalera lateral junto al viaducto, y a mitad de bajada divisó a Javier Carranzo hablando con uno de los guardias que custodiaban el sitio, un teniente con un gran mostacho negro. Se le había adelantado, mala suerte.

Al verlo llegar, Carranzo le lanzó una mirada de triunfo y, dándole la espalda, murmuró unas palabras que hicieron reír al guardia civil. Que dijera lo que quisiera. Diego se aproximó al cadáver que yacía en la tierra, con la postura desmadejada de una marioneta. Un hombre calvo, no muy alto, rollizo, bien vestido, de unos cincuenta años, calculó. Una gran mancha de sangre le coloreaba parte de la cabeza pelada.

—No se acerque tanto, oiga usted —le ordenó el guardia del mostacho.

Diego se apartó.

—Necesito hacer algunas preguntas —le dijo a otro agente, un muchacho muy joven—. Soy de la prensa.

—Ahora no, que viene el señor juez —le dijo, señalando a tres hombres que se acercaban.

Llegó el juez escoltado por dos guardias y Diego reconoció en uno de los dos a Valdés, cabo de la Guardia Civil a quien conocía del barrio —fueron juntos a la escuela y su padre era el sereno de Lavapiés—, un tipo templado y campechano, que de vez en cuando le pasaba información de algún crimen de Madrid a cambio de una pequeña propina. Diego le hizo un discreto ademán de hablar en un aparte y se apostó a esperarlo junto a la esquina de un edificio cercano.

Valdés tardó un buen rato en aparecer. Diego le ofreció un cigarrillo, el cabo se lo guardó en el bolsillo del uniforme, para después. De servicio, lo tenían prohibido.

—¿Qué ha pasado? ¿Otro suicidio?

El agente lo negó. No, este no, le dijo a media voz, a este lo han matado de un golpe en la cabeza antes de arrojarlo por el puente. Querían que pareciera un suicidio, ya ves. Funcionario del Ministerio de Fomento, continuó diciendo Valdés, o eso habían deducido del tarjetón membretado con su nombre, hallado dentro de su maletín de cuero. Era lo único que habían dejado dentro de la cartera los atracadores, porque debían de ser más de uno, eso lo damos por seguro. Tal vez dos, uno para sujetarlo, otro para golpearlo, y entre los dos lo arrojaron al vacío. Y fíjate qué raro: se han llevado los papeles del maletín y han dejado la cartera con un billete de cien pesetas.

—Eusebio Pino, se llamaba, pero no lo pongas en los papeles. No sé qué le habrá dicho a mi teniente ese otro periodista que estaba ahí, el guapito, que nos ha prohibido que hablemos con cualquier gacetillero de *El Liberal*. Así que, si alguien te pregunta, tú a mí no me conoces.

—Descuida, Valdés. De mí no saldrá —le dijo, guardándose la libreta en el bolsillo de la levita—. Si averiguas algo más, no dejes de contármelo.

Será miserable, Carranzo. No le bastaba con acaparar la información, tenía que extender su inquina personal a todo *El Liberal*.

De camino a los juzgados, le dio un pálpito y se desvió en dirección al Ministerio de Fomento. En el vestíbulo se acercó al mostrador de los conserjes, preguntó por el señor Pino, tenía una cita con él en el departamento... Dejó la frase en el aire y uno de los conserjes se lo recordó: en el de Tendidos del Ferrocarril. Es el jefe del negociado. Primera planta, tercera puerta, pero aún no ha llegado, cosa extraña en él, suele ser puntual.

Diego llamó a la puerta del departamento y asomó la cabeza en la estancia. Tres hombres lo miraron desde sus respectivos escritorios, repletos de papelajos.

—Disculpen, ¿es aquí el negociado de Tendidos del Ferrocarril?

—Sí, ¿en qué puedo ayudarle? —respondió uno.

—Vengo de la Compañía de Ferrocarriles del Norte, de parte del señor Maldonado. —A veces era útil recurrir a la mención de ciertas amistades de renombre, y la del padre de Mateo lo era—. Tenía una cita con el señor Pino. Quisiera saber si...

—Si viene usted por el asunto del tramo de León a

Astorga —le interrumpió, impaciente, sin dejarle terminar—, dígale al señor Maldonado que el señor Pino está ultimando las condiciones de la licitación. Que no se preocupe, que en cuanto las tenga, se las hará llegar a su despacho en la Compañía del Norte para que las revise y le diga si quiere añadir algo más.

Diego se marchó de allí con más preguntas que respuestas. Pero, al menos, tenía lo que buscaba para su artículo.

Era pasado mediodía cuando entró por la puerta de *El Liberal*, temiendo llegar tarde a la mesa de redacción donde se decidían los asuntos del día, pero le extrañó encontrar la mayoría de las mesas desocupadas. Solo el meritorio, un chaval muy jovencito y aplicado, se hallaba en su sitio recortando los telégrafos de la agencia Fabra. Un coro de sonoras carcajadas traspasó las paredes del despacho de Fernanflor. Diego asomó la cabeza y descubrió al resto de los compañeros apelotonados alrededor del escritorio del jefe de redacción.

—¡Lebrija! —exclamó Moya al verlo—. Pasa, pasa, te vas a reír un rato.

Había llegado una carta remitida por el director de *El Imparcial* en la que les comunicaba que su diario ya era «oficialmente» el más leído de España, según certificado de la Gaceta de Avisos, y, por lo tanto, esperaban que desde las páginas de *El Liberal* dejaran de cuestionar la fiabilidad de los datos de la tirada que ofrecía el periódico y los del timbre, con los envíos a provincias, pues no hacían más que confundir al público lector. Hubo un estallido de risas y chanzas. Además, les advertían de que, en caso de continuar publicando comentarios malintencionados, los denunciarían al Fiscal de Imprenta por atentar contra la honorabilidad de *El Imparcial*.

—Fernanflor, deberías responderle en los mismos términos, solicitando, educadamente, que aprendan a sumar —dijo uno de los presentes—. ¡Sus cifras de tirada diaria no cuadran con el total anual publicado en la Gaceta!

Otro coro de carcajadas.

—Mariano, vete afilando tu pluma que mañana quiero que publiquemos una felicitación «oficial» en clave irónica dirigida a los señores de *El Imparcial* —ordenó el jefe de redacción—. A ver si les bajamos un poco los humos.

El aludido se atusó el bigote, y preguntó:

—¿Con puntilla o sin puntilla?

—A tu gusto lo dejo, Cavia. El experto en toros eres tú.

—No me extraña que luego sus redactores acudan a los eventos dándose esos aires de importancia —dijo otro.

—O que nos pongan zancadillas a los demás por el camino, que también los hay. Esta mañana, Carranzo ha puesto en mi contra a la Guardia Civil al cubrir un caso sospechoso de asesinato —añadió Diego.

—Eso sí se merece una carta de queja formal, y no tanta presunción con si eres el más leído o no de España —protestó uno.

Los demás le dieron la razón.

—Es cosa de Carranzo, que es un taimado y te la tiene jurada, Lebrija. No sé qué le habrás hecho —dijo Moya—. Si tengo ocasión, se lo comentaré a Mellado, seguro que le echa una reprimenda.

—Señores, ¡a trabajar!

Era su primera vez en el Teatro Real. Su primera ópera, también. *Lohengrin*, de Wagner, con el gran tenor Julián Gayarre en el personaje del protagonista masculino, ni más ni menos. ¡Vaya bautizo operístico, Lebrija!, lo festejó Fernanflor al enterarse.

—Más de uno habría matado por dos entradas a esta obra, y entre ellos me incluyo yo —lo corroboró Nicolás al adentrarse en el vestíbulo abarrotado de señores de fracs y damas en brillantes vestidos de gala—. Gracias por invitarme, pensaba que estarías todavía molesto conmigo por lo de Victoria, pero es que...

—No tienes que explicarme nada, Nicolás. Ya está olvidado. Y sé lo mucho que te gusta la ópera. ¿Quién mejor que tú para acompañarme? Y de balde, además.

Esa misma tarde, después de la reunión de redacción, Mariano de Cavia se había detenido caviloso delante de su escritorio, como si quisiera pedirle algo. Diego lo miró con curiosidad. No tenía mucha confianza con el redactor aragonés de carácter retraído al que todos allí elogiaban por la elegancia de su pluma y el sarcasmo que se gastaba en sus crónicas, ya fueran políticas, literarias o taurinas, su especialidad. Al fin se dirigió a Diego para decirle que tenía dos entradas de prensa para la ópera de esa misma noche en el Teatro Real y que no podría utilizar por culpa de un compromiso ineludible. ¿Las quería él? Era el único que le quedaba por preguntar en la redacción y sería una pena desperdiciarlas. Diego ni lo dudó; por supuesto que sí, cómo iba a rechazarlas, ni hablar. Las entradas al Real costaban una pequeña fortuna, aunque las de Cavia eran entradas de cortesía que la dirección del teatro enviaba a ciertos periodistas de renombre como él para que publicaran reseña en sus diarios.

Subieron la escalinata mezclados entre el torrente de público distinguido que se dirigía a sus asientos. Los suyos se hallaban en el penúltimo piso, en el anfiteatro, en un balcón lateral que les ofrecía una buena panorámica del escenario y del bullicio que reinaba en la platea y los balcones, abarrotados de espectadores.

—Creo que nunca lo había visto así de lleno —le dijo Nicolás—. Debe de ser por la fama de Gayarre. Hasta el propio Wagner lo felicitó en persona por su interpretación del protagonista en la Ópera de Londres. ¿Lo sabías?

No, no lo sabía. Había oído hablar de Gayarre en reseñas musicales, pero nunca había asistido a una representación suya, no se lo podía permitir. Admiró el suntuoso decorado de la sala, los frisos dorados, las columnas dóricas y sintió un íntimo placer al verse allí, entre ese público pudiente y privilegiado engalanado para la función. Las luces se apagaron y la suave melodía de los violines se elevó con lentitud al ritmo del telón bajo el cual, apareció el decorado: un castillo, un bosque, unas rocas a la orilla de un río, por el que surgirá Gayarre en el papel de Lohengrin, el caballero desconocido que llega en una barca guiada por un cisne para defender a la joven Elsa de Brabante, injustamente acusada de asesinar a su hermano, el príncipe heredero. Tal vez no entendiera de lírica ni de ópera, pero al escuchar la poderosa voz de Gayarre sobre el escenario, su interior vibró recorrido por una intensa emoción que ya no le abandonó hasta el final de la obra, cuando el público estalló en una larga ovación a la que se sumó, entusiasmado.

—Después de esto, ya no voy a poder asistir a ninguna obra menor, Nicolás —dijo, con las manos ardiendo de tanto aplaudir. Su amigo soltó una carcajada, tan entusiasmado como él.

Al terminar, se fumaron un cigarrillo en su sitio mientras aguardaban a que el público desalojara la platea. Todavía embriagado, Diego dejó vagar su vista por balcones y palcos hasta posarse en una joven que reconoció al instante: Victoria Velarde. Ocupaba uno de los palcos mejor situados, cerca del escenario, junto a su familia. Detrás de ella, Diego distinguió a un joven de cierto parecido que debía de ser su hermano y a su padre con una dama de una cierta edad. A quien no reconoció fue a su acompañante, un joven relamido sentado en el asiento contiguo.

—Nicolás, fíjate allí —le señaló el palco—. ¿Quién es aquel que está con Victoria Velarde?

Nicolás dirigió los gemelos hacia el palco.

—Ah, es Clemente de Moncada, su pretendiente o prometido, no lo sé con certeza. El primogénito de los duques de Moncada. Un sosaina con fortuna.

—¿Prometido?

—En los círculos aristocráticos dan por hecho que habrá enlace, porque el duque de Quintanar y el de Moncada son buenos amigos —dijo, ofreciéndole los gemelos.

Diego contempló la figura de Victoria, tan cerca de sus ojos, que le dio la impresión de que si extendía su mano, podría acariciar su cara. Era la imagen de la belleza, de la distinción, de la riqueza, reflejada en el deslumbrante vestido de seda azul celeste que realzaba el contraste entre su cabello azabache y la piel nívea de su escote, en el que lucía un collar de brillantes y zafiros. Con los dientes apretados, los observó conversar, compartir confidencias y sonrisas de complicidad. Sintió un aguijonazo en el pecho, un vuelco en el corazón. En la imprenta, creyó notar en ella algo más que amabilidad. Había sido un ingenuo por hacerse ilusiones descabelladas. Un tonto soñador. Ya se lo advirtió Nicolás: Victoria Velarde no estaba a su alcance. Ahora lo veía claro.

Diego le devolvió los prismáticos a Nicolás.

—No hacen mala pareja —afirmó—. ¿Nos vamos?

Nunca fue tan consciente como en ese momento de la distancia insalvable que lo alejaba de Victoria Velarde.

Se vació los bolsillos de la levita sobre la mesa: la tabaquera, los fósforos, unas monedas, un lapicero, una libreta pequeña y las dos notitas de papel que desplegó ante sí, releyéndolas por encima. Qué caligrafías tan distintas. La letra de Moya era una sucesión de trazos ininteligibles que si Diego logró descifrar, fue porque estaba delante cuando su amigo enumeraba el listado con las fechas y lugares de los siguientes banquetes democráticos (Calatayud, Tudela, Tafalla, Pamplona; una gira en toda regla), al tiempo que los anotaba en el papel; la de Victoria, sin embargo, era una letra clara, estilizada. Se quedó mirando la nota un buen rato sin saber qué hacer con ella. Le pedía encontrarse con él para aclarar lo sucedido aquella noche frente al café cantante. No entendía a qué tanto interés. Diego cogió una cuartilla, mojó la pluma en el tintero y escribió: «Apreciada Victoria (querida le pareció fuera de lugar), le agradezco la intención, pero no me debe ni explicaciones ni disculpas por lo ocurrido. Más bien, el que debe disculparse soy yo, por juzgar algo que no era de mi incumbencia. Espero que no me lo tenga en cuenta si alguna vez, por un casual, nos volvemos a cruzar».

Levantó la pluma del papel, pensativo. ¿Así estaba bien o debía ser más claro? Por si acaso, volvió a mojar la pluma y concluyó la carta a modo de posdata: «No se preocupe por el libro de Larra, quédeselo, es un regalo. La dejo en las mejores manos con él».

25

3 de diciembre de 1881

«La dejo en las mejores manos con él.» Necio.

—Creo que si arrimamos esta mesa a la pared del fondo —doña Bárbara deslizó las yemas de sus dedos por la pulida superficie de caoba de seis metros de longitud— y pedimos que trasladen aquí la del comedor de diario, bastará para servir el bufé, ¿no crees?

—Como usted vea —respondió Victoria, muy quieta, en mitad del salón.

Si eso era lo que él quería, allá él. Debería devolvérselo, pero con un recadero, para que se diera cuenta de que no le afectaban sus palabras. Si no deseaba volver a verla, le parecía muy bien. Ella tampoco deseaba guardarse nada de él. Y un libro de Larra no sería difícil de encontrar en alguna librería.

—Sí. Pienso que así quedará bien —resolvió doña Bárbara, dando un último repaso a los muebles y tapices que adornaban las paredes—. Le diré a tu padre que vamos a necesitar más sillas.

Victoria asintió, pero sin interés. Llevaba con doña Bárbara desde primera hora de la mañana. Su padre las había dejado solas a las dos con la excusa de que esperaba un par de visitas y «tenía cosas que hacer». Bien, pues ella también tenía tareas que hacer antes de que llegara la tía Clotilde, a quien esperaban a almorzar. A don Federico se le había ocurrido que la condesa debería conocer en persona a doña Bárbara antes del día del enlace, y aunque a Victoria el motivo le daba igual, le agradaba la idea de que su padre hubiera tenido la deferencia de incluir a su solitaria tía en el círculo familiar más íntimo.

—¿Quieres ocuparte tú de los arreglos florales? Me ha dicho tu padre que tienes muy buena mano —le preguntó la dama con voz persuasiva.

No entendía qué había visto su padre en ella. No era el tipo de mujeres con las que lo había visto galantear, más vistosas, más distinguidas. Bárbara Orellana era una mujer de porte recio de la cabeza a los pies. Tenía las facciones anchas, los ojos vivaces, la expresión dulce. Tal vez de ahí venía su atractivo, de esa combinación extraña entre la suavidad de sus rasgos y la determinación con la que se desenvolvía en los ambientes madrileños.

—Yo creo que es mejor que las elija usted —dijo—. Las flores de una boda son algo muy personal.

Doña Bárbara abrió la boca como si quisiera añadir algo más, pero al fin desistió.

—Bien, como quieras. ¿Seguimos?

Victoria asintió en silencio. No solo debía ayudar a la novia con los detalles de la boda, su padre también le había pedido que la acompañara por varias estancias de la casa por si deseaba realizar cambios en la decoración. Al parecer, doña Bárbara poseía varios muebles que deseaba traerse consigo y habría que encontrarles un buen acomodo en el que sería su nuevo hogar. Recorrieron la salita de estar —le gustaba tal y como la tenían; si acaso, más adelante cambiaría las cortinas—, el comedor de diario, la alcoba conyugal y su gabinete personal, del que su padre había tenido el detalle de retirar cualquier recuerdo o rastro de su madre, si es que quedaba alguno. Al llegar a la acogedora salita de las flores, alegre y luminosa bajo el sol de invierno, Victoria observó el repaso que hizo doña Bárbara a cada rincón de la estancia: el cómodo diván de lectura, la mecedora que fuera de su madre, las mesitas repletas de adornos, el secreter en el que ella solía redactar su correspondencia.

—¿Es un retrato de tu madre?

Victoria siguió su mirada hasta el óleo colgado sobre la chimenea.

—Sí.

—Era muy guapa. Te pareces mucho a ella. —Victoria agradeció el cumplido tantas veces escuchado, pese a que ella no se veía tan guapa, no tenía ese empaque, esa serenidad. Entonces, doña Bárbara agregó—: Tal vez quieras colgarlo en tu alcoba.

El ofrecimiento la pilló por sorpresa, aunque no debiera. Su padre tendría que haberlo retirado de ahí ya. Pero le molestó que esa mujer reclamara su sitio de una manera tan directa, tan clara.

—Siempre la hemos tenido en las salas familiares, donde la pudiéramos ver todos —dijo, haciéndose la tonta.

—Lo entiendo —dijo ella sin apartar los ojos del retrato. Luego se volvió hacia Victoria y añadió, con suavidad—: Pero quizá ahora ya no sea el lugar más apropiado. Si lo deseas, piensa tú su ubicación o háblalo con tus hermanos.

—Sinceramente, yo preferiría que siguiera ahí —dijo Victoria.

Doña Bárbara iba a replicar cuando las interrumpió un alboroto de voces procedente del vestíbulo, al que siguió el repiqueteo de un bastón aproximándose por el pasillo. Antes de que pudieran reaccionar, doña Clotilde apareció con gesto irritado en el umbral de la sala, del brazo de una criada.

—Parece que en esta casa atienden mejor a los recaderos que a las damas mayores e impedidas —se quejó la condesa.

—Pero, tía, nadie nos ha avisado de que había llegado usted —dijo Victoria, corriendo a su lado. La condujo del brazo hasta el sillón orejero más cómodo de la salita—. Está doña Bárbara conmigo, tía.

—Es un placer conocerla, doña Clotilde. —Doña Bárbara se acercó a saludarla con afecto—. No sabe cuánto me alegro de que haya podido venir. A Federico le hace mucha ilusión que podamos reunirnos todos.

—Federico es un liante —rezongó, a media voz, tomando posesión del sillón—. Pero la familia es la familia. Y si Victoria me pide que venga, aquí me tiene la primera.

En ese instante apareció en la salita Lina, su doncella, con un enorme ramo de rosas amarillas entre sus brazos.

—Acaban de traerlo para usted, señorita Victoria —anunció la muchacha con la misma emoción que si fuera para ella.

Victoria se levantó de la silla sin poder ocultar su sorpresa.

—¡Madre mía! ¿Quién? —Hundió su nariz y aspiró la intensa fragancia.

—Un recadero, señorita. Ha dicho que la tarjeta está entre las flores.

Victoria cogió el sobrecito color crema y le devolvió el ramo a la doncella, pidiéndole que las pusiera en agua en uno de los jarrones de cristal de Bohemia.

—No hay duda de que son rosas... —dijo la condesa, alzando su nariz.

—Sí, un radiante ramo de rosas amarillas, doña Clotilde —confirmó doña Bárbara.

—Léenos la tarjeta, si no es mucha indiscreción, querida —le pidió la tía—. Estamos deseando averiguar quién es tu admirador secreto.

Victoria rasgó el sobre y extrajo la tarjeta. Una sonrisa enorme iluminó su rostro.

—Es del señor Gayarre. ¡Qué amable! —exclamó—. Dice que me agradece la espléndida recomendación del sastre de padre en Madrid.

—¡Qué encantador! Me sorprendió la simpatía y la sencillez que derrochaba ese hombre. Es famoso en el mundo entero y a él no parece afectarle —dijo doña Bárbara.

Era encantador, desde luego, y tenía buena memoria. Lo demostró al responder sin demora la notita que Victoria le envió aquella noche a su camerino en la que le expresaba su deseo de acercarse a saludarlo, si era posible, tras la representación de *Lohengrin*. Su padre tenía mucho interés en conocerlo y felicitarlo en persona, al igual que ella. Dicho y hecho. Les pidió que lo esperaran en el vestíbulo mientras se cambiaba de ropa, y allí apareció él, campechano y jovial, exactamente igual que lo recordaba. Los invitó a una bebida en el cafetín del Real, durante la cual hablaron de su exitosa gira por los teatros de las capitales europeas, incluida Viena, cómo no. En algún momento salió el asunto de sus problemas con los trajes de etiqueta —por alguna razón, ningún sastre daba con las hechuras apropiadas para un hombre robusto como él—, y don Federico no dudó en ofrecerle una tarjeta de recomendación para su sastre particular. Dígale que va de mi parte y ya verá como no se arrepiente: no tiene nada que envidiar a los sastres de Savile Row en Londres, se lo aseguro.

—Ah, si no recuerdo mal, creo que me leíste un breve artículo del Caballero Salvatierra sobre su interpretación de *Lohengrin* en el Real, ¿verdad, Victoria? —comentó doña Clotilde, con una sonrisa inocente.

La doncella regresó con el jarrón de flores y lo colocó sobre el velador a su lado. La fragancia de las rosas inundó la habitación.

—Sí, hablaba maravillas de la actuación —respondió Victoria, que tomó asiento en un extremo del sofá mientras doña Bárbara ocupaba el otro.

—Ah, se me olvidaba —dijo doña Bárbara, que se estiró a coger su bolso abandonado en una butaca. Rebuscó en su interior y extrajo dos cajitas de metal con la tapa decorada en bonitos motivos vegetales—. He traído unos pequeños obsequios para las dos.

A Victoria le entregó la cajita con una orla de madreselva y a doña Clotilde le puso en su mano otra con un dibujo de lavanda, que ella misma le abrió.

—Son de mi fábrica de jabones en Soria —les explicó y, dirigiéndose a Victoria, añadió—: He pensado que el aroma de vainilla te gustaría, aunque también tenemos jabones con aroma a lavanda, como el que tiene tu tía, y a limoncillo.

Victoria destapó su caja y olió el suave aroma a vainilla que desprendía la pastilla de jabón.

—Los fabricamos con esencias naturales de flores —dijo la viuda—. Nos costó tiempo y esfuerzo hasta dar con la fórmula, pero a base de insistir, lo conseguimos.

—Debió de resultarle difícil tomar las riendas de una fábrica tras morir su marido —dijo doña Clotilde.

—Ah, no. La fábrica era mía, de mi familia. Y desde la muerte de mi padre la he dirigido yo sola, mi marido no tuvo nada que ver, porque así quedó estipulado en nuestro acuerdo prenupcial.

Les contó que su padre nunca congenió del todo con el pretendiente de su única hija, un capitán de caballería retirado de cierta edad, primo segundo de su madre. Doña Bárbara heredó las propiedades agrarias, además del negocio familiar de jabones del que se hizo cargo personalmente, más por sentimentalismo que por afán de lucro, bien es verdad: le dio pena malvender la fábrica a la que su padre dedicó gran parte de su vida. Al cabo del tiempo, cuando establecieron su residencia en Madrid, a doña Bárbara se le ocurrió que las señoras de la buena sociedad preferirían asearse con un jabón de tocador suave, de delicado olor floral, antes que con el basto jabón de aceite y sosa. Y a pesar de las protestas de su marido, no paró hasta conseguirlo.

—Si es lo que yo me digo, que tenemos más mano para el dinero que ellos. Deberían dejarnos los negocios a nosotras, que desde niñas nos educan para administrar una casa, y quien administra un hogar, una familia, con inteligencia y sentido común, puede administrar una fábrica o el mundo entero, si se tercia —concluyó doña Clotilde.

Doña Bárbara le dio la razón, porque es que, además,

a su marido no se le daban bien los números aunque no quisiera reconocerlo ni ante ella ni ante nadie, e insistía una y otra vez en revisar él los libros de contabilidad. Y cuando quedó claro que el negocio lo dirigía ella, el hombre se dedicó a ver pegas en todas partes, que si era ruinoso, que si la distraía demasiado, que si pasaba demasiado tiempo entre obreros... Era agotador.

—Claro que eso se terminó en cuanto empezaron a llegar los beneficios contantes y sonantes que reportaban las ventas de mis jabones entre las damas —dijo, riendo de buena gana.

Victoria tuvo que reconocer que tenía mérito la señora. Administrar una fábrica, aunque fuera de jabones; se necesitaba mucho carácter para eso.

Don Federico apareció al cabo de un rato en la salita. Entró frotándose las manos, con cara de felicidad. Sus tres mujeres favoritas juntas, se congratuló, encantado. Repartió besos en la mejilla a doña Clotilde y a doña Bárbara, y antes de tomar asiento, se dirigió al mueble bar y sirvió unas copitas de vino dulce para las damas, y una copa de coñac para él. Lina entró con una bandeja de aperitivos entre las manos, almendras tostadas, queso y aceitunas que depositó sobre la mesa, como le había pedido el señor.

—Hace un rato se ha marchado Clemente de Moncada —anunció en tono enigmático, tomando asiento entre ellas, con gesto complacido—. Ha venido a hablar conmigo para pedir la mano de Victoria.

La joven palideció. Detuvo su copa a medio camino de los labios y clavó los ojos en los de su padre.

—¿Clemente ha pedido mi mano? ¿Por qué? A mí no me ha comentado nada —dijo ella con sequedad.

—¿Por qué va a ser, hija? Porque desea casarse contigo, como no podía ser de otra forma.

—Pero yo no quiero casarme con él. No me gusta.

Todavía recordaba la discusión que tuvieron hacía dos semanas, cuando le contó que su padre la había inscrito en el curso de Filosofía organizado por la Asociación para la Enseñanza de la Mujer, después de visitar el centro y conocer a don Fernando de Castro y don Gumersindo. Clemente se molestó. ¿Un curso de Filosofía? ¿Por qué perder el tiempo en unas clases que no servían para nada? ¿Qué interés podía tener ella en aprender esas cosas? A Victoria se le ocurrían varias razones, como, por ejemplo, ampliar la formación tan pobre que recibió de su institutriz, esos años atrás. Pero Clemente no estaba de acuerdo, «yo diría que posees más conocimientos de los que necesita una señorita de tu posición, que solo debe ocuparse de su hogar y su familia». Desde que asistía a la escuela de don Fernando, se había dado cuenta de sus enormes lagunas de conocimientos de historia, ciencia, pensamiento; sobre la cultura, en general. Cada clase de don Gumersindo era una ventana abierta a un mundo que solo atisbaba a conocer y comprender; hasta entonces no era consciente de cuánta era su ignorancia. Y eso era lo que le quería negar Clemente.

—¿Cómo que no? —Su padre la miró con expresión de auténtico asombro—. Pero si hacéis muy buena pareja, y es un excelente muchacho. Su familia te aprecia mucho, no hacen más que decírmelo.

—Creo que no tenemos caracteres compatibles —afirmó ella, utilizando un término que le había escuchado decir a doña Faustina a propósito de Rosario de Acuña y su esposo—. Clemente es aburrido, demasiado serio y rígido para mí. No creo que fuéramos felices, sinceramente.

—Tonterías. Luego, la vida marital es más fácil de lo que las jovencitas imagináis —insistió su padre, sonriendo—. Por otro lado, tanto los Moncada como yo dábamos por hecho este enlace, ya sabes la amistad que nos une.

—¿Quieres que me case con él solo por amistad?

—Quiero que te cases con él porque sé lo que te conviene, Victoria —replicó él, con un punto de impaciencia en la voz—. Y a mí me corresponde decidir lo mejor para ti y para tu futuro.

Doña Bárbara emitió una leve tosecilla antes de intervenir.

—Tal vez podamos dejar unos días para pensarlo con calma —dijo, conciliadora.

Don Federico disipó su mal humor con un trago de coñac.

—¿Por qué tiene que ser Clemente? ¿Y por qué tan pronto? ¿Es que no puedo esperar a que aparezcan otros pretendientes? —se quejó Victoria, lastimera. Y lo más hiriente—: ¿Debo casarme con el primero que llega y pide mi mano?

—Si no creyera que es un buen hombre para ti, no habría nada de qué discutir —respondió don Federico.

—Clemente no es para mí, padre, ¡no me entiende! No le parece bien que estudie, no le parece bien mi carácter «impulsivo», no le parece bien que me interese la escritura, no le parece bien que me interese por tantas cosas... —protestó Victoria, recordando esos y otros detalles que había pasado por alto, y ahora tenían tanta importancia—. No creo que él me convenga a mí ni yo a él, nunca seríamos felices.

Un silencio elocuente se abatió sobre la salita.

—Si es así, creo que Victoria tiene razón: deberías rechazarlo, Federico —afirmó, rotunda, la condesa, que se había mantenido callada hasta entonces.

Doña Bárbara también fue de esa opinión:

—Para qué precipitarse, querido, qué necesidad hay de forzar un matrimonio con ese joven, por muy beneficioso que sea en su patrimonio. Si Victoria se opone, no pretenderás llevarla encadenada al altar; ya no estamos en esos tiempos, gracias a Dios —dijo con persuasiva dulzura.

Don Federico comenzó a flaquear ante la muralla de las tres mujeres.

—Padre, por favor —suplicó Victoria—. Écheme la culpa a mí, ponga la excusa que usted quiera, pero dígale que no. Déjeme continuar mis estudios y, cuando finalice, le prometo que me casaré con quien usted considere conveniente.

—Si llego a saber que ese curso me iba a dar tantos quebraderos de cabeza...

—Tonterías. El tiempo pasa enseguida, Federico —dijo doña Clotilde—. Y la escuela para señoritas de don Fernando tiene mucho prestigio, es de lo mejorcito de Madrid.

—Y Victoria es aún muy joven —agregó doña Bárbara—. Tiempo tendrá de hacer vida de casada, con todo lo que eso implica, para bien y para mal. Tú y yo bien que lo sabemos, Federico.

Las estrechó a las dos con fuerza al despedirlas en el zaguán, reconfortada por su apoyo. Qué fácil hubiera sido para doña Bárbara callarse o ponerse del lado de su padre, como prueba de lealtad, y sin embargo, había hablado en su favor a pesar de lo poco amable que había sido con ella todo ese tiempo. Y en cuanto a su tía, sabía que tenía en ella a la mejor aliada. Desde que llegó a España, ella había sido su mentora, su referencia, su cómplice; lo más parecido a una madre que había conocido. Cómo no iba a quererla. Por primera vez fue consciente del enorme vacío que le había dejado la ausencia de su madre, a quien contempló largamente en el retrato sobre la chimenea, buscándose en ella. Tú habrías hecho lo mismo, madre, te habrías puesto de mi lado, estoy segura. ¿Cómo lo hiciste tú? ¿Decidiste o decidieron por ti? ¿Ya querías a padre o lo aprendiste a querer después? ¿Qué me aconsejarías si supieras que quiero a alguien que no es quien me conviene, según padre? ¿Qué me dirías, si ahora estuvieras aquí?

Victoria se quedó un rato más en la salita, con la vista fija en los rescoldos de la chimenea. Cuando entró el criado con el cubo de agua para apagar las últimas brasas, Victoria se levantó.

—Por favor, Rafael, mañana descuelga este cuadro de la salita y llévalo a mi gabinete.

Ya le buscaría un lugar más apropiado.

Diego, despierta. Una voz lejana lo llamó entre sueños. Notó una sacudida en el hombro, unas palmaditas en la cara. Entreabrió los ojos con un lento parpadeo. Tenía encima a Quino, mirándolo con ojos febriles.

—¿Has visto a Rosalía? ¿Sabes dónde está? —le preguntó con la voz alterada—. ¡No la encontramos por ninguna parte! ¡Y a Gabriel, tampoco!

Diego se incorporó en la cama, todavía aturdido por las nieblas del sueño. Siguió los pasos frenéticos de Quino de un lado a otro de la habitación, preguntándose dónde se habrían metido, adónde se habría llevado ese desgraciado a su *filla*, ay, cuando pillara a ese mierda de sobrino, esa sanguijuela, malnacido, desagradecido... Como le haya puesto la mano encima a Rosalía, lo mato con mis propias manos.

—¿Tú no has oído nada esta noche? —le insistió.

Nada, ni un ruido extraño, ni una voz. Un par de días antes, eso sí, Diego se asomó al cuartillo y encontró a Gabriel remendando una saca de arpillera, para cuando me vaya, le explicó, porque tenía pensado marcharse muy pronto; tan pronto como sus compañeros lo tuvieran todo listo para sacarlo de Madrid. Y lo que más le extrañó fue que le diera las gracias por haberle dado cobijo; le sonó a despedida, aunque no lo dijera. Desde ese día, no había vuelto a ver a Gabriel.

—Ni tampoco he visto a Rosalía en los últimos días —le dijo a Quino—. ¿Cuándo la has visto tú? ¿Anoche durmió en tu casa?

Quino se detuvo a pensar, dubitativo. No lo sabía, él llegaba de madrugada de la imprenta y ya no tenía costumbre de comprobar si su hija dormía.

—Pero lo que sí sé es que ayer por la tarde se pasó por el taller un rato y estuvo con tu hermano, que yo los vi.

Diego se levantó y se comenzó a vestir. Del taller les llegó la voz de Santiago llamándolos, a Quino y a él, aproximándose hasta verlo aparecer en el umbral de la puerta con rostro angustiado.

—¡Rosalía se ha ido! ¡Me ha abandonado! —dijo con la voz rota, mostrándoles un papel que llevaba en la mano—. Dice que se marcha con su primo, a construirse una nueva vida en otro sitio. ¿Qué vida? ¡No lo entiendo! —exclamó, mirando a Quino—. ¿Qué significa eso? ¿Tú lo sabes, Quino? ¿Quién es su primo? ¿De dónde ha salido? ¿Por qué se ha marchado?

TERCERA PARTE

1884-1885

26

20 de marzo de 1884

Victoria miró con insistencia la puerta cerrada del despacho de don Pablo. De vez en cuando salía del interior un murmullo de voces masculinas ensordecidas por las cantinelas infantiles de las aulas de alrededor. Las diez y veinte, suspiró al comprobar la hora en el vigilante reloj de pared. Veinte minutos de retraso, con la prisa que tenía y la de recados que le quedaban por hacer: a la sombrerería ya no llegaba, a la redacción de *La Guirnalda*... ya vería. Sus pasos nerviosos, arriba y abajo, resonaron en la tarima del vestíbulo solitario. En lo alto de la escalera vio aparecer a Visi, la portera, que bajaba con taconeo estrepitoso, bamboleando el cuerpo rechoncho en cada escalón, pero ¿todavía sigues aquí, niña?, le preguntó, como si fuera culpa suya que el director no la hubiera recibido aún. Sin esperar su respuesta, la mujer se lanzó a tocar con energía la campana que avisaba de la hora del recreo.

Las puertas de las aulas se abrieron de golpe y dejaron salir ríos de niñas de cinco años con sus batitas rosas, de camino al patio interior. Victoria se convirtió en el centro de las miradas de tímida admiración infantil que se arremolinaron a su alrededor atraídas por el suave terciopelo color chocolate de su chaqueta entallada y los fruncidos y volantes de la falda de raso turquesa, a juego con el tocado de plumas y la sombrilla. Victoria sonrió. No hacía ni un año, ella también era una alumna pendiente del tintineo de la campana que regía los horarios de las clases de las distintas escuelas integradas en la Asociación para la Enseñanza de la Mujer. Había recorrido esos pasillos con el íntimo orgullo de ser una de las diez alumnas elegidas para ese curso en el que don Fernando y don Gumersindo tenían puestas tantas esperanzas. Solo tenían que empezar por borrar de sus cabezas la idea de que eran más débiles, con menos cerebro, inferiores en facultades mentales, que la educación académica no las ayudaría para llevar un hogar. ¡Una completa falsedad!, declaró doña Concepción Arenal el día que vino al aula a impartir una charla. No eran inferiores ni biológica ni moral ni intelectualmente, como pretendían hacerlas creer. Solo necesitaban instrucción, una instrucción racional que les sirviera de brújula y timón ante las circunstancias de la vida, y puesto que vosotras ya estáis en ese camino, señoritas, no renunciéis a tener una profesión que os libere de la dependencia de maridos, padres, hermanos. No hablo de emancipación, líbreme Dios, sino de reclamar el derecho a un trabajo que nos permita administrar nuestra libertad.

A más de una compañera esas palabras la escandalizaron.

—¿Qué profesiones? ¿Cualquiera? —Victoria alzó la voz—. ¿Podríamos ser abogadas, farmacéuticas, notarias, periodistas...?

—En mi opinión, la mujer debe tener derecho a ejercer cualquier oficio que no exija fuerza física y que no perjudique la ternura de su corazón —afirmó doña Concepción. Y explicó que una mujer podría ejercer de abogada, pero no de juez, porque le faltaba autoridad. Podría ser médico de mujeres y niños, aunque no cirujana, ya que la visión de la sangre y las vísceras podría alterarla. Podría ser periodista, pero solo para tratar asuntos que afectaran a la mujer. Sin embargo, no podría dedicarse a las armas, a eso no.

A Victoria con eso le bastó. No veía nada malo en su aspiración personal de escribir sobre temas serios y publicar con su nombre, no bajo seudónimo. Cuando finalizó el curso, no quiso abandonar la escuela. Porque después de abrirle los ojos a la importancia de la educación para defender sus derechos, los de la mujer, ¿cómo pretendían que renunciara al estímulo de las aulas para encerrarse en la quietud de la casa, las soporíferas tertulias en los salones y las visitas de rigor? No, se negó. A falta de otro curso de humanidades, se matriculó en el primero que llamó su atención: la Escuela de Comercio, con clases de geografía, historia, contabilidad, gestión de inventario, nociones de comercio exterior.

—¡Victoria! ¿Qué haces ahí de pie? —exclamó una voz que no le costó reconocer. Allí, delante de ella, estaba Micaela, su amiga y compañera de la escuela, uniformada con el guardapolvo blanco de maestra de párvulos que tan bien le sentaba.

Se saludaron con un beso afectuoso.

—Estoy esperando a don Pablo. Le he traído un artículo que me pidió que escribiera sobre la Escuela de Comercio para el boletín de la asociación, pero lleva una hora encerrado en su despacho y no puedo esperar más.

—¿Quieres que se lo entregue yo? No me cuesta nada —dijo la maestra, cuyos ojos se desviaron a algún lugar por encima de su hombro. Alzó la voz, dirigiéndose a dos alumnas que se escabullían por un pasillo—: ¡Carolina y Elena! No os quiero ver por aquí dentro... Salid al patio, ¡a correr!

Las niñas se dieron media vuelta, cabizbajas. Micaela y Victoria intercambiaron una mirada risueña, y tú no te rías, que me restas autoridad, le espetó Micaela, bromeando. Qué le iba a restar; estaba segura de que era una de esas maestras que se hacían respetar sin necesidad de alzar la voz ni de repartir cachetes, porque le encantaba enseñar, no había más que verla. Lo suyo era auténtica vocación, aunque la hubiera encauzado más tarde que las demás «por circunstancias de la vida», como solía decir ella, sin más explicaciones. Victoria sabía que su padre, un empresario teatral francés, se había muerto hacía un par de años, y que ella cuidaba de su madre enferma. Cuando se conocieron en la biblioteca de la escuela, Micaela era ya una mujer hecha y derecha de veintimuchos años, alumna de la Escuela de Institutrices. Sus compañeras, un grupo de señoritas mucho más jóvenes, se burlaban de ella llamándola marisabidilla, resabiada y solterona, pero al final del curso, ¿quién obtuvo las mejores calificaciones?, ¿quién fue la alumna más brillante de su promoción? Micaela. Por eso no le extrañó que don Pablo recurriera a ella cuando tuvo que buscar aprisa y corriendo una sustituta para la clase de párvulos de la señorita Milagros, que se había roto la cadera.

—¿Lo harías? ¿Podrías entregárselo de mi parte? Todavía debo ir a *La Guirnalda* para entregar mi colaboración semanal, y de ahí, continuar hasta la casa de doña Joaquina. Le había prometido que llegaría pronto para incluir mi columna y ayudarla con el cierre de la edición de *El Correo de la Moda*.

—Dios mío, Victoria, ¡qué actividad! ¡Ya pareces una auténtica literata!

Victoria se echó a reír. Y esas eran sus colaboraciones «confesables». Las inconfesables, las que escribía para *El Imparcial* todavía bajo el seudónimo de Salvatierra, aunque ya sin la participación de su tía, la mantenían también bastante ocupada.

—Solo son mis colaboraciones semanales con *El Correo* de doña Joaquina y *La Guirnalda* —repuso. Eran las únicas que firmaba con su nombre real, al margen de las otras—. Por más que lo intento, ningún diario nacional acepta mis columnas, salvo que sean para las páginas literarias.

—Dame tu artículo y yo se lo entrego a don Pablo. Lleva unos días de reunión en reunión, porque el próximo curso quieren ampliar la escuela a la enseñanza primaria —le explicó mientras Victoria extraía de su carpeta dos cuartillas dobladas por la mitad, que le entregó. Micaela las ojeó por encima y se las guardó en el bolsillo de su bata—. ¿Sigues viéndote con ese redactor con el que fuimos al teatro? El señor...

—¿El señor Carranzo? ¡No! —Hizo una mueca de desagrado. Javier Carranzo, qué decepción. Se lo presentó Nicolás de Torrehita en una velada musical en la que coincidieron el pasado verano, en los jardines de El Capricho. Somos compañeros en *El Imparcial*, le dijo. Carranzo era redactor de mesa y de calle; hacía de todo y más—. Creo que solo nos vimos un par de veces después de aquella cita. Me aburrió.

—A mí me pareció un hombre agradable. Y guapo.

—Era solo fachada y poco más, te lo aseguro —rebatió Victoria—. Tendrías que haberlo oído: no hacía más que presumir de que conocía a los gerifaltes de los periódicos más importantes de Madrid, y cuando le pedí que me recomendara a alguno de ellos, se le llenó la boca de excusas, a cual más estúpida. Eso sí, quería que lo llevara a los salones que frecuento y le presentara a ciertas personalidades que le interesaban. ¿Qué te parece? —Se indignaba solo de pensarlo.

Micaela le dio la razón.

—Olvídalo, entonces. No merece la pena dedicarle ni un segundo más.

—En fin, ya sabes que tengo debilidad por los gacetilleros, ¡qué se le va a hacer! —se justificó, medio en broma, medio en serio.

La atravesó como un relámpago repentino el recuerdo de Diego Lebrija. ¿Qué sería de él? Nicolás le contó que escribía en *El Liberal* y que solían enviarlo a provincias cuando ocurría algún acontecimiento digno de contar. Se estaba labrando un nombre muy respetado en la profesión, le aseguró. Victoria se alegraba por él. Si lo ves, dale recuerdos de mi parte, le dijo en una ocasión, pero se arrepintió en el acto: o no, mejor no le digas nada. Al principio fantaseó con hacerse la encontradiza en algún sitio o evento a los que era probable que acudiera, pero enseguida descartó la idea. ¿Para qué? ¿Para que volviera a rechazarla? No quería más periodistas ni Lebrija ni Carranzo ni ningún otro.

—Tendrás que decirme pronto quién será tu acompañante en mi boda. Dentro de poco debo empezar a enviar las invitaciones o no me casaré ni en junio ni en Navidad, y Héctor es capaz de secuestrarme y llevarme ante el primer cura que encuentre. —Se rio.

Victoria apenas conocía a Héctor. Se lo presentó Micaela muy rápido aquel día del teatro en que coincidieron con él a la salida de la función —un señor de un atractivo rudo, aunque innegable, pensó entonces—, pero no pudo evitar sentir un poco de envidia de su felicidad.

—Pero ¿os casaréis aquí o en Santander?

—Aquí, por supuesto. En Santander me resultaría imposible organizar nada, y no quiero dejarlo en manos de Héctor. Así que espero que me digas a quién incluyo en tu invitación.

—¿Y si acudo sola? ¿Llamaré demasiado la atención?

Su amiga le pasó el brazo por el hombro, la estrechó contra sí.

—Tú siempre llamas la atención, Victoria; vengas sola o acompañada —dijo, sonriendo—. Haz lo que tú quieras. Ya sabes lo que dicen: de una boda sale otra boda.

Esas palabras de Micaela flotaban todavía en su cabeza en el carruaje, de regreso a su casa. En esos dos años, su futuro matrimonial había sobrevolado las conversaciones en la familia como pequeñas nubes pasajeras. Su padre dejaba caer de pronto —en mitad de un almuerzo familiar o en alguna tarde tranquila de lectura en la salita de estar— un comentario intrascendente sobre las virtudes de fulanito, primogénito de los marqueses de tal, soltero, hijo único y heredero de un apreciable patrimonio familiar; o mencionaba haberse cruzado en el Senado con el duque de Pascual, que pretendía ceder su escaño vitalicio a su hijo, en caso de que no le asignaran un cargo relevante en alguna embajada de España en el extranjero, como él deseaba; tal vez usted le pueda aconsejar, dada su experiencia, don Federico. Lo había hecho encantado. Un joven muy atento y educado; sería un excelente partido para Victoria. Doña Bárbara emitía un suave murmullo de asentimiento sin alzar la vista de la labor que tuviera entre manos, y Victoria fingía no haberlo escuchado, así que, en vista de la escasa repercusión de sus palabras, el duque cambiaba de tema.

Sabía que se lo había prometido, pero ahora le angustiaba la idea de casarse con quienquiera que eligiese su padre, ya fuera en función de su linaje, sus propiedades o su clase social. No es que deseara casarse con un pobretón, por supuesto que no; pero se sentía lo bastante inteligente y madura como para decidir lo que era mejor para sí misma. Quería ser ella quien escogiera al hombre adecuado guiada por su instinto y por su corazón, y no por sus títulos nobiliarios o su capital.

Doña Bárbara salió al recibidor al oírla entrar en la casa.

—¡Menos mal que ya estás aquí! —exclamó con expresión de alivio—. La recepción de los Bauer comienza a las ocho, Victoria. Son las seis y cuarto. Deberías comenzar a prepararte, ya sabes lo maniático que es tu padre con la puntualidad. Porque vendrás con nosotros, ¿verdad?

Por supuesto que sí. Cualquier evento en Casa Bauer daba pie a un jugoso eco de sociedad para *El Correo de la Moda*, y si el evento en cuestión tenía cierto aire político, como era el caso, es posible que pudiera sacarle provecho para la columna de Salvatierra en *El Imparcial*.

Victoria alzó la vista a la balconada que recorría el salón de baile. De un lugar bien visible colgaban la bandera española y la británica, que apenas media hora antes acogían la llegada de ambas comitivas, la del Ministerio de Fomento y la de la legación comercial británica, encabezada por sir Care Ford, ministro plenipotenciario de Inglaterra en la capital. La recepción arrancó con discursos, felicitaciones por los acuerdos alcanzados, palmaditas en las espaldas, firmas en el libro de honor de la Casa y, como colofón, varias salvas al rey. Esa era la señal que aguardaban en la antesala contigua dos filas de criados vestidos con libreas que traspasaron las puertas y desfilaron en perfecta sincronía por la sala. En sus manos portaban bandejas con preciosas copas de cristal de Bohemia servidas con uno de los principales protagonistas de las largas negociaciones previas a la recepción: el vino tinto español, al que, en breve, el gobierno británico rebajaría sus aranceles para que pudiera competir en igualdad de condiciones con el afamado vino francés, al que los británicos habían dado trato de favor hasta entonces.

—Deberían haber incluido en el acuerdo este exquisito queso manchego. No tiene nada que envidiar a muchos de los quesos franceses —dijo doña Bárbara, saboreando un taco de queso servido en una bandejita de plata. Nada más terminar el acto de bienvenida, se habían acercado a una de las mesitas repletas de bandejas de deliciosos aperitivos, además de jamón serrano y banderillas de encurtidos con aceitunas.

—No tenemos producción suficiente de queso para exportar, querida —le respondió don Federico antes de beber un trago de su copa.

—Pues deberíamos. Con tantos señores industriales y políticos que hay aquí, ¿a nadie se le ha ocurrido producir queso de manera industrial? —insistió la dama—. No sería ninguna tontería.

—No sé si a los ingleses les gustará un queso de sabor tan fuerte —dijo Victoria, que no tenía muy buen recuerdo de la cocina inglesa—. Lo que sí aprecian es un buen jamón serrano.

—Por el momento, vamos a celebrar que haya culminado con éxito el acuerdo de aplicar tarifas mínimas de aranceles al comercio de ciertos productos ingleses y españoles, que ya es un buen comienzo —sentenció el duque.

Victoria bebió un sorbito de vino en su lento recorrido a través de la sala, atenta a los rostros y a las frases sueltas, en español o en inglés, que cazaba al aire de entre los corrillos de señores vestidos de frac o chaqué. Al cruzarse con doña Ida Bauer, le dedicó un educado elogio a la exquisita organización del evento, está usted en todo, señora Bauer, hasta en el intento de conquistar los paladares británicos a través de nuestros mejores bocados.

—Te lo agradezco, querida; Ignacio se ríe cuando le digo que las recepciones con los ingleses son las que más dolores de cabeza me dan, aunque él no lo crea, porque son de lo más puntillosos —le confesó en voz baja.

Si por algo era conocido el matrimonio Bauer, además de sus negocios, era por los bailes, conciertos y teatrillos infantiles que organizaban en el enorme y suntuoso caserón de la calle San Bernardo, que acogía tanto la residencia familiar como la sede social de la Casa Bauer. No había semana en que alguno de sus lujosos salones no albergara un evento con el que agasajaban a sus numerosas amistades y contactos dentro del mundo de la política, los negocios, la música y la cultura española o de cualquier otra ciudad europea que tuviera relación con la Casa Rothschild. La mirada de Victoria se detuvo en el grupo de hombres formado por don Ignacio, el ministro de Fomento, el ministro inglés y otro caballero a quien no reconoció. Por sus gestos, dedujo que debían de estar tratando asuntos de mucho interés para los cuatro. Se aproximó a ellos fingiendo sentirse atraída por los aperitivos de la mesita contigua y aguzó el oído a su conversación.

—... sabrán que la Casa Rothschild de Londres está negociando ampliar su participación accionarial en el consorcio de la Rio Tinto Company Limited —dijo don Ignacio—, pero demanda garantías de que el gobierno español aprobará las obras que necesita esa zona minera para soportar el aumento de la producción de cobre.

—Si se refiere a las obras pendientes en el puerto de Huelva, el Consejo de Ministros ya ha dado el visto bueno —dijo el ministro español—. En dos semanas, a más tardar, podré confirmarle la fecha en que publicaremos el pliego de licitación.

—Me refiero al ferrocarril. Al tramo de Sevilla a Huelva, que es lo que entra dentro de mis negociados aquí —dijo don Ignacio.

—Lo más urgente ahora mismo, ministro —intervino el caballero desconocido—, es que le ordene al gobernador que asigne un pequeño destacamento de guardias civiles a las minas. Nos alarma la incursión de anarquistas entre los mineros y hay que cortarlo de raíz.

—Creí que eso lo tenían ustedes controlado, señor Matheson. Presumían ustedes de que sus mineros gozaban de inmejorables condiciones laborales —replicó el ministro con cierta ironía en la voz.

—Por supuesto que sí. Permítame que dude de que los mineros de otras cuencas de España reciban vivienda, cuidados médicos y las indemnizaciones por enfermedad que ofrecemos nosotros en la compañía Río Tinto desde que asumí su presidencia.

El ministro aguantó el chaparrón sin inmutarse. Tenía en su poder informes no tan benevolentes al respecto.

Denunciaban altos índices de enfermedades respiratorias en la comarca. Ganaderías muertas. Talas masivas de pinares para obtener madera. Protestas de los alcaldes de los pueblos cercanos por el humo tóxico, irrespirable, de las teleras, los hornos al aire libre en los que quemaban maderas para fundir la pirita del cobre que, a decir de muchos, contaminaban el aire y los campos de cultivo. Pero no era su intención discutirlo en ese momento, y menos aún enfrentarse a la poderosa Casa Rothschild.

—De acuerdo, hablaré con el gobernador —dijo el señor ministro—. En cuanto al ferrocarril, señor Bauer, una vez pase por la comisión del Congreso, se procederá a tramitar los permisos de las obras. Tal vez debieran asegurarse de que no surjan contratiempos inesperados en la comisión. Ya sabe que la Compañía del Norte está poniendo muchos obstáculos.

—Por supuesto, la Casa ya cuenta con eso —dijo don Ignacio—. Nos ocuparemos nosotros. Y respecto al puerto...

—¡Victoria! —Don Federico apareció a su lado en el momento más inoportuno—. Ven, quiero que saludes a alguien.

Su padre la enganchó del brazo y Victoria no tuvo más remedio que seguirlo. La condujo a través de la sala hasta un pequeño grupo de cuatro caballeros, altos, rubicundos, distinguidos. Tenían un cierto aire familiar que Victoria no supo ubicar hasta que don Federico avanzó presentándola con orgullo paterno. El hombre de espaldas se volvió y sus ojos, de un azul desvaído e inexpresivo, se posaron en ella. Victoria sintió una oleada repentina de calor abrasándole las mejillas.

—Señorita Velarde, qué sorpresa reencontrarnos de nuevo —le dijo James Langford en su engolado inglés.

—Señor James, no sabía que estuviera en Madrid —respondió muy digna en su mismo idioma, sobreponiéndose a la turbación que la recorría por dentro.

Los destellos de aquel verano en San Sebastián de hacía, ¿cuánto?, casi cinco años, una eternidad, la cegaron por un momento. Por su cabeza desfilaron imágenes deslavazadas: el coqueto hotelito de la tía con la fachada tapizada de hiedra y jazmín, los desayunos servidos en el porche con vistas al mar, los paseos matutinos por la bahía con Álvaro y James, la visión de la orilla salpicada de casetas rodantes en las que los bañistas se lanzaban a sus baños de olas, las juveniles *soirées* que ofrecían los duques de Baena o los de Bailén en sus villas de Miraconcha, frente a la playa. James atraía todas las miradas de las jovencitas, prendadas del guapo lord que se paseaba por el salón con el aplomo y el porte de quien está acostumbrado a destacar. A ninguna le prestaba atención, solo a ella. Sus ojos celestes la seguían a todas partes y Victoria se sentía halagada, para qué mentir, aunque no recordaba haberle dado pie a pensar que pudiera besarla aquella noche bajo las glicinias del jardín. Fue tan inesperado, tan inoportuno, tan extraño... Dios mío, ¡no! Lo rechazó, echándose a reír. No estuvo bien, es cierto; pero en su defensa podía alegar que fue una reacción espontánea con la que no pretendió ofenderlo, pese a que él se lo tomó como si lo hubiera hecho, como si fuera un agravio a él y a Inglaterra entera, poco menos. Qué soberbia, por Dios.

Al día siguiente, el señor Langford se marchó a coger el barco que partía del puerto de Bilbao hacia Inglaterra, y ella ni siquiera salió a despedirlo, para disgusto de Álvaro, que entró como un vendaval en su dormitorio y le recriminó que fuera tan estúpida, tan maleducada, tan egoísta. ¿Cómo has podido? ¿Cómo se te ocurre rechazar a un caballero como James? ¡Al hijo de un lord inglés! Victoria se le encaró: ¡Si tanto te gusta, cásate tú con él! De lo único que se arrepentía era de haber perdido la oportunidad de haber bajado a despedirlo con su vestido más bonito y la más encantadora de las sonrisas, porque nobleza obliga, como solía decir su padre.

—Llegamos ayer en el tren procedente de Santander —le oyó decir a James mientras don Federico la presentaba a su padre, lord Albert, duque de Langford, un caballero mayor, de rasgos patricios y gesto seco, que la observaba a través de su monóculo.

—Estoy seguro que te acuerdas de lord Langford, Victoria —dijo su padre en inglés. Los Langford no hablaban ni palabra de español—. Nos invitaron en varias ocasiones a su propiedad en Hampshire.

—*A pleasure*, lord Albert —lo saludó Victoria con una venia.

—Ah, sí, me acuerdo de la pequeña Victoria... —asintió el duque de Langford. Por un momento, Victoria se sintió examinada como si fuera una yegua—. Te felicito, Federico, tu fierecilla se ha convertido en una hermosa mujer. Encantado, señorita.

Su padre se interesó por lady Langford, rememoró los días que disfrutaron en su propiedad de Treetop Park y ambos hombres se apartaron levemente, enfrascados en su propia conversación.

—Supongo que no recordará a mi hermano, Phillip —le dijo James, que señaló al joven a su lado, con quien guardaba un enorme parecido.

—La niña de las ranas —dijo él, sonriendo.

—Y usted es el que se avergonzaba de su camisón —replicó Victoria, devolviéndole la sonrisa.

—Desde aquel día utilizo pantalones de dormir, gracias a usted.

Los tres compartieron unas risitas de complicidad. Phillip Langford tenía el pelo más castaño, los ojos de un azul más intenso, la tez más morena, la expresión más afable que su hermano mayor.

—Hagamos un trato: usted olvida mi caída y yo olvido su camisola —propuso Victoria, a lo que el joven accedió con un gesto de complacencia—. ¿Han venido con la legación comercial?

—No, exactamente —repuso Phillip—. Nos ha invitado el presidente de la compañía Río Tinto, para la que voy a trabajar. El señor Matheson tenía interés en presentarme a algunas personas de la Casa Rothschild en España antes de que me incorpore al hospital de la compañía en las minas que poseen en Huelva.

—Mi hermano tiene especial debilidad por las causas más insensatas —dijo James con un cierto tono de reproche en la voz—. Acaba de regresar de una larga estancia en la India, al servicio del ejército de su majestad, y ha aceptado un puesto de médico en una remota aldea minera de España sin tomarse ni un pequeño descanso.

—¿Ha estado usted en la India? —Victoria se volvió hacia el menor de los dos hermanos—. ¡Qué interesante! Mi tía dice que no hay lugar en el mundo que le impactara más que el Rajastán. Algún día quisiera visitarlo yo también. ¿Tiene intención de volver en el futuro?

—Por el momento, no —contestó Phillip—. Pero si usted planea viajar hasta allí, avíseme y le daré unas cuantas referencias que le serán de mucha utilidad.

—¿Y a Inglaterra? ¿No le atrae la idea de visitarla otra vez, Victoria? —inquirió James, forzando una sonrisa.

—Es posible, nunca se sabe —respondió ella.

—Estoy seguro de que lo apreciaría más que antes —insistió él—. Lo vería con otros ojos.

—Tal vez. En estos años yo he cambiado, y me imagino que Londres habrá cambiado también —replicó ella, que se sintió atravesada por las pupilas de James. Y por cambiar de tema, preguntó—: ¿Se marcharán pronto a Huelva o piensan quedarse unos días en Madrid?

—Permaneceremos aquí unos días, hasta que salga

nuestro tren a Sevilla —respondió Phillip—. Mi hermano y mis padres cogerán en Huelva el barco a Inglaterra.

—Ya le he dicho a lord Langford que les vamos a enseñar los encantos ocultos de esta ciudad, querida —dijo su padre, sumándose de pronto a la conversación—. Seremos sus anfitriones mientras estén en Madrid.

27

Cuando se quiso dar cuenta, era casi mediodía. El juez anunció con voz tomada «queda visto para sentencia» y levantó la sesión con un lacónico tintineo de la campanilla que reposaba sobre el estrado. El público de la sala se levantó con un murmullo sordo y los dos o tres gacetilleros presentes salieron a la carrera. Diego vio a Carranzo atravesar la zona del tribunal tras los pasos del juez, con la connivencia del alguacil, que no hizo ningún ademán de detenerlo. Debía de ser parte de sus privilegios de diputado, ahora que había conseguido escaño en las filas del partido conservador por Tordesillas, su ciudad natal, donde su padre tenía el despacho de notario y, por lo que se ve, también mucha mano en las elecciones que han ganado los conservadores, como corresponde, se dijo Diego con amarga ironía. Era su turno en el poder. Salen unos y entran otros con las papeletas ya repartidas y los votos bien amarrados por las «autoridades del lugar». Carranzo no tenía intención de dejar su puesto en *El Imparcial*, por si el nuevo gobierno de Cánovas durara poco, que tal y como están las cosas de inestables, pudiera ser, le contó Nicolás, que también aspiraba a sentarse en el Congreso en un futuro no muy lejano.

Diego permaneció en su sitio mientras los alguaciles se llevaban al acusado, un hombre de ojos saltones, labio belfo, piernas gruesas y cortas, que abandonó la sala con mansedumbre, rendido a la evidencia de las pruebas irrefutables que incriminaban, según el fiscal, al encausado, Conrado Molero, de cuarenta y tres años, oriundo de Guarromán, Jaén, y sin oficio conocido, en el asalto, robo y posterior asesinato del señor don Eusebio Pino, jefe de negociado en el Ministerio de Fomento. Del relato de los hechos y el testimonio del acusado había quedado claro que Molero fue uno de los dos autores materiales del crimen; el otro, un tal Rosón, apareció degollado unos meses después del crimen en la orilla del Manzanares.

—Estamos seguros de que a ese lo mató el tercer implicado en todo este embrollo, el verdadero inductor del delito —le reveló Rodrigo Valdés delante de un chato de vino tinto, tras la primera sesión del juicio en la que testificó—, ese hombre al que Molero llama «el Francés», y que jura y perjura no conocer.

—¿Y no sabéis quién es?

—Ni siquiera sabemos si de verdad es francés o solo es un mote, como tantos otros. Solo sabemos que no es un muerto de hambre, tiene dinero. Al parecer, el Francés contrató a Rosón para que le robara a Pino su maletín de papeles. Rosón se lo contó a su compinche, Molero, y entre los dos acordaron hacerlo a medias. Con lo que no contaban era con que el señor Pino se resistiera tanto que no tuvieran más remedio que resolverlo a las bravas: arrojándolo por el viaducto.

—¿Y qué hicieron con los papeles? ¿Han aparecido?

Valdés se llevó el vaso a los labios al tiempo que negaba con la cabeza.

—Molero declaró que se los llevó Rosón para entregárselos al Francés y que les pagara lo que quedaba pendiente, pero ya no volvió a verle. Creemos que cuando el Francés se enteró del asesinato por la prensa, le entró el miedo y se deshizo de Rosón para borrar cualquier pista.

—¿Quién podía tener tanto interés en unos documentos públicos de licitación? ¿Y por qué? —preguntó Diego extrañado.

Valdés se encogió de hombros. Habían indagado en el negociado que dirigía el señor Pino en el ministerio y, según sus empleados, no tenía mucho sentido. Eran documentos de trabajo sin mayor trascendencia.

Diego subió el último tramo de escalera de dos en dos, atravesó el recibidor de *El Liberal* con la libreta en la mano y saludó a Perico, el recepcionista —ya puede darse prisa, Lebrija, que están a punto de comenzar, dijo el hombre en tono paternal—. En el recorrido a su mesa se fue quitando la chaqueta, se remangó la camisa y se aflojó la corbata, que le ahogaba de calor.

Cuando fue a colgar la chaqueta en el perchero, oyó al director en su despacho quejarse de que llevaban dos semanas muy flojas de publicidad, y eso no puede ser, hay que conseguir más, Riquelme; es nuestra única vía de ingresos si queremos defender nuestra independencia frente al gobierno, a las empresas financieras y a cualquier otro interés espurio.

—Con media página no es suficiente, necesitamos cubrir una página entera. Y si es de tiendas o de empresas, mejor que mejor. Son más lucrativas. Dad prioridad a los anunciantes comerciales sobre los anuncios por palabras de particulares.

—Tengo a cuatro personas visitando comercios y talleres del centro de Madrid, pero no es fácil —se defendió Riquelme, el jefe de publicidad—. Dicen que las señoras no leen la prensa diaria y son ellas las que más compran en los establecimientos.

—¡Tonterías! Dile a tu gente que lleven a mano los datos de tirada y de ventas del periódico en Madrid, para que vean el número de lectores a los que podrían llegar sus anuncios. ¡Que le echen un poco de inventiva esos visitadores tuyos, coño! Que se presenten en academias, perfumerías, fábricas de muebles, de alfombras, lo que sea... Y avisad de que publicamos esquelas, como *El Imparcial*, que le va muy bien: la semana pasada no hubo día que no publicara una. Ahí hay negocio.

Al otro lado de la sala, el jefe de redacción llamó para comenzar la reunión. Muy bien, señores, afilen sus plumas. ¿Qué asuntos tenemos para hoy? Oyó que decía Fernanflor, con dos palmadas apremiantes. Diego se acomodó en la única butaca que quedaba vacía. Estaban todos, comprobó: Moya, Cavia, Vargas, Bremón, Machuca y el resto de los compañeros que se reunían cada día alrededor de la larga mesa de caoba para debatir los temas que merecerían un hueco en las páginas del diario. Vargas fue el primero en tomar la palabra: acababa de regresar del Paraninfo de la universidad donde se habían reanudado las sesiones de la Comisión de Reformas Sociales con las declaraciones de los obreros.

—Tendríais que haber visto la sala, estaba a rebosar de trabajadores que no han dejado de gritar, aplaudir y corroborar los testimonios que han dado sus compañeros en la tribuna. El presidente de la comisión, el señor Moret, se ha quedado sin voz de tanto llamar al orden.

—¿Qué esperaban? Es la primera vez que tienen ocasión de expresar lo que piensan ante los señores políticos, no se iban a quedar callados como niños en un aula —dijo Machuca.

La comisión se había creado el año anterior, en los estertores del gobierno liberal, impulsada por algunos de sus miembros más reformistas que se resistían a abandonar el poder sin haber realizado ningún avance en beneficio de las clases populares. La famosa cuestión social, que tanto preocupaba a don Gumersindo de Azcárate,

Nicolás Salmerón y otras personalidades del krausismo, reformistas todos, había quedado aparcada en detrimento de otros asuntos más apremiantes y menos delicados. La idea de la comisión era aplicar métodos racionales y científicos al conocimiento de las condiciones de vida de los obreros, caldo de cultivo —según voces respetables y bien pensantes de la burguesía— de delincuencia, revoluciones, epidemias y de atraso en general. Solo así podrían encontrar soluciones a los problemas de los trabajadores y de las clases más pobres, dijeron en el acta de constitución de la comisión, en la que participaban representantes de todo el espectro político, desde conservadores hasta liberales y republicanos. Quince miembros, en total. Ningún representante sindical; ni tan siquiera un obrero.

—Pues eso es lo que han hecho: decir lo que pensaban, alto y claro, con sus propias palabras. Uno de ellos —Vargas consultó su libreta en busca del apunte—, un tal García Quejido, tipógrafo en un taller de imprenta, no se ha callado una. ¡Vaya pico que tenía! Llamaba a las cosas por su nombre, al pan, pan, y al vino, vino.

—Pues no sé por qué: los tipógrafos protestan mucho pero son los que mejor viven de entre los proletarios, son la aristocracia obrera —replicó Bremón. Y lo decía precisamente él, que nunca bajaba a imprenta.

No era el único que había hablado, añadió Vargas. También subieron a la tribuna obreros de otros oficios, aunque el retrato que hizo García Quejido de las condiciones en las que trabajaban en las imprentas había sido demoledor:

—Dice que se pasan diez horas al día respirando el humo y el polvillo del plomo en locales pequeños, expuestos a máquinas viejas que provocan accidentes cada dos por tres y que el dueño no quiere arreglar. Y todo eso por diez reales el jornal que no les llega ni para alimentarse como debieran. Y esto es solo el principio, todavía quedan otros veintitrés hombres por subir a la tribuna a lo largo de los dos próximos meses. Van a levantar ampollas entre muchos señores, ya lo veréis.

—Nos guste o no, debemos publicarlo. Redacta cuarenta líneas, Vargas, para la primera página —resolvió Fernanflor mientras lo apuntaba en su planilla—. Más asuntos.

Moya hizo un repaso a los temas que trataría en su sección de «A vuela pluma», Pacheco expuso una rápida relación de los sueltos de provincias, y cuando le tocó el turno a Diego, habló del juicio de esa mañana con el que redactaría un suelto breve, y del otro asunto que tenía entre manos:

—Esta semana se reúne la comisión de ferrocarriles del Congreso para examinar las nuevas licitaciones y parece que la sesión se presenta turbulenta: la Compañía de Ferrocarriles del Norte y los de MZA están enfrentados por la concesión de los nuevos tramos de ferrocarril en Cataluña —explicó—. La Compañía del Norte los reclama para sí, pero MZA está moviendo sus hilos dentro del ministerio para quedarse con las líneas de Reus y Tarragona.

—Creí que a MZA solo le interesaba la red ferroviaria del sur... Acaban de hacerse con el tramo de Sevilla a Huelva. ¿A qué ese interés repentino en Cataluña? —le interrogó Pacheco.

—No quieren que los del Norte se hagan con el dominio de la red allí porque lograrían una posición muy ventajosa de cara a adquirir las líneas de la Compañía de Ferrocarriles de Tarragona a Barcelona y Francia, que conecta España con el resto de Europa. A ambos les interesa controlar el transporte de mercancías —explicó él—. Y MZA no quiere perder esa baza. Los Rothschild tienen muchos intereses en el ferrocarril.

—Si lo lleva Bauer, lo tendrá bien amarrado. Tiene informantes hasta en el infierno —apuntó Pacheco.

—De acuerdo, pues escribe un suelto con eso, que sepan que estamos vigilantes de lo que ocurre. Encájalo en veinte líneas. —Fernanflor hizo el apunte en su planilla y después sacó un diario que tenía oculto bajo sus papeles, un ejemplar de *El Imparcial*, que les mostró—. A propósito de Bauer. Me gustaría saber por qué demonios *El Imparcial* ha publicado una columna de Caballero Salvatierra en la que habla del acuerdo de reducción de aranceles entre España e Inglaterra. ¿Cómo es que no hemos publicado nosotros nada? ¿Es que nadie recibió aviso de esa recepción en Casa Bauer? ¿Nadie está en contacto con el gabinete de comercio exterior en el Ministerio de Fomento? —interpeló, molesto, a cada uno de los redactores, que negaron con la cabeza. Fernanflor frunció el ceño y ordenó—: Quiero que alguien se ponga con ello y averigüe cómo fue, qué aranceles han reducido, a qué productos afecta... —Sus ojos se detuvieron en uno de sus redactores—. Moya, encárgate tú. Lo quiero saber todo y quiero que salga publicado lo antes posible. ¡A trabajar, señores!

Tras disolverse la reunión, Diego revisó la pila de periódicos y revistas de días anteriores que acumulaba sobre su escritorio, hasta dar con lo que buscaba: *El Correo de la Moda*. Recordaba haber leído sobre la recepción de los Bauer en la columna de sociedad que solía firmar V. V., Victoria Velarde, no podía ser otra, estaba casi seguro. La veía a ella reflejada en el estilo suelto y ligero de los textos, y no le resultaba muy difícil imaginarla de invitada a los eventos sociales de los que hablaba en la columna: veladas, noticias de moda de París, anuncios de compromisos, bailes, recepciones, conciertos. Llevaba una intensa vida social. Nicolás le contó en su día que no se había comprometido con el tal Clemente de Moncada ni se le conocían novios formales; sí sabía de algún escarceo que no quiso contarle, no entendía por qué; como si él estuviera preocupado por los pretendientes de Victoria Velarde.

—¿A que no sabes con quién presume de verse tu querido amigo Carranzo? —le preguntó Nicolás hacía unos meses. Ni lo sabía ni le interesaba, sinceramente—. Con nuestra Victoria, ¿te lo puedes imaginar?

No, no se lo podía imaginar. ¿Qué podía ver Victoria en un tipo como Carranzo? Nicolás se encogió de hombros. Ya sabes cómo es Javier, le gusta engrandecerse, y ahora que es diputado... A Diego, la sola idea de pensar que él la pretendiera lo reconcomía por dentro.

Dejó la revista femenina delante de las narices de Moya: para qué quiero yo esto, Lebrija.

—Lee la columna de sociedad de la segunda página. Da cuenta de la recepción de los Bauer con todo lujo de detalles, por si te interesa —le dijo.

—Lebrija —lo llamó Mariano de Cavia sentado en la mesa contigua—, me han dicho que buscas cuarto de alquiler. —Diego lo miró interrogante. No pensaría ofrecerle su propio piso en la Carrera de los Jerónimos, ese que, según se rumoreaba, lo dedicaba a albergar su extensa biblioteca al cuidado de su criado, mientras él se alojaba en un hotel próximo. Mariano se sacó un papelito del bolsillo y se lo entregó—. Creo que te encajará. La casera es conocida mía, te hará buen precio si te decides. Prefiere alquilar a conocidos que a extraños.

—¿Un cuarto para ti solo, Lebrija? ¡Al final te vamos a ver convertido en un señor capitalista! —se mofó Moya.

El cuarto no era gran cosa: una salita pequeña con ventana abalconada en la que había hueco para su buró y sus libros; una cocinilla estrecha, un retrete empotrado en un recoveco de la cocina, un dormitorio —cama de matrimonio con cabecero de hierro, armario ropero de tres cuerpos y descalzadora en un rincón— y luz a raudales filtrándose a través de los visillos que la casera, una viuda de un capitán de artillería que regentaba la pensión del piso principal, descorrió de un tirón. Le preguntó si traía alguna carta de referencia, algún papel que demostrara su solvencia, aunque sabía que venía recomendado por el señor De Cavia, pero aun así... No se fiaba, dedujo Diego, mostrándole dos recibos de su salario en *El Liberal*, que la mujer examinó a conciencia. El dinero ya no era la mayor de sus preocupaciones, por fortuna. Se había hecho un modesto nombre en la prensa de Madrid y su firma figuraba en un puñado de colaboraciones para varios diarios de provincias que complementaban su sueldo.

La buena mujer se los devolvió, satisfecha. No es que desconfíe de usted, no vaya usted a creer; era norma de la casa, lo hacía así con todos, los huéspedes de la pensión y los inquilinos de los cuartos arrendados, por curarse en salud, sabe usted, que una está ya mayor para andarse con disgustos. Hasta a don Benito Pérez Galdós se lo pidió cuando lo tuvo hospedado en la pensión hacía muchos años, cuando solo era un jovencito tímido y callado recién llegado a la capital, sabe usted. Ah, y mire qué vistas sobre los tejados de Madrid. Diego asomó la cabeza a la tranquila calle de las Fuentes, oteó el paisaje de azoteas, las sábanas amarillentas tendidas al sol, el trino de los gorriones en el alerón de enfrente. Qué más podía pedir. Y lo acababan de remozar. Recién pintado, fíjese usted, no verá ni una humedad ni una grieta y mire, mire: la señora, muy ufana, le mostró el interior del retrete, alicatado hasta media altura. A ver cuántos cuartos encuentra usted tan apañaditos como este. Pocos, estoy seguro, corroboró Diego, que desembolsó un mes de alquiler por adelantado.

—¿Qué quieres que te diga? —Su madre cogió el pesado cartapacio de documentos y lo colocó en el hueco correspondiente del estante, entre el de clientes y el de los pagos. Extrajo este último y lo llevó a su escritorio, tan pulcro y ordenado, que a Diego le trajo a la memoria, por triste contraposición, el desorden de papeles en el que se desenvolvía su padre—. Me parece un derroche. Un cuarto para ti solo, ¿y quién te va a cocinar, a lavar, a fregar?

—Ya me apañaré.

—Para eso, haberte quedado con uno de los cuartos libres que tenemos en el piso de arriba. Habrías estado mejor, más atendido, y no te habría costado nada —replicó Carmina con sequedad.

—Algún día me tendría que marchar, madre. Si no hubiera sido por los continuos viajes a provincias, hace tiempo que me habría ido. —Diego se levantó y se acercó a la cristalera que separaba la oficina del oscuro taller de imprenta. Buscó con la mirada a su hermano, a quien divisó junto a la rotativa, echándole la regañina a un operario—. Además, no tengo por qué aguantar el mal humor de Santiago; ni yo ni usted ni nadie.

Oyó a su madre suspirar a su espalda.

—Tu hermano tiene muchas cosas en la cabeza. ¿Sabes que *Los Sucesos* va a cerrar? Don Herminio nos avisó la semana pasada; este mes es el último que sale el diario. Así que nos vamos a quedar solo con dos revistas, una semanal y otra quincenal. Y a ver qué hacemos ahora con tanta rotativa. Tendremos que despedir a gente, porque ya no se oye que nazcan nuevos diarios. ¿Tú has oído algo por ahí?

Diego negó con la cabeza. No, al contrario: cada semana cerraba alguna publicación en silencio, sin que nadie dijera nada. Esa euforia con la que se lanzaban nuevos periódicos en Madrid durante esos tres últimos años, anticipando el auge de lectores que traería la bonanza económica y las perspectivas de apertura a Europa del gobierno de Sagasta, había ido apagándose lentamente, conforme los propietarios de periódicos comprobaban que había sido solo un espejismo, que ni el dinero circulaba más ni había más lectores ni arrancaba una industria capaz de sostener el negocio de sus diarios.

—No le comentes que te he dicho nada; ya sabes cómo se pone —agregó la madre—. Otra cosa no, pero desde que se marchó la niña de Quino, tu hermano no es el mismo. Se le ha amargado el carácter por culpa de ella.

—La culpa la tiene él, madre, que sigue sin aceptar la realidad: Rosalía nunca lo quiso —la rebatió, volviéndose a ella—. Santiago puede volcar su rabia contra mí, contra Quino, contra quien quiera, pero hasta que no lo asuma, no le servirá de nada. No es el primer hombre que ha sufrido un desengaño amoroso ni será el último, aunque actúe como si lo fuera. Alguien tendría que decírselo, y que madure de una vez.

Doña Carmina soltó los papeles que tenía entre las manos y se frotó la cara, los ojos, las sienes. Habló despacio, con el tono de voz contenido de una madre vencida por la impotencia.

—Por favor, ya basta. Tienes que hablar con tu hermano y acabar con esto. No quiero que mis dos hijos se traten como perros rabiosos —le reprochó. ¿Por qué se lo decía a él, que desde aquel día no había hecho más que soportar los ataques y provocaciones de Santiago? A él, que después de explicarle lo ocurrido con Gabriel, dejó que su hermano lo golpeara para desahogar su rabia; a él, que le pidió a Fernanflor cubrir las noticias de provincias con tal de poner distancia entre ambos y así apaciguar los ánimos. Su madre continuaba hablando—: Que no se hable con Quino, quien, a fin de cuentas, es un empleado, bueno. Ya lo hago yo. Pero vosotros sois hermanos, no podéis seguir así.

A través de la cristalera, Diego alargó la vista hacia la figura de Quino encorvado sobre su mesa de corrección. Ya no era el mismo de antes. Era un Quino envejecido, de gesto torvo, que recorría la imprenta en silencio, arrastrando levemente los pies. Hablaba poco y mandaba menos, desplazado por su hermano, que se había adueñado de sus atribuciones sin darle ninguna explicación. De un día para otro, Santiago comunicó al resto de los empleados que, a partir de ese momento, asumía la regencia del taller; que las órdenes las daba él, los trabajos los repartía él, y las quejas, si es que alguien tenía alguna, también a él. Lo habría despedido si doña Carmina no lo hubiera impedido: Quino seguía teniendo mucha influencia sobre los operarios del taller, lo respetaban y le hacían caso, no como a su hijo. Y ella sabía cómo manejarlo, tenía mano con él. Hacía dos años, en la huelga de tipógrafos del 82, fue Quino quien medió entre ella y el resto de la plantilla para acordar una subida de salarios razonable, no la barbaridad que exigían, según su madre. «Gracias a él aceptaron abandonar la huelga una semana antes que en otras imprentas. Si hubiera hecho caso a tu hermano, los habría echado a todos a la calle sin contemplaciones, a las bravas. ¿Y dónde pensaba encontrar operarios con experiencia en ese momento? Habría sido un despropósito, una ruina para nosotros», explicó Carmina. Y todo por el rencor de Santiago.

Diego supo, porque se lo confió Félix, que a Quino le había llegado una carta de Rosalía desde algún lugar de España con matasellos borroso. No le contaba gran cosa, solo que estaba bien, que no pensaban volver y le pedía perdón en su nombre y en el de Gabriel, sobre todo en el de Gabriel, el muy canalla, qué poca vergüenza, *cagüen*.

—Eso dígaselo a él —replicó Diego a la petición de su madre.

—Te lo digo a ti, que eres el mayor, y tienes tu parte de culpa. Si no hubierais ocultado a ese anarquista aquí, no habría ocurrido lo que ocurrió.

Era algo a lo que le había dado muchas vueltas en los casi tres años transcurridos desde entonces: qué habría pasado si él hubiera actuado de otra forma. Si se hubiera negado a darle cobijo, o si lo hubiera denunciado, o si le hubiera contado a su hermano que tenían al sobrino de Quino, un anarquista herido, escondido en el cuartillo de los aprendices, un hombre al que su novia cuidaba por las noches... No tomó la mejor decisión, ahora lo sabía y se arrepentía de ello. Pero de lo que sí estaba seguro, y eso nadie se lo quitaría de la cabeza, era de que si Rosalía no hubiera huido con Gabriel, tarde o temprano lo habría hecho con otro. No se habría quedado con Santiago.

—¿Qué haces tú aquí? —Su hermano irrumpió en la oficina—. ¿De qué estáis hablando? Te dije que no quería verte por el taller.

—Me dijiste muchas cosas, Santiago —replicó Diego sin alterarse—. Si vengo es por madre, no por ti. Y creo que este es su despacho, no el tuyo.

—Ya basta —cortó Carmina, poniéndose de pie—. Me tenéis harta los dos.

Su hermano menor se encaró con ella, como nunca antes lo había visto hacer.

—¿Por qué está aquí? ¿Se lo ha pedido usted? ¿Qué le ha contado?

—No le he contado nada, Santiago —afirmó Carmina,

tajante—. Esos son temas de la imprenta que a él no le interesan.

—¿Qué pasa? ¿Hay algún problema? —interrogó Diego, picado de la curiosidad.

—No hay ningún problema, y si lo hubiera, no es asunto tuyo —respondió su hermano.

—¡Ya está bien, Santiago! —gritó su madre—. No olvides que una parte de la imprenta es también de tu hermano, aunque no esté aquí.

—Dígale que se marche —le ordenó Santiago.

—La que se va a marchar soy yo para que resolváis esto de una vez por todas —replicó la madre, recogiendo sus papeles dentro de una carpeta con la que se dirigió a la puerta. Se detuvo junto a su hijo menor y agregó—: Se lo he dicho a Diego y te lo digo a ti también, Santiago: hablad lo que tengáis que hablar, pero quiero que esto se acabe ya. No podéis estar así toda la vida.

—Yo no tengo nada que hablar con él —protestó Santiago.

—Pues entonces, quedaos en silencio y meditad un rato. Tal vez eso os ayude a entrar en razón.

Doña Carmina salió cerrando la puerta tras de sí. Santiago pateó la silla, furioso, y Diego se recostó contra el respaldo de su butaca y aguardó unos segundos antes de hablar con voz calmada:

—Madre tiene razón, esto no tiene sentido. Han pasado más de dos años, Santiago, ¿no crees que es hora de olvidarlo? Te estás volviendo un resentido, un amargado.

—¿Qué quieres que olvide? —se revolvió su hermano, irritado—. ¿Que engañaste a tu hermano por ayudar a Quino? ¿Que pusiste la imprenta en riesgo por un desgraciado? ¿Que ayudaste a que mi novia se fugara con otro?

—Ya te pedí perdón por ocultarte la presencia de ese hombre, Santiago. ¿Qué más quieres? Yo no obligué a Rosalía a escaparse, lo decidió ella por sí misma. ¿No te has preguntado por qué?

El rostro de Santiago se deformó con una mueca desagradable.

—Ese hombre la engañó. La engatusó con cualquier promesa falsa.

—¿Crees que Rosalía era fácil de engatusar?

—No me habría dejado si no lo hubierais traído aquí vosotros —insistió, obcecado.

—Tal vez no te habría dejado en ese momento. Pero ¿de verdad crees que Rosalía se habría casado contigo? —Dejó que la pregunta se quedara flotando entre los dos y, después, añadió—: Debes olvidarla, Santiago. ¿Qué sentido tiene seguir lamentándote por alguien que no te quiere?

—¡Pero me habría llegado a querer! Eso fue lo que Quino y tú me arrebatasteis, Diego, ¡la posibilidad! ¿Tan difícil es de entender para alguien tan listo como tú? —rugió Santiago, con una mirada desafiante que Diego le sostuvo, mordiéndose la lengua, una vez más—. Con un poco de tiempo, la habría enamorado y se habría casado conmigo. Eso es lo que nunca te voy a perdonar.

Diego se puso en pie dispuesto a zanjar la discusión.

—Muy bien. Entonces ¿qué hacemos, Santiago?

—Mantente alejado de mí y de la imprenta —respondió, dejándose caer en el sillón de su madre frente al escritorio.

—Como quieras —aceptó Diego, con un suspiro resignado. Estaba cansado de discutir—. No me va a ser difícil: me marcho de casa, ya se lo he dicho a madre. He alquilado un cuarto por el barrio del Teatro Real y me mudo a vivir allí. Vendré a verla de vez en cuando, y cuando lo haga, espero que no haya discusiones ni malas caras. Y si tanto te molesta, finge un rato, aunque sea por no disgustarla. No tiene por qué sufrir por nuestros problemas.

—Mira lo que han publicado los diarios sobre la sesión del Paraninfo —dijo Matías, que le plantó *El Imparcial* y *El Liberal* delante de los ojos, sobre el mostrador macizo de la taberna, donde se refugiaban cuando querían hablar sin miedo a que ni Carmina ni Santiago los vigilaran, suspicaces, como si anduvieran tramando algo—. *El Liberal* no le dedica mucho espacio, aunque, al menos, lo redacta sin mojarse. Pero *El Imparcial*... —su dedo se posó sobre la hoja de papel, en el lugar del artículo—, léelo. Nos acusan a los obreros de hacernos las víctimas y de haber aprovechado la tribuna de oradores para lanzar ataques personales, agravios y temeridades que no sirven de nada para los trabajos de la comisión.

Quino se colocó las lentes y comenzó a leer. De entrada, le irritó el tono condescendiente y paternalista con el que estaba escrito, como el del padre que le da un pequeño tirón de orejas al hijo por no comportarse como se espera de él. Así los veían a ellos esos burgueses: como niños ignorantes a los que quieren ayudar para mantenerlos callados y conformes con su miseria. Y no les bastaba con eso; además, pretendían que les dieran las gracias. A medida que leía, se calentaba más: qué manera de tergiversar las palabras de los compañeros, sacándolas de contexto, qué perversidad. ¿Quién habría escrito eso? No fue así, no, señor. Él lo podía decir porque estuvo allí, sentado como uno más entre los casi trescientos obreros que llenaban esa sala inmensa del Paraninfo en la universidad.

—¡En la universidad, ni más ni menos! ¿Qué te parece? —interpeló a Matías—. Bonito lugar para hacernos sentir cómodos a los obreros. Cualquiera diría que nos querían echar en cara sus estudios y su ciencia —murmuró con ironía amarga. Él acudió para escuchar lo que iban a decir los compañeros, Navarrete y García Quejido, tipógrafos de la Asociación del Arte de Imprimir, a esos señores tan respetables y tan ilustrados que pretendían descubrir cómo vive la clase trabajadora a base de informes y una encuesta de más de doscientas preguntas que habría avergonzado a cualquier persona decente, y recitó—: Que cuánto alcohol bebemos, que si nos gastamos nuestro sueldo en la taberna, que cuántas veces nos lavamos, que si vivimos casados o amancebados, que por qué somos impíos, que si somos unos adúlteros y nuestras mujeres, poco menos que unas prostitutas sin moralidad. ¿Para qué preguntan, si ya parecen saberlo? ¡Para ese viaje no hacía falta tanta alforja!

—Anselmo dice que la intención no es mala, pero que lo han hecho mal. Si hubieran metido a algún obrero en la comisión, se habrían ahorrado esta vergüenza.

—Eso mismo fue lo que les dijeron los compañeros que subieron a la palestra y cuyas palabras jaleamos los demás: nos sentimos humillados, sí, y resentidos por que nos traten como estadísticas, como un problema social; por que nos echen la culpa de la falta de instrucción, de nuestra pobreza, de vivir así. ¿Es eso justo? —Clavó sus ojos miopes en Matías, quien lo negó con un leve movimiento de cabeza—. Pues eso es lo que piensan, que somos responsables de nuestra miseria. Hubo un señor, muy serio y fino él, que insinuó que nunca seríamos capaces de progresar porque no ahorramos, porque no nos sacrificamos ni nos esforzamos, como hacen ellos, los burgueses, que cuántos obreros conocíamos que se hubieran convertido en patronos. ¿Qué te parece? ¿Hay mayor hipocresía? Si quieren que ahorremos, que paguen sueldos decentes y no esas migajas que hay que arrancarles a la fuerza, a golpe de huelga, como dijo García Quejido. Que mucha misa y mucha moral, pero a la hora de explotar a otro ser humano hasta la extenuación no hay pecado que valga.

—Hombre, Quino.

—Hombre, ¿qué? ¿No es verdad? ¿Crees que me lo invento? —Le sostuvo la mirada.

Matías no respondió. Quino le devolvió el diario y paladeó un gran trago del vino peleón que le dejó la lengua áspera como la de un gato. Esa sesión le había abierto los ojos. Todo ese tiempo había antepuesto los intereses de Carmina y la imprenta a los de sus trabajadores, confiando en que llegaría el día en que él podría regentarla a su lado. Había sido muy ingenuo. Ella no era muy distinta a esos señores de terno y corbata: lo manipulaba, lo embaucaba, lo manejaba a su antojo. Y él se dejaba hacer a sabiendas, tonto de él. Eso fue lo que ocurrió en la huelga del 72 y también en esta última, cuando Carmina lo llamó a su casa (¡a su casa! Desde la época de don Pascual no había vuelto a poner el pie en el piso principal. Ella lo hizo entrar, se dio cuenta de que se había arreglado para él, se había puesto un vestido bonito, se había dado color en las mejillas y carmín en los labios. Estaba guapísima. Lo sentó a su mesa, lo invitó a cenar. Le sirvió un buen vino, un rioja con solera que se bebieron mano a mano entre los dos, recordando viejos tiempos en el barrio y en la imprenta. Se rieron y hasta brindaron por ellos dos y el viejo Pascual. Y cuando ella lo cogió de la mano y lo llevó a su habitación, susurrándole al oído vamos a darnos el gusto, Quino, por primera y última vez... Dios mío, qué temblor le entró en el cuerpo al verla desnudarse delante de él. Esos pechos cremosos, esa carne prieta, esa boca hambrienta; creyó morir de amor), y todo ¿para qué? Para convencerle de que era imprescindible, de que tenía en sus manos el futuro de la imprenta, porque solo él podía convencer a sus compañeros de que abandonaran la huelga que no los beneficiaría en nada, al revés: los dueños de diarios y de las grandes imprentas —Rivadeneyra, Fuentenebro— ya estaban reclamando al gobierno medidas de represión contra los huelguistas. Y si eso sucedía, le dijo ella, muy segura, se quedarían sin nada, ni subida de salario ni dignidad. Tú puedes hablar con ellos, Joaquín, a ti te escuchan —Qué dulce y qué extraño sonaba su nombre en su boca, como si fuera otro y no él, Quino, quien yacía a su lado—. Se doblegó a esos labios jugosos de los que no podía apartar la vista, convencido de que, por fin, Carmina, su Carmiña, lo veía como lo que era: un aliado, un amigo, un amante, un hombre que no dudaría en hacer lo que fuera por ella y por la imprenta. Y se lo demostró. Convenció a los compañeros de que volvieran al trabajo, y todavía hoy, no se arrepentía de haberlo hecho. Era lo mejor para todos, en eso le daba la razón. Pero después de aquello, cuando las cosas se calmaron, ella volvió a tratarlo con la distancia de la patrona, como si no hubiera ocurrido nada. No recibió ni una sonrisa, ni un gesto amable. Por eso la arrinconó esa tarde en su despacho, a solas los dos, y le dijo: Carmina, ¿qué pasa? ¿Por qué me evitas? ¿Qué ha cambiado? Ella lo miró fijamente: Nada, no había cambiado nada. ¿O creía que una noche de lujuria le haría perder la cabeza por él?

—Te lo avisé, Quino, te dije que sería la primera y la última vez. Y ahora, suéltame.

Eso fue lo que más le hirió. El rechazo que traslucía toda ella: sus ojos, su voz, su barbilla alzada, su cuerpo tenso bajo sus manos. Maldita mujer.

28

—Señorita, ¡ya pensábamos que hoy tampoco vendría por aquí! —Juana la recibió con un leve reproche en la voz, mientras otra doncella se hacía cargo del sombrero, los guantes y la sombrilla a juego con su traje de paseo de cachemira en color habano y oro viejo. La criada le dedicó una mirada de admiración—. ¡Qué elegante viene!

Victoria le agradeció el cumplido con un suspiro de cansancio. Llevaba desde por la mañana temprano de *tour* por Madrid con los duques de Langford y sus hijos, de aquí para allá sin parar, recorriendo rincones de esta ciudad que ni yo sabía que existían, Juana.

—Imagino que mi tía estará en la salita de diario... ¿Ha merendado ya? —inquirió sin apenas detenerse de camino a la estancia donde la condesa solía pasar sus tardes. Juana dijo que no—. Pues tráiganosla en cuanto pueda, haga el favor.

La salita estaba en penumbra. Encontró a su tía tendida

en el diván, la cabeza recostada sobre un lecho de almohadones de seda, las manos entrecruzadas en el regazo. Se estremeció al verla en esa postura sepulcral, inmóvil, con los ojos extrañamente abiertos y la palidez marmórea del rostro surcado de arrugas cada vez más profundas. Y tan sola. Pero es que no había forma de convencerla de que pusiera remedio a esa soledad. No admitía damas de compañía (una prima suya, solterona sin demasiados recursos, se había instalado a vivir con ella y no había durado ni dos semanas; doña Clotilde no soportaba que la tratara como a una inválida, ni que quisiera dirigir y organizar su vida a sus espaldas; de eso, ni hablar), y se negaba a trasladarse al palacio de Quintanar como Victoria le había insistido tantas veces. ¿Y dejar mi casa, mis recuerdos, mis libros, mi pequeño reino en el que me muevo como si todavía pudiera ver?, le respondió. No, hija, no. A mí no me molesta estar sola, al contrario; la soledad y yo somos buenas amigas. Mi imaginación y mis pensamientos han sido, en ocasiones, mi mejor compañía. Yo me quedo entre estas paredes hasta que me muera. Es lo que quiero, concluyó. Y no ya no hubo más que hablar.

Al oír sus pasos, la condesa volvió la cabeza.

—¿Eres tú, Victoria?

—Sí, tía. Siento haber llegado tan tarde. —Se sentó en el filo del diván, a su lado, la tomó de las manos, le besó la mejilla tibia y la observó con preocupación—. ¿No ha tenido visitas hoy?

—Hoy no. Iba a venir Cecilio, pero ha mandado recado de que está resfriado y no quiere salir de la casa. —Intentó alzarse sobre los almohadones, con mucho esfuerzo—. Ayúdame a incorporarme un poco, querida, llevo demasiado rato tumbada.

—Después de merendar, la voy a sacar a dar un paseíto por el jardín, para que se airee y se mueva un poco, que le vendrá bien.

—¿Ya se han marchado los inglesitos? —preguntó con cierto tonillo celoso en la voz.

—Se marchan mañana en el tren a Sevilla.

No hacía ni una hora que se habían despedido de ellos en el hotel de París, donde se alojaban. Sin bajarse siquiera del carruaje, Victoria había continuado camino a la casa de la condesa, después de dejar a su padre y a doña Bárbara en su hogar, pletóricos y agotados de esos cuatro días de intensa dedicación a los Langford, a quienes habían deseado deslumbrar con los rincones más ilustres de Madrid y sus alrededores. Un día madrugaron para visitar El Escorial —fue residencia real en la época de mayor esplendor de España, presumió don Federico; no digo que ahora sea comparable a Windsor, pero yo diría que se le acerca bastante, salvando los estilos de ambas cortes—; otro día le tocó al Real Sitio de Aranjuez —un pequeño Versalles, añadió doña Bárbara—, y en esta última jornada, la viuda del duque de Osuna, buena amiga de su padre, tuvo la gentileza de abrirles las puertas del jardín de El Capricho, ¿tú lo conoces, tía? Doña Clotilde asintió con los ojos cerrados y una sonrisa asomando lentamente a su boca, como si hubiera reabierto un viejo álbum de recuerdos felices del pasado.

—Cuando éramos casi apenas unas jovencitas, tu madre y yo asistimos a una reunión campestre allí, en tiempos del anterior duque de Osuna, don Pedro de Alcántara. Organizó una yincana ideada para guiar a los invitados a descubrir los *caprichos* del jardín (fuentes, estatuas, puentes, templetes, casitas, laberintos), como los llamaba él, dispersos por todo el parque. Lo que más recuerdo era el lago navegable y el puente de hierro que lo cruzaba, y todas aquellas plantas olorosas... —la condesa aspiró hondo, rememorando sus fragancias—, alrededor del templete del abejero, que servían de alimento a las abejas.

Se pasaron media yincana escondidas ahí dentro, hipnotizadas por la actividad de los panales expuestos dentro de unas vitrinas cerradas desde las que podían observar a las abejas sin peligro alguno.

—Fue una pena que el duque falleciera pocos meses después, con lo joven y encantador que era... Todo el empeño que puso en culminar el proyecto de su abuela con ese jardín se lo cargó su hermano Mariano en un abrir y cerrar de ojos, lo que tardó en despilfarrar la fortuna familiar. Y así está ahora su viuda, ahogada por las deudas —concluyó con un suspiro—. Claro que tu padre se guardaría bien de contarles eso a los duques de Langford, si lo que pretende es arreglar tu matrimonio.

—¿De dónde ha sacado esa idea? —se alarmó Victoria.

—Querida mía, no seas ingenua —dijo doña Clotilde—. Es evidente. Ese interés en agasajar a los duques, enseñarles todo Madrid, la insistencia en que tú los acompañaras...

—Eso es muy propio de padre, tía —la rebatió ella con una sonrisa—. Lo ha hecho siempre, esté donde esté; aquí en Madrid, en Viena, en París, le da igual: se vuelca en agasajar a sus amistades. Es su carácter, qué se le va a hacer.

—Es posible, pero ¿tenías que ir tú también?

En ese momento, Juana entró con la bandeja de la merienda: dos tacitas de chocolate caliente, rosquillas fritas de anís y una jarra de limonada, por si tenían sed, les dijo, posándola sobre la mesita cercana.

—A mí me necesitaba para atender a los dos hijos de los duques, porque Álvaro y Laurita siguen de viaje de novios en Italia, y con Jorge es imposible contar, ya lo sabe usted. —La tía movió la cabeza en un gesto escéptico y Victoria insistió—: No sea usted mal pensada, tía. Yo no he notado nada raro y padre tampoco ha hecho ninguna insinuación al respecto, y créame que las suele hacer.

Victoria se llevó el vaso de limonada a la boca, estaba fresquito y dulzón, como le gustaba a ella.

—Piense mal y acertará, señorita —dijo Juana, que siempre tenía que meter baza en la conversación.

—Porque tu padre te conoce, querida —añadió su tía, ajena al comentario de la criada—, y sabe que habrías puesto el grito en el cielo si te hubiera alentado a seducir a esos jóvenes, ¿o no? —inquirió, con el rostro vuelto a ella. En eso debía darle la razón. Ya de entrada, no le había entusiasmado la perspectiva de dedicar tres días a pasear de aquí para allá con los Langford y, menos aún, ocuparse de entretener a los hijos, como le había pedido su padre, pero luego resultó más divertido de lo que había imaginado. Si acaso, se sintió un tanto incómoda en los primeros momentos, cuando le costaba dirigirse a James de una manera natural y espontánea, sin sentir cierto resquemor por su encontronazo del pasado—. Bueno, dejémoslo así. El tiempo dirá si me equivoco o tenía razón —zanjó la tía, que cambió de tema a uno más agradable—: Entonces ¿lo has pasado bien? ¿Cómo son esos jóvenes? Cuéntame, tengo curiosidad.

—Yo le cuento lo que quiera, pero déjeme que le arregle este zarzal que tiene en la cabeza —dijo ella, poniéndose en pie. La condesa recostó la nuca en el respaldo, entornó los ojos, se dejó hacer. Con mano diestra, Victoria le quitó horquillas y peinetas, y la peinó suavemente con los dedos—. ¿Se acuerda de James, de aquel verano en que vino con Álvaro al hotelito que usted alquiló en San Sebastián? —Su tía hizo un leve cabeceo en señal de asentimiento.

Pues no había cambiado demasiado. Era atractivo, eso no podía negarlo, pero seguía comportándose de manera un tanto engreída, altiva, insoportable. Con su hermano Phillip, sin embargo, había congeniado de inmediato, como si se conocieran desde siempre. Mientras paseaban por El Capricho, no cesó de preguntarle cómo se decían en español las palabras más comunes; deseaba aprender el idioma cuanto antes, igual que había aprendido a chapurrear el hindi para ganarse la confianza de los soldados indios heridos en batallas.

—No entiendo para qué tanto interés —intervino James, que hasta entonces había permanecido en silencio—. Dijo Matheson que dispondrás en el hospital de una enfermera que habla perfectamente español.

—Necesito hablar en persona con mis pacientes, sin intermediarios; saber qué les duele, qué sienten —respondió Phillip, molesto.

—¿Con unos mineros? —replicó su hermano, sarcástico—. Me parece un derroche de energía y de tiempo. Solo tienes que tratarlos y ya está.

—Es mi trabajo, James —dijo, ya enojado.

Un silencio incómodo se instaló entre los hermanos y a ella la aprisionó entre los dos. Por eso, al ver el cartelito que marcaba el laberinto de setos frondosos y recortados, se le ocurrió la idea de adentrarse en él.

—El primero que encuentre la salida gana —les retó, señalando hacia el arco vegetal de la entrada.

James observó el laberinto con aparente desinterés.

—¿Qué gana? —preguntó Phillip—. ¿Un beso de la dama?

Doña Clotilde abrió los ojos de pronto y le dedicó una mirada entre divertida y escandalizada.

—¡Será descarado! —exclamó—. ¿Qué le dijiste?

—Que tendría que conformarse con una corona de

laurel, por supuesto —dijo Victoria, sin mover apenas los labios con los que sujetaba una hilera de horquillas mientras enroscaba en la coronilla una madeja de pelo.

Y después de eso echó a correr hacia el interior del laberinto, dejándolos atrás. En uno de los cruces se dio de bruces con James, que la sujetó de los brazos para impedir que cayera. Ella se deshizo de sus manos y retrocedió un paso.

—Sigues igual de temeraria que siempre, Victoria —dijo, mirándola fijamente—. Sígueme, te guiaré a la salida.

—¿Tú? ¡Permíteme que lo dude! —Se rio—. Si sabes salir de aquí, ¿a qué esperas? ¡Vete! ¡Pienso ganaros a los dos! —gritó alejándose de él.

Cuando ella logró dar con la salida, encontró a Phillip sentado tranquilamente en un banco de madera. La recibió disimulando una sonrisita jactanciosa. Victoria se dejó caer a su lado, cansada de tanta vuelta y revuelta, una no está acostumbrada a estas carreras y bajo este sol, dijo, abanicándose con energía.

—¿Y el beso de la dama para el vencedor? —reclamó el menor de los Langford, con ojos ardientes.

Victoria fingió no haberle oído, refugiada en el agradable aleteo de su abanico. Sentía su mirada insistente sobre ella, incomodándola. Si quería su premio, lo tendría: se aproximó al laurel que tenía a su espalda, arrancó varias ramas y las entretejió con habilidad. Cuando hubo terminado, se puso en pie y, con una graciosa reverencia, le colocó la corona sobre la cabeza, al estilo de un césar laureado.

—Ya tienes tus honores.

—¿Qué es eso? —irrumpió James, de repente.

—Mi premio de consolación. Todavía no me he ganado el beso, al parecer —bromeó Phillip.

A su hermano no le hizo gracia.

—Ya íbamos a entrar a buscarte por si te habías perdido, James —le dijo Victoria, provocadora.

Tenía razón Phillip, su hermano era mal perdedor. Durante un buen rato los siguió dos pasos por detrás, mudo y envarado, hasta que llegaron ante una fuente de piedra rodeada de una docena de esculturas de ranas que lanzaban chorritos de agua por la boca. Phillip le hizo una señal a su hermano y antes de que pudiera darse cuenta, entre los dos la habían levantado en volandas y amagaban con meterla dentro de la cubeta. Si no hubieran acudido los duques, alarmados por sus gritos, habrían sido capaces de arrojarla allí dentro, aunque luego ellos le juraran y perjuraran entre risas que jamás se habrían atrevido, qué va. Victoria sonrió al recordarlo de nuevo.

—Si quiere que le diga la verdad, lo hemos pasado muy bien —dijo ella, contemplando el efecto del peinado en su rostro.

Descorrió los pesados cortinajes y dejó que la luz dorada de la tarde se filtrara a través de los visillos. Cogió la pila de cartas amontonadas sobre la mesa, acercó una butaca al diván y, una por una, comenzó a leérselas con voz pausada, como a su tía le gustaba. Al finalizar, la condesa le dictó dos cartas que deseaba poner en el correo. Una de ellas, una petición a la imprenta para reeditar su *Álbum ilustrado de mujeres célebres.*

—Dice Cecilio que se sigue vendiendo mucho en las librerías. Al parecer, los bonitos grabados que acompañan los textos ayudan a que muchas señoras lo prefieran antes que otras obras similares —le dijo mientras Victoria escribía—. Pon que impriman doscientos ejemplares más.

El último año, Victoria se había convertido en la secretaria personal de la condesa: no solo se ocupaba de su correspondencia, y le leía libros, prensa, documentos, lo que hiciera falta, como había hecho hasta entonces; también le llevaba las cuentas, revisaba los informes que sobre sus propiedades le remitía el apoderado, la ayudaba a renovar su vestuario, la acompañaba en las visitas de la modista, a la iglesia o a donde deseara ir.

—Ah, y escríbele una nota a doña Rosario excusando mi asistencia a su recital en el Ateneo.

—¡Pero, tía! —protestó Victoria, tan sorprendida como disgustada—. Con lo que nos ha costado conseguir que nos abran sus puertas, ¿cómo no va a venir? ¡Va a ser un gran acontecimiento! Rosario va a ser la primera mujer en ocupar esa tribuna.

—Y yo me alegro, hija; sobre todo, por Rosario, a quien aprecio de veras, a pesar de esas ideas ridículas que tiene ahora en la cabeza —dijo la condesa, con un punto de extrañeza en la voz—. Como siga la estela del librepensamiento, la van a descomulgar. Y no creo que le beneficie en nada vivir allí, tan retirada de la ciudad y tan sola, sobre todo, desde la muerte de su padre.

—La vida bucólica la ayuda a estudiar, a pensar y también a escribir. ¿Sabe cómo ha titulado el poemario que va a presentar? —Victoria miró a su tía, que no respondió—. *Pensar y sentir*. Me parece un título precioso.

Victoria fue la primera en enterarse. Unos días atrás recibió una carta de Rosario anunciándole que por fin lo habían conseguido: el presidente del Ateneo de Madrid le había comunicado la decisión de acoger su recital de poesía «en consideración a su trayectoria literaria», decían. «Ya sea porque se les han acabado las excusas o porque han sufrido un ataque de modernidad, la cuestión es que los señores ateneístas se han dignado a abrirnos las puertas de su nueva sede en la calle del Prado. Sin tu incansable perseverancia, querida Victoria, hoy no podríamos celebrar este pequeño y prometedor éxito del Círculo de Calíope», le había escrito.

Victoria sonrió, con orgullo íntimo. Doña Carolina se alegraría mucho cuando recibiera la carta en la que se lo contaba, al igual que doña Concha Gimeno de Flaquer, que se había marchado a vivir a México con su marido hacía algo más de un año. Doña Sofía Tartilán se había quedado al frente de la asociación, un tanto mermada, por cierto: doña Matilde Cherner falleció de manera repentina hacía dos veranos y doña Ángela Grassi lo hizo el verano anterior; y habían perdido el contacto con doña Josefa Puyol desde que regresó a vivir a Barcelona.

—No diga eso, tía. Debe venir y festejarlo con todas nosotras.

—No, querida. No tengo ánimo, de verdad te lo digo. Encárgate tú de transmitirles mi enhorabuena y mi afecto.

—Ande, no sea así; no será lo mismo sin usted.

—¡Tonterías! —Sonrió—. Por cierto, antes de que se me olvide —doña Clotilde introdujo su mano en el canesú de su blusa y extrajo un sobre pequeño y arrugado—, léeme esta carta. Es de Carlos, lo sé por el tacto de su papel; siempre utiliza el mismo.

La mano de su tía temblaba ligeramente. Hacía casi un año que don Carlos no daba señales de vida ni una visita ni una carta ni tan siquiera un escueto telegrama... La condesa recostó la cabeza contra el respaldo y cerró los ojos, a la espera. Victoria abrió el sobre, timbrado con matasellos francés. Desdobló la cuartilla, escrita en una letra grande y rasgada, y comenzó a leer: «Mi querida, queridísima Clotilde, anoche pensaba lo cruel que ha sido el destino con nosotros. Nos ha unido en nuestros peores momentos y nos aleja en aquellos de más calma y esperanza, como son estos que vivimos ahora. ¿Qué puedo decir? ¿Cómo explicarte mi largo silencio? La vida me ha brindado una nueva oportunidad que he abrazado, sí, lo confieso, con todas mis fuerzas: me caso con una señorita de París, un ángel, una ninfa, un elixir de juventud para un hombre maduro y desencantado como yo. Ella me ha enseñado de nuevo lo que es la ternura, el amor, la pasión de vivir. ¿Me podrás perdonar, Clotilde? No deseaba que te enteraras por terceras personas y...». Victoria se detuvo un segundo y alzó la vista al rostro impávido de su tía.

—Sigue leyendo, no te pares —le ordenó.

Retomó la lectura con voz apagada: «A estas alturas de mi vida, quién me iba a decir que encontraría de nuevo el amor. Soy muy feliz, Clotilde. Y te deseo toda la felicidad para ti también. Un abrazo, Carlos H.».

—Al menos sé que sigue vivo y está bien —dijo la condesa con un asomo de sonrisa que quedó reducida a una triste mueca—. Gracias, querida. Ahora sí podemos deshacernos de ella, ¿verdad?

29

20 de abril de 1884

Y llegó el día del recital, un día de abril espléndido, con un sutil aroma floral flotando por las calles. El landó del duque de Quintanar se detuvo frente a la estrecha fachada del Ateneo donde ya las esperaba impaciente doña Rosario, abrazada a su carpeta de poemas. Primero se apeó Victoria, seguida de doña Bárbara, que tampoco había querido perderse ni el recital ni la oportunidad de pisar esa institución, aunque, como le explicó a doña Rosario mientras se saludaban, tendría que disculparla, pero le era imposible quedarse hasta el final: debía reunirse con su esposo, don Federico, en la *soirée* que organizaba la señora del ministro de Gobernación.

—¿Entramos? —dijo Victoria, encarándose a la gran puerta enrejada en arco.

Llegaban con bastante antelación, deseaban disponer

de tiempo para inspeccionar el lugar y organizar el evento, le explicaron al secretario de la institución —don Francisco Arrillaga, se presentó—, un señor grueso y afable que salió a recibirlas muy cordial en lo alto de la empinada escalera de entrada. Las guio en el recorrido por el interior del nuevo edificio, construido expresamente para albergar nuestro querido Ateneo, como ya sabrán, les dijo, ufano. Doña Bárbara celebró la decoración sobria, masculina, tan acorde a la institución, y añadió: habrán notado el cambio a mejor.

—Sí, pero no crean, que yo todavía me pierdo por estos pasillos; no hace ni dos meses que la hemos inaugurado y todavía nos quedan cosas por colocar —les advirtió pesaroso, aunque lo desmentía el orgullo con el que les mostraba corredores, despachos, salas, y esta de aquí es La cacharrería, donde se celebran las tertulias, y aquí —entreabrió despacio una puerta labrada de madera: asómense si lo desean—, está la biblioteca.

Ambas contemplaron extasiadas la imponente estancia forrada toda ella de tres pisos de estanterías de madera acristaladas del suelo al techo, con más de quince mil libros catalogados, presumió el secretario en voz queda. Dos ancianos levantaron la vista de sus lecturas y las contemplaron con curiosidad.

Luego las condujo escaleras abajo hacia el salón de actos. Les pareció inmenso y muy solemne, con esa galería de retratos de socios ilustres arropando el escenario teatral. Había un patio de cómodas butacas ancladas al suelo y, sobre el patio, dos pisos de tribunas. Victoria intercambió con doña Rosario una mirada alarmada: esto no lo llenamos nosotras ni locas, pese al esfuerzo que habían realizado —sobre todo Victoria, en quien recayó la labor de publicitarla— por difundir el evento en los salones de señoras, en las tertulias de los cafés, entre los jefes de las redacciones de diarios y revistas, a quienes les transmitieron que iba a ser una ocasión única, excepcional, casi histórica, de asistir al primer acto de una mujer en el Ateneo de Madrid.

—Hemos colocado un atril, pero si prefiere usted otro mobiliario, no tiene más que decírmelo —les ofreció el señor Arrillaga, solícito.

Doña Rosario le dijo que no hacía falta, así estaba bien. Sacó un mazo de cuartillas manuscritas que traía dentro de una carpeta de piel y las colocó sobre el atril.

—Ya empiezo a estar nerviosa, Victoria —le confesó, con un atisbo de temblor en la voz—. ¿Crees que vendrá alguien, además de las literatas?

—¡Por supuesto que sí! No lo dudes —exclamó, muy segura. Había notado verdadero interés en los hombres a los que les habló del acto esos días—. Vendrán nuestras amistades y algunos señores ateneístas que no querrán perderse algo así.

Y para confirmarlo, las puertas del salón se abrieron con un chirrido suave y dieron paso a las socias de Calíope —doña Sofía, doña Faustina, doña Joaquina y doña Pilar—, que se adentraron admiradas de la amplitud y elegancia del salón; así que era esto, aquí se reunían, aquí celebraban sus elevadas discusiones. Se saludaron entre ellas, y antes de que llegara nadie más, se reservaron las butacas de la primera fila. A partir de ese momento no dejó de llegar gente en un goteo constante. La mayoría eran señoras, animadas por la curiosidad de conocer por dentro el famoso Ateneo que les estaba vedado, pero también hicieron acto de presencia algunos hombres entre quienes Victoria identificó a varios conocidos de la escuela, como don Gumersindo y don Rafael de Labra; también a algún que otro periodista, como el señor Mata, de *La Época*, y Alfredo Vicenti, director de *El Globo* y amigo de Rosario. Al menos, el salón no se vería tan vacío como pensaban; calculó que habría reunidas ya unas treinta personas, y todavía seguían llegando. Justo en ese instante vio aparecer en la puerta a Javier Carranzo, y Victoria se dio media vuelta y se movió con disimulo para evitar que el redactor la viera.

—¡Victoria, qué alegría! —exclamó Sofía Casanova. Venía acompañada de Blanca de los Ríos, la joven literata sevillana que asistió a la primera reunión en la casa de doña Carolina, con quien Sofía había trabado buena amistad ahora que se había trasladado a vivir a Madrid con su marido, y de otra señora de más edad, embutida en un traje color violeta un tanto estrafalario, con una marta cibelina sobre los hombros, que arrancaba más de una mirada burlona a su paso—. No sabes la ilusión que nos hacía traspasar la entrada del Ateneo sin tener que pedir permiso a nadie, ¿verdad? —se dirigió a sus acompañantes, antes de proceder a las presentaciones—: A Blanca creo que ya la conoces; a doña Emilia Pardo Bazán supongo que no, aunque estoy convencida de que has oído hablar de ella. Es escritora y gallega, como yo. Ha venido de visita solo unos días, y no será porque sus amigos no le hemos pedido que se quede, al menos, dos semanas.

—Ya volveré, ya volveré, Sofía. Tengo buenos amigos aquí: don Francisco Giner de los Ríos y alguno más de sus discípulos krausistas, con quienes me carteo; además, me he dejado pendiente una tertulia con don Benito Pérez Galdós, con don Juan Valera, Clarín y Campoamor para discutir mucho y bien de literatura... En cuanto regrese de Roma, cambiaré la tranquilidad de mi pazo de Meirás por el bullicio y la animación literaria de Madrid.

—¡¿Doña Emilia Pardo Bazán?! —repitió Victoria, casi sin dar crédito. Sentía una gran admiración por la autora de la serie de artículos de *La cuestión palpitante* publicados en *La Época*, en los que se había lanzado a defender, con aplomo y desenvoltura, el naturalismo de Zola como un soplo de renovación en la novela frente a los que lo veían como una aberración estética e inmoral—. Es un placer, doña Emilia. He leído sus novelas y también sigo sus columnas en prensa; créame si le digo que soy una ferviente admiradora suya.

El rostro chato y bonachón de doña Emilia se contrajo en una jovial sonrisa.

—¡Qué *riquiña*! Muchas gracias, hija. No imaginaba

yo que mis escritos tenían tanto predicamento entre las señoritas de Madrid.

—Entre algunas de las alumnas de la Asociación de la Enseñanza de la Mujer, donde yo he estudiado, le aseguro que sí. El señor Azcárate y el señor Giner de los Ríos hablan de vez en cuando de usted, la aprecian mucho. Y hace unos meses organizamos una tertulia en torno a su novela *La Tribuna*, aunque tuvimos que leerla a escondidas...

Doña Emilia se rio, de buen humor.

—Ah, no sé por qué no me extraña... Esa novela mía no ha sentado muy bien entre algunos críticos trasnochados. La han tachado de indecente, de nauseabunda, de naturalista... ¡Como si la creación artística tuviera que someterse a las convenciones morales de unos señores! —La voz pastosa de la escritora sonó despreocupada. Le importaba poco lo que opinaran los demás sobre su escritura, sobre su persona o sobre su manera de vestir, al parecer—. Que digan lo que quieran. En *La Tribuna* lo único que hay es un naturalismo a mi manera: un retrato honesto de las virtudes y flaquezas del pueblo a través de la historia de mi protagonista, Amparo, tribuna y cigarrera. Pero ustedes no les hagan caso y lean, lean, todo lo que puedan y más. No se dejen amedrentar por ningún señor resabiado.

Victoria no quiso desaprovechar la ocasión y preguntó:

—¿Le gustaría unirse a nuestra asociación de escritoras Calíope? Es una hermandad modesta de autoras con el fin de apoyarnos entre nosotras.

—Ya le he hablado de ella y no... —comenzó a decir Sofía.

—Ay, hija, es que no soy yo de mucha reunión femenina —rechazó la señora, muy educada, sin perder su expresión risueña—. Se lo agradezco, pero la lectura y la escritura me absorben demasiado.

—Doña Emilia tiene mucho interés en conocer a doña Rosario —dijo Blanca, desviando la conversación—. Le gustó mucho su obra teatral *Rienzi el tribuno*.

—La tienen allí... —les indicó Victoria, girándose hacia el escenario donde había dejado a su compañera. Doña Rosario se había situado delante del atril y revisaba sus papeles—. Deberán esperar a que termine el acto. Parece que ya vamos a comenzar.

No tuvo que repetirlo. El conserje entró tocando la campanilla que anunciaba el inicio del acto, y el público se dirigió a las butacas.

—¡Victoria! —Javier Carranzo venía hacia ella, imposible escabullirse—. ¡Cuánto me alegro de verla!

—Ah, señor Carranzo, doña Rosario le agradecerá que haya venido —dijo ella, remarcando las distancias. No tenía el menor interés en entablar conversación con él—. Siento dejarle, pero debemos tomar asiento —dijo, alejándose en dirección a la butaca libre entre las dos Sofías, Tartilán y Casanova.

Victoria echó un vistazo al público asistente, ya sentado. Se llevó una pequeña decepción: la mayoría eran señoras de una cierta edad. Señoritas, muy pocas. Y hombres, todavía menos: contó una docena, todos amigos o conocidos de la escritora. A eso habían quedado reducidos los gestos de aprobación que había creído ver en muchos de los señores a los que invitó. Hasta Nicolás le había asegurado que vendría y todavía lo estaba esperando.

Rosario se aclaró la garganta, bebió un trago de agua con mano temblorosa. Le costó arrancar, pero en cuanto cogió el ritmo de sus versos, su voz tomó cuerpo y llenó la sala entera. En la breve pausa entre poema y poema sonó el leve chirrido de la puerta del salón al abrirse una vez más. Victoria vio entrar a Diego Lebrija, que avanzaba despacio y sin hacer ruido por el pasillo central hasta tomar asiento en el extremo de una fila. Sus miradas se cruzaron un instante fugaz, y Victoria sintió que se le desbocaba el corazón. Azorada, volvió la vista a Rosario. Ya no la escuchaba. Lo único en lo que podía pensar era en la presencia de Diego en la sala. Tan cerca que creía percibir la atracción de sus ojos sobre cada poro de su piel.

En circunstancias normales, no le habría correspondido a él presentarse en el recital de poemas de doña Rosario de Acuña, sino a Fernanflor, responsable del suplemento cultural del periódico, o a Bremón, que redactaba críticas literarias con cierta frecuencia, o incluso a Mariano de Cavia, a quien Fernanflor solía pedirle reseñas de sus lecturas más recomendables. Máxime teniendo en cuenta que doña Rosario era colaboradora de *El Liberal* y les había remitido una tarjeta de su puño y letra invitándolos a su recital.

—Yo tengo otro compromiso esta tarde y no puedo asistir —dijo Fernanflor en la mesa de redacción—. Además, aquello va a ser un gallinero de señoras cacareando. ¿Alguien se ofrece a hacer acto de presencia?

Nadie levantó la mano. Bremón murmuró una excusa ininteligible, Moya alegó que tenía entradas para el teatro, Cavia... Cavia no tenía nada importante, pero es que le venía un bostezo solo de imaginarse allí entre tanta señora, a esas horas de la tarde de un maravilloso día de abril.

—No pasa nada —decidió Fernanflor—. Redactaré un suelto breve con un par de comentarios en deferencia a doña Rosario, y problema resuelto.

—Dame la invitación —Diego le tendió la mano—. Veré si me puedo acercar un rato.

Le sabía mal que nadie del periódico se dignara a acudir a la convocatoria de esa mujer seria y tímida que aparecía de vez en cuando por la redacción con su artículo en la mano. Le parecía un menosprecio. Si se tratara de cualquier otro colaborador de la sección literaria, un señor, por supuesto, Fernanflor no habría perdonado su ausencia. Pero no solo era esa la razón que le empujó a aceptar, había otra, más enrevesada y personal: Victoria Velarde. Era muy probable que ella estuviera allí. A fin de cuentas, Victoria formaba parte del grupo de literatas de doña Rosario que llevabn años llamando, insistentes, a las puertas del Ateneo. Y ahora que por fin se las abrían, Victoria no se perdería una ocasión así. Y ya fuera porque llevaba unas semanas pensando en ella más de la cuenta o porque le picaba una curiosidad malsana por comprobar qué había de verdad en lo que pregonaba Carranzo, Diego atravesó esa tarde el portalón del Ateneo, empujó la puerta del salón de actos y se deslizó dentro. Al fondo, sobre el escenario, la figura solitaria de doña Rosario declamaba sus versos con voz trémula y aguda, como si estuviera a punto de romper a llorar. Avanzó con paso amortiguado, se acomodó en el primer asiento vacante de la quinta fila y, al levantar la vista, se topó con los ojos negros de Victoria Velarde atravesándolo con el fulgor de un rayo. Fue tan rápido, tan inesperado, que ni siquiera acertó a articular un mínimo gesto de reconocimiento antes de que ella le diera de nuevo la espalda. Diego se recreó un rato en la suave curvatura que arrancaba de su hombro y ascendía por su cuello, en el contraste entre la nuca marfileña y la negrura de su cabello espeso. No se cansaba de contemplarla. Sintió una mirada fija en él. Carranzo, sentado una fila detrás de ella, esquivó sus ojos antes de que llegaran a cruzarse. También él se había percatado de su presencia.

Tras el último verso del recital, se produjo un breve silencio al que siguió el aplauso sordo y prolongado del público. Un buen número de señoras desfilaron en procesión hacia doña Rosario con intención de felicitarla.

Diego, desde su sitio, vigiló los movimientos de Victoria entre el avispero de damas. Sonreía, saludaba, hablaba con unas y con otras. Brillaba allí donde estuviera, como si absorbiera ella sola toda la luz a su alrededor. Sus miradas se volvieron a cruzar una vez más, pero ella no hizo ningún gesto que le invitara a aproximarse. Decidió unirse al corrillo de señores que conversaba en un aparte mientras se despejaba la nube de damas que asediaba a doña Rosario.

—Hombre, Lebrija —le saludó Vicenti, a quien se encontraba con frecuencia en las tertulias de La Montaña o en alguna charla del Ateneo—. No sabía que te interesara la poesía.

—Le tengo aprecio a la señora Acuña y admiro su pluma. Además, es colaboradora de *El Liberal*, no podíamos dejarla sola en un día tan importante para ella. La ocasión lo merece, ¿no creen? —Lanzó una mirada alrededor de los presentes—. El Ateneo acogiendo a las damas, al fin.

—Bueno, bueno —dijo, con un carraspeo, don Francisco Arrillaga—. Es un caso excepcional por tratarse de doña Rosario, que cuenta con el afecto de numerosos ateneístas. Pero no creo que se vuelva a repetir. Ni el reglamento ni los señores de la junta de gobierno del Ateneo aprueban la admisión de mujeres. Esta es una institución seria dedicada a la ciencia, la cultura, el pensamiento; no es lugar para ellas —recalcó, muy serio.

—¿Se imaginan? —sonrió Carranzo, exhalando una larga bocanada de humo—. Lo que nos faltaba, vernos obligados a ceder nuestros asientos a las señoras en conferencias que no entienden. Además, la presencia de señoras o señoritas por aquí distraería de la lectura y el estudio a los ateneístas.

Su rostro se distendió en una sonrisa socarrona con la que buscó la complicidad del resto de señores.

—No veo por qué —repuso Diego, que no soportaba la petulancia de su colega—. Conozco a varias señoras literatas que discurren muy bien y escriben columnas en prensa con tanto oficio como los varones. Y prueba de ello es, precisamente, doña Rosario.

—Yo siempre he defendido en las juntas de gobierno de esta casa, y usted lo sabe, don Francisco, que las señoras deberían poder acceder al Ateneo como cualquier otro socio —dijo don Gumersindo, con su calma habitual—. Este país necesita tanto hombres como mujeres instruidas que nos lleven a un futuro de bienestar social y progreso, y debemos ayudar a que así sea desde las escuelas e instituciones como esta. —Su mirada se alargó por encima del hombro de Diego, a quien tenía enfrente, y sonrió—. No tiene más que mirar, por ejemplo, a esta señorita que viene hacia aquí, Victoria Velarde.

La joven se unió al grupo con sonrisa intrigada.

—¿Qué ocurre, don Gumersindo? He notado cómo me pitaban los oídos. ¿Ya está poniéndome en evidencia? —bromeó, haciéndose un hueco junto al venerado profesor, a quien le apretó el brazo con afecto. Saludó a los demás hombres con una venia, que se detuvo un segundo de más en el rostro de Diego. Él respondió con una larga mirada de reconocimiento.

—Sabes que siempre es para bien —dijo don Gumersindo y, orgulloso, agregó—: Victoria fue una de mis alumnas más aplicadas en el curso de Filosofía que impartimos en la Asociación para la Enseñanza de la Mujer, caballeros. Y les aseguro que fue un curso exigente. Es más, las señoritas demostraron ser tan capaces de discurrir como cualquiera de mis alumnos varones en la Institución Libre de Enseñanza.

—¿Es que alguien de ustedes opina lo contrario? —preguntó asombrada Victoria, saltando de un rostro a otro de los señores que la rodeaban—. ¿Creen que no somos capaces de razonar?

—Yo no tengo ninguna duda de que usted es muy capaz, al igual que doña Rosario —se apresuró a decir Carranzo—. Ambas son esas excepciones a las que se refería el señor Arrillaga.

—Estábamos hablando del recital y de la admisión de mujeres en el Ateneo, señorita Velarde —dijo Diego, mirándola fijamente. Ella le sostuvo la mirada sin inmutarse—. Algunos lo hemos celebrado, pero el señor Arrillaga considera que aún es pronto para que eso ocurra.

El aludido se removió, incómodo.

—En el reglamento...

—Tengo entendido que en el reglamento no se menciona nada sobre el sexo de los socios —replicó ella, muy serena.

—Tiene razón, pero recoge que el aspirante a miembro debe contar con el aval de tres socios. Y la mayoría de los socios no ven justificado que, por una o dos señoras dotadas de una cierta instrucción, se llene el Ateneo de mujeres emperejiladas que vengan aquí de paseo, como quien va al Salón del Prado. Y no me refiero a doña Rosario, por descontado.

Victoria señaló con un gesto a las tres mujeres que hablaban en ese momento con la señora Acuña, unos metros más allá, y dijo, con cierto sarcasmo en la voz:

—Ahí tiene a doña Emilia Pardo Bazán; puede explicárselo a ella, creo que le gustaría conocer su opinión. Sus artículos sobre el naturalismo en la novela han recibido el elogio de importantes críticos. Y también le gustaría a doña Sofía Casanova y a doña Blanca de los Ríos, las señoritas que están a su lado. —Los cinco hombres se volvieron para mirarlas con disimulo. Eran las últimas que quedaban ya en la sala—. La señorita Casanova ha publicado un poemario con el apoyo del rey don Alfonso y de Campoamor, ni más ni menos. Y son solo una pequeña muestra de otras señoras muy letradas que ya no están con nosotras, como doña Carolina Coronado, doña Concha Gimeno de Flaquer, doña Josefa Puyol, doña Matilde Cherner, que en paz descanse...

—Todo se andará, Victoria —dijo don Gumersindo, conciliador—. Si me disculpan, voy a saludar a doña Emilia, no sabía que estuviera aquí.

Con él se fueron también Vicenti y Arrillaga, y los

dejaron a ellos tres solos, plantados en medio de un silencio engorroso. Diego desvió su atención hacia el grupo al que se acababan de unir los hombres. Debería haberse acercado él también, pero se resistía a dejar solos a Victoria y a Carranzo.

—¿Van a publicar mañana una reseña del evento en sus diarios? —les preguntó Victoria, mirándolos a uno y a otro.

—Supongo que sí —dijo Diego con cautela. Antes de abandonar la redacción, Fernanflor le había dicho que, si finalmente asistía, no se preocupara por escribir nada; ya se encargaría él de redactar un suelto para la sección literaria. «Para que no se diga», concluyó.

—Le aseguro que mañana saldrá una buena reseña en la hoja de *Los Lunes de El Imparcial* —dijo Carranzo—. Ortega Munilla me ha pedido expresamente que viniera en su lugar, porque estos días no asiste a ningún acto; no sé si sabe que su mujer está a punto de dar a luz a su primer hijo. —Ella lo negó; no lo sabía, no. Y Carranzo prosiguió—: He tomado buena nota de todo y tengo un poema suyo para incluirlo en la columna.

—Voy a saludar a doña Rosario y me marcho —anunció Diego, que no aguantaba más la verborrea de Carranzo.

Victoria lo retuvo.

—Espérese un momento y nos vamos todos juntos —dijo mientras se acercaba a su butaca para recoger su esclavina de piel y su capota. Carranzo la siguió.

—Deje que la ayude. —El redactor de *El Imparcial*

sujetó la esclavina y la envolvió sobre sus hombros con delicadeza.

A Diego le subió la bilis por la garganta y decidió adelantarse unos pasos hacia el otro grupo, que se encaminaba lentamente en dirección a la salida.

—¿Tiene usted carruaje? Si no, puedo avisar a un coche de punto y llevarla a donde usted diga —oyó a su espalda el ronroneo de Carranzo, muy solícito.

—Se lo agradezco, pero no es necesario. Mi cochero me espera —dijo ella en un tono que no admitía réplica.

Antes de descender la escalera del vestíbulo, Diego echó una mirada disimulada a su espalda: le seguía Carranzo solo. Victoria se había dado media vuelta y desandaba el camino al salón. Mientras otros se despedían, él aprovechó para felicitar a doña Rosario y elogiar su recital, había estado magnífica, le dijo en su nombre y en el de toda la plantilla del periódico. Era un orgullo contar con su firma en *El Liberal*, y lo decía de corazón. Un leve rubor rejuveneció el semblante de la tímida literata, entre murmullos de agradecimiento. Poco a poco se fueron marchando todos, hasta que un carruaje se detuvo delante de ellos. Doña Rosario indicó que era el suyo y Diego le sostuvo la portezuela mientras se acomodaba en su interior.

—Es usted muy amable, señor Lebrija. Ya sabe que tiene usted abiertas las puertas de mi casa en Pinto —dijo la señora a modo de despedida.

Diego observó el coche alejarse. De pronto se dio

cuenta de que allí no quedaba nadie más, solo él. Tampoco Victoria, a quien no había visto salir. ¿En qué momento se había marchado? ¿Con quién? ¿Con Carranzo? Juraría que no, le había parecido que se marchaba con las dos literatas más jóvenes, la señorita Casanova y la señorita De los Ríos. Aguzó la mirada hacia el final de la calle. Ni siquiera se había despedido de él.

Sus ojos se posaron en el chiquillo sentado en el escalón de uno de los portales de enfrente.

—Chicho, ¿qué haces aquí? —le preguntó Diego, sin demasiada sorpresa.

Estaba acostumbrado a esas apariciones repentinas del chico, que siempre sabía dónde estaba, dónde encontrarlo, como si contara con mil ojos y oídos distribuidos por las calles de la ciudad, que le mantenían al tanto de cuanto ocurría. Ya no era el crío vagabundo que hurtaba comida de los puestos del mercado y deambulaba por Madrid con la banda de niños harapientos, y Diego intuía que su propuesta de recompensarle por cada información que le trajera de las calles había tenido mucho que ver. Chicho se enteraba de todo. Obtenía información de lo más diversa: asaltos, robos, atropellos de carruajes, percances de las diligencias que conectaban Madrid con ciudades de provincias, llegadas de los trenes de correo a las estaciones, las rutas de los inspectores de alcantarillado, las de los inspectores de vivienda y las de los de comercio —había más personas de las que se imaginaba que pagaban por enterarse de esas rutas con algo de antelación y así evitar las multas, le contó—; estaba al tanto hasta de las correrías nocturnas del rey. Y con todas ellas comerciaba para sacarle beneficio, como hacía con Diego.

—*Testaba* esperando. He oído a unos guardias decir que han *atacao* a un político y he *pensao* que igual querías saberlo.

—¿No sabes quién es? —El niño negó con la cabeza—. ¿Cuándo? ¿Ahora? —Tampoco lo sabía; hacía un rato, no sabía cuándo—. Pero al menos sabrás dónde... ¿o tampoco?

—Allá por el barrio de Salamanca, en la calle del General Serrano esquina con Goya. —El dedo de Chicho indicó hacia el norte.

Diego sacó dos reales del bolsillo y se los puso en la mano al chico, y si es cierto lo que dices, mañana te daré otros dos reales más, le prometió. Luego vio a Chicho desaparecer a la carrera calle abajo, al tiempo que se fijaba en un landó negro que subía en dirección contraria.

—¿Quiere que lo lleve hasta allí en mi coche? —oyó que le preguntaba una voz femenina a su espalda. Diego se giró con brusquedad. Victoria lo observaba bajo el gran arco de la puerta enrejada del Ateneo. ¿De dónde había salido? Como si le hubiera leído el pensamiento, ella levantó su mano y le mostró su sombrilla cerrada—. He tenido que volver a por ella; se me había olvidado en la butaca. ¿Ya se ha ido todo el mundo?

—Eso parece —dijo él—. ¿Alguien debería haberla esperado?

—No, nadie —respondió, seca—. Entonces, ¿desea que lo lleve o no? Me queda a tiro de piedra en mi camino, como quien dice.

Apenas lo dudó un segundo antes de aceptar. Debía darse prisa si quería llegar a tiempo de enterarse de algo, si es que había algo de verdad en lo que había dicho el niño. Cuando el carruaje se detuvo, el cochero, un joven menudo y nervioso, bajó a abrir la portezuela grabada con el blasón del ducado de Quintanar. Victoria le pasó por delante, saludó al cochero y antes de meterse dentro, le dijo:

—Efrén, antes de ir a la casa, vamos a la calle de Serrano, por favor. El señor Lebrija se apeará allí. —El cochero asintió sin hacer el más mínimo gesto de extrañeza ante la idea de que la señorita invitara a un desconocido a subir al carruaje. Debía estar acostumbrado a las excentricidades de su patrona.

Diego se acomodó en el asiento de enfrente. Observó a Victoria mientras se colocaba los drapeados de la falda de raso azul violáceo con flores bordadas en terciopelo del mismo color. Luego abrió un compartimento bajo el asiento y extrajo un frasquito de cristal con un líquido ámbar que se roció por el largo cuello y el interior de las muñecas. Un intenso aroma a azahar lo envolvió. Respiró su perfume, sin dejar de contemplarla, fascinado.

—Espero que no le moleste el olor —dijo ella con mirada provocadora, al tiempo que devolvía el frasco a su sitio.

—En absoluto, huele muy bien —respondió él. Cuando los caballos se pusieron en marcha, añadió—: Muchas gracias por ofrecerme su coche.

—No hay de qué. Deduzco que sigue usted persiguiendo sucesos por las calles de Madrid.

—Entre otras cosas, sí. ¿Y usted? ¿Cómo van sus colaboraciones periodísticas? Veo su firma en algunas columnas de sociedad.

—¿Lee usted las revistas femeninas, señor Lebrija?

—La leo a usted —dijo él, y un atisbo de sonrisa afloró a los labios de ella—. Me gustan sus crónicas sociales, son agudas y divertidas. ¿Tiene alguna otra colaboración en diarios?

—Tal vez. Pero no se lo pienso decir.

Él la miró a los ojos, sin dejar de sonreír.

—¿Por qué? ¿No se fía de mí?

—No, creo que no. —La carcajada de Diego la hizo sonreír a ella también, que finalmente agregó—: Solo le diré que publico una columna bajo seudónimo en un par de diarios nacionales.

—Vaya. Enhorabuena —dijo con auténtica admiración—. No debería habérmelo dicho, ahora no pararé hasta averiguar detrás de qué seudónimo se esconde.

—Hágalo. Me sorprendería que lo descubriera —respondió ella, muy segura de sí misma.

—Perdone si soy indiscreto... —dijo al cabo de un rato en silencio; había una cuestión que le suscitaba mucha curiosidad—, pero no puedo resistirme a preguntárselo:

¿qué relación tiene usted con el señor Carranzo? ¿Están prometidos?

—¿Con Carranzo? ¡Dios mío, no! —exclamó ella, riéndose con ganas.

—Había oído...

—No sé lo que habrá oído, pero le aseguro que no hay nada entre ese señor y yo.

—Entonces... ¿con otro? ¿Está comprometida?

Ella meneó la cabeza sin dejar de sonreir.

—¿Y usted?

—Tampoco. —Sonrió—. Todavía no he encontrado a la persona adecuada, pero si le soy sincero, no es que haya puesto mucho interés. Supongo que todo llegará.

Diego se inclinó a la ventanilla y contempló la amplia avenida de Recoletos, arteria noble de la ciudad; en un lateral se sucedían los parterres sembrados de flores, arbustos esculpidos con formas geométricas, fuentecillas y paseos; en el otro, varios palacetes y edificios señoriales, resguardados tras una hilera de árboles reverdecidos. Había mucho tráfico de carruajes en ambos sentidos, se fijó. Era la hora en que los propietarios de viviendas del barrio de Salamanca se lanzaban a sus salidas vespertinas: al teatro, al café, a la ópera o a cualquier otro espectáculo nocturno en el centro de Madrid. El coche de caballos giró a la derecha, rodeó la parcela donde se construía el edificio de la Biblioteca Nacional y tomó la calle de Serrano. No habían recorrido ni cien metros cuando avistaron el lugar del suceso, por el gran número de personas que se congregaban junto al chaflán del edificio en la esquina de la calle Goya.

—Pare aquí, haga el favor —le pidió Diego al cochero, antes de dirigirse a Victoria—: No sabe cuánto le agradezco que me haya traído hasta aquí. Ha sido un placer verla de nuevo, señorita Velarde.

Diego abrió la portezuela del coche dispuesto a apearse. Ella alargó el cuello con curiosidad hacia la calle.

—Voy con usted —resolvió de repente.

—Es mejor que se quede aquí, por si acaso.

—¿Disculpe? —Ella le clavó los ojos como puñales.

—Todavía no sabemos qué ha ocurrido. Déjeme que eche un vistazo antes y luego vuelvo a por usted —dijo él con voz persuasiva. Si se empeñaba en seguirle, no podría hacer bien su trabajo, estaría más pendiente de ella que de otra cosa. Victoria no respondió—. Deme cinco minutos. Por favor.

La joven accedió reticente. Diego se dirigió aprisa hacia el esquinazo abarrotado de curiosos, se abrió paso entre la gente hasta alcanzar la barrera formada por los guardias civiles para impedir el paso. Atisbó más allá de ellos a tres hombres que colocaban sobre una camilla el cuerpo del herido para llevarlo al carruaje hospitalario aparcado junto a la acera.

—Soy redactor de *El Liberal* —se presentó a uno de los guardias, uno muy joven, casi un muchacho imberbe—. ¿Qué ha ocurrido?

—Lo siento, yo no sé nada. Hable con mi superior.

—Y señaló a un guardia corpulento de cejas gruesas y unidas, que le conferían un aspecto fiero. Diego se dirigió a él a trompicones.

—Disculpe, soy Diego Lebrija, de *El Liberal* —dijo con su lápiz y su libreta en la mano—. ¿Pueden contarme algo, por poco que sea?

El agente lo examinó unos segundos, bajó la vista a su libreta de hojas usadas, echó un vistazo alrededor, y al fin, después de pensarlo, le hizo un gesto con la cabeza para que le siguiera. Diego le obedeció. Lo llevó detrás del carruaje, lejos de la vista de la gente.

—Ha sido un asalto a mano armada con robo. La víctima está malherida, le han asestado dos puñaladas, una en el hombro y otra en el pecho, cerca del corazón.

—¿Saben quién es, su nombre?

El agente titubeó, indeciso, antes de contestar.

—Es un diputado del Congreso, el señor Daniel Urquiona.

Diego levantó la vista de su libreta, impactado.

—¿Está seguro?

—Sí, lo ha identificado el portero de este edificio. —El guardia señaló el chaflán—. Al parecer, vive aquí con su madre.

Diego escrutó el gran mirador acristalado que cubría el chaflán del piso principal. Allí era donde vivía Urquiona. Él lo conocía; incluso había estado en esa casa en una ocasión. Fue poco después de la muerte de su padre, cuando su madre le pidió que consultara con un abogado la forma de figurar legalmente como titular de la imprenta, junto a sus hijos, y Diego pensó en él. Lo conoció en casa de doña Carolina, pero fue en los pasillos del Congreso donde entablaron amistad; se saludaban, intercambiaban impresiones, y, a veces, quedaban a tomar café en la cantina. Urquiona era una buena fuente de información para sus artículos, certera y fiable. Lo recibió en esa casa, un piso señorial de techos altos y suelos de madera barnizada donde tenía su despacho de abogado especializado en derecho mercantil, le aclaró, mientras lo guiaba por el pasillo alfombrado. Urquiona era de gustos caros y refinados, por lo que pudo comprobar: paredes enteladas de sedas y damascos, una colección de buenos cuadros, muebles barrocos, y lo que más le llamó la atención: una vistosa lámpara de araña de cristales de colores colgada en medio del comedor. Es cristal de Murano, dijo Urquiona, me encapriché de ella en un viaje a Italia. Dos horas después, Diego salió de allí con el documento nuevo redactado bajo el brazo. El abogado se negó a cobrarle nada, por más que insistió. No te preocupes, Lebrija, me puedo permitir este tipo de consultas de las amistades, gracias a Dios. Le parecía terrible que le hubiera ocurrido algo así a alguien como él. Una persona en quien se podía confiar, un hombre liberal y de talante dialogante, nada dogmático; era difícil llevarse mal con él.

El agente cejijunto señaló la gran mancha de sangre sobre la acera.

—Lo asaltó ahí. Según un testigo, fue muy rápido,

visto y no visto. Un hombre lo abordó de frente, lo apuñaló e intentó robarle el maletín, pero se lo impidieron entre el portero del inmueble y un transeúnte.

—¿A qué hospital se lo llevan?

El guardia no lo sabía, pero era fácil de averiguar. Se acercó a la puerta del carruaje y preguntó a los hombres que portaban la camilla.

—Al hospital de la Princesa, el de Alberto Aguilera —dijo uno.

Diego miró al herido.

—¿Lebrija? —lo llamó Urquiona con un hilillo de voz.

Sorprendido, Diego se inclinó hacia él.

—¿Dónde está mi maletín? —susurró el diputado—. Mi maletín. No dejes que lo coja nadie, por favor.

Diego se incorporó y le preguntó al agente.

—Lo custodia uno de mis hombres.

—Quiero que me lo guardes tú. Tengo documentos importantes... —insistió su amigo—. Y avisa a Canalejas. Él sabrá...

Urquiona hizo un gesto de dolor. Uno de los sanitarios le dijo a Diego que se apartara, que debían marcharse al momento.

Fue lo último que escuchó antes de que los hombres lo introdujeran dentro.

—No lo han detenido, ¿verdad? —Al no recibir respuesta del guardia, lo miró a los ojos e insistió—: Al asaltante, digo.

—Todavía no —respondió—, pero ya caerá.

30

En el momento en que Diego desapareció de su vista, Victoria abrió la portezuela y se apeó del coche dispuesta a averiguar por sí misma qué había sucedido. La paciencia no era, precisamente, una de sus virtudes, y no pensaba permanecer ahí quieta mientras él corría a enterarse de todo.

Le dijo al cochero que esperara ahí, que volvería enseguida, y se dirigió hacia el grupo de mirones que se agolpaban delante del esquinazo protegido por los agentes de la autoridad. Por más que miró, no consiguió ver a Diego entre ellos, tampoco en los alrededores. Se dirigió hacia una portera que barría la acera del portal cercano.

—Vaya lío tienen montado —dijo Victoria.

La mujer apartó la vista de la escoba un instante, sin dejar de barrer.

—Y usted que lo diga. Es la segunda vez hoy que barro la acera —mascculló—. Me han dejado esto lleno de colillas. Si quieren espectáculo, ¡que se vayan al teatro!

—¿Sabe qué ha ocurrido? —La portera se paró y la miró con recelo. Victoria se vio impelida a formular alguna explicación—: Con tanto hombre delante, es imposible acercarse.

Claro que lo sabía. Se apoyó en el palo de la escoba, bajó la voz un par de tonos y le contó el suceso con pelos y señales, porque su marido había sido uno de los que ahuyentaron al atacante de don Daniel. «Lo asaltó ahí mismo —y señaló el chaflán— cuando regresaba a casa, como cada tarde. Vivía ahí, en el principal del inmueble, ¿sabe usted? Es diputado en el Congreso, pero buena persona, se lo digo yo.» De no ser por ellos dos, su marido y el joven recadero que pasaba por ahí, el señor estaría muerto y bien muerto.

—Y no crea que era pequeño el rufián; les sacaba media cabeza a cada uno, por lo menos.

—¿Lo conocía usted? ¿Lo había visto antes por aquí?

—¿A ese? No, ese no se mueve por este barrio. —Meneó varias veces la cabeza, muy convencida—. Pero llevaba desde media tarde merodeando alrededor, que lo he visto yo. Calle arriba y calle abajo, sin alejarse mucho, no crea. A eso de las seis estaba ahí, apoyado en la farola, fumando como un carretero. He barrido media docena de colillas del suelo. Yo pensé que esperaba a alguna criada de las que trabajan por la zona, porque no tenía mal aspecto ni hacía pensar que tuviera malas intenciones. Y fíjese qué equivocada estaba.

Al darse media vuelta, vio aparecer a Diego de detrás

del carruaje hospitalario, sorteando a las personas que se interponían en su camino. Andaba aprisa, con paso decidido, ajeno a lo que ocurría alrededor. Victoria lo llamó, le hizo una señal con la mano, mientras iba a su encuentro.

—¿Le importa si vuelvo a su carruaje? —le preguntó al llegar a su lado, con gesto de preocupación.

Claro que no. Lo llevaría adonde él quisiera, pero tendría que contarle todo, incluido de dónde había sacado ese maletín.

—¿Adónde desea ir? —Él no respondió, parecía distraído. Lo decidió por él—: Efrén, por favor, ¿puede dar la vuelta y dirigirse a la Puerta del Sol? Y no tenga prisa, haga el favor.

Diego le contó su encuentro con el herido, el señor Urquiona, mientras intentaba abrir el maletín sin conseguirlo. Estaba cerrado con llave, no había forma.

—¿Y por qué quiere abrirlo? —preguntó Victoria, dubitativa.

—Porque es muy posible que aquí dentro esté la razón del ataque que ha sufrido don Daniel. Creo que merece la pena comprobarlo.

—Déjeme a mí.

Victoria extendió su mano, mientras con la otra sacaba una aguja del sombrero. Se daba cierta maña en forzar pequeñas cerraduras como esa. Más de una vez se le había perdido la llavecita de su joyero o la del cajón de su secreter y había aprendido a abrirlas con una simple horquilla. Introdujo la aguja por la ranura y hurgó con tiento aguzando el oído. Sentía la mirada de Diego sobre ella, lo cual no ayudaba mucho. La ponía nerviosa cuando se sentía observada con esa expresión burlona que brillaba en sus ojos, como si no la tomara realmente en serio, como si dudara de ella. Por eso le costó un poco más mantener la calma necesaria hasta que hizo saltar el enganche y alzó la vista, con una enorme sonrisa de orgullo.

Él se colocó el maletín en el regazo y comenzó a extraer lo que había dentro. Empezó por dos carpetas de papeles que ojeó por encima. Se detuvo en una de ellas y mientras sus ojos recorrían los renglones, su rostro mudaba del interés al asombro.

—Es la hoja de condiciones con los requisitos para la concesión de la línea de ferrocarril de Sevilla a Huelva —murmuró en un tono que reflejaba incredulidad—. Y está llena de correcciones ordenadas por el señor Bauer o por un tal N. M. R., fíjese. —Levantó la vista un instante para comprobar que le prestaba atención y prosiguió—. Eliminaron el vagón de presos obligatorio, redujeron el número de vagones a cinco e intentaron que el tráfico y el horario de los trenes no dependiera de Correos. No sé si lo habrán conseguido, tendría que contrastarlo —musitó para sí, sin dejar de leer—. Esta concesión se aprobó hace varias semanas en el Senado. Y aquí está el proyecto de ley y la hoja de condiciones para la línea de Barcelona a Reus, por la que están compitiendo con la Compañía del Norte...

—Déjeme ver... —le pidió Victoria, tan sorprendida como él.

Diego le pasó la carpeta entera. La otra la guardó dentro del maletín que había dejado a sus pies en el suelo, del que sacó un libro de recibos de tapas granate que examinó con interés creciente.

—Dios mío...

—Qué.

Él la miró fijamente antes de responder.

—Es el libro de recibos por los pagos que hace la Casa Bauer y Rothschild a funcionarios, políticos y otras personas con influencia en la administración del Estado.

Victoria sintió una inquietud creciente. Eso no estaba bien. Eran documentos privados del señor Urquiona y solo por eso le parecía poco apropiado examinarlos. Además, Bauer era un viejo amigo de su padre, de su familia, ¿qué pensaría de ella si se enterara de esto? Que ella supiera, el señor Bauer era una persona afable, generosa, respetable, sin dobleces; siempre dispuesto a echar una mano a quien se lo pidiera. Le incomodaba que Diego estuviera husmeando en sus papeles y en sus negocios.

—¿Está seguro de que son de la Casa Bauer? Podría ser de otra compañía, otra sociedad financiera de las que trabajan aquí.

Él no la escuchaba, continuaba examinando las hojas con ojos ávidos, sin detenerse demasiado en nada concreto. Victoria tenía la extraña sensación de haber abierto con sus propias manos la caja de Pandora.

—Por cada proyecto o actividad que pretenden conseguir, cuentan con un registro de personas a las que sobornan, mire —giró el libro y le indicó con el dedo el encabezamiento de una de las hojas—: esta hoja se corresponde con las minas de Almadén; la siguiente, con la concesión de otra línea de ferrocarril —avanzó dos hojas y volvió a señalar el encabezado—, y esta, con la construcción del puerto de Huelva, y las elecciones en esa provincia, donde parece evidente que han comprado votos... Junto a cada nombre está apuntado el puesto que ocupan, el pago que reciben y en concepto de qué. Dios mío... Esto es... es un escándalo, Victoria —murmuró, alterado, sin dejar de pasar las hojas.

Victoria no era una ingenua; estaba al tanto del intercambio de favores, del cobro de ciertas comisiones, del uso de influencias en determinados asuntos que copaban las conversaciones de las cenas organizadas por su padre en la embajada durante sus años en Viena. Sin embargo, nunca se había planteado que estuviera mal, ni que perjudicara a nadie. En cierto modo, era normal que entre personas que se movían por los mismos ambientes y círculos sociales intercambiaran información y oportunidades de negocios en beneficio mutuo, ¿no? Eso no era malo en sí mismo, salvo en aquellos casos en los que se infringía la ley y se cometía un delito. ¿Y no era un juez o un tribunal quien debía juzgarlo?

—¿Y qué hacía este libro en manos del señor Urquiona?

—La única respuesta que se me ocurre es que él también trabaja para Bauer —dijo Diego.

Victoria descorrió la cortinilla y miró hacia fuera, pensativa. Había anochecido ya. Subían por la calle Alcalá, acababan de pasar por delante de la calle Barquillo. No quedaba mucho para llegar a la plaza del Sol.

—Creo que debería devolver esos papeles a su sitio, cerrar el maletín y ocultarlo hasta que pueda devolvérselo.

—¿Y olvidar lo que ahora sé? No podría —dijo, negando con la cabeza varias veces, como si estuviera fuera de toda duda—. Esto es muy grave, Victoria. Es la prueba de que este régimen está corrupto de arriba abajo, de que hay muchas personas que se han enriquecido a costa del Estado. Y estoy seguro de que Bauer no es el único que emplea esas prácticas. Mientras unos cuantos cobran sobornos, comisiones y gratificaciones por ayudar a los poderosos a costa del Estado, el pueblo se muere de hambre y el país no avanza. No hay dinero para levantar nuevas escuelas ni para mantener las que ya existen; no hay dinero para construir hospitales ni para pagar un sueldo decente a los maestros, a los soldados, a los médicos y a otros servidores públicos —expuso, con vehemencia. Cuando hablaba así, Victoria sentía que se contagiaba de esa pasión que transmitían sus palabras. Pero entonces agregó—: Hay que sacarlo a la luz, contarlo en la prensa. Que se sepa la verdad.

—¿Publicarlo? ¿Por qué? —Se removió, inquieta—. Piénselo bien, Diego. No sabe el origen de esos documentos ni si la información es veraz. Además, fíjese de lo que son capaces quienes quieren hacerse con ellos: casi asesinan a un hombre en mitad de la calle y a plena luz del día. Y no era un hombre cualquiera, era un diputado. Quienquiera que fuera, es alguien dispuesto a lo que sea.

—¿Teme por mí, Victoria? —preguntó él, con una sonrisa cálida.

—Por supuesto que sí. Y usted también debería.

—No se preocupe. Nadie tiene por qué saber que conozco el contenido del maletín —respondió él, introduciendo el libro de nuevo en el maletín, con sumo cuidado—. Salvo que usted pretenda contárselo a alguien...

—¿Por qué piensa eso? —replicó ella, molesta—. ¿A quién cree que se lo contaría?

—Al señor Bauer. A su padre.

—Ahora es usted quien desconfía de mí, señor Lebrija —le reprochó—. Yo no hablaré, si me asegura que usted no hará nada sin antes contármelo. Quiero estar informada.

—Me parece justo.

El carruaje disminuyó la velocidad hasta detenerse delante de la fachada del hotel de París. Victoria volvió a mirar por la ventanilla. Las farolas, las únicas que funcionaban con electricidad en Madrid, iluminaban con luz blanquecina el trasiego de personas que se movían de aquí para allá, en torno a la Puerta del Sol, tal vez camino de alguno de los muchos cafés cercanos o de regreso de uno de los teatros de la zona.

—La Puerta del Sol. ¿Le viene bien quedarse aquí o quiere que lo lleve a otro sitio?

—Aquí está bien, muchas gracias. Continuaré caminando. Nos volveremos a ver —le dijo, poco antes de que el cochero abriera la portezuela del carruaje.

—Efrén, volvemos a casa.

Mientras el coche daba media vuelta, su mirada persiguió la silueta alta y esbelta de Diego Lebrija alejándose a través de la plaza.

Esa misma noche, Diego se sentó delante de su escritorio a la luz de un quinqué y comenzó a copiar las hojas del libro de recibos. Debía finalizar esa misma noche si no quería atraer las sospechas sobre él cuando la noticia del asalto a don Daniel llegara a oídos de Bauer o de alguno de sus empleados y comenzaran a indagar por el destino del maletín. Empezando por el propio José Canalejas, que debía de estar al tanto.

Mojó la punta de la pluma en el tintero. Se vio las yemas de los dedos manchados de tinta y pensó en Victoria Velarde, en sus manos delicadas y hábiles. Sonrió al recordar su expresión de júbilo al abrir la cerradura del maletín, la sonrisa triunfal. De una forma u otra, Victoria Velarde siempre conseguía sorprenderlo, le hacía cuestionarse sus propios prejuicios sobre esas señoritas de buena familia a quienes tildaba de frívolas, vanidosas, mojigatas, educadas para medir a los hombres por su cartera o sus apellidos. Había conocido a más de una y no le atraían ni aunque él fuera un grande de España. Con Victoria, sin embargo, solía equivocarse, no le importaba reconocerlo.

Esa misma tarde, sin ir más lejos, había dudado de ella y de sus lealtades de clase. Pensó que en la disyuntiva de elegir entre Bauer y él, elegiría a Bauer.

El trazo de la pluma se deslizó sobre el papel. Algunos de los nombres que aparecían en el libro le eran desconocidos, pero otros muchos, más de los que hubiera deseado, sabía quiénes eran; de algunos no le sorprendió demasiado, pero había otros, unos pocos, de los que jamás lo hubiera imaginado, como ese parlamentario a quien respetaba mucho por su discurso social y progresista, azote de las políticas de Cánovas, que había vendido su voto a Casa Bauer por el «módico» precio de diez mil pesetas, o el de un juez de un juzgado de Madrid en cuyo tribunal Diego había cubierto más de un juicio, cuyo nombre figuraba en el listado por el sobreseimiento de una causa contra MZA acusada de negligencia en el derrumbe de un puente ferroviario en el que habían fallecido diez personas. Casi al amanecer llegó a la última página, la de la línea de ferrocarril Sevilla-Huelva. Entre los nombres anotados se fijó en uno: Federico Velarde. Senador. Cambios en hoja de condiciones y aprobación de la concesión. Veinticinco mil pesetas.

31

21 de abril de 1884

A la mañana siguiente, al cruzar el umbral de la redacción, se encontró con los ánimos de sus compañeros soliviantados, alrededor de una de las mesas. Diego soltó la libreta sobre su escritorio y sin desprenderse siquiera de la levita, se unió al grupo de redactores que escuchaban cómo Moya, de pie y en medio de una densa humareda de cigarrillos, les contaba la noticia que había corrido como la pólvora desde primera hora por los cafés y las redacciones de Madrid: el arresto de Juan Vallejo, director del satírico *El Motín*, acusado de «ofender la moral» en su publicación. Se lo llevaron de madrugada, sin juicio ni sentencia alguna por parte de un tribunal que pudiera juzgar si había cometido o no el delito por el que el gobernador de Madrid, el señor Raimundo Fernández Villaverde, le había impuesto una multa de quinientas pesetas o, en su defecto, quince días de cárcel que Vallejo había decidido cumplir, porque ni posee ese dinero ni considera justo que los gobernadores de provincias burlen la ley de imprenta de 1883, que prohíbe, precisamente, esas multas arbitrarias; y yo haría lo mismo, si fuera él, concluyó Moya.

—¡Y yo también! —exclamó Pacheco—. ¡Antes la cárcel que la dignidad!

Varias voces secundaron sus palabras entre un murmullo de aprobación.

—Y con Vallejo ya son cinco los directores de periódicos detenidos en el último mes por «ofensas a la moral y a la decencia pública» cuando, en realidad, la mayoría de ellos no son más que artículos críticos con el régimen o con el gobierno —dijo Bremón, que resumió lo que todos ya sabían: con Cánovas en la presidencia, los ataques a la libertad de prensa habían vuelto en forma de suspensiones de diarios, secuestros de ediciones, multas y detenciones arbitrarias, que la nueva ley prohibía sin un juicio previo ante un tribunal. Por todo ello, los directores de una treintena de periódicos de todo el país, incluido *El Liberal*, *El Imparcial* y *El Globo*, entre otros, habían hecho pública una protesta formal y unánime por lo que consideraban un atropello a la libertad de prensa y a la ley vigente de 1883 aprobada hacía apenas nueve meses, durante el anterior gobierno de Sagasta. La mayoría de los diarios celebraron como un triunfo de la libertad la aprobación, al fin, de una ley moderna, innovadora, europea, equiparable a la legislación en materia de prensa del Reino Unido, Alemania o Francia, con la que esperaban crecer, ganar influencia, contribuir a la democracia y al progreso.

—Señor Lebrija —lo llamó Perico en voz baja, temeroso de interrumpir. Diego se giró y el recepcionista avanzó un paso más para susurrarle cerca del oído—: Hay una señorita en recepción que pregunta por usted.

—¿Una señorita? —Y muy elegante, añadió el hombre con mirada cargada de intención. Diego alargó la vista a través de la puerta entreabierta, sin vislumbrar a nadie—. Gracias, Perico. Dígale que enseguida salgo.

—Esto es cosa de Cánovas —afirmó Cavia—. Ahora que ha recuperado la presidencia, está dando alas a sus afines para volver a imponer el control a la prensa y censurar a quienes critiquen su ideario político y moral para España.

—Pero ¿y la ley? ¿Es que no cuenta? —preguntó Fermín, el joven meritorio.

—Al parecer, la ley está para esquivarla o saltársela si no te gusta, o eso piensan algunos de estos gobernantes, por lo que se ve —sentenció Moya al tiempo que apagaba su cigarrillo en el cenicero.

La voz del jefe de redacción les llegó de sus espaldas, áspera, bronca.

—Nada de rendirse, señores. Precisamente para eso estamos aquí, para levantar la voz en defensa de la libertad y contra la injusticia de quienes quieren recortarla —intervino, avanzando entre ellos. Se colocó junto a Moya y añadió—: Y por ahí no vamos a pasar; si nos buscan, nos encontrarán de frente, todos a una, como demuestran las adhesiones de diarios de provincias que nos llegan cada día. La batalla la daremos en los tribunales, como debe ser. La asociación de prensa que se ha creado con este asunto va a examinar y a recurrir en el juzgado, si hiciera falta, cualquier medida gubernamental que se aplique contra los periódicos al margen del derecho.

—¡Pues van a tener mucho trabajo! —Pacheco meneó la cabeza.

—Y mientras tanto, volvemos a tener a la censura sentada a nuestro lado, metida dentro de nuestras cabezas, reprimiendo nuestras plumas y nuestra libertad de pensamiento —afirmó Diego, ganado por el desánimo. Otra vez igual, como si los últimos tres años hubieran sido solo un espejismo.

—Ustedes escriban, señores —dijo Fernanflor—, que de la censura ya nos encargaremos entre el director y yo.

Un manto de sombrío silencio se cernió sobre todos ellos.

—Moya, supongo que no tengo ni que decírtelo: redacta un suelto sobre el arresto de Vallejo para tu sección A vuela pluma —ordenó Fernanflor—. Le propondré al director que su artículo de fondo de mañana vuelva a tratar este asunto, si es que no lo ha pensado ya. Por lo demás..., señores, ¡a trabajar! —Cuando la reunión comenzaba a disolverse, agregó en voz alta—: La mesa de redacción será después del almuerzo.

Diego consultó el reloj colgado de la pared. Las doce y media. Buena hora para salir a comer algo, decidió, camino del recibidor. Al traspasar la puerta, se detuvo sorprendido al ver a Victoria Velarde allí, de pie frente al cuadro enmarcado con la primera plana del día en que salió el periódico. Diego recorrió su silueta espigada, desde el sombrero de plumas hasta el traje de chaqueta larga y entallada color caramelo, que se prolongaba en una falda discreta, sin apenas adornos. Un atuendo sobrio, con cierto aire masculino, muy acorde al lugar que visitaba.

—Señorita Velarde...

Ella se giró al oírle y fue hacia él con paso decidido.

—Ah, ya creía que ni siquiera se atrevía usted a recibirme... —dijo, visiblemente enfadada, mostrándole el ejemplar del periódico que llevaba en la mano—. ¿Cómo se atreve a escribir estas cosas sobre doña Rosario?

Diego comprendió enseguida. Cerró la puerta de la redacción, no quería que la escucharan oídos indiscretos. Ya tenía suficiente con las miradas de soslayo que les dedicaba Perico mientras fingía que leía el periódico. La agarró suavemente por el brazo y murmuró:

—Es mejor que salgamos afuera y le explicaré.

Ella se zafó, molesta.

—Ahora. Quiero que me lo explique ahora. Quiero saber por qué en vez de comentar el recital de poesía, ha decidido usted arremeter contra ella.

Tenía toda la razón en estar enfadada. Él también se sentía avergonzado después de leer el suelto, pero el recibidor no era el lugar para discutirlo.

—Aquí no podemos hablar. Se lo ruego, acompáñeme.

La invito a una limonada mientras se lo cuento —insistió, haciendo un esfuerzo por mantener la calma.

Con un gesto, Diego le franqueó la salida hacia el rellano de la escalera, que descendieron en un tenso silencio hasta alcanzar la calle. Allí, ella se le encaró de nuevo, blandiendo varios diarios en su mano acusatoria:

—¡Es usted un falso! ¡Un hipócrita! ¡Debería darle vergüenza!

Dos compañeros de la redacción salieron en ese momento.

—Lebrija, parece que no tienes a esta bella señorita demasiado contenta. Tendrás que esforzarte más...—dijo Moya riendo al pasar por su lado, dándole una palmada en la espalda.

Diego asintió con una mueca forzada y esperó a que desaparecieran dentro de la taberna más próxima, a la que solían acudir a almorzar. Luego se volvió a Victoria, que reanudó la discusión con más inquina, incluso.

—¿Esto es de verdad lo que piensa? ¡Qué sinvergüenza! —le espetó, alzando el diario—. Creí que era usted distinto, que nos consideraba tan capaces de pensar y escribir como cualquier hombre, pero resulta que es tan hipócrita o más que ellos, porque lo que ha escrito aquí no es lo que nos dice a la cara.

—¿Quiere, por favor, escucharme? —casi le gritó, a punto de perder la paciencia. Otros dos redactores pasaron a su lado, mirándolos con curiosidad.

No podían quedarse ahí. Diego la condujo unos metros más allá, al parquecillo que había a la vuelta del edificio. Más que un parque, era un rincón arbolado y recoleto al que no solía acudir casi nadie. Había una pequeña ladera de hierba sombreada por varios abetos de ramas extensas y un gran sauce llorón bajo cuyas ramas se ocultaba alguna que otra pareja de enamorados al caer la tarde, en busca de intimidad. Se detuvo junto al primer banco de piedra que vio, al abrigo de un joven madroño. Allí ya podía decir lo que le quemaba en la boca.

—Ese suelto no lo he escrito yo.

Victoria lo miró con recelo.

—Y si no ha sido usted, ¿quién lo ha escrito? —respondió ella, cruzándose de brazos—. No había nadie más de su periódico en el evento, que yo sepa.

—¿Qué más da? No tiene importancia —replicó él—. Le aseguro que, si hubiera sabido que sería así, habría insistido en redactarlo yo, pero el director del suplemento literario tenía prisa por cerrar la edición y decidió no esperar.

—Pero no entiendo. ¿Me está diciendo que lo escribieron antes de que se celebrara el recital? —inquirió ella con incredulidad.

No es que le agradara confesar los entresijos del diario, especialmente cuando no estaba demasiado orgulloso del resultado, pero tanto Victoria como, sobre todo, doña Rosario se merecían una explicación.

—Sí. No es lo normal, pero en ocasiones ocurre —admitió—. Hay actos a los que nos resulta imposible asistir, aunque tengamos el compromiso de sacar algo. Un apunte, un comentario, lo que sea. Por eso el suelto de doña Rosario no habla de sus poemas.

—Peor me lo pone, entonces: ¿eso les da derecho a decir lo que dice, sin haberla escuchado siquiera? —replicó ella en tono incrédulo. Y para demostrarlo, desplegó el periódico y fue directa al párrafo que leyó en voz alta e irritada—: «Esta poetisa que, en su obra *Rienzi el tribuno*, nos demostró que sabía sentir, se ha dado a pensar. Las poetisas que piensan no son tan simpáticas como las que sienten; acaso porque las mujeres dominan por el corazón y el hombre lo hace por el cerebro».

—Tiene usted razón, no ha...

—Aguarde, no he terminado de leer: «... hablando en términos generales, solo deploro que la señora Acuña descuide más la forma cuando piensa que cuando siente». —Al concluir, cerró el diario irritada y le clavó sus ojos centelleantes—. ¿Se imagina qué habrá pensado doña Rosario al leerlo esta mañana? Es ruin y humillante. ¡Son ustedes unos canallas!

—¿Qué quiere que yo haga? No puedo corregirlo ni tampoco puedo dictarle los sueltos a nadie —replicó Diego, exasperado.

Ella hizo una mueca burlona.

—Por supuesto que no, cómo van a rectificar ustedes —masculló.

—Mire, lo siento, por la parte que me toca. Debí redactarlo yo, aunque les obligara a retrasar el cierre de la edición.

Y también le doy la razón en que mi compañero no estuvo muy afortunado; supongo que las prisas por incluirlo en el suplemento literario de hoy no le ayudaron demasiado.

Era una mala excusa que solo sirvió para que ella golpeara donde más dolía, en su orgullo.

—¿Eso cree? Porque en *El Imparcial*, al que tanto critican, el señor Carranzo ha publicado hoy una extensa reseña sobre el evento a la que no le falta nada: menciona la presencia de las señoras en el Ateneo, la lectura de doña Rosario y hasta reproduce uno de los poemas —le dijo, mostrándole el ejemplar de *El Imparcial* que tenía en la mano—. Al menos, es más honesto que ese gacetillero de su diario, que no duda en lanzar pullas a doña Rosario, antes que tomarse la molestia de asistir al recital de una colaboradora. Y más profesional que usted, que ni se preocupó por redactar un simple suelto.

Quizá se lo tenía merecido, pero no por eso le molestó menos.

—De acuerdo. Pues ya le he dicho todo lo que tenía que decirle, señorita Velarde. Debo regresar. Buenas tardes —zanjó él, dándose media vuelta.

Apenas había recorrido unos metros, cuando ella lo alcanzó.

—Espere, Diego —le pidió, agarrándolo del brazo—. No se vaya así, no quería decir eso, discúlpeme... Es tan injusto, tan hiriente, que a veces me cuesta contenerme y simular que no me afecta, como hacen las demás. —Lo miró a los ojos, con expresión anhelante—. Porque a usted no le disgustan las mujeres que pensamos, como dice su compañero, ¿verdad?

Él sonrió por primera vez, apaciguado por su gesto de arrepentimiento. En el fondo, la entendía. Debía de ser frustrante para una mujer educada e inquieta como ella, darse cabezazos contra la cerrazón y la intransigencia de muchos de los señores de la prensa.

—Sabe que no. Me gustan, en realidad. Y me gustan las literatas. Me parecen más interesantes que otras señoritas con menos inquietudes.

—¿De veras? —preguntó en voz queda, como si no terminara de creérselo—. ¿No le parecemos marimachos, hombrunas y esos otros calificativos que nos ponen los hombres en cuanto les damos la espalda?

Diego contuvo una carcajada y la miró con ternura. Dudaba de que ningún hombre pudiera acusar de marimacho a Victoria Velarde. Su feminidad no residía en su fragilidad ni en su delicadeza, como las figuritas de porcelana, sino en la pasión y la luz que desprendía, hiciera lo que hiciera. Por eso le gustaba tanto. Por eso y porque no se detenía ante nada con tal de conseguir lo que se proponía.

—No, salvo cuando se disfraza de un tal Víctor Velarde.

El sonido grave, arrullador, de su risa le golpeó el corazón.

—Todavía no acierto a entender por qué se enfadó usted tanto.

La miraba ahora y la respuesta se le reveló evidente.

—¿Quiere la verdad? —murmuró él, deslizando sus ojos hasta su boca.

—Por favor.

—Me revolvía las tripas verla convertida en un hombre cuando lo que yo deseaba era besarla.

—¿Y por qué no lo hizo? —preguntó ella, con voz susurrante.

Era una invitación, no podía ser otra cosa. Lo vio en el negro ardiente de sus ojos, en los labios humedecidos, en la mano que apoyó en su pecho. El corazón le latía con fuerza, ella debía notarlo. Diego se inclinó despacio y ella le ofreció su boca. Sus labios se fundieron en un beso lento, suave, embriagador como la fragancia de azahar impregnada en su piel. Ella le rodeó el cuello con sus brazos y profundizó en el beso con un gemido que desbocó el corazón de Diego. La estrechó con fuerza, sin dejar de besarla. Notó que ella se reía en su boca.

—¿Qué pasa? —se apartó con una sonrisa de desconcierto.

Ella le indicó algo a su espalda. Cuando se volvió, entendió el motivo: Mariano José de Larra había sido testigo de su primer beso. Diego sonrió. Había olvidado que el busto de bronce en memoria del periodista se hallaba ahí, medio oculto en ese rincón de la calle Bailén. Eso solo podía ser una buena señal, auguró.

—¿Puedo invitarla a almorzar?

Ella negó, sin dejar de sonreír. Un intenso rubor le teñía las mejillas.

—Me están esperando en casa. No puedo faltar. Debo medir bien mis salidas si quiero disfrutar de estos valiosos momentos de libertad —le explicó.

Echó a andar lentamente de regreso al carruaje que la esperaba en la calle Mayor.

—¿Cuándo nos volveremos a ver? —insistió Diego.

—No le sabría decir... —titubeó ella. De pronto se detuvo y sus ojos brillaron otra vez—. ¿Le gustaría ser mi acompañante en una boda? Se casa una buena amiga de la escuela dentro de un mes. Pensaba asistir sola, pero si le apetece venir conmigo...

—Me encantaría, Victoria.

—Le diré a Micaela que le envíe la invitación al periódico. ¿O prefiere a la imprenta?

—Ya no vivo allí. He alquilado un cuarto no muy lejos de aquí, en la calle de las Fuentes. Si no le importa, dígale que me la remita a la redacción, paso más tiempo ahí que en mi casa.

La acompañó a su carruaje. Con un pie en el estribo, Victoria se volvió y le preguntó:

—Por cierto, ¿qué ha hecho con el maletín?

—Se lo he entregado esta mañana a don José Canalejas en su bufete —respondió, recordando las exageradas muestras de alegría y agradecimiento con que lo recibió el abogado en el despacho. Ya estaba al tanto de todo; esa misma mañana le había llegado una nota con el incidente y, sin desayunar siquiera, se había dirigido al hospital donde estaba ingresado el señor Urquiona—. Por lo que me ha dicho, don Daniel está fuera de peligro. En una semana creen que lo mandarán a su casa.

—Me alegro por él y... por usted.

Diego se quedó unos minutos de pie en la calle, con la vista fija en el carruaje y el recuerdo de su beso en los labios.

32

13 de mayo de 1884

> Cierto señor, al parecer, respetado, que presume de director de la sección literaria de un (dícese) prestigioso diario de cuyo nombre no quiero acordarme, ha despachado el recital de doña Rosario de Acuña —al que ni siquiera tuvo la decencia de asistir— con un suelto repleto de prejuicios y bajezas que más que retratar a nuestra admirada autora, lo retratan a él, por infame.

Releyó de nuevo el texto completo, satisfecha. Dejó las cuartillas a un lado, encima de las demás. Mañana se lo enviaría con un recadero a doña Joaquina, para *El Correo de la Moda*. Con un poco de suerte, su comentario llegaría a oídos del aludido; ojalá la leyera y se le cayera la cara de vergüenza ante el resto de sus colegas.

Miró el suave ondear del visillo en la ventana abierta

por la que entraba la luz radiante de mayo. Se palpó los labios, distraída. Pensó en Diego, en la dulzura de su beso. Le había sabido a poco, quería más. Mucho más. Solo de recordar ese momento, el roce de sus labios, la tibieza de su tacto, se le aceleraba el corazón. ¿Dónde estaría ahora? Lo imaginó sentado a su mesa, redactando su artículo con expresión seria y reconcentrada. La misma que tenía el día en que lo vio en la redacción de *La Democracia*. Le gustó desde aquel instante, aunque él casi ni la miró. Con Diego, nunca sabía a qué atenerse, tan pronto estaba segura de que le importaba, como desaparecía de su vida sin ninguna explicación.

Bajó la vista al montón de papeles que tenía delante. El primero de ellos era un texto con tachaduras y correcciones que había terminado la noche anterior. Se quedó mirándolo un rato, abstraída en sus pensamientos. Había cogido la costumbre de sentarse a escribir a diario, unas tres horas por la mañana temprano y otras dos después de cenar, hasta la medianoche. Era el mismo horario que había respetado su tía durante años, con voluntad férrea y pocas excepciones, porque, querida, le dijo la condesa el día en que Victoria se quejó de la tiranía que imponían las letras en su vida, si deseas ser una literata y hacer de ello tu modo de vida, ya te darás cuenta de que no hay atajos posibles a la hora de escribir. Lo que sí había, en su opinión, era muchos altibajos en el ánimo que se sorteaban mejor con una rutina de escritura casi militar. Tenía razón, como siempre, pensó. Cogió una cuartilla en blanco y comenzó a pasar a limpio el texto emborronado, una crónica de viajes sobre la Viena imperial que deseaba entregarle en persona al director de *La Ilustración Española y Americana*, a modo de presentación de su quehacer periodístico. Tal vez así podría convencerle de que le publicara una colaboración quincenal de sus crónicas viajeras por ciudades y lugares de Europa que ella conocía bien: Salzburgo, Praga, Ginebra, Berlín, París, Londres...

—Señorita, ha llegado la modista del taller —dijo Lina, asomada a la puerta de su gabinete, en el mismo momento en que las campanas de la cercana iglesia de las Mercedarias Descalzas comenzaron a repicar. Qué puntualidad, pensó.

—Dame cinco minutos y hazla pasar, por favor. Y avisa a doña Bárbara, por si desea estar presente ella también.

Victoria limpió la pluma en el pañito, cerró el tintero, amontonó de cualquier forma los papeles desperdigados encima del secreter. Más tarde los ordenaría con calma, ahora no tenía tiempo. Se lavó las manos manchadas de tinta en el aguamanil, se refrescó la cara, se recompuso el peinado y se preparó para recibir a la modista del famoso taller de costura de madame Honorine que portaba en sus brazos la última prueba del vestido encargado para la boda de Micaela.

Victoria se alejó unos pasos del espejo y se contempló con el vestido puesto. Imaginó el efecto que provocaría en Diego, la expresión de su cara al verla. Estaba deseando que llegara el momento.

—Yo te veo guapísima, querida. Creo que te queda perfecto. Y esa combinación de colores te favorece mucho. —Doña Bárbara recorrió su silueta con mirada complacida, y luego preguntó—: ¿Dónde decías que se casa esa amiga tuya?

—La ceremonia es en la iglesia de las Calatravas y el banquete lo servirán en uno de los salones de Lhardy. El novio tiene poca familia y vienen de Santander, igual que unos tíos de Micaela —respondió Victoria sin dejar de mirarse en el espejo.

Se giró a un lado, luego a otro, mientras deslizaba sus manos a lo largo de la silueta definida bajo la lustrosa tela de satén. Lo que no le terminaba de convencer era el remate del escote.

—¿Podría estrechar la banda de encaje? Me gustaría más fino, no tan exagerado —le pidió a la modista, que la observaba muy atenta, con su blusa color crema y su falda oscura, todo pulcritud.

La mujer se aproximó, revisó la costura del escote con una maña envidiable, pensó Victoria, admirada de la habilidad con la que manejaba la delicada tela entre sus manos rugosas.

—Sí, señorita —contestó al fin—. Eso se lo puedo hacer aquí mismo, no me llevará mucho tiempo.

—Pues listo. Ha quedado muy bonito, muchas gracias. Y transmítale a madame Honorine que estoy encantada con el resultado —dijo ella.

Victoria se desprendió con cuidado del traje que la

modista sujetó en sus manos. Con ayuda de Lina, se enfundó su vestido mañanero de algodón estampado. Uno suelto, ligero y cómodo, que le permitía prescindir de la tiranía del corsé.

—A tu padre no le hace mucha gracia que tu acompañante en la boda sea tu hermano Jorge —le dijo doña Bárbara al abandonar la estancia.

—¿Por qué? Jorge puede ser un tanto disoluto, pero sabe comportarse en sociedad. —La esposa de su padre se mostró escéptica, y ella añadió—: Padre no debería preocuparse tanto por él. A veces es tan estricto con Jorge que resulta contraproducente.

—¿Sabes que hace una semana se batió en duelo con un señor que lo acusó de seducir a su esposa? —Victoria ralentizó el paso, sorprendida. Su padre se había enterado días después a través de un conocido, cuyo hijo pertenecía al círculo de amigos de Jorge y había actuado de padrino. Gracias a Dios, no ocurrió una desgracia, afirmó doña Bárbara, y todo quedó en una herida leve en el hombro del otro duelista. Cuando su padre quiso averiguar algo más sobre el señor, le dijeron que había abandonado Madrid con su mujer por una larga temporada—. Así que fíjate si tu padre no tiene motivos para preocuparse. Tal vez habría sido mejor que te acompañara Álvaro.

Victoria descendió la escalera por detrás de doña Bárbara, pensativa. Lo mejor habría sido decir la verdad: que su acompañante sería Diego Lebrija, aquel redactor que le presentó en la subasta benéfica, ¿se acordaría de él su padre? No se lo habría permitido, habría puesto el grito en el cielo. Su hija con un gacetillero, por Dios, ¡qué degradación del buen nombre de la familia!, imaginó que diría. Por eso recurrió a Jorge. Él la entendía porque, al igual que ella, se valía de pequeños engaños para esquivar las normas paternas que limitaban su libertad y le impedían tomar sus propias decisiones. Lo único que necesitaba de él era que la acompañara a la iglesia donde la esperaría Diego. ¿Quién es el afortunado? ¿Lo conozco yo?, preguntó, sin excesiva curiosidad, recostado en el balancín del jardín donde solían compartir confidencias a la hora de la siesta. Victoria estaba casi segura de que no. No frecuentaba sus ambientes ni los de él ni los de la familia, y además —añadió—, es periodista, trabaja en *El Liberal*. Es un hombre decente, no un calavera como tú.

Jorge cabeceó, dubitativo. ¿Un plumilla? Conozco bastante bien a unos cuantos, aparte de tu amigo Torrehita, dijo, abriendo su pitillera de carey. Se encendió un cigarrillo y la observó a través de la nube de humo. Se quedaría a la ceremonia religiosa y, así podría presentárselo, sentía curiosidad por conocerlo. A partir de ahí, que hiciera lo que quisiera; él tenía sus propios planes para ese día: por vez primera, le había llegado invitación a una de las exclusivas fiestas del barón Malpartida —se decía por ahí que ni el título era auténtico ni el nombre real, pero qué más daba—, un caballero de origen desconocido, muy popular entre los crápulas de las mejores familias por ser propietario de dos mancebías y organizar las mejores timbas de la capital. Y como don Federico le había reducido su asignación mensual mientras siguiera manteniendo lo que, en su opinión, era una vida disipada e inmoral —le seguía tratando como a un niño a sus veinticuatro años de edad, se quejaba Jorge, indignado—, se le ocurrió que, a cambio de mi pequeño papel en ese teatrillo tuyo que has montado, podrías «prestarme» una de tus joyas. Nada excesivamente valioso, un broche o unos garcillos o un anillo que pueda empeñar por unas... cien pesetas. Con eso le bastaría para reservarse un asiento en la mesa de juego. Se lo devolvería, que no lo dudara. No pensaba perder ni un real.

Victoria bajó los dos escalones que la separaban de doña Bárbara y se puso a su altura.

—Álvaro querrá salir a pasear con su flamante esposa, no con su hermana pequeña —respondió—. Además, Jorge ya se ha hecho a la idea de venir.

—En fin. Que sea lo que Dios quiera. No dejes que haga ninguna tontería, por favor. Tu padre no necesita más disgustos, y menos ahora, que está tan ilusionado con la perspectiva de volver a la política activa. El ministro de Gobernación le ha insinuado que es favorito entre varios candidatos a un puesto de gran responsabilidad.

—¿Qué puesto? ¿Ministro?

Doña Bárbara lo meditó unos segundos, los suficientes para concluir que no, no creía que se tratara de eso. El nuevo gobierno no llevaba ni cuatro meses en el poder. En cualquier caso, pronto saldrían de dudas. Lo habían convocado a una reunión en el ministerio la semana siguiente.

—Él se barrunta que podría tener relación con los asuntos internacionales. Sea lo que sea, ¿no lo notas más contento y rejuvenecido?

¿Rejuvenecido? No se había fijado, la verdad. Lo hizo cuando don Federico entró en la salita de verano al ritmo de una cancioncilla que tarareaba en los labios, haciendo gala de su buen humor. Traía el taco de la correspondencia en una mano, un periódico en la otra, y después de dejarlo todo encima de la superficie de mármol de la consola, se dirigió hacia el rincón donde estaban sentadas.

—Ha llegado carta de los duques de Langford. —Ondeó en su mano la hoja desdoblada—. Nos agradecen la maravillosa estancia que pasaron en Madrid y nos invitan a visitarlos este verano en su mansión campestre de Treetop... —Se volvió a Victoria, con sonrisa satisfecha—. Y la invitación te incluye a ti, hija.

Don Manuel Maldonado se incorporó, torpón, rodeó el escritorio de caoba y le dio un abrazo de despedida. No tengo ni que decir que eres bienvenido en casa cuando quieras, mi hijo te tiene en mucha estima, ya lo sabes. Gracias, don Manuel. Y si necesitas algo, cualquier cosa, aquí estamos, dijo, de vuelta a su lustroso sillón de piel. Mateo se adelantó para abrir la puerta del despacho de tamaño ministerial y se brindó a acompañarlo a la salida del ilustre edificio de cuatro plantas que ocupaba la Compañía del Norte en la plaza de Santa Bárbara. El despacho del padre se hallaba en el principal; el suyo, el que ocupaba desde el pasado mes de enero en que lo ascendieron a subdirector del departamento jurídico de la compañía, se encontraba uno más arriba, en el segundo. Ven, que te lo enseño.

—Ándate con pies de plomo, Diego —le dijo ya en el interior de su sobrio gabinete. Muebles de tipo funcional, varias litografías de locomotoras adornando las paredes, las primeras que circularon por nuestras vías, presumió, junto a un mapa de la Península marcado con el trazado ferroviario repartido entre las distintas compañías propietarias del ferrocarril en España—. A nadie le interesa que se aireen demasiado ciertos detalles. A nosotros, tampoco. Si vas a publicar algo de lo que aquí has oído, no menciones ni a mi padre ni a la compañía. Lo desmentiremos todo.

—Es decir, que Norte también tiene sus artimañas.

—Este es un país de pillos, ya lo sabes. Quien no entra en el juego, sobra. Lo defenestran entre todos, no les sirve ni a unos ni a otros.

Se hacía una idea. Cuanto más avanzaba en sus pesquisas, más se enredaba el cuadro. Don Manuel le había contado las numerosas cuitas que habían enfrentado a Norte con MZA en la carrera por las concesiones del ferrocarril. Las zancadillas, los engaños, los acuerdos secretos que, según él, cerraba Bauer en los despachos de los ministros para asignarse las líneas de ferrocarril que mejor ayudaban a sus intereses. ¿Sobornos? Los que quieras y más, y como prueba fehaciente del delito, le plantó sobre la mesa dos recibos de sendos pagos recibidos por un tal Juan Palancón, jefe de uno de los negociados del ferrocarril, por parte de MZA. Le había costado lo suyo conseguirlos. Pero ¿y en Norte?, inquirió Diego. ¿No despachaban ellos con el ministro de turno? ¿No acordaban los pliegos de condiciones en los tramos que más les interesaban? ¿Nunca habían pagado bajo cuerda a los funcionarios del departamento de Ferrocarril?

¿Ellos? ¡Jamás!, exclamó con grandes aspavientos. Mateo bajó la vista al suelo alfombrado. Don Manuel le aseguró que no tocaban ni una coma ni un renglón, nada. Todo lo conseguido había sido gracias al trabajo arduo y minucioso con que ajustaban sus ofertas a los pliegos de condiciones, no por pasillear el ministerio. Norte era una compañía honorable, por favor.

Mateo se despidió de él en la verja de la finca.

—Supongo que no servirá de nada que te recomiende olvidarte de este asunto, ¿no? Es un consejo de amigo... y de abogado. —Diego le dio una palmada en el hombro, gracias, pero no—. Me lo imaginaba. Pues nada, ya nos veremos por ahí... Pero no afiles demasiado tu pluma o te pincharás con ella, Diego.

El archivero de la biblioteca del Senado era un hombre de gesto huraño a quien parecía molestarle realizar su trabajo. Se demoraba un tiempo en atender a Diego cada vez que se acercaba al mostrador con una petición. Manoseaba entre sus dedos huesudos el papelito de solicitud y después lo dejaba a un lado hasta que tenía a bien levantarse y abandonar la sala hacia el archivo con los diarios de sesiones. A Diego le exasperaba la parsimonia deliberada. Todas las tardes desde hacía dos semanas, al salir de la redacción, ocupaba un puesto de lectura en la apabullante biblioteca gótica y revisaba con paciencia las actas en las que esperaba encontrar la información con la que contrastar los registros copiados del libro de Bauer. Examinaba los nombres de los senadores —todos ellos vitalicios y por derecho propio—, el detalle de las propuestas y el resultado de las votaciones, hasta dar con lo que quería. Era laborioso, pero estaba dando sus frutos: tenía pruebas de que tres de las concesiones que aparecían en el libro —un tramo de ferrocarril, una minera y la construcción de un muelle de descarga en un puerto— se habían tramitado en el Senado y habían resultado aprobadas con los votos de esos señores, en beneficio de MZA. Por más que le pesara, entre ellos estaba el nombre de Federico Velarde: «En la sesión del doce de febrero del año mil ochocientos ochenta y tres, intervino para defender la tramitación de urgencia de una concesión ferroviaria a la medida de MZA para la cual logró la aprobación mayoritaria de la cámara alta», apuntó Diego en su libreta de tapas negras, comprada exprofeso para lo que él había bautizado como el «caso Bauer». Allí también estaba anotada la entrevista que mantuvo con el jefe de negociado de Tendidos del Ferrocarril, de quien solo pudo arrancar la confirmación de que ciertas decisiones no se tomaban en función de su dictamen técnico, sino del de terceras personas que él no estaba autorizado a revelar.

Diego cerró el grueso volumen de actas, recogió el lápiz, la libreta, el reloj y la levita colgada en el respaldo de la silla, y se marchó en silencio. Con la información con la que contaba, esa misma noche podría sentarse a redactar el artículo. Por primera vez, de camino a su casa, pensó que tal vez todo ese esfuerzo por descubrir la verdad no llegaría a nada, porque a nadie parecía interesarle que se hicieran las cosas bien. ¿Y cómo demostrar que existía una compleja red de sobornos dentro de la administración del Estado? Los vericuetos burocráticos que seguían los contratos, subastas, ofertas y autorizaciones en los despachos de los ministerios era un laberinto imposible de desentrañar.

A la mañana siguiente le despertaron unos golpetazos en la puerta de su cuarto. Se incorporó de la cama con la pesadez del sueño todavía adherida al cuerpo. Medio adormilado, se enfundó una camisa, un pantalón cualquiera y fue a abrir. Los golpes hicieron retemblar de nuevo la madera, las bisagras, la pared entera, y qué impaciencia, si no esperaba a nadie, y menos que nadie, a su hermano, que apareció delante de él, con el mismo gesto ceñudo con el que le dijo que se alejara de él. Diego había cumplido. Las veces que había aparecido por allí para ver a su madre, lo había hecho en las horas en que su hermano salía a visitar posibles clientes.

—¿Puedo pasar?

Diego se hizo a un lado y con un resoplido huraño ya tenía a Santiago plantado en mitad de la salita.

—¿Ha ocurrido algo? ¿Madre se encuentra bien? —le interrumpió Diego, ya espabilado.

Lo observó inspeccionar la estancia de un vistazo, las paredes desnudas, el escritorio sepultado bajo una capa de papeles desordenados, los libros apilados por el suelo, hasta llegar al frac doblado sobre el respaldo de una silla.

—Sí, sí. Madre está bien. Como siempre. No he venido por ella.

Más tranquilo, Diego le dijo que se sentara donde pudiera, que iba a asearse un poco. Y mientras se desprendía de las legañas, se enjuagaba la boca y se humedecía el pelo rebelde frente al espejo del aguamanil, lo observaba ir de aquí para allá, sentarse, levantarse, volverse a sentar.

—Anda, ve a la cocinilla y dale un calentón al café del puchero. Es de ayer, pero si no me tomo una taza nada más levantarme, no me despejo en todo el día.

Al salir, tenía su taza de café recalentado esperándolo sobre la mesa escuálida. Sorbió un pequeño trago que le supo a agua sucia antes de abordar intrigado el motivo de esa extraña visita.

—Bueno, tú dirás —Diego apartó el frac del respaldo

de la silla y lo colgó con cuidado de un gancho en la pared. Lo había alquilado en una sastrería de mucho postín a la que acudió el mismo día que recibió la invitación a la boda de Micaela Moreau.

—Te he traído una resma de papel, por si te viene bien. Sé que gastas mucho.

—¿Qué quieres, Santiago? —insistió. No le gustaban los rodeos—. No creo que hayas venido a traerme papel y nada más.

Su hermano evitó su mirada.

—Necesito un favor. Necesitamos, quiero decir. Madre, yo... La imprenta —resumió, ahogando la voz a cada palabra que pronunciaba.

—La última vez que hablamos me dejaste claro que eras tú quien se encargaba de todo —le recordó, porque él también tenía su orgullo. Todavía no le había escuchado ninguna disculpa, un reconocimiento de que tal vez no había sido muy justo con él. Pero Santiago no fue por ahí.

—Creí que podríamos aguantar, pero las cosas se han torcido. El director del quincenal nos ha dicho que los de junio serán los últimos números que saquen, y para colmo de males, la plantilla se ha puesto en huelga para evitar el despido de los tres cajistas que ya nos sobran, porque no hay suficiente trabajo, Diego, no hay. De todas las publicaciones que teníamos, ya solo nos queda *La Filoxera*, el semanal de seis páginas. Una ruina.

—Y los pliegos de cordel, supongo.

No pretendía hacer más leña del árbol caído, pero si

su madre no se hubiera empeñado en mantenerlos, ya habrían perdido la imprenta. Debería recordárselo para bajarle los humos.

—Y los pliegos, sí —admitió con desgana—. Aunque han bajado mucho las ventas.

—¿Y qué quieres que haga yo? *El Liberal* tiene su propia imprenta, no os puedo ayudar.

—Ya, lo sé. No es eso.

—Entonces ¿qué?

Su hermano se echó hacia delante, lo miró fijamente a los ojos por primera vez desde que había llegado y habló con el tono rotundo e ilusionado del Santiago de otros tiempos, aquellos en que se ayudaban mutuamente frente a la ceguera comercial de su padre.

—Me he enterado de que va a salir la contrata de los trabajos de imprenta de la compañía de ferrocarriles MZA. Sería mucho trabajo: tarifarios, boletos, cartelería de las estaciones, las guías de viajeros y todo tipo de folletos. Nos convertiríamos en la imprenta de la compañía, ¿sabes lo que significa eso? Es como conseguir una contrata de un ministerio o de un negociado. Tranquilidad para muchos años. —Hizo una pausa antes de continuar a la parte verdaderamente importante, a la razón por la que se había tragado su orgullo y estaba ahí sentado, delante de él—: Y me he acordado de que tu amigo Mateo Maldonado...

—Mateo trabaja para la Compañía del Norte, no para MZA —le cortó.

Santiago enmudeció de golpe. La emoción que traslucía su rostro unos segundos antes mudó en desconcierto.

—¿Y no conoces a nadie que...?

Negó con la cabeza. No conocía a nadie con ese nivel de confianza, y aunque así fuera, no se engañaba: no bastaba con tener una imprenta ni demostrar experiencia y profesionalidad; para obtener esas concesiones, ahora lo sabía, necesitaban apoyos, padrinos, influencia. Recordó la fijación de su padre con los contratos de los ministerios, ese afán por presentar ofertas cada vez que se publicaba una contrata con la esperanza de que alguna fuera para él. Qué ingenuidad.

33

23 de mayo de 1884

Mientras los mozos recogían los platos del postre donde habían servido la tarta nupcial, los violines de los músicos comenzaron a tocar una suave melodía que se entremezcló con las conversaciones animadas de los comensales a todo lo largo de la mesa. Micaela le había dicho que sería una boda íntima, pero no imaginó que lo sería tanto: poco más de treinta invitados, entre familia y amistades, en un ambiente distendido y sin demasiado boato, como deseaba su amiga. Al saber que el novio, el señor Balboa, era un indiano enriquecido en Cuba, reconvertido en un respetado propietario industrial, su madre y sus tías enseguida imaginaron que celebrarían una boda fastuosa, a la altura del apellido lustroso de la familia Altamira, venida a menos en los últimos tiempos. Micaela se negó a ese paripé. Ni ella se sentía cómoda, ni Héctor tenía ninguna necesidad de ostentación de su fortuna. Transigió, eso sí, en la elección de Lhardy, el restaurante más caro y exquisito de la ciudad. Victoria observó a la familia de Micaela y pensó que toda esa pompa que esas señoras anhelaban había acabado reflejada en los sombreros plumíferos y estrambóticos que lucían sobre sus cabezas.

Buscó con la mirada a Diego en el lugar donde lo dejó, sentado a la mesa entre la hermana de Héctor y su prometido, el señor Herraiz. Sus ojos se cruzaron en la distancia. Él le sonrió y Victoria volvió a sentir otra vez que el corazón se saltaba un latido.

—Tu señor Lebrija tiene a mis primas revolucionadas. —Micaela le señaló con disimulo a las dos jovencitas que, desde el otro extremo de la mesa, lanzaban miraditas coquetas entre cuchicheos y risas—. Pero creo que no tienes de qué preocuparte: él no deja de mirar hacia aquí. Si quieres mi opinión, me gusta bastante más que el señor Carranzo.

A ella también. Mucho más. En el momento en que lo había visto de pie en la puerta de la iglesia, un suave hormigueo de excitación se había adueñado de su cuerpo y no la había abandonado desde entonces. Diego se hallaba al lado de un grupo de señores, todos vestidos de frac, y sin embargo, a Victoria le parecía que su figura esbelta, apuesta, llamaba la atención poderosamente sobre los demás. Nada más apearse del carruaje, fue a su encuentro sin esperar a Jorge, que se demoró con el cochero. No le costaría encontrarla. Diego se giró en ese instante y Victoria sintió su intensa mirada aceitunada derramándose con lentitud sobre ella, empezando por el exquisito tocado que adornaba su cabello, luego hacia el sugerente escote de encaje, y de ahí se deslizó por el vestido de satén. El hormigueo interior se transformó en un fuego que coloreó sus mejillas. Estás muy guapa, le dijo, tuteándola por primera vez. Ella le devolvió el cumplido con una mirada de admiración: él también lucía muy elegante engalanado con el frac. Y entre cumplido y cumplido, apareció Jorge a su lado, y ella le presentó al señor Lebrija, de *El Liberal.* Charlaron un rato. Su hermano hizo un repaso a los periodistas que conocía de sus andanzas noctámbulas por los garitos de la ciudad, incluido algún compañero suyo de redacción, como..., déjeme pensar... Ah, Mariano de Cavia, por ejemplo. Hemos coincidido más de una vez, y si le digo la verdad, lo que más me asombra es que pueda levantarse al día siguiente y juntar tres palabras seguidas con sentido. Diego se echó a reír con una sonora carcajada. Y no solo tres, puede enlazar más de quinientas y con mucho estilo, además. A Jorge debió causarle buena impresión, porque no esperó a que terminara la misa para salir corriendo en dirección a su timba.

—¿Quién dices que te gusta? —La sonrisa seductora de Héctor irrumpió entre las dos.

—Tú, amor, tú. —Micaela sonrió—. Pero como te me pierdes...

Él la enlazó por la cintura, la estrechó contra sí en un

gesto cariñoso. Venía de acordar con el fotógrafo que tomara una serie de retratos de los invitados. Quienes lo desearan, debían pasar por el reservado abierto en el rellano, donde había improvisado un estudio.

—Le he dicho que los primeros seremos nosotros, después de nuestro baile —dijo Héctor.

Y el baile estaba a punto de comenzar. El *maître* había despejado una parte del salón, la que quedaba a un lado de las columnas de hierro, y los músicos arrancaron las primeras notas del vals que abrieron los novios. Victoria regresó a su sitio al lado de Diego, que se puso en pie.

—¿Me concedes este baile, Victoria?

Ella asintió, estaba deseándolo. Se enganchó del brazo que le ofrecía y se unieron a las otras parejas que danzaban sobre la tarima. Diego tomó su mano derecha, rodeó con la izquierda su espalda y sus pies se deslizaron acompasados por el suelo de madera en una perfecta sincronía.

—Siento haberte dejado solo en la mesa —dijo ella—. Al volver del tocador, Micaela me ha pedido que me quedara con ella mientras regresaba Héctor.

—No pasa nada. La señorita Balboa y el señor Herraiz me han entretenido con sus historias de Santander. He estado muy a gusto con ellos, parecía como si nos conociéramos de toda la vida.

—Sí, en eso se parecen a Micaela y a Héctor..., te hacen sentir como si fueras de la familia. —Victoria sonrió. Unos pasos después, añadió—: Yo también preferiría una boda como esta, pequeña e íntima, a una de mucho fasto. Mi hermano mayor se casó hace poco y no me pareció que disfrutara demasiado. Ni la novia tampoco. Claro que ¿cómo puedes relajarte si tienes al obispo cenando a tu lado?

Él la miró a los ojos, aminorando el paso.

—¿Crees que tu padre permitiría que hicieras una boda así? —preguntó, escéptico.

Ella respondió demasiado impulsiva:

—¿Por qué no? Soy una mujer adulta, tomo mis propias decisiones. —Ambos sabían que no era así. Ni para ella ni para ninguna señorita de buena familia. Por ley, debían obediencia y sumisión a las decisiones del padre, del hermano, del esposo, fueran justas o injustas, agradables o desagradables. Él guardó un prudente silencio y ella suavizó su tono—: Estoy segura de que podría convencerlo. Es un hombre razonable, aunque no lo creas.

—Yo no he dicho nada.

Sin embargo, lo dijo de tal manera que Victoria insistió:

—Suele decir que solo quiere lo mejor para sus hijos. Y es cierto: me deja publicar mis artículos en prensa, no se opuso cuando quise estudiar filosofía con el señor Azcárate, ni realizar el curso de comercio después. E incluso me alienta a ayudar a doña Bárbara con su negocio.

—¿Y estaría dispuesto a que te casaras con quien tú quisieras?

—Podría ser. Depende del pretendiente.

—Un gacetillero cualquiera.

—Si te refieres a un gacetillero que yo me sé... —Sonrió, coqueta—. Tal vez.

Una polonesa, un rigodón y dos valses fue lo que bailaron juntos Victoria y Diego a lo largo de la tarde, hasta que los novios desaparecieron del salón discretamente y la música se convirtió en un suave acompañamiento de fondo para un convite que languidecía poco a poco.

—Ven, acompáñame. Vamos a hacernos un retrato fotográfico —dijo Victoria, levantándose de su butaca.

En la puerta del reservado se podía leer un cartelito de FOTÓGRAFO DE BODA. Iban a llamar cuando salió un matrimonió de una cierta edad. Victoria reconoció a los tíos de Micaela, los marqueses de Peñubia, que se mostraban encantados con la sesión, a tenor del comentario que hizo la dama: ¡Ver para creer! Que un artilugio como ese pueda retratarnos en un santiamén, sin pintor ni pinceles de por medio... ¡Parece cosa del demonio!

—¡Los siguientes! —llamó una voz desde el interior.

Un hombrecillo de poca estatura, bigotito fino y mirada inquieta, los recibió junto al trípode sobre el que reposaba una aparatosa cámara fotográfica. Se presentó como el señor Alfonso Roswag, ayudante del conocido fotógrafo Juan Laurent.

—Colóquense allí. —Señaló el decorado que había instalado delante del objetivo: una butaca de terciopelo granate y a su lado, un velador con un jarrón de alegres flores. Y añadió—: La señora sentada; el señor de pie, a su lado.

—¿Por qué debo sentarme yo? —se quejó ella—. Prefiero de pie.

—Pues que tome asiento el señor, también queda bien así —respondió el hombrecillo antes de ocultarse bajo la tela negra detrás de la cámara.

—¿Y no podemos estar los dos sentados o los dos de pie? —insistió Victoria.

El fotógrafo la miró desconcertado.

—Pues no sé..., supongo que sí. Pueden posar de pie los dos juntos —dijo, apartando el velador y las flores del decorado—. No se coloquen de frente y tiesos como dos soldados delante de la cámara. Ladéense un poco, en diagonal... Usted, póngase delante, así —dijo al tiempo que la movía con suavidad. Luego se volvió a Diego—. Y usted sitúese detrás de ella, a su espalda, con la mano derecha en el hombro. La otra puede ponerla donde quiera, no se verá.

Se alejó tres pasos y los contempló encuadrándolos dentro del marco que formó con sus dedos. No terminaba de convencerle. Sacó el ramo de flores del jarrón y se lo colocó a Victoria en las manos. Sujételo a la altura de su cintura, no muy alto. Y volvió a hacer la misma operación. Esa ya le gustó más.

—Quédense quietos, no se muevan. Así están perfectos —les dijo mientras regresaba corriendo detrás de la cámara. Se metió bajo la tela negra y permaneció allí un rato que a Victoria se le hizo eterno.

—¿La habrá hecho ya? —murmuró ella, ladeando la cara hacia Diego.

—Yo creo que nos quiere pillar distraídos —le susurró él, muy cerca de su oído.

Ella soltó una risita nerviosa. Notaba su respiración muy cerca.

—Señora, por favor, no se mueva —la amonestó el fotógrafo, que asomó los ojos bajo la tela—. Enfocar lleva su tiempo, tengan paciencia.

—¿Podría hacer dos copias de la fotografía? —le preguntó Diego en voz alta.

—Sí, no hay problema. Ahora, miren al objetivo.

—Así podré tenerte cerca y contemplarte siempre que quiera —murmuró Diego, y su voz arrulladora le entibió el estómago.

Victoria sintió su mano alrededor de su cintura y se dejó caer con disimulo hacia atrás, recostándose en su pecho. El fotógrafo alzó el dedo índice por encima de la cabeza en un gesto de aviso.

—Atención, ¿listos? No sonrían, por favor. —Victoria se mordió la lengua para contener la risa, Diego le apretó la cintura, y los dos miraron al objetivo mientras el señor Roswag contaba—: Uno, dos... y tres. —Silencio. Clic—. Perfecto. Pues ya está. Ahora ya pueden moverse lo que quieran —dijo, satisfecho. Se inclinó sobre un papel en la mesita que tenía detrás de la cámara y, con la pluma en la mano, pidió—: Díganme su nombre para que los apunte. Señores de...

Intercambiaron una sonrisa cómplice. El fotógrafo pensaba que eran matrimonio. Ninguno de los dos se molestó en corregirlo.

—Póngalos a nombre de Lebrija —se adelantó Diego.

—Pues ya está —dijo el fotógrafo—. Los retratos estarán listos dentro de tres días en nuestro estudio de la Carrera de San Jerónimo, treinta y nueve. Pueden venir a recogerlos de nueve de la mañana a doce del mediodía y no tienen que pagar nada, los señores Balboa han corrido con los gastos a modo de recuerdo.

—Qué detalle. Muchas gracias.

El señor Roswag les tendió una tarjeta de visita. Titubeó un segundo y, al fin, preguntó con cierto pudor:

—¿Les importa esperar unos minutos antes de marcharse? Debo ir al aseo... y no puedo dejar la cámara sola.

—Claro, vaya. Nosotros lo esperamos aquí —respondió Diego.

Una vez que el señor Roswag se hubo marchado, Diego se asomó al rellano. No había nadie más esperando, comprobó. Volvió dentro del reservado y cerró la puerta.

—¿Pasa algo? —le preguntó Victoria, de pie junto a la cámara.

Él negó con una sonrisa enigmática en los labios. La agarró de la mano, la atrajo suavemente y fue al encuentro de su boca. Victoria no lo dudó. Entreabrió sus labios y se abandonó al beso largo y profundo que erizó de deseo cada poro de su piel. Era lo que llevaba esperando todo el día, desde que sus ojos se entrelazaron en la puerta de la iglesia y sintió ese hormigueo suave flotando en su interior, empujándola hacia él. No podía evitarlo: Diego Lebrija ejercía una magnética atracción sobre ella. Desde el primer instante, en cada encuentro. Lo buscaba, lo seguía, deseaba estar con él. No importaba si pertenecía a otra clase social, si carecía de un apellido de abolengo, de una familia noble, de un capital. Lo único que importaba era la emoción que le hacía sentir. Quería estar con él.

—Llévame a tu casa —le pidió en voz baja cuando sus bocas se separaron.

Él también lo deseaba. Lo decían sus ojos, sus manos, su cuerpo entero. Y ella estaba dispuesta a entregarse a él.

—¿Estás segura? —El verde de sus ojos adquirió un tono más oscuro.

Ella asintió varias veces.

—Es muy arriesgado. Alguien podría reconocerte...

—Tendremos cuidado. Si cogemos un coche, no tiene por qué verme nadie. Además —insistió, consciente de que si dejaba que lo pensara demasiado, terminaría por negarse; era demasiado sensato—, todavía es pronto... No me esperan antes de la una de la madrugada. —Le acarició la mejilla, rozó sus labios en una suave caricia—. Quiero estar contigo.

Sabía que era difícil resistirse a su poder de convicción.

—De acuerdo —claudicó—. Vuelve al salón, mientras voy a buscar un coche de punto que nos lleve.

A la excitación provocada por el deseo, se unió la aventura de la huida a hurtadillas del restaurante. Envuelta en una gran capa negra prestada por el mismo cochero que los transportó a la calle de las Fuentes, Victoria pasó, casi sin pisar la calzada, del carruaje al portal de Diego. Debían subir los cinco pisos sin hacer ruido, en silencio. Si la casera se percataba de su presencia allí, no dejaría de vigilar hasta descubrir quién era la mujer que visitaba el cuarto de uno de sus inquilinos.

Con los zapatos en la mano, Victoria siguió a Diego de puntillas escaleras arriba. En el segundo tramo se le cayó un zapato y golpeó la madera del peldaño con un ruido seco. Ambos se miraron muy quietos, con el oído alerta ante cualquier señal de que los hubieran descubierto. Oyeron unas pisadas suaves, el chirrido de una puerta entreabierta y el maullido prolongado de un gato que apareció de repente y se escabulló entre sus pies. Victoria ahogó un grito asustado. La puerta se volvió a cerrar. Diego la cogió de la mano y con un gesto la animó a continuar adelante. Solo después de traspasar el umbral del cuarto y cerrar la puerta tras de sí, Victoria dejó caer los zapatos al suelo y se recostó contra la pared con un suspiro de alivio. Vio volar la chistera de Diego hacia la mesa y le entró la risa. Una risa floja, aliviada, traviesa. Ahí estaban, solos los dos.

Él la miró, y sonrió también. De pronto parecía tan nervioso como ella. Se puso a recoger. Una camisa colgada de una silla, un plato y dos tazas abandonados sobre la mesa, varios diarios en el suelo. Como si a ella le importaran ahora esos detalles, se dijo, desplegando su abanico. Se sentía acalorada de tanta carrera, de tanta emoción. Y él seguía dando vueltas por la salita como si se hubiera olvidado de ella. Cuando se cansó de esperar, Victoria se quitó el mantón de seda que cubría sus hombros y avanzó hacia él.

—¿Podrías ayudarme, por favor? —preguntó, dándole la espalda—. Hay que desabrochar la botonadura.

Por un instante, él no se movió. Luego, Victoria notó el roce de sus manos en la tela y el corpiño se aflojó hasta soltarse.

—Esto es una locura... —lo oyó susurrar antes de que sus labios se posaran sobre su hombro desnudo y lo contorneara con un rosario de besos pequeños que le erizaron la piel. Un estremecimiento le recorrió el cuerpo entero y no pudo ni quiso aguantar más: se volvió hacia él, buscando sus labios. Deseaba saborear su boca, notar su firmeza, su calor. Se besaron fundidos en un abrazo que les robó el aliento a los dos. A Victoria se le escapó un pequeño gemido de placer, y como si fuera la señal que necesitaba, Diego la levantó entre sus brazos y se adentró en el dormitorio, hasta depositarla en la cama mullida. La miró con fascinación.

—No sé qué hacer contigo, Victoria.

—¿Tan difícil soy?

Él sonrió con ternura, con la duda todavía asomada a sus labios. Le bajó despacio los tirantes del vestido, le quitó el corpiño y sus ojos se quedaron prendidos de los senos redondos y turgentes que sobresalían por encima del corsé. Desanudó la lazada de seda y, uno por uno, soltó los corchetes que la aprisionaban. Ella, a su vez, comenzó a desabotonar el chaleco de piqué y, después, la camisa. Se desvistieron a trompicones, entre besos y caricias, y cuando Diego se tendió sobre ella y besó sus pechos, su cuello, sus labios, Victoria jadeó y se arqueó contra él. Deseaba más. Lo deseaba todo. Todo lo que le pudiera dar. Gimió cuando sintió su boca recorriendo cada centímetro de su piel más sensible y gimió aún más cuando se sintió arrastrada por una oleada de placer desconocida, abrumadora. Así que era eso lo que había detrás de tanto secretismo, tanto pecado, tanta depravación. Él gateó a lo largo de su cuerpo hasta alcanzar su boca con un profundo beso. Victoria sintió su peso encima, el ardor de su piel frontándose pujante contra ella, sin decidirse a entrar. Diego hundió el rostro en su cuello, le lamió la oreja, su respiración se aceleró. Ella jadeó abrazada a su espalda, meciéndose con él. Se sentía arder por dentro, y él ardía también, lo notaba, y no sabía qué hacer para aliviarlo. No hagas nada, Victoria, me basta con tenerte así, oyó que le susurraba al oído, poco antes de exhalar un gemido ronco estremeciéndose de placer entre sus brazos.

—¿Por qué no has querido tomarme por completo? No me importa perder mi virginidad si es contigo —dijo ella, acurrucada a su lado.

Él apartó los mechones de pelo negro que le caían por la cara. Lo harían, pero no sería ese día ni tampoco sería así, a escondidas, como dos amantes clandestinos, respondió él.

Los dos se quedaron adormilados, hasta que Victoria oyó unas voces discutir en la calle. Se incorporó despacio, sin despertarlo. ¿Qué hora sería? Se envolvió en una colcha, se acercó a la ventana y contempló cómo el cielo adoptaba lentamente una tonalidad violeta mientras la luna ascendía por encima de los tejados de Madrid. La invadió una plácida sensación de paz. ¿Qué había cambiado en ella? Nada. Creyó que después de entregarse a un hombre se sentiría distinta, quedaría marcada de alguna forma imposible de ocultar a los ojos de la gente. Y sin embargo —se humedeció los labios sensibles—, no había nada raro en su aspecto, nada que delatara lo ocurrido esa tarde entre Diego —se volvió a observarlo, tan atractivo como un adonis desnudo— y ella. Solo ellos lo sabían. Una dulce oleada de amor le entibió el pecho.

Después se dirigió a la cocina o a lo que quisiera que fuera ese pasillito con un fogón y un hornillo, y se sirvió un vaso de agua fresca. Con él en la mano, regresó a la salita. Ojeó los libros amontonados en el suelo; había varios manuales de derecho, una decena de obras de poesía española, algunas novelas francesas y unos cuantos títulos de Pérez Galdós... Se acercó al escritorio y echó un vistazo a los papeles que tenía desperdigados encima. Uno de ellos le llamó la atención: era un listado de nombres, fechas, pagos. El mismo listado que había visto en el libro de recibos del señor Bauer. Los había copiado todos, se dijo, asombrada. A un lado, vio un taco de cuartillas escritas con su letra, que comenzó a leer.

—Diego, despierta. —Meneó su hombro, sentada sobre la cama. Él entreabrió los ojos y Victoria le puso delante los papeles que había leído. Le preguntó con sequedad—: ¿Qué es esto?

Él parpadeó despacio, enfocando la vista.

—No sé, no lo veo bien —murmulló, soñoliento—. ¿Qué es?

—Esto —le acercó aún más los papeles hasta pegárselos a su nariz—, tu artículo.

Su expresión cambió en un instante. No tardó en hilar los pensamientos hasta entender a qué se refería ella.

—Es un artículo sobre la red de corrupción de Bauer.

—Me dijiste que no escribirías nada sin que yo estuviera de acuerdo.

—Te dije que no publicaría nada sin avisarte; es distinto.

—¿Y por qué aparece el nombre de mi padre? ¿Me lo pensabas contar?

—Claro que sí —replicó él. Le molestó que lo pusiera en duda—. Pero todavía no está listo, me quedan un par de comprobaciones. —Luego le buscó la mano y tiró de ella con suavidad hacia él—: Ven, túmbate aquí conmigo.

Le molestó que intentara distraerla con sus caricias, como si pensara que así se olvidaría del asunto. Victoria se apartó de él, se levantó de la cama.

—Una de dos: o me estás mintiendo o crees que soy tonta.

Él emitió un largo suspiro y se tumbó boca arriba.

—Creí que confiabas en mí.

—Eso mismo podría decir yo de ti.

—Es una información muy grave, no quería comprometerte.

—¿No querías involucrarme? Estoy en tu cuarto contigo, ¡nos hemos acostado juntos! ¿Te parece que no estamos ya en una situación comprometida? —exclamó ella, con incredulidad.

Él apretó los labios y se levantó de la cama por el lado contrario.

—Sabes que no me refiero a esto, sino a la denuncia de sobornos —dijo malhumorado, poniéndose los pantalones.

—¿Es que no te das cuenta? Esto —agitó los papeles ante sus ojos— nos afecta a nosotros dos.

Él se quedó mirándola, en silencio.

—Pensé que estabas de mi parte. Que tú también querías desvelar la verdad.

—No de esta forma, Diego. No a costa de arruinar a la gente a la que quiero. —Un escalofrío le recorrió el cuerpo medio desnudo—. ¿Sabes lo que significa para la reputación de las personas que aparecen aquí? ¿Y para la reputación de mi padre? —lo interrogó, con un hilo de voz. Tras una breve pausa, suplicó—: Déjalo, por favor. Hazlo por mí.

—No puedo —negó él, con sequedad—. Cuando cobran los sobornos no parece importarles demasiado su reputación ni su moral.

Victoria se desesperó. ¿Por qué tenía que ser así? ¿Tan poco le importaba ella y sus sentimientos? No entendía qué pretendía, qué ganaba con eso.

—Parece que ya los has juzgado y condenado tú solo. No necesitas a nadie más —dijo, nerviosa, buscando su ropa desperdigada por el suelo. Soltó los papeles sobre la cama y comenzó a vestirse como pudo.

—Yo solo informo, Victoria, como haría cualquier periodista. Lo que ocurra después, no depende de mí. Bauer ha hecho negocios en este país a base de sobornos y media clase política se ha dejado sobornar. También tu padre, aunque no quieras admitirlo.

—¿Te refieres a que votó a favor de algo que sería bueno para el país?

—Me refiero a que le pagaron por votar a favor de una concesión para MZA en la que, además, introdujeron todos los cambios que la compañía les pidió. Si miramos a otro lado y no denunciamos este tipo de cosas, jamás conseguiremos regenerar España. Será inútil. Los Bauer, los Maldonado o los Rothschild de turno continuarán corrompiendo al Estado con la connivencia y el apoyo de políticos, funcionarios o periodistas codiciosos, mientras el resto del país sobrevive a duras penas y en silencio —dijo en un tono de voz rotundo. No quedaba en su rostro ni rastro de la ternura de una hora atrás.

—¿Y crees que vas a conseguir algo? —le espetó. No pudo evitar el tono de desprecio y sarcasmo que impregnó su voz—. ¿Crees que van a cambiar algo las cosas por el hecho de que un gacetillero como tú pretenda ejercer de justiciero desde las páginas de un periódico?

El rostro de Diego se endureció. Rodeó la cama y recogió con rabia los papeles que ella había dejado encima.

—Yo solo hago mi trabajo, Victoria. ¿O piensas que el periodismo es escribir poesías y ecos de la vida social en los salones de la nobleza? —se burló él.

Ella sintió que algo se rompía en su interior. Qué tonta, qué ciega, qué estúpida había sido.

—Si publicas esto con el nombre de mi padre, se acabó. No volveremos a vernos.

Un silencio helador se abatió sobre los dos. Diego la miraba con expresión ausente, como si asistiera a un debate interior. Al fin, dijo:

—Haré lo que tenga que hacer, Victoria. No me hagas elegir entre mis principios o tú.

34

Recorrieron en silencio el trayecto hasta la parada de los coches más cercana, en la calle Mayor. Ella dos pasos por delante, él dos pasos por detrás, preguntándose cómo diantres era posible que esa mujer que le precedía con la cabeza alta, sin dignarse a volver la vista atrás, esa mujer que tanta prisa demostraba por alejarse de él, fuera la misma que yacía desnuda entre sus brazos, dulce y entregada, hacía apenas un rato. Ni siquiera le dirigió la palabra cuando se acomodó en el interior del coche de punto que la llevaría de regreso a su casa.

—Ocurra lo que ocurra, supongo que esta es una despedida definitiva —le dijo Diego.

—Supones bien —respondió Victoria, sin mirarlo siquiera—. Cochero, cuando quiera.

Diego cerró la portezuela despacio y dio dos pasos atrás. Siempre supo que entre Victoria y él existía un abismo casi imposible de salvar, aunque ambos se empeñaran en ignorarlo. No tenían ningún futuro juntos. Si no hubiera sido por ese artículo, habría sido por cualquier otro motivo. La diferencia de clases, la oposición de su padre, la presión social. Un coche se detuvo a su lado y el cochero le preguntó si necesitaba transporte. Diego negó. Respiró hondo, hacía una noche agradable para caminar hasta la imprenta familiar. Allí era donde quería estar.

—¿Has cenado? —le preguntó su madre, ofreciéndole un plato en la mesa. Santiago y ella estaban a punto de terminar. Doña Carmina le sirvió dos cazos de la sopa de menudillo que quedaba en la sopera. Aspiró el olor reconfortante y el estómago le rugió de gusto.

—¿Hay alguna novedad? —preguntó, removiendo despacio la cuchara.

Su hermano negó con la cabeza.

—Por ahí fuera no se mueve nada. Ni diarios, ni revistas, ni folletos... Nada —refunfuñó. Hizo un gesto hacia el taller—. Y ahí abajo siguen con la huelga, como si fueran a doblarnos el brazo. Le he dicho a madre que los denunciemos a la Guardia Civil, o en el Ministerio de Gobernación, o donde sea. Que manden a los guardias como hicieron en la huelga del ochenta y dos y ya verás qué pronto se les pasa la fiebre proletaria.

—¿Y de qué nos valdría que volvieran al trabajo obligados y encabronados? —repuso ella—. A los tres días estarían igual. Hay que buscar alguna salida, no podemos seguir así.

—Si cedes ante ellos, se harán fuertes y nunca dejarán

de exigir más —insistió Santiago—. Y ahora son tres los que tenemos que despedir, pero si la cosa sigue así, pronto no tendremos más remedio que echar a más de la mitad de la plantilla.

—No podéis dejar en la calle sin nada a la mitad de la plantilla —dijo él.

—Pues ya me dirás qué hacemos, Diego. —Su hermano le retó con la mirada.

Parecía como si él tuviera la culpa de lo que ocurría, como si otra vez fuera su obligación arreglar lo que Santiago se había encargado de destruir en esos años. Su madre se levantó a recoger los platos, pero antes le sirvió otro cazo de sopa que no pudo rechazar. Para el culín que queda, da pena guardarlo.

—Podemos aguantar unas semanas más, a ver si sale algo, lo que sea. —Carmina suspiró—. Libros, cuadernillos infantiles, boletines...

—Eso no deja dinero, madre —la rebatió Santiago—. Y yo ya no sé dónde más preguntar. En todos los sitios me dan con la puerta en las narices. Dicen que viene otra crisis y, si es cierto, cualquier día echamos el cierre y todos a la calle.

—Antes muerta, mira cómo te digo.

—Hay que aguantar. Si permitimos que despidan a tres compañeros a las primeras de cambio, estaremos preparando el camino para que los demás desfilemos detrás, y nos lo tendremos merecido —dijo Quino, en medio de todos.

Esa misma mañana los había visitado en el taller García Quejido, tipógrafo con mucha voz en la Asociación del Arte de Imprimir, para darles ánimos a todos, en nombre de los compañeros Iglesias, Feito, yo mismo, y de toda la asociación. Ánimos y apoyo era cuanto podían ofrecer. Ya quisieran ellos disponer de una bolsa de socorros mutuos a la que recurrir en situaciones de emergencia como esa, o tener mayor capacidad de influencia ante los señores empresarios, o mejor aún, ante los jueces que debían resolver las injusticias laborales. Lo único con lo que contaban de verdad era con la fuerza de sus asociados, que sumaban muchos en Madrid. Por eso habían hecho correr la voz entre los afiliados de que no fuera nadie a la imprenta a ofrecerse mientras durara la huelga.

—¿Durante cuánto tiempo, Quino? No podremos sobrevivir mucho más sin cobrar ni un triste jornal —dijo Félix, que con siete bocas que alimentar, veía mermar día tras día los escasos ahorros escondidos en un saquito de tela bajo el colchón.

—Poco, ya veréis: Santiago tendrá que dar explicaciones a los dueños de *La Filoxera* de por qué la revista lleva dos semanas sin salir. Y si no sale, no pagan, ya lo sabéis —respondió Quino, paseando la vista en derredor por cada uno de los dieciséis operarios que lo escuchaban con atención—. Y por lo que nos cuentan los repartidores de los pliegos de cordel, los ciegos ya han empezado a impacientarse de que no lleguen nuevas remesas de historias... En cuanto vendan los que les quedan, vendrán a reclamar.

—¿Y si nos echan a todos? —preguntó otro compañero, alzando la voz.

—¿Cómo nos van a echar? ¿Dónde van a encontrar tipógrafos y operarios con conocimiento y experiencia como nosotros para hacer este trabajo? Hay que aguantar. Si seguimos unidos, no tendrán más remedio que ceder a nuestras demandas.

No pedían tanto, a fin de cuentas. Y era una solución justa y razonable, en su opinión: después de estudiarse bien los turnos y la organización del trabajo semanal, se dio cuenta de que, si reducían las jornadas a ocho horas, no haría falta despedir a nadie por el momento. Y menos a José Alarcón, que el año pasado perdió dos dedos al trajinar en la Fina. Con jornadas de ocho horas había trabajo para todos. ¿Que Carmina tendría que pagar tres jornales más? Sí, pero se lo debía, estaba en deuda con él. Desde la huelga del 82, llevaban cobrando sueldos por debajo de las tarifas estipuladas por la asociación y los empresarios para todas las imprentas de Madrid. Habían tragado sin quejarse demasiado, porque otra cosa no, pero doña Carmina pagaba con diligencia el jornal semanal. Pero eso no quitaba para que a menudo se preguntara cuánto dinero había ahorrado la dueña gracias a él, a Quino Pontes. Mucho. El suficiente como para reclamarle ahora lo que tanto pregonaban los propietarios en cuanto tenían ocasión: que tan importante eran para la empresa las máquinas y el capital como la mano de obra proletaria, y por eso, decían, debía establecer un pacto, un acuerdo, una colaboración leal, honesta y responsable entre los dueños y sus obreros, en beneficio de todos. Y por lo que él había entendido, eso significaba que si los obreros sacrificaban sus exigencias cuando tocaba, el empresario también debía estar a la altura y apechugar con su parte.

—¿Qué es lo que pretendes, Quino? —le espetó Carmina la mañana en que lo llamó a su despacho.

—Ayudar, como siempre he hecho, señora —respondió él muy serio, remarcando la distancia entre ambos.

—¿Sublevar a los trabajadores, y ponerlos en nuestra contra, es ayudar?

—Usted lo ve así. Yo, en cambio, lo veo distinto; fíjese: si aceptan las condiciones que planteamos, tendrán una plantilla de operarios esforzados y leales, que harán lo que sea por sacar esto adelante.

Ella suspiró, cerró el libro de cuentas que tenía delante. Por primera vez, Quino se dio cuenta de que el tiempo empezaba a pasarle factura a ella también. Parecía cansada, rendida.

—No es posible. No hay trabajo para todos. Ni dinero para pagar.

—Hay trabajo para todos si repartimos bien las jornadas. Y en cuanto a los sueldos... usted sabe que pueden permitírselo. Al menos, durante las semanas que tarde Santiago en traer faena a la imprenta. En la huelga del ochenta y dos, usted me convenció de que su propuesta era la más beneficiosa para los obreros; tenía razón. Ahora debe convencerse usted de que la propuesta que yo le hago es la que más les conviene a usted y a Santiago si lo que quieren es mantener la imprenta a flote. No tienen mucha alternativa, se lo aseguro.

Carmina recostó la espalda en el sillón de su despacho y clavó sus ojos en Quino, meditando como ella lo hacía, con el horizonte en su mirada.

—De acuerdo, Quino. Aceptamos vuestras condiciones. Pero solo podremos mantener todos los puestos de trabajo si entra faena en los tres próximos meses. Después de esa fecha, no garantizo nada.

—Con eso nos vale. —Quino le tendió la mano por encima del escritorio y ella se la miró un segundo con gesto de extrañeza, como si no supiera a qué venía eso. Al fin, adelantó su cuerpo y le tendió la mano, blanca y suave como ninguna.

Quino la estrechó con fuerza, y se dejó ganar por una grata sensación de triunfo. Ay, Carmina. Toda una vida para aceptar que nunca te tendría, ni siquiera cuando te gocé entre mis brazos. Al menos, ahora le quedaba el consuelo de saberse respetado y reconocido por ella.

Hacía varios días que había entregado el artículo del caso Bauer —más que un artículo, esto parece lo que los ingleses llaman *reportage*, se rio el jefe de redacción contando las tres, cuatro, cinco hojas que había escrito— y no había recibido ningún comentario, ninguna impresión. Algo extraño en Fernanflor, que era de esos periodistas a quienes les gusta publicar todo rápido, cuanto antes, para ser los primeros o los únicos o simplemente por quedarse tranquilo, y poder encerrarse en su despacho y dedicarse a sus reseñas de la sección literaria, la niña de sus ojos dentro del diario. Ese día, después de la mesa de redacción, se asomó al despacho del jefe y con toda la despreocupación que fue capaz de imprimir a su voz le preguntó ¿has podido leer lo que te di? Así, como quien no quiere la cosa, porque con Fernanflor era difícil saber a qué atenerse: igual te echaba con cajas destempladas de su vista, como te regalaba uno de los muchos libros que le llegaban a la redacción.

—Lo tengo a medias, Lebrija. Ya te diré —le respondió sin levantar la vista de su mesa. Mala señal.

De vuelta a su escritorio, encontró una nota que le acababa de dejar Perico, le dijo Pacheco. La enviaba José Canalejas y le preguntaba si podrían verse en su despacho esa misma tarde, a las siete. Tenía un asunto del que hablar. Intrigado, Diego mandó con un recadero su respuesta: allí estaría, puntual.

El bufete de Canalejas se encontraba en un edificio noble de la Carrera de San Jerónimo, cerca de las Cortes, donde ocupaba escaño en el Congreso de los Diputados. No podía decirse que fueran amigos, pero sí mantenían una relación cordial, desde que se conocieron en casa de la señora Coronado, para coincidir después, de vez en cuando, en la redacción de *La Democracia,* de la que era colaborador. Don Gonzalo lo tenía en mucha estima, decía que tenía una mente preclara, brillante, portentosa, y por fortuna, Lebrija, es de los nuestros, milita en las filas del progresismo liberal. Llegará a presidente del país, ya lo verás.

—Señor Lebrija, ¿cómo está? —Canalejas lo salió a recibir él mismo en el vestíbulo de su bufete. A esas horas apenas quedaba nadie allí, salvo él, que aprovechaba la calma que reinaba en la oficina para cerrar los muchos asuntos pendientes, le explicó—. Le agradezco que haya respondido tan rápido a la urgencia de mi nota.

Le guio a su despacho, el mismo en el que Diego se había presentado varias semanas atrás con el maletín del señor Urquiona en la mano, que ya ha vuelto a su actividad normal en el Congreso, por si no lo sabe, le anunció Canalejas, indicándole que tomara asiento en el sofá Chester mientras servía una copa de ¿coñac o whisky? Coñac, gracias y... lo sabía, sí. Daniel le había mandado a la redacción una bombonera acompañada de una nota de agradecimiento por hacerse cargo de «sus asuntos» en aquel día aciago.

José Canalejas le tendió la copa de coñac y se acomodó en el otro extremo del sofá.

—Verá. Es un asunto de naturaleza un tanto... delicada porque afecta a algo en lo que creo profundamente, como es la libertad de prensa. —Don José le tendió el vaso de coñac y se sentó en el otro extremo del sofá.

—Usted dirá.

Removió el líquido ambarino en su copa antes de continuar:

—Creo que está al tanto de que me ocupo de los temas jurídicos de la compañía de ferrocarriles MZA desde hace varios años, y por eso mantengo una estrecha relación de confianza con el señor Bauer.

Diego bebió un trago de coñac que paladeó despacio.

—Al señor Bauer le han llegado noticias de que va a publicar usted un artículo relativo a los negocios de MZA y a sus relaciones políticas y empresariales, por decirlo de alguna forma.

Le pilló por sorpresa. ¿Cómo lo había averiguado? Nadie, excepto Victoria y Fernanflor, conocía la existencia de ese artículo. En cualquier caso, era una tontería negarlo. No pretendía ocultarse de nadie.

—Sí, más o menos, así es. He investigado una información que llegó a mis manos y que creo que debe conocer la opinión pública.

Canalejas asintió, como si estuviera de acuerdo con él.

—El señor Bauer me ha pedido que le transmita que estaría dispuesto a compensarle las molestias y el tiempo que haya dedicado a ese tema con una importante suma de dinero, si usted decide no publicarlo.

—Creo que el señor Bauer se equivoca conmigo. Lo que él entiende por «compensaciones» es lo que yo llamo sobornos penados por ley. Y yo por ahí, no paso.

—Eso le dije yo —afirmó Canalejas, sin perder la calma—. Por lo poco que nos conocemos, sé que es usted un hombre íntegro. No es tan fácil encontrar personas así en nuestro país, no se crea. Ni siquiera yo, que me considero un hombre de convicciones reformistas, puedo presumir de tanto. Pero tal vez pueda ayudarle de alguna otra forma.

—No creo que haya nada en que me puedan ayudar.

Canalejas se inclinó hacia la mesa de centro y cogió una carpetita color granate sujeta con un balduque.

—Para usted, directamente, tal vez no. Pero el señor Bauer ha hecho alguna averiguación y cree que podría interesarle otra propuesta distinta. En MZA tienen intención de contratar los servicios de una imprenta que realizaría todos los trabajos que necesite la compañía. Para que se haga una idea, el gasto anual en imprenta de MZA puede rondar las treinta mil pesetas. Y conforme aumente el negocio, aumentarán las necesidades de impresión. Bauer le ofrece contratar los servicios de la imprenta de su familia para MZA.

No se lo esperaba. Ni siquiera imaginaba que existiera esa posibilidad. El contrato de MZA para la imprenta. Tuvo que reconocer su admiración por la astucia que había demostrado Bauer. Era evidente que había investigado a conciencia la situación económica que atravesaba la Imprenta de la viuda e hijos de Lebrija. Debía haber supuesto que alguien como él estaría acostumbrado a manejar con suma habilidad los resortes con los que doblegar la voluntad de cada persona. Sus puntos débiles. Esos en los que las propias convicciones se ríen de uno a sus espaldas.

Todo el mundo tenía un punto débil. Él, también. Y quizá Diego Lebrija no admitiera sobornos para sí mismo, pero ¿y para su familia? Perra vida. Lo fácil era enfrentarse a quien fuera por sus ideas; lo difícil era enfrentarse a uno mismo.

35

Los días posteriores a la boda de Micaela (o tal vez debería precisar: de su aventura y desventura amorosa con Diego), Victoria deambuló por la casa dominada por un sentimiento de vacío y desazón que le arrancaba las lágrimas en los momentos más inesperados. A ella, que no solía llorar con facilidad. Vivía en un ay, pendiente del tintineo de las campanillas de la puerta que anunciaran la llegada de alguien que, alarmado, escandalizado, incrédulo, trajera en sus manos un ejemplar de *El Liberal* con la noticia en la que aparecería el nombre de su padre. Precisamente ahora, que aguardaba con impaciencia el nombramiento que, según todas las señales, todos los rumores, todas las apuestas, recaería finalmente sobre él.

—¿Te pasa algo, querida? —le preguntó doña Bárbara esa mañana—. No sales, no te arreglas, apenas comes y no tienes muy buena cara que digamos.

—No es cierto. Ayer estuve en casa de la tía Clotilde.

La pobre tenía un dolor de cabeza tan grande que hasta le costaba hablar.

—Mi madre también sufría de jaquecas terribles. Recuerdo que se pasaba días y días a oscuras metida en cama hasta que el dolor desaparecía sin dejar rastro —dijo doña Bárbara—. Pero yo me refería a otro tipo de salidas más sociales, querida. No será que padeces de melancolía, ¿verdad? Aunque parezca contradictorio, en la primavera abundan este tipo de trastornos. Dile a Lina que te tenga preparada siempre una jarra de hierbaluisa. Te aliviará.

—No creo que sea eso.

—¿No será mal de amores? —la interrumpió Jorge, que llevaba un rato dormitando en el tresillo con un libro en el regazo.

—No sé por qué hablas de lo que no te incumbe. —dijo Victoria, molesta.

—¿Tienes algún pretendiente que no conozcamos? —Doña Bárbara la miró con ojos inquisitivos—. Tu padre se llevaría un enorme disgusto.

—No, no existe pretendiente alguno.

—Eso espero. Tiene grandes planes para ti.

Oyeron un alboroto en la puerta, murmullos, pasos, el sonido de un carruaje en el zaguán. Lina se presentó con expresión descompuesta en la salita. Había venido un criado de la casa de la condesa con el mensaje de que estaba muy mal. No sabían qué le pasaba, habían llamado al médico. Victoria se incorporó de un salto, pasó por delante de Lina y corrió al vestíbulo donde estaba el criado. Le repitió lo mismo que había dicho Lina y añadió que Juana le mandaba recado de que fuera corriendo, sin tiempo que perder.

—Efrén, prepara el carruaje —le ordenó al cochero, sentado en el zaguán—. Nos vamos.

Entró en la casa con un mal pálpito. No ayudó que Juana se abalanzara hacia ella sollozando, ay, señorita, que se nos va, que doña Clotilde se nos muere, qué vamos a hacer sin ella, Dios mío, qué tristeza más grande.

—¿Dónde está, Juana? ¡Dígame dónde esta! —alzó la voz, nerviosa. Se desembarazó de la criada, que parecía no atender más que a su propia pena. Le señaló su dormitorio y Victoria corrió escaleras arriba con el corazón golpeando fuerte en su pecho. No podía ser cierto, todavía no.

Cuando llegó, su tía yacía postrada en la cama, con los ojos cerrados y una palidez cérea que la sobrecogió. Buscó la respuesta a la pregunta que tronaba en su cabeza en los ojos del médico que la observaba a los pies de la cama. La miró con expresión dolida.

—Lo siento. No he podido hacer nada. Creo que ha sufrido un derrame cerebral.

Victoria se lanzó sobre el cuerpo inerte de doña Clotilde con un sollozo de dolor agarrado al pecho como una zarpa. No supo cuánto tiempo pasó llorando, junto a su cama. Cuando levantó la cabeza, el médico se había marchado. En la habitación solo estaban ellas dos. Acarició su mano nervuda de dedos largos y afilados, le acarició el pelo, le colocó la almohada. No debía haberla dejado sola la noche anterior. En su mesilla de noche tenía sus gafas ahumadas, una novela de Dickens y un lapicero para subrayar.

Oyó la puerta a su espalda, pisadas, susurros a su alrededor. Don Eulogio, el confesor de su tía, se quedó junto a la cama rezando un padrenuestro. Después llegaron su padre y doña Bárbara; más tarde, Álvaro y Laurita, y por último, Jorge, que apenas miró a la tía, pero a ella le dio un abrazo muy fuerte, muy largo.

Las semanas siguientes las recordaba en una nebulosa. Había que ocuparse de tantas tareas, tantos arreglos. Enviar aviso a sus amistades más íntimas. Y a la poca familia que le quedaba en Zamora. Dos sobrinos, una prima. El entierro. El funeral. Organizar los papeles del despacho, los libros, sus escritos, todo.

Y entretanto, fuera, en las calles de Madrid, la vida continuaba sin ella. Vivió ajena, distraída, el nombramiento de su padre, que llegó también por aquellos días. El presidente Cánovas y el ministro Romero Robledo le comunicaron su designación como embajador en Londres con poderes plenipotenciarios. Era una excelente noticia. Un destino como ese era un regalo para cualquier persona con aspiraciones políticas y, sobre todo, para él, que tanto admiraba la cultura inglesa. Además, les dijo, aunque la miraba a ella, les vendría muy bien un cambio de aires, alejarse durante una temporada de la tristeza por la muerte de Clotilde y de ese Madrid provinciano y cansino que agotaba a cualquiera.

En Inglaterra tendrían nuevas amistades, alternarían en ambientes mucho más cosmopolitas y mundanos. Sería una experiencia muy rica para todos ellos, también para doña Bárbara, a pesar de que el inglés se le resistía.

—Debemos prepararnos para viajar cuanto antes, tan pronto como sea posible: el presidente me ha sugerido que sería oportuno presentar las credenciales de embajador antes de agosto. Voy a escribir de inmediato al duque de Langford anunciándole la buena nueva. Es muy probable que lleguemos antes, incluso, de lo que habíamos planeado —dijo frotándose las manos.

Bien entrado el mes de junio, Victoria se acordó de pronto de los retratos de la boda. Debía recogerlos antes de que lo hiciera Diego. No podía permitir que circularan por ahí unas fotografías tan comprometedoras para ella. Se acercó una mañana al estudio de fotografía del señor Roswag, en la dirección que le había dado, muy cerca del Congreso. En el tercer piso, llamó a la puerta de la que colgaba un cartel de LAURENT, ROSWAG & CIA. Le abrió una joven alta y esbelta, de claros ojos azules, que la hizo pasar a un pequeño recibidor decorado con numerosas fotografías de Madrid que Victoria se entretuvo en contemplar. Le parecieron muy bonitas y originales.

—Vengo a recoger un retrato que me hicieron en la boda del señor y la señora Balboa —dijo—. Deberían estar a nombre del señor Lebrija.

—Ah, sí. Venga por aquí. —La guio a otra sala en la que había un tresillo, dos butacas y una mesa rectangular de centro, con varios montones de periódicos encima—. Se las hizo mi marido, Alfonso. Por favor, siéntese mientras voy a buscarlas.

La mujer salió y Victoria aprovechó para revisar la pila de periódicos. Entresacó los dos números que halló de *El Liberal*, los del veintiocho y el veintinueve de mayo. Los revisó de arriba abajo, en busca del nombre de su padre o el de Bauer. No encontró nada, al menos en esos dos días.

La señora regresó con las fotos envueltas en un papel de seda que desdobló sobre la mesa. Cogió entre los dedos la copia y se la mostró: los dos miraban al objetivo de la cámara con cara complacida, aunque sin llegar a sonreír. Ella había salido... rara, le costaba reconocerse. Tal vez fuera la falta de costumbre. Pero Diego estaba muy guapo, vestido de frac, inclinado levemente hacia su hombro.

—Habíamos pedido dos copias.

—El señor Lebrija vino antes de ayer a recoger una de ellas, ¿no lo sabía? —dijo la señora Roswag—. Me extrañó que no se llevara las dos.

—Ah, pues no me ha dicho nada. Debe de haberse olvidado —mintió, disimulando su desconcierto, mientras guardaba la fotografía entre las páginas del libro que llevaba en la mano.

—Están muy guapos los dos, hacen buena pareja, enhorabuena —la felicitó, acompañándola a la salida.

Victoria musitó un gracias casi inaudible y descendió

aprisa la escalera, irritada consigo misma por no haber estado más atenta.

Los siguientes días dejó de pensar en *El Liberal* y en Diego Lebrija. En los salones no se oía hablar de ningún caso de corrupción, ni tampoco corrían rumores de escándalos relacionados con su padre o Bauer. Pensó que si lo había publicado ya, tal vez hubiera pasado desapercibido entre otras muchas noticias. Y en cualquier caso, no le preocupaba, que hiciera lo que quisiera. No tenía miedo. Parecía que hubiera transcurrido una eternidad desde aquella tarde de mayo en que amó a Diego Lebrija.

El largo bramido de la sirena anunció el momento en que el navío de vapor comenzaba a despegarse suavemente del muelle. Dejó a Lina deshaciendo el pequeño baúl de viaje en el camarote y salió a cubierta, envuelta en un exótico echarpe rojo y dorado que atrajo las miradas de otros pasajeros alrededor. Había amanecido fresco y lluvioso en Santander, la ciudad que veía alejarse despacio desde la barandilla del barco con la indiferencia de quien no deja nada atrás. O de quien lo deja todo. Cualquiera de las dos imágenes le valía para expresar la sensación de vacío que sentía en su interior. Un vacío apagado, silencioso, sepulcral, como el que se había apoderado de la mansión de su tía cuando regresó a ella, unas semanas después, como dueña de la casa. Doña Clotilde se la había legado en su testamento, junto con los derechos de toda su obra, en la confianza de que ella, «su querida sobrina, la luz de mis ojos en estos últimos años, la hija que nunca tuve», sabría cómo administrar el valor de sus recuerdos, si es que tuvieran algún valor más allá de su muerte. En ese momento, Victoria se sentía incapaz de administrar nada que no fuera la tristeza que le oprimía el pecho como una pesada armadura.

—¡Señorita! No la esperábamos —exclamó Juana, extrañada al verla en la entrada de la casa.

—He venido a dar un penúltimo repaso.

—Estábamos empaquetando la loza y los cacharros viejos para llevarlos al hospicio, como nos dijo. ¿Necesita que la ayude con algo?

—No, por el momento, no. Si acaso, ya te avisaré, Juana.

La condesa había sido muy generosa con los finiquitos de su servicio más fiel: Juana, la cocinera, su doncella personal y, por supuesto, Fidel, a quien, además, le había dejado su coche de caballos para que pudiera vivir de su oficio en la calle. No podía ni imaginar qué habría hecho sin ellos para organizar el velatorio, recibir los constantes mensajes de condolencias y preparar el cierre de la casa.

Recorrió las estancias solitarias acompañada por el eco de sus pasos. Mirara adonde mirara veía a su tía, respiraba su olor dulzón, le parecía oír su voz timbrada, la risa abrupta, el golpeteo de su bastón que anticipaba su estado de ánimo. Un bastón precioso, de madera de ébano, que halló en el paragüero. Se quedaría con él. Se adentró en su gabinete privado, donde se encerraba largas horas a trabajar cuando todavía le enfocaba la vista.

Sobre la lustrosa mesa escritorio, una escribanía de tinta reseca y un secante sucio. Hacía mucho tiempo que nadie escribía allí. De la cajonera derecha extrajo cuadernos viejos que hojeó sin prisa. Poesías, dibujos, alguna reflexión escrita con letra pulcra y juvenil. En el cajón central había varios manuscritos sujetos con sus respectivos balduques. Sus portadillas estaban tachadas con una cruz diagonal y tenía breves anotaciones con las razones del rechazo. Identificó su propia letra en el título de uno de ellos: *Retrato en gris y negro*. Su primera novelita, la que le dio a leer a la condesa al poco de llegar. No sabía que la guardaba ella, debió de dejarla olvidada cuando se mudó al palacio de Quintanar. Releyó las dos primeras páginas con cierta ternura, y abandonó. Qué bochorno. Qué candor. Aquella jovencita que entró en esa casa con la cabeza llena de pájaros ya no era ella, gracias a Dios... y sobre todo a ti, tía Clotilde, murmuró cerrando el armarito con llave.

—Juana, elegid cada uno lo que más os guste del ropero de mi tía, y el resto que venga el trapero a llevárselo. —Ella había cogido el bastón de madera y carey, una pelliza de piel y su chal favorito, de cachemira de la India, impregnado de su olor.

Aspiró hondo y se arrebujó en la calidez del echarpe al cruzar la boca de la bahía en dirección a altamar. La vela mayor se izó con una sacudida sorda antes de hincharse con fuerza y los pasajeros corrieron a refugiarse en el saloncito interior. Se fijó en una pareja joven que avanzaba contra el viento enganchada del brazo, y le sobrevino el recuerdo súbito de Diego Lebrija cuando agarró su mano en la oscuridad de la escalera de su portal. Un estremecimiento la recorrió por dentro. No elegía bien a los hombres, mal que le pesara. Con él se había equivocado tanto que casi la avergonzaba reconocerlo. Pensó que la quería, que podía confiar en él y haría lo que ella le pidiera. ¿No era lo normal? Si la hubiera querido de verdad, habría renunciado a publicar la noticia contra su padre y contra el señor Bauer, sin dudarlo. Igual que lo habría hecho ella, de haber sido al revés. ¿O pensaba que podría ser fiel a sus ideales con una mano y acariciarla con la otra? Los hombres como él, un poco quijotes, que se llenaban la boca de principios inamovibles, no vivían en el mundo real. Vivían en una lucha constante contra el mundo y consigo mismos. Recordó el consejo que le dio en su día la condesa: si te enamoras de un hombre, nunca te cases con él o te hará infeliz. Había tomado buena nota. A partir de ahora no se dejaría dominar por las emociones y los sentimientos, como solían achacarles los hombres. A partir de ese instante sería una mujer que primero piensa y luego siente.

Catorce meses después

Esa mañana de agosto se encontró por casualidad con Santiago en el café de La Montaña. Pero ¿dónde vas tú tan temprano?, le preguntó su hermano, que lo invitó a sentarse a su mesa. Y pídete lo que quieras, le ofreció, de un humor espléndido. Iba hecho un pincel, con su terno oscuro de buen paño y un catálogo de la imprenta bajo el brazo, porque según le contó, en veinte minutos tenía una cita con el jefe comercial de MZA para repasar el listado de trabajos previstos para el siguiente trimestre.

—Nos dan mucho más trabajo del que podrías imaginar —le dijo, mientras removía el carajillo bien cargado—. Cuando no son folletos de publicidad es una revista de cortesía para los viajeros o la cartelería para las estaciones de las nuevas líneas. En dos meses van a inaugurar el tramo de Aranjuez a Cuenca y todavía no hemos empezado a imprimir ni folletos ni carteles ni nada. —Se quejaba con la boca pequeña. Bebió un sorbo de café y luego le preguntó—: ¿Fuiste a la manifestación?

Claro que sí. Era el tema que andaba en boca de todo el mundo. En la calle, en los cafés, en los comercios y, por supuesto, en las redacciones de los periódicos: el canciller Bismarck pretendía anexionarse las islas Carolinas bajo el pretexto de que carecían de dueño. ¿Cómo que no tenían dueño? Ese archipiélago del Pacífico era de soberanía española y ¡desde el siglo XVI, ni más ni menos!, protestó el ministro de Ultramar ante el embajador alemán. Mientras ambos gobiernos negociaban una salida a la situación de tensión, el pueblo de Madrid entero, más de cien mil almas, según algunos —la mitad, según Diego—, dejó a un lado la epidemia de cólera que asolaba los barrios más pobres de la ciudad, y se lanzó a la calle. Del Paseo del Prado hasta Cibeles y a Sol, ondeaban al aire banderas rojigualdas para protestar por lo que consideraban un ultraje a la honra y la gloria de España. Si querían guerra, ¡la tendrían!, clamaban algunos encendidos que olvidaban el decrépito estado de la Armada española, la ruina de las arcas del Tesoro, la penuria de sus soldados. Libreta en mano, Diego siguió los pasos a un grupo de agitadores que quemaron la bandera del país sajón e intentaron romper el escudo colgado en su embajada. Un despropósito. Y un poco de culpa la tenían ellos, los diarios, por azuzar el sentimiento patriótico frente al enemigo extranjero con cierto afán comercial. El conflicto vendía muchos periódicos.

Tras despedir a su hermano, Diego cogió *El Imparcial* y lo desplegó ante sus ojos. Le interesaba leer qué habían publicado sobre el asunto. En primera plana aparecía una carta de la Sociedad de Geografía Comercial dirigida al presidente del gobierno en la que demostraban, con datos fidedignos y sin lugar a ninguna duda, que las islas Carolinas eran territorio español, le pesara a quien le pesara. Más que la carta —demasiado extensa—, Diego se fijó en los titulares de secciones y noticias, tan grandes, tan elegantes, tan limpios. No le extrañaba que aumentara su tirada cada mes.

Echó un vistazo por el resto de las páginas. En la sección de misceláneas, sus ojos se clavaron en el nombre que aparecía en un suelto de sociedad:

> El pasado veinte de agosto se ha celebrado en Londres el enlace matrimonial entre la señorita Victoria Velarde de Sanahuja, hija de don Federico Velarde, duque de Quintanar y embajador de España en Londres, y el lord inglés James Langford, primogénito de los duques de Langford, en su propiedad de Treetop Park, en el condado de Hampshire. La pareja de recién casados ha viajado a Escocia e Irlanda en su luna de miel.

Lo leyó una, dos veces más. Las palabras se nublaban ante sus ojos en un difuso sentimiento de pérdida, aletargado durante esos meses atrás. Pensaba en Victoria más de lo que jamás admitiría y, a veces, se descubría contemplando su retrato, ensimismado en los recuerdos de aquel día. Era otra vida, otro tiempo sin retorno. Diego apagó su cigarrillo en el cenicero. La redacción le reclamaba, tenía un artículo que escribir. Cerró el diario y lo abandonó sobre la mesa.

Ahora, por fin, podría empezar a olvidarla.

Nota de la autora

Este podría haber sido el final de la historia de amor entre Victoria y Diego. Un final posible, no muy distinto al de tantos amores de aquella época quebrantados por las rigideces de las barreras de clase o la férrea voluntad paterna. Pero no es el caso, mal que me pese. No podía terminar aquí, todavía no, porque queda buena parte de la historia por contar. Será en otro escenario, en otras circunstancias, unos años después.

Parafraseando al gran Sabina, a este punto final de los finales, sí le siguen unos puntos suspensivos.

Apuntes históricos y agradecimientos

Al igual que *Un destino propio*, *Una pasión escrita* es una novela en la que mis personajes ficticios se entremezclan y conviven con personalidades reales de aquella época. Al ser una obra de ficción y no histórica, creo que no viene al caso enumerar la extensa bibliografía que he manejado para reflejar el ambiente y el contexto socio-político en el que se desarrolla la historia. Sin embargo, sería una desagradecida si no menciono una serie de referencias de los que esta historia es deudora, puesto que no solo me han servido de inspiración sino que, además, me han guiado y acompañado durante el largo proceso de escritura. En concreto, la idea de esta novela surgió de *Escritoras y periodistas en Madrid (1875-1926)*, un compilatorio de investigaciones feministas dirigido por Asunción Bernárdez Rodal que me abrió la puerta al mundo invisible de las literatas. Unas mujeres que, ya fueran conservadoras o liberales, se enfrentaron como pudieron —con dudas, miedos, humildad, tenacidad; valientes, todas— a la discriminación creativa y sexista que las ninguneaba en aquella sociedad tan masculina. Para profundizar más en su situación me fue de gran ayuda *La mujer de letras o letraherida. Discursos y representaciones sobre la mujer escritora en el siglo XIX*, editado por el CSIC, entre otras obras.

Sobre la prensa de la época, dos títulos sin los que no hubiera podido escribir ni una línea: por un lado, la apasionante biografía *Miguel Moya Ojanguren: talento, voluntad y reforma en la prensa española*, escrito por Margarita Márquez, profesora de Historia de los Medios de Comunicación en la Universidad Complutense (y antigua compañera de promoción con quien tuve la ocasión de conversar un buen rato sobre los periodistas de entonces), y, por el otro, el libro *Restauración y prensa de masas: los engranajes de un sistema (1875-1883),* de Jesús Timoteo Álvarez, catedrático de Periodismo también en la Complutense. Ambos han sido los pilares sobre los que he construido la vocación periodística y la trayectoria de Diego Lebrija. Además, mi más profundo agradecimiento a la Hemeroteca Nacional y su impagable catálogo digital de libre acceso a la prensa del siglo XIX. Qué orgullo contar con una institución como la Biblioteca Nacional y un servicio como el de la Hemeroteca.

En cuanto a la sociedad de Madrid y sus problemas urbanísticos, las imprentas, los tipógrafos y el sindicalismo obrero, me han sido de enorme ayuda las compilaciones de estudios académicos publicados en varios volúmenes bajo el título de *La sociedad madrileña durante la Restauración 1876-1931*, a cargo de Ángel Bahamonde Magro y Luis Enrique Otero Carvajal.

He intentado ceñirme bastante al devenir histórico de la época, aunque debo avisar de que me he permitido algunas licencias creativas con el fin de encajar en la narración las fechas de ciertos acontecimientos como fueron las sesiones de la Comisión de Reformas Sociales (que comenzaron en noviembre de 1884 y no en mayo de ese mismo año, como aparece en la novela), la construcción del tramo de ferrocarril Sevilla-Huelva, cuya concesión parece en liza en 1884, pero que, en realidad, se terminó en el año 1880, o la entrada de los Rothschild en las minas de Río Tinto que ocurrió en 1887 y no en 1884, como reflejo en una escena de la historia.

Por último, y sin ánimo de aburriros más, dejadme mencionar un título imprescindible para la trama de corrupción en los negocios de aquella España nuestra: *La Casa Rothschild en España (1812-1841)*, una minuciosa investigación histórica de Miguel A. López-Morell, que me atrapó desde la primera página. A tenor de la realidad actual y para nuestra desgracia, hay cosas que nunca parecen cambiar.

Y más agradecimientos. A mis editoras, a mi querida Carmen Romero, por su confianza, sus aportaciones, su buen hacer a cada paso del camino, y a Clara Rasero, por su entusiasmo tan estimulante. A Nuria Alonso, por ayudarme con la promoción, con pandemia o sin ella. Gracias a todo el equipo de profesionales de Penguin Random House que han apoyado desde el principio esta aventura literaria. A Pablo Álvarez, mi agente, por su presencia constante y su calidad humana. Para mí eso es lo más importante, y a David de Alba, que me cuida tan bien.

Y como con cada uno de mis libros, mil gracias a mi amiga y primera lectora, Leticia Ojeda, que siempre está ahí, para lo que sea: dudas, opiniones u otras obsesiones de una escritora como yo. Y gracias también a Marisa Sicilia, Lidia Cantarero y Mara Batanero, que me animaron a continuar esta historia en mis horas más bajas de este difícil año de pandemia.

Esta vez no me quiero olvidar de agradecer a Bautista Sotelo sus consejos en ciertos temas legales que tanto respeto me generan. Es un orgullo contar con amigos tan generosos y cariñosos como él y su mujer, Charo Canal, cuya amistad no entiende de tiempo ni distancia.

A Martín y a mis hijos (Diego, Guillermo, Pablo), por soportarme mientras escribo (no es tan fácil, ya os lo digo). A mis padres, a mi familia.

Y un recuerdo emocionado a Miguel Ángel Páez, amigo, compañero irreemplazable de muchas tertulias literarias, lector agudo y mejor escritor que no pudo demostrar todo el talento que tenía dentro. La Covid-19 no le dejó.